nowledge. 知識工場
Knowledge is everything！

nowledge.　知識工場
Knowledge is everything！

擺脫死背深淵

NEXT STAGE

串記式載入，單字瞬秒反射而出！

Memorize 4500
Vocabularies
Once and for All！

［反射式］
英單串記學習法

張翔 / 編著

【單字】輸入＋【試題】提取

串接腦波頻率！
直入大腦深層記憶

將單字深植長期記憶區，再也忘不掉！

串記式載入，單字瞬秒反射而出！

1 應考重點 故事串聯記「牢」單字

運用英語教師與學習者一致推薦的聯想方式，將單字用「情境故事」串聯起來，讓腦海浮現生動畫面，記憶單字變得輕鬆又有趣！

2 應考重點 「隨時隨地」做準備

邀請美籍專業老師錄製 MP3，讓你不管是身在公車上、捷運上，還是走路上學的路上，隨時隨地都能練聽力、記單字，用聽的將單字牢記腦中！

3 應考重點 背「對」單字

收錄聽說讀寫一定要會的關鍵 4500 英單。想流暢應對老外和提升考試的答題正確率？就從準備對的範圍開始！

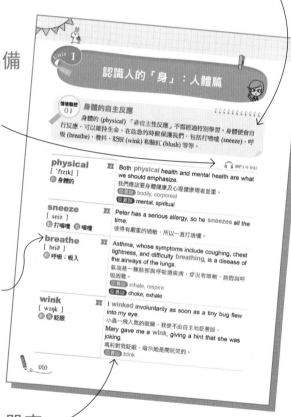

4 應考重點 完全「理解」單字

除了最基本的單字與例句以外，還補充同、反義字，讓你一次學到更多詞彙與相關表達，完整理解單字概念！

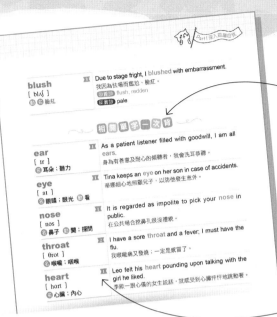

應考重點 5 「相關字」一次記

將與「情境聯想」相關的單字整理、列出，詞彙量更上一層，想要提升英語力，就把單字一次「背」齊！

應考重點 6 「難度」對照

替每一個單字標注難度，分成 1～4 級，其中 1 為最簡單，難度隨數字遞增，幫助讀者調配學習速度，層層進階。

應考重點 7 先學後練，答題「手感」練成

最長記不忘的學習法，就是交錯運用「背誦」與「提取」的方式。本書每章附上豐富練習，從字彙單選題、克漏字到文意選填，在記憶猶新時立即利用試題提取，將記憶從淺層深化到長期記憶區！

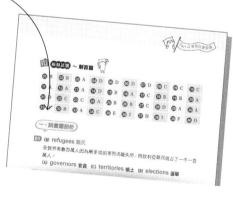

腦波記憶串聯，實現無字典「聽說讀寫」！

　　背單字的方式五花八門，不知各位讀者是否經常苦惱於不知該選擇哪一種方式呢？就筆者而言，學習方式只有「適不適合」，而沒有絕對性的好或不好，如果你正糾結於太過多元的學習法，無法判斷的話，不妨試試本書，或許會有不同於以往的體驗。

　　單字是學語言的基礎，但怎麼記才能提高背誦效率？而不會老是陷入「背了又忘」的困境中呢？最好的方式，就是交錯運用「背誦力」與「應用力」。只是無止盡地遵循單字列表，雖然學習時覺得輸入量很多，但遇到需要運用的情況，往往會力不從心，這是因為你背的內容只停留在表層記憶，並沒有深化到長期記憶區，所以要使用時，你不會想到這些還停留在短期記憶的英文單字。為了解決這個問題，筆者在編寫本書時，決定交錯使用「背誦」與「練習」，每一章先利用列表輸入單字，接著再透過試題提取學過的內容，將短期記憶深化到長期記憶。

　　而在編寫單字上，筆者也採用了「故事串聯」的方式，將單字以更有趣的方式銜接在一起。有了具體的故事情境，就更容易想起單字的意思，這比漫無目的地背誦好了 N 倍！如果你學了很久的英文，但對自己的評價還停留在「懂的單字不多、聽說有障礙、讀寫不順暢」的階段，請給自己一個機會，用全新的方式鞏固英語力，學習之餘，還能掌握其中的樂趣。

張翔

Part ① 深入認識自我

Unit ❶ 認識人的「身」：人體篇 ········· 010

Unit ❷ 一舉一動：人體動作篇 ········· 025

Unit ❸ 認識人的「心」：想法與意願 ········· 044

Unit ❹ 傳達想法：表達與情緒篇 ········· 076

Unit ❺ 交際與應用：描述人際關係 ········· 126

Unit ❻ 人生無常：出生與死亡篇 ········· 133

Unit ❼ 定義自我：種族與信仰篇 ········· 137

試試身手：模擬試題 ········· 143

模擬試題解答與解析 ········· 148

Part ② 日常生活應用

Unit ❶ 要活就要動：活動相關字 ········· 158

Unit ❷ 時間相關：順序與頻率 ········· 207

Unit ❸ 掌握空間感：位置與方向 ········· 232

Unit ❹ 度量相關：測量與單位 ········· 244

Unit ❺ 基本運算：數字與計量 ········· 249

Unit ❻ 鍛鍊觀察力：狀態與性質 ········· 257

CONTENTS

Unit ❼ 提升描述力：如何描述程度　　319

Unit ❽ 溝通媒介：電話與電報　　343

Unit ❾ 金融知識：貨幣、銀行與財務　　346

試試身手：模擬試題　…………　353

模擬試題解答與解析　…………　358

Part ③ 各種職業職人

Unit ❶ 職業百百種：認識各行各業　…………　368

Unit ❷ 各司其職：努力精進個人能力　…………　376

Unit ❸ 人事部門職責：管理與聘僱　…………　406

Unit ❹ 商業結構：企業工作相關　…………　412

Unit ❺ 商務人生：掌握貿易精髓　…………　416

Unit ❻ 加深印象：廣告行銷與視覺　…………　422

Unit ❼ 收看多彩節目：電視與電台　…………　426

Unit ❽ 國家基石：農業與工業　…………　431

Unit ❾ 享有言論自由：出版與報業　…………　438

試試身手：模擬試題　…………　447

模擬試題解答與解析　…………　452

目　錄
Contents

Part ④ 常見社會現象

Unit ❶ 社會結構：公民與社會組織 ⋯⋯⋯⋯ 462

Unit ❷ 繩之以法：犯罪與法律制裁 ⋯⋯⋯⋯ 468

Unit ❸ 公家機關：警察與政府官員 ⋯⋯⋯⋯ 479

Unit ❹ 政府相關：人民的權利與福利 ⋯⋯⋯⋯ 484

Unit ❺ 國家軍事配備：武器與戰爭 ⋯⋯⋯⋯ 494

Unit ❻ 必懂的新知：科學與創新科技 ⋯⋯⋯⋯ 504

試試身手：模擬試題 ⋯⋯⋯⋯⋯⋯⋯⋯ 512

模擬試題解答與解析 ⋯⋯⋯⋯⋯⋯⋯⋯ 517

Unit 1 認識人的「身」：人體篇

Unit 2 一舉一動：人體動作篇

Unit 3 認識人的「心」：想法與意願

Unit 4 傳達想法：表達與情緒篇

Unit 5 交際與應用：描述人際關係

Unit 6 人生無常：出生與死亡篇

Unit 7 定義自我：種族與信仰篇

試試身手：模擬試題

模擬試題解答與解析

4500 Must-Know
Vocabulary for
High School Students

Part 1

深入認識自我

大考 Tips

到底怎麼記單字？

　　以下分享幾個幫助記憶英文單字的小訣竅：**(1)** 用正常音量將單字說出來，因為英文是以拼音組成的，熟悉不同字母組合成的發音反而比死背字母順序有用許多　**(2)** 看例句的時候，不妨在腦中想像看看例句的情境　**(3)** 將學到的單字用應用到日常生活。再來，背單字時必須要注意「一字多義」的情況，例如，sound除了聲音（名詞）、聽起來（動詞）之外，還能當形容詞，做「健全的」之意。

名 名詞　　動 動詞　　形 形容詞　　副 副詞　　介 介係詞　　縮 縮寫

認識人的「身」：人體篇

情境聯想 01 身體的自主反應

　　身體的 (physical)「非自主性反應」不需經過特別學習，身體便會自行反應，可以維持生命、在危急的時候保護我們，包括打噴嚏 (sneeze)、呼吸 (breathe)、發抖、眨眼 (wink) 和臉紅 (blush) 等等。

🎧 MP3 ◀ 001

physical [`fɪzɪkḷ] 形 身體的	4	Both **physical** health and mental health are what we should emphasize. 我們應該要身體健康及心理健康兩者並重。 同義詞 bodily, corporal 反義詞 mental, spiritual
sneeze [sniz] 動 打噴嚏 名 噴嚏	4	Peter has a serious allergy, so he **sneezes** all the time. 彼得有嚴重的過敏，所以一直打噴嚏。
breathe [briθ] 動 呼吸；吸入	3	Asthma, whose symptoms include coughing, chest tightness, and difficulty **breathing**, is a disease of the airways of the lungs. 氣喘是一種肺部與呼吸道疾病，症況有咳嗽、胸悶與呼吸困難。 同義詞 inhale, respire 反義詞 exhale
wink [wɪŋk] 動 名 眨眼	3	I **winked** involuntarily as soon as a tiny bug flew into my eye. 小蟲一飛入我的眼睛，我便不由自主地眨著眼。 Mary gave me a **wink**, giving a hint that she was joking. 瑪莉對我眨眼，暗示她是開玩笑的。 同義詞 blink

blush [blʌʃ] 動 名 臉紅	**3**	Due to stage fright, I **blushed** with embarrassment. 我因為怯場而尷尬、臉紅。 同義詞 flush, redden 反義詞 pale

相關單字一次背

ear [ɪr] 名 耳朵；聽力	**1**	As a patient listener filled with goodwill, I am all **ears**. 身為有善意及耐心的傾聽者，我會洗耳恭聽。
eye [aɪ] 名 眼睛；眼光 動 看	**1**	Tina keeps an **eye** on her son in case of accidents. 蒂娜細心地照顧兒子，以防他發生意外。
nose [nos] 名 鼻子 動 聞；探問	**1**	It is regarded as impolite to pick your **nose** in public. 在公共場合挖鼻孔很沒禮貌。
throat [θrot] 名 喉嚨；咽喉	**2**	I have a sore **throat** and a fever; I must have the flu. 我喉嚨痛又發燒；一定是感冒了。
heart [hɑrt] 名 心臟；內心	**1**	Leo felt his **heart** pounding upon talking with the girl he liked. 李歐一跟心儀的女生說話，就感受到心臟怦怦地跳動著。

情境聯想 02　肢體與手部動作

　　肢體語言、臉部的 (facial) 表情與口語的 (oral) 表達技巧都會影響到人與人的互動。例如，在肢體動作方面，不可對別人比中指 (finger)，而是要多對他人豎起拇指 (thumb)、給予讚美；而面部表情方面，不要總是皺著 (frown) 眉頭 (brows)，記得多多面帶微笑。

facial

[`feʃəl]

形 臉的；表面的

4

From **facial** expressions to body language, what we don't say can still convey our ideas and feelings.

從臉部表情到肢體語言，無法用説的部分仍然可以表達我們的想法或感受。

同義詞 outer, exterior

反義詞 inside, interior

oral

[`orəl]

形 口部的；口述的

名 口試

4

The dentist emphasized good **oral** hygiene very much.

牙醫非常強調良好的口腔衛生。

同義詞 vocal, verbal

反義詞 written, printed

finger

[`fɪŋɡɚ]

名 手指 動 指出

1

My aunt Liz has green **fingers** because she excels in growing plants well.

莉茲阿姨擁有「綠色手指」，因為她善於種植植物。

同義詞 digit

thumb

[θʌm]

名 拇指

動 用拇指翻動

2

In the U.S., we can put our **thumbs** up to signal drivers that we are hitchhiking.

在美國，我們可伸出大拇指對來車駕駛示意要搭便車。

I **thumbed** through the dictionary to look up some new words.

我翻閱字典查單字。

frown

[fraʊn]

動 皺眉 名 不悅之色

4

The teacher **frowned** at the students' impoliteness.

老師對學生們的無理感到很不滿。

The boy expressed his confusion with a **frown**.

小男孩皺著眉頭表達困惑。

同義詞 glare, grimace, pout

反義詞 grin, smile

brow

[braʊ]

名 眉毛

3

Dad raised his **brows** to express his disapproval.

爸爸聳起眉毛表示不贊成。

同義詞 forehead, eyebrow

反義詞 rear

相關單字一次背

body
[`bɑdɪ]
名 身體；軀幹

1 As the saying goes, "A sound mind is in a sound **body**," which means a healthy mind and healthy **body** are equally important.

如同諺語説:「健全的心智在於健康的身體。」健康的身體與心理兩者都很重要。

---

mind
[maɪnd]
名 頭腦；思想；精神
動 介意

1 If I had to study all day long, I would go out of my **mind**.

如果必須整天念書的話,我一定會發瘋。

同義詞 head, brain; mentality

---

hand
[hænd]
名 手 動 交給

1 A good relationship goes **hand** in **hand** with a good sense of humor.

良好的人際關係跟幽默感息息相關。

---

palm
[pɑm]
名 手掌；手心

2 In Greece, showing five fingers with the **palm** facing out is insulting.

在希臘,伸出五根指頭且掌心向外是表示羞辱人的意思。

---

clap
[klæp]
動 拍手；拍擊
名 鼓掌

2 A standing ovation is an occasion when the audience stands up to **clap** at the end of a performance or speech to show they like it.

「起立鼓掌」是在一場表演或演講的尾聲時,觀眾站立起來拍手、表達他們很喜歡這場演出。

---

wrist
[rɪst]
名 手腕

3 By accident, Billy sprained his **wrist**, making it difficult for him to use his right hand.

比利不小心扭傷手腕而無法使用右手。

---

tongue
[tʌŋ]
名 舌頭；語言 動 舔

2 Why did you hold your **tongue**? Say something.

你為何沉默不講話呢?開口出聲吧!

同義詞 dialect

tooth/teeth 2
[tuθ] / [tiθ]
名 牙 齒（teeth 為 tooth 的複數）

Flossing **teeth** is the most effective way to keep our teeth and gums healthy.
用牙線清潔牙齒是維護牙齒及牙齦健康最有效的方法。

情境聯想 03 檢查內臟器官功能

　　病人的肚子 (belly) 劇烈疼痛，得先徹底檢查腹部 (abdomen) 和其他內臟，像是腎臟 (kidneys)、肝臟 (liver) 或肺臟 (lungs) 有無問題。

🎧 MP3 ◀ 003

---

belly 3
[`bɛlɪ]
名 肚子

A person who often drinks beer may get a beer **belly**, for beer is highly calorific.
啤酒熱量超高，所以常喝啤酒的人會有啤酒肚。
同義詞 stomach, abdomen

---

abdomen 4
[`æbdəmən]
名 腹部；下腹

Ultrasound is a procedure used to examine the internal organs of the **abdomen**.
超音波是個用來檢查內臟與腹部的一種方式。
同義詞 tummy, belly

---

kidney 3
[`kɪdnɪ]
名 腎臟

If **kidneys** fail completely, the only treatment may be a transplant.
若遇到腎衰竭，唯一的治療方式就是器官移植。

---

liver 3
[`lɪvɚ]
名 肝臟

Drinking too much wine will damage your **liver** because it has to detoxify the alcohol.
喝太多酒將損害你的肝臟，因肝臟負責代謝酒精。

---

lung 3
[lʌŋ]
名 肺臟

People who smoke have a greater risk of getting **lung** cancer.
抽菸的人罹患肺癌的風險較大。

相關單字一次背

organ
[`ɔrgən]
名 器官；管風琴

2
The patient needs an **organ** transplant because of kidney failure.
因為腎臟衰竭，這位病人需要器官移植。

---

tummy
[`tʌmɪ]
名 肚子

3
Because I have a big **tummy**, I need to lose weight and to keep fit.
因為我的肚皮很大，必須得減肥、瘦身。

---

stomach
[`stʌmək]
名 胃

2
Before taking the exam, I got butterflies in my **stomach**.
考試前，我緊張到胃好不舒服。

---

brain
[bren]
名 腦；智力

2
Wearing helmets when riding motorcycles or bikes is necessary to prevent **brain** injuries.
騎摩托車或腳踏車戴安全帽是必要的，可預防腦部受傷。

情境聯想 04　只是惡夢一場

　　我做了一個惡夢 (nightmare)，在夢中，一位男士要我在不明文件上簽名 (signature)，他滿臉鬍鬚 (mustache)、像凶神惡煞般瞪著我看，我便突然喘不過氣 (breath)、胸腔 (chest) 感到悶痛，於是就驚醒過來了。

MP3 ◀ 004

---

nightmare
[`naɪt,mɛr]
名 惡夢

4
Failure to get admitted to Harvard University would be a **nightmare** to Pete.
無法申請上哈佛大學對彼特而言簡直是夢魘一場。
同義詞 bad dream, calamity
反義詞 reality, fact

---

signature
[`sɪgnətʃə]
名 簽名；特徵

4
Not all divorce papers require the **signatures** of both spouses; some don't.
並非所有離婚文件都需要雙方的親筆簽名；有些不需要。

mustache
[`mʌstæʃ]
名 鬍鬚

4 Mary doesn't like her boyfriend to wear a **mustache**.
瑪莉不喜歡男朋友留鬍鬚。
同義詞 beard, sideburn

breath
[brεθ]
名 呼吸;一口氣

3 When you get nervous and stressed out, take a deep **breath**.
當你感到緊張或倍感壓力時,可先深呼吸一下。
同義詞 inhalation, exhalation

chest
[tʃεst]
名 胸;箱子

3 The Heart Association recommends that everyone begins CPR with **chest** compressions to help save people.
心臟協會建議,每個人在進行CPR時可從胸腔按壓開始,以拯救人命。
同義詞 breast

相 關 單 字 一 次 背

sleep
[slip]
動 睡覺 名 睡眠

1 Betty doesn't **sleep** well with overwhelming stress from studies.
貝蒂由於過大的課業壓力,而睡不著覺。

sleepy
[`slipɪ]
形 想睡的

2 After strenuous exercise, I felt exhausted and **sleepy**.
劇烈運動後,我覺得筋疲力盡又想睡。

face
[fes]
名 臉 動 面對

3 Feeling shy and embarrassed, Cindy flushed in the **face**.
辛蒂覺得害羞尷尬而滿臉通紅。

lip
[lɪp]
名 嘴唇

1 I get flaky **lips** in winter, so I should put Vaseline on them.
冬天時我的嘴唇脫皮,所以應該塗上凡士林。

情境聯想 **05** **人的愛美天性**

許多人為了擁有光鮮亮麗的外表，會求助於削骨手術、拉皮、打肉毒桿菌以去除皺紋 (wrinkle) 等等整形手術，但整形是有風險的，嚴重的話可能會導致無法控制臉部動作，即便是簡單的打哈欠 (yawn)、吐口水 (spit) 或吸吮 (suck)，也有可能像中風的人一般無法自如。

🎧 MP3 ◀ 005

wrinkle [`rɪŋkḷ] 名 皺紋 動 皺起	4 Middle-aged women sometimes get Botox injections to reduce wrinkles. 中年婦女有時會施打肉毒桿菌來除皺紋。 As she heard about the bad news, she wrinkled her brows. 一聽到那則壞消息，她便皺起了眉頭。
yawn [jɔn] 動 打呵欠 名 呵欠	3 We yawn commonly because of tiredness or boredom. 我們一般打哈欠是因為感到疲勞或無聊。 A yawn is often triggered by others' yawns. 一個人打哈欠會使其他人跟著一起打哈欠。
spit [spɪt] 動 吐口水 名 唾液	3 Baseball players may spit a lot due to their chewing tobacco in the games to feel refreshed. 棒球球員常在比賽時吐口水，是因為他們會咀嚼菸草以提振精神。
suck [sʌk] 動 名 吸	3 If babies always suck their fingers, caregivers can give them a security blanket. 如果嬰兒總是在吸吮著他們的手指頭，照顧者可以給他們一條安全毯。 同義詞 absorb

figure [`fɪgjɚ] 名 體態;身材 動 認為	2	My mom keeps a slender **figure** by exercising regularly. 我媽媽藉由規律運動來保持她苗條的身材。 同義詞 body, physique
bony [`bonɪ] 形 骨瘦如柴的	2	The patient suffering from anorexia is so skinny and **bony**. 那位罹患厭食症的病人瘦得皮包骨。
bone [bon] 名 骨頭	1	Some perfectionists demand high standards, which may cause them to even try **bone** surgery. 有些完美主義者標準很高,所以寧可冒著很大的風險進行削骨手術。
skinny [`skɪnɪ] 形 極瘦的	2	Angelina Jolie appeared to be too **skinny** after her divorce. 安潔莉娜‧裘莉在離婚後瘦得皮包骨。
slender [`slɛndɚ] 形 苗條的	2	People who want to have a **slender** figure love to work out at a fitness center. 想要擁有苗條身材的人喜歡到健身房運動。
slim [slɪm] 形 苗條的;渺茫的	2	The chance of surviving a tsunami is very **slim**. 從海嘯中存活下來的機會渺茫。 同義詞 slender; unlikely
neck [nɛk] 名 脖子;衣領 動 變窄	1	Nowadays, people who often look down at their mobile devices for a long period of time suffer from a text **neck** easily. 現代人經常長時間低頭使用行動設備,這樣很容易罹患「簡訊頸」。

waist [west] 名 腰部	**2**	To get a tailored suit, I had my waist and hips measured. 為了量身訂做套裝，我需要套量腰部和臀部。
nail [nel] 名 指甲；釘子 動 釘	**2**	Helen always bites her nails whenever she feels anxious or nervous. 海倫感到焦慮、緊張時，總是會習慣咬指甲。

情境聯想 06　關節與身體老化

　　退化性關節炎是一種慢性疾病，隨著四肢 (limb) 的關節 (knuckle) 或手肘 (elbow) 日積月累地磨損，病情會時而發作，所以應盡快接受治療，工作與運動均要根據身體狀態做考量。此外，年老時眼睛也會退化、眨眼 (blink) 次數減少，至於年長女性，則一定要定期做乳房 (breast) 篩檢防治乳癌。

🎧 MP3 ◀ 006

limb [lɪm] 名 四肢	**3**	Leo, who returned from the war missing an arm and a leg, needed the aid of artificial limbs. 戰爭中失去了一隻手臂及一隻腳的李歐需要裝上義肢。 同義詞 arm, leg
knuckle [`nʌkl̩] 名 關節 動【口】開始認真工作	**4**	My dad's favorite dish is tender roast pork knuckle. 我爸爸最愛的一道菜是軟嫩的烤豬腳。 I decided to knuckle down to get the job finished on time. 我決定努力把工作準時完成。 同義詞 joint
elbow [`ɛlbo] 名 手肘 動 用肘推	**3**	It is rude to put your elbows on the dining table. 把手肘放在餐桌上是粗魯無禮的。 He elbowed a rival in the face and was banned from playing the game. 他用手肘撞了對手的臉而因此被禁賽。

blink
[blɪŋk]
名 眨眼
動 閃爍；使眨眼

4 In the **blink** of an eye, the dove was gone the moment the magician performed a trick.
一眨眼間，魔術師便將白鴿立即變不見了。
We will close our eyes or **blink** when something is about to strike our face.
當某東西即將打到臉時，我們會閉上眼睛或眨眼。
同義詞 flash, wink

breast
[brɛst]
名 胸膛；胸部

3 **Breast** cancer is such an invasive cancer for women, so screening should be done annually for prevention.
乳癌是對女性來說最具威脅性的癌症，因此應該要定期篩檢來做好預防準備。
同義詞 chest

shoulder
[`ʃoldə]
名 肩膀 動 擔負

1 Some consider it impolite to pat people on their **shoulders**.
有些人認為拍別人的肩膀是不禮貌的。

back
[bæk]
名 背部 動 使後退

1 My mom pats me on the **back** every time I do a good job.
每當我表現良好，媽媽便會輕拍著我的背。

hip
[hɪp]
名 臀部；屁股

2 Mrs. Wang always scolds her kids and whips them with her hand on the **hips**.
王太太總是單手插腰責打小孩。

leg
[lɛg]
名 腿

1 My grandmom got a **leg** fracture because she tumbled over a stone.
我祖母被石頭絆倒，所以腿部骨折了。

lap [læp] 名 大腿	**2**	The girl sat on her grandma's **lap**, listening to stories. 小女孩坐在奶奶的大腿上聆聽故事。
knee [ni] 名 膝蓋 動 用膝蓋碰撞	**1**	Playing football requires protective **knee** and thigh pads. 打美式橄欖球時，需要護膝以及護腿的襯墊。 同義詞 patella
heel [hil] 名 腳後跟　動 緊跟著	**3**	Wearing high **heels** can make ladies look thinner; that's why most ladies favor high **heels**. 穿高跟鞋使女生看起來較纖瘦，這就是大多數女生偏愛高跟鞋的原因。
ankle [`æŋkl̩] 名 腳踝	**2**	The basketball player twisted his **ankle** while playing against the opponent. 這位籃球球員與對手比賽時扭到腳踝。
toe [to] 名 腳趾　動 用腳尖踢	**2**	Bonny carelessly stepped on her partner's **toes** while they were learning to do the tango. 當邦妮和舞伴學習探戈時，她不小心踩到對方的腳趾。
joint [dʒɔɪnt] 名 關節　形 共同的	**2**	The elderly man suffers from arthritis in his leg **joints**. 那位老人家的腿有關節炎。

情境聯想 07　人體結構之奧妙

　　人類 (being) 的臉部結構很奧妙，例如，眉毛 (eyebrow) 能增添喜怒哀樂的表情，而臉頰 (cheek) 的肌肉除了能幫助表達開心、微笑，也能幫助咀嚼 (chew)。另外，手部的結構功能也非常複雜，光是緊握拳頭 (fist)，就牽動了指頭、神經、及手掌所有肌肉。

🎧 MP3 ◀ 007

being
[`biɪŋ]
名 生命；存在

3
It is controversial, ethically or genetically, to clone human **beings**.
複製人類不論在道德或基因方面都是有爭議的。
同義詞 life, humans
反義詞 deadness

eyebrow
[`aɪ͵braʊ]
名 眉毛

2
He raised his **eyebrows** after reading the shocking headlines.
看到驚人的頭條新聞後，他揚起了眉頭。
同義詞 brows

cheek
[tʃik]
名 臉頰

3
The mom flew into a rage and then slapped her daughter on the **cheek**.
媽媽勃然大怒，打了女兒臉頰一巴掌。

chew
[tʃu]
動 名 咀嚼

3
You can improve your digestion by **chewing** food well and slowly.
你可以藉由細嚼慢嚥來改善消化功能。
同義詞 bite, gnaw, nibble
反義詞 swallow

fist
[fɪst]
名 拳頭 動 用拳打

3
Mark clenched his **fists**, ready to fight.
馬克握緊拳頭，準備打架。
同義詞 hand, paw

相關單字一次背

kiss
[kɪs]
名 動 吻

1
Newborn babies should not be **kissed** to prevent them from becoming infected with contagious diseases.
我們不應該親新生兒，以防傳染疾病給他們。

chin
[tʃɪn]
名 下巴

2
A lot of people think that John Travolta's dimpled **chin** makes him sexy.
很多人認為約翰・屈伏塔的蘋果下巴很性感。

cry
[kraɪ]
動 哭喊　名 哭聲

3

Upon spotting a car accident, the witness cried for help and called the police.
一看到車禍，這位目擊證人便呼叫求救並打電話報警。

tear
[tɪr] / [tɛr]
名 眼淚
動 撕扯；狂奔

2

The old lady burst into tears as soon as she saw her long-lost son.
老太太一看見失聯已久的兒子，就嚎啕大哭起來。
The book was torn apart by a kid.
那本書被一個小孩撕爛了。

muscle
[`mʌsl̩]
名 肌肉

3

A lot of men enjoy building muscles at the gym to look more muscular.
很多男性為練成健壯體型而喜歡到健身房運動。

情境聯想
08

不同人的面相

　　人類 (mankind) 面相學中，額頭 (forehead) 主管個人 (individual) 的事業運和少年時的運氣，下顎 (jaw) 則主管著晚年的運及福氣。

MP3 ◀ 008

mankind
[mæn`kaɪnd]
名 人類

3

Mankind should live in harmony with nature.
人類應該和大自然和諧相處。
同義詞 humanity, humans, humankind

forehead
[`fɔr,hɛd]
名 前額

3

A scar on the boy's forehead was caused by a burn.
小男孩額頭上的疤痕是燙傷造成的。

individual
[,ɪndə`vɪdʒuəl]
形 個別的　名 個人

3

To be yourself, you should express your individual opinions.
你可以做自己，並大聲說出自己個人的觀點。
Serving in the army in Israel is the duty of each individual.
在以色列，服兵役是每個人的義務。
同義詞 person

jaw [dʒɔ] 名 下巴	**3**	Sharks use their powerful **jaws** and sharp teeth to kill prey. 鯊魚運用強而有力的下顎及銳利的牙齒咬死獵物。

human [`hjumən] 名 人 形 人類的	**3**	In ancient China, Hsun Tzu suggested that **human** nature was essentially evil. 古中國的荀子認為人性本惡。 同義詞 being, person, homo sapiens
name [nem] 名 名字 動 命名	**1**	My middle **name** is my mother's surname before marriage in honor of her family. 為了表示對於母親家族的尊敬，她結婚前的姓氏便成了我的中間名。
nickname [`nɪkˌnem] 名 綽號 動 取綽號	**3**	The student's **nickname** is "Nerd" because of his awkward behavior and weird taste in books. 那位學生的綽號被取為書呆子，因為他行為怪異，還喜歡閱讀奇怪的書籍。
head [hɛd] 名 頭腦；首領 動 率領；前往	**1**	Elaine nodded her **head** and accepted the suggestion. 依琳點著頭，接受了這個建議。 同義詞 brain; leader
period [`pɪrɪəd] 名 期間；週期	**2**	Spending quality time with my family is the most meaningful **period** of time for me. 對我來說，與家人共度天倫之樂是最重要的時刻。

一舉一動：人體動作篇

情境聯想 01

過目不忘的天才

麗莎是個天才，過目 (glimpse) 不忘，擅長記憶 (memorize)，可以立即吸收 (absorb) 並領會 (grasp) 所學的知識。

 MP3 ◀ 009

glimpse [glɪmps] 動 名 瞥見	**4** I **glimpsed** my ex-boyfriend in the shopping mall yesterday. 我昨天瞥見我的前任男友。 We caught a **glimpse** of an eagle hovering in the sky. 我們瞥見一隻老鷹在空中盤旋。 同義詞 glance, see 反義詞 gaze, stare
memorize [`mɛməˌraɪz] 動 記憶；背熟	**3** My elder sister is very talented in **memorizing** poetry, especially that written by ancient Chinese poets. 我的姊姊對於背誦詩集非常有天分，尤其是古代中國詩人的作品。 同義詞 recall, remember 反義詞 forget
absorb [əb`sɔrb] 動 吸收；理解	**4** The material can **absorb** a large amount of water. 這個材質可以吸收大量水分。 同義詞 suck, consume 反義詞 emit, disperse
grasp [græsp] 動 名 緊握	**3** The police officer **grasped** the pickpocket by the arm. 警察緊緊抓住扒手的手臂。 同義詞 catch, comprehend 反義詞 release, disperse

memory [`mɛmərɪ] 名 記憶；記憶力	**2**	The older people get, the worse their **memory** becomes. 人們年紀愈大，記憶力就愈差。
sit [sɪt] 動 坐；使就坐	**1**	My back hurts a lot, so I can't **sit** still. 我的背部好痛，害我無法一直坐著。 同義詞 seat (seat oneself)
pat [pæt] 動 名 拍；輕拍	**2**	The caring mother is **patting** her daughter on the back. 這位充滿愛心的媽媽正輕拍著女兒的背部。

情境聯想 02 怪異的鄰居

　　隔壁鄰居這陣子行為 (behavior) 怪異，常常晚上清醒 (awake)、不睡覺，白天一直打瞌睡 (doze)，而且動不動就把碗盤摔碎 (crush)，彷彿被下了詛咒 (curse) 一般易怒，又經常唉聲嘆氣 (sigh)。

MP3 010

behavior [bɪ`hevjɚ] 名 行為；舉止	**4**	Recently, his **behavior** has been weird; he has often gotten hysterical. 最近他的行為怪異，常常歇斯底里。 同義詞 act, action
awake [ə`wek] 動 喚醒 形 清醒的	**3**	The rumbling thunder **awoke** me at midnight. 半夜轟隆隆的雷聲喚醒了我。 I remained **awake** at night because I drank a cup of coffee this afternoon. 我由於下午喝了一杯咖啡，所以晚上還很清醒。 同義詞 conscious, active 反義詞 asleep

crush
[krʌʃ] 4
名 迷戀；毀壞
動 壓碎

Vivian has a **crush** on one of her classmates.
薇薇安迷戀著班上一位同學。
We should **crush** plastic bottles before throwing them in the recycling bin.
我們應該把寶特瓶壓扁後再丟進回收桶。
同義詞 squeeze, suppress

doze
[doz] 4
動 名 打瞌睡

The absent-minded student **dozed** off in class due to staying up late the night before.
這位心不在焉的學生因熬夜而在課堂上打起瞌睡。

curse
[kɜs] 4
名 詛咒 動 咒罵

The witch put a **curse** on Sleeping Beauty.
女巫在睡美人身上下了詛咒。
Don't **curse** anyone just to express your anger or negative emotions.
不要只為了表達自己的憤怒或負面情緒咒罵別人。
同義詞 swear
反義詞 bless

sigh
[saɪ] 3
名 動 嘆氣

We all gave a **sigh** of relief after the judge announced the champion.
當裁判宣布冠軍得主之後，我們全部都鬆了一口氣。
同義詞 gasp, exhale
反義詞 delight, praise

 相關單字一次背

bite
[baɪt] 1
動 名 咬

Don't **bite** your nails; it is not only impolite but also unclean.
不要咬指甲，這樣很不禮貌也不乾淨。

cut
[kʌt] 1
動 切割 名 切口

She **cut** the rope off with a knife.
她用小刀把繩索切斷。
同義詞 slash, slice

kick [kɪk] 動 名 踢	**1**	The soccer player ran straight, **kicking** a ball into a goal to score. 足球球員全力前進，將球踢進球門得分。
shut [ʃʌt] 動 閉上	**1**	The fierce wind made the door **shut** with a slam. 門因強風而砰的一聲被關上了。 同義詞 close, seal
tremble [`trɛmbḷ] 動 名 顫抖	**3**	The little boy cried aloud, **trembling** with fear. 小男孩大聲地哭泣，害怕得發抖。 同義詞 quiver, shiver
whisper [`hwɪspɚ] 動 名 輕聲細語	**2**	The old lady **whispered** in my ear because she didn't want to be overheard. 因為不想被偷聽，所以老太太在我耳邊說悄悄話。

情境聯想 03 **遭遇困難的態度**

　　一旦遇到困難，不要躲避 (dodge) 也不要逃走 (escape)，可全力專注於 (fasten) 如何理性解決問題。不知如何處理時，不妨去找 (fetch) 長輩針對問題來集思廣益，盡力大事化小，不要選擇逃之夭夭 (flee)。

🎧 MP3 ◀ 011

dodge [dɑdʒ] 動 名 閃避；閃開	**3**	A tax **dodge** is an illegal way to reduce the amount of tax you have to pay. 避稅是一種為減少繳稅的違法方式。 We should leave as early as possible to **dodge** the rush-hour traffic. 我們應該盡可能早一點出門，以躲過交通巔峰時間。 同義詞 avoid, escape 反義詞 face, take on

escape
[ə`skep]
名 動 逃走

3

There is no **escape** from one's destiny.
人們是無法逃脫命運的。
The criminal successfully **escaped** from prison.
囚犯成功地逃出監獄。
同義詞 flee, dodge
反義詞 confront, face

---

fasten
[`fæsn̩]
動 繫緊；注意

3

Please listen carefully and **fasten** your attention on what the teacher says.
請注意聽課，專注於老師説的內容。
同義詞 attach, connect
反義詞 release, loosen

---

fetch
[fɛtʃ]
動 取得

4

My dog is able to **fetch** the bones I throw into the yard.
我養的狗能夠把我丟到院子的骨頭取回來。
同義詞 carry, bring
反義詞 lose, drop

---

flee
[fli]
動 逃走；逃避

4

The refugees **fled** from their homeland because of political persecution.
難民因政治迫害而紛紛逃離家園。
同義詞 escape, leave
反義詞 arrive, reach

do
[du]
動 做；行動

1

Could you **do** me a favor?
你可以幫我一個忙嗎？
同義詞 act, make, carry out

---

find
[faɪnd]
動 名 找到；發現

1

The government should look into the problem and **find** a way out.
政府應該正視這個問題，並找出解決之道。

follow
[`falo]
動 跟隨；聽懂

Ⅱ **Follow** the doctor's directions carefully when you take the medicine.
吃藥時要好好遵守醫生的指示。

go
[go]
動 去；走

Ⅱ Let's **go** shopping at the department store nearby, which has a big sale today.
百貨公司今天有大拍賣，我們一起去購物吧！

hold
[hold]
動 握著；舉行；持有
名 握住

Ⅱ Please **hold** on a moment. I will transfer you to extension 123.
請等一下，我將幫你轉接分機一二三。
同義詞 grasp, grip

情境聯想 04　誰先笑誰就輸

　　你有玩過誰先笑誰就輸的遊戲嗎？一開始雙方可先面對面，這時，可以先凝視 (gaze) 對方，比賽中任何一方都可以扮鬼臉讓對方看 (glance) 表情，不過不能聊天 (gossip) 或說話，也不允許搔癢 (tickle) 對方，只要想辦法讓其中一方先笑 (grin) 就贏了。

MP3 ◀ 012

gaze
[gez]
動 名 凝視

4 The student likes to **gaze** at the stars in the sky.
這位學生喜歡凝望著天上的星星。
同義詞 stare, glare

glance
[glæns]
名 一瞥 動 瞥視

3 Lily always takes a **glance** at her notes before taking an exam.
莉莉在考試前會看一下筆記。
It is pleasant to sit by the window and **glance** at the passersby.
坐在窗邊並往外看著人來人往是件開心的事。
同義詞 gaze, glimpse

gossip
[`gɑsəp]
名 八卦 動 聊八卦

3

Oscar doesn't like to listen to any **gossip** about celebrities.
奧斯卡不喜歡聽名人的八卦新聞。
Girls are fond of **gossiping** and drinking the afternoon tea.
女孩們喜歡邊聊八卦邊喝下午茶。
同義詞 chat, talk

tickle
[`tɪkḷ]
名 動 搔癢

3

Pepper always gives my nose a **tickle** and makes me sneeze.
胡椒粉總是會讓我的鼻子搔癢、害我打噴嚏。
The baby boy who was **tickled** giggled.
被搔癢的男嬰咯咯地笑。
同義詞 excite, amuse

grin
[grɪn]
動 名 露齒而笑

3

Sam always wears a **grin** on his face.
山姆臉上總是掛著笑容。
Susan **grinned** at the jokes Mark told.
聽了馬克說的笑話，蘇珊開心地露齒笑著。
同義詞 smile, beam
反義詞 cry, sob

hear
[hɪr]
動 聽到；得知

1

The man's ears got infected with germs, so he could not **hear** well.
這位男生的耳朵因被細菌感染，而無法聽得很清楚。

hop
[hɑp]
動 名 跳躍

2

Frogs are **hopping** everywhere in the pond.
青蛙在池塘裡跳來跳去。
同義詞 bounce, leap

jump [dʒʌmp] 動 名 跳躍	**II**	I don't **jump** to conclusions but ponder over the whole matter first. 我不會太快下結論，反而會仔細思考整件事情。（jump to conclusion ＝匆匆做出結論）
laugh [læf] 動 名 笑	**II**	You **laugh**, and the world **laughs** with you. 你開心大笑，全世界也跟著你笑。 同義詞 chuckle, giggle
smile [smaɪl] 名 動 微笑	**II**	A beaming **smile** glows. 燦爛的微笑讓人感到溫暖。 同義詞 beam, grin

情境聯想 05　頑皮中輟生

　　這位頑皮不學好的中輟生，舉止與行為 (behave) 偏差，常與他人爭吵 (quarrel)，甚至亂丟 (toss) 東西、打架鬧事，真希望他早一點清醒 (waken)，才不會誤了自己的前途。

🎧 MP3 ◀ 013

behave [bɪ`hev] 動 表現；行為檢點	**3**	**Behave** well, class. Otherwise, you will be punished. 同學們，表現要乖喔，否則你們就會被處罰。 同義詞 act, conduct
quarrel [`kwɔrəl] 動 名 爭執	**3**	The twin brothers often **quarrel** with each other despite their identical appearance. 雙胞胎兄弟儘管長相相似，卻常爭吵。 The gentleman has a good temper, seldom having **quarrels** with others. 這位紳士脾氣好，很少與人爭吵。 同義詞 argument, disagreement

toss
[tɔs]
名 動 抛；投

3 A **toss** of the coin will decide who does the dishes.
丟硬幣來決定誰洗碗。
I couldn't sleep; I **tossed** and turned all night.
我睡不著；整晚翻來覆去。
同義詞 flip, cast

---

waken
[`wekṇ]
動 喚醒；激起

3 The woman was **wakened** by a loud knock on the door.
那位女士被一陣很大聲的敲門聲驚醒。
同義詞 arouse, awaken
反義詞 calm

相關單字一次背

rude
[rud]
形 粗魯的

2 Be as nice as you can; don't be **rude**.
要盡可能表達善意，不要無禮。
同義詞 rough, disrespectful

---

talk
[tɔk]
動 講話 名 談話

1 It is recommended that parents **talk** with their kids for 30 minutes every day to promote constructive communication.
建議家長每天跟孩子聊天三十分鐘以促進建設性溝通。

---

walk
[wɔk]
名 散步 動 走

1 I make it a routine to **walk** my dog after dinner.
每天晚餐後遛狗是我的例行公事。
（walk the dog / walk one's dog ＝遛狗）

情境聯想
06 **逮捕偷窺狂**
　　警察終於搜尋 (seek) 到這位愛偷窺 (peep) 的偷拍狂身分，便一路追逐他、跨越 (leap) 許多道圍牆，雖然有輕微擦傷 (scratch)，但最後終於將他繩之以法。原來，這位偷窺狂將針孔攝影機斜放 (lean) 在不顯眼的廁所角落，進行長達一個月的偷拍，行為真令人不齒。

seek
[sik]
動 尋找

3

The refugees from Syria migrated to Europe to **seek** shelter.
敘利亞的難民為尋求庇護而移居到歐洲。
同義詞 search, chase
反義詞 shun, avoid

peep
[pip]
名 動 窺視

3

The sly man secretly looked at someone taking a bath through a **peep** hole.
這位狡詐的男子偷偷摸摸地透過偷窺孔看別人洗澡。
It is impolite to **peep** at anyone or anything without permission.
未經允許偷看他人或別人的物品是違法的。
同義詞 glimpse, peek

leap
[lip]
動 名 跳躍

3

Jamie remains alert and cautious, always looking before she **leaps**.
潔咪保持警覺和謹慎，總是三思而後行。
（look before one leaps ＝三思而後行）

scratch
[skrætʃ]
名 抓痕；擦傷 動 抓

4

The toddler stumbled and fell down, getting **scratches** on his knees.
學走路的幼兒因走路不穩而跌倒，膝蓋有擦傷。
A wild cat **scratched** my hand while I was trying to catch it.
當我試圖要抓野貓時，牠抓傷了我的手。
同義詞 cut, mark
反義詞 mend, heal

lean
[lin]
動 傾斜 形 精瘦的

4

Don't **lean** against the handrail; it's dangerous.
不要斜靠在手欄杆上，這樣很危險。
Lean meat is beneficial to people who go on a diet.
吃瘦肉對減重者而言是有益的。
同義詞 bend, incline

相關單字一次背

think [θɪŋk] 動 思考；認為	**II**	**Think** twice before you take action. 要三思而後行。 同義詞 consider, ponder
touch [tʌtʃ] 動 觸碰 名 接觸	**II**	At present, almost all cellphones are equipped with **touch** screens. 現在幾乎所有手機都具備觸碰式螢幕。
turn [tɜn] 動 名 轉	**II**	Thank you for your invitation, but I am sorry that I have to **turn** it down. 謝謝你的邀請，但是很抱歉，我必須婉拒。 （turn down ＝拒絕）
wait [wet] 動 名 等待	**II**	Be punctual; don't keep others **waiting** for so long. 要準時，不要讓他人等候太久。 同義詞 await, expect

情境聯想 07 肢體動作代表之意

　　肢體動作中，聳肩 (shrug) 代表不知道，而輕撫 (stroke) 則表示安慰、疼惜。反之，做勢拿東西戳人 (stab) 或用棍棒鞭打 (whip)，甚至惡意害人跌倒 (tumble)，這些攻擊性的動作都是不合適的。

🎧 MP3 ◀ 015

shrug [ʃrʌg] 名 動 聳肩	**4**	When teachers ask me complex math questions, I give them a **shrug** as my response. 當老師問我難解的數學習題時，我便聳肩當作回應。 **Shrugging** your shoulders implies that you have no idea. 聳肩暗示「不知道」的意思。

stroke
[strok]
名 中風 動 撫摸

4

My uncle, who has high blood pressure, suffered a **stroke** last year.
我叔叔有高血壓，去年還中風了。
I **stroked** my baby until she fell asleep.
我輕撫寶寶直到她睡著為止。
同義詞 pat, touch

stab
[stæb]
名 刺傷 動 刺；戳

3

The **stab** wound is so deep that it needs several stitches.
刺傷的傷口很深，需縫合幾針。
It never occurred to me that my best friend had **stabbed** me in the back.
我從未想到我最好的朋友竟在背後毀謗我。
同義詞 pierce, wound

whip
[hwɪp]
動 鞭打；攪 名 鞭子

3

A person who **whipped** a dog with a stick the other day ended up being fined ten thousand dollars for animal abuse.
前幾天拿棍子鞭打狗的那個人最後因虐待動物而被罰款一萬元。
The baker uses a **whip** to make fluffy cream.
糕點師傅使用打蛋器來製作蓬鬆的鮮奶油。
同義詞 beat, lash

tumble
[`tʌmbḷ]
動 摔跤 名 墜落

3

The cyclist went cycling on the trail, terribly **tumbling** over a stone.
自行車手在小徑騎著腳踏車，不幸被石頭絆倒。
A **tumble** downstairs injured me badly.
從樓上跌落讓我嚴重受傷。
同義詞 fall, trip

相關單字一次背

listen [`lɪsn̩] 動 聽；聽從	**1**	**Listening** to the radio is one of my likes. 聆聽收音機是我的嗜好之一。
nod [nɑd] 動 名 點頭	**2**	The boy **nodded** his head to express his agreement. 小男孩點點頭表示同意。
pose [poz] 動 構成 名 姿勢	**2**	Electronic waste **poses** potential threats to the environment. 電子廢棄物對環境構成潛在的威脅。
smell [smɛl] 名 氣味 動 聞到	**1**	The strong **smell** of stinky tofu is an odor that many foreigners cannot endure. 臭豆腐強烈的臭味讓許多外國人無法忍受。
stand [stænd] 動 站立 名 架子	**1**	**Standing** in line at the cash register is a common requirement when you want to buy something. 當顧客購物時，在收銀檯前排隊結帳是很基本的。
step [stɛp] 動 踏 名 腳步	**1**	The sign reads, "Don't **step** on the grass." 立牌上寫著「勿踐踏草皮」。 同義詞 stride, tread
stretch [strɛtʃ] 動 名 伸展	**2**	Remember to **stretch** your body before exercising. 運動前記得先伸展身體。 同義詞 extend

情境聯想 08　認錯人的小孩

　　有一天，我在家附近閒逛 (wander)，看到了一位正在哭泣 (weep) 的小朋友，我便主動彎下身 (kneel) 問她發生什麼事，令我錯愕的是，她居然把我誤認為是媽媽並且抱住 (hug) 了我。

wander [`wɑndə] 動 徘徊；漫步 名 漫遊	**3**	The homeless man **wandered** around in front of the train station. 無家可歸的遊民在火車站前徘徊遊走。 同義詞 stroll, linger 反義詞 stay, settle
weep [wip] 名 動 哭泣	**3**	Anna had a **weep** while reading a love story. 安娜看了那則愛情故事後便哭了起來。 The old woman **wept** over her misery. 老太太為她的悲慘遭遇而哭泣著。 同義詞 cry, sob 反義詞 laugh, smile
kneel [nil] 動 下跪 名 跪姿	**3**	Soldiers are trained to shoot from a **kneeling** position. 士兵們被訓練要會採跪姿射擊。 The man **knelt** down to propose to his beloved girlfriend. 這位男士跪下來向他深愛的女朋友求婚。 同義詞 bow
hug [hʌɡ] 名 動 抱；擁抱	**3**	Richard often gives his mother a **hug** because of his close bond with her. 理查和媽媽的感情很好，常常會彼此擁抱。 Teresa passionately **hugs** her children often. 德雷莎經常熱情地擁抱她的小孩。 同義詞 hug, embrace

〜 相 關 單 字 一 次 背 〜

say [se] 動 說；說明	**1**	What the tour guide **says** about the itinerary and details of the trip is true. 導遊說的內容是關於旅遊行程和細節，都是正確資訊。

see [si] 動 看；理解	Ⅰ	**Seeing** is believing. 百聞不如一見。 同義詞 look, spot, detect
tell [tɛl] 動 告訴；分辨	Ⅰ	Can you **tell** the difference between American English and British English? 你能分辨美式英文和英式英文的不同嗎？
shake [ʃek] 動 名 搖動	Ⅰ	Both men and women should take the initiative to greet and **shake** hands in most business situations. 在商場上，不管男女都應主動握手、打招呼。
shout [ʃaut] 動 喊叫 名 呼喊	Ⅰ	Avoid **shouting** in public. 在公共場所要避免大聲喧嘩。 同義詞 call out, exclaim

情境聯想 09 **動手做檸檬水**

　　製作檸檬水的方法很簡單，不須用力拉 (tug) 或捶打。首先，隨手抓取 (grab) 一顆檸檬，將它對切 (chop)，接下來，用手擠壓 (squeeze) 出檸檬原汁，再加入糖水及冰塊，好喝的檸檬水就完成了。別盯著看 (stare)，開始動手做吧！

🎧 MP3 017

| **tug**
[tʌg]
名 拖拉 動 用力拉 | 3 | Our school team won the **tug** of war.
我們校隊贏得了拔河比賽。（tug of war ＝拔河）
The mechanic had to **tug** on the hood of the old car to open it.
技術人員得用力拉才有辦法打開那部老車的引擎蓋。
同義詞 draw, drag, pull
反義詞 push |

grab [græb] 動 名 抓住	**3**	I was almost late for school, so I just **grabbed** my breakfast and rushed to catch the bus. 因為我上學快遲到了，便抓了早餐就衝出門搭公車。 The ambitious politician made a **grab** for power. 那位野心勃勃的政治人物企圖掌權。 同義詞 seize, grasp, grip
chop [tʃɑp] 名 排骨 動 砍；劈	**3**	Pork **chops** are the main dish today. 豬排是今天的主菜。 **Chop** the onions and then stew them with beef. 先切碎洋蔥，然後再跟牛肉一起燉煮。 同義詞 cut, cleave
squeeze [skwiz] 動 名 擠壓；緊握	**3**	The orange juice was **squeezed** by ourselves. 這柳丁汁是我們自己親手擠壓的。 I don't like the way Edward shakes hands with a **squeeze**. 我不喜歡愛德華緊緊握手的方式。 同義詞 press, crush
stare [stɛr] 動 名 凝視	**3**	Owing to the hostility, the rival teams just **stared** at one another. 兩隊因敵意而相互瞪著彼此。 The stubborn old man gave us a **stare** which was threatening. 這位固執的老先生瞪了我們一眼，非常有威脅感。 同義詞 look, gaze, glare

 相關單字一次背

give [gɪv] 動 給予	**1**	The couple should learn to **give** and take for a successful marriage. 為了圓滿的婚姻，夫妻應該學習互相忍讓。

lick [lɪk] **動 名** 舔	**2**	After Nina, who has a sweet tooth, finishes eating chocolate cake, she always **licks** the fork clean. 喜歡吃甜食的妮娜吃完巧克力蛋糕後,總是會把叉子舔乾淨。(sweet tooth =愛吃甜品的人)
put [pʊt] **動** 放置	**1**	Don't be selfish; instead, we should **put** ourselves in other people's shoes. 不要太自私;相反地,應該站在別人立場著想。(put oneself in one's shoes =站在他人的立場、替別人著想)
take [tek] **動** 拿;搭(車、船等)	**1**	**Taking** public transportation such as the subway or bus is eco-friendly. 搭大眾運輸是環保的,例如,地鐵或公車。

> **情境聯想**
> **10**　**令人束手無策的賴床達人**
>
> 　　布萊恩喜歡賴床,常被朋友嘲笑 (tease) 有起床氣,一大早要叫醒 (awaken) 他實在是一大挑戰,朋友嘗試過在他耳邊大吼 (roar)、強迫他小口喝 (sip) 咖啡,或是騷他癢 (itch),但目前仍然束手無策。

🎧 MP3 ◀ 018

tease [tiz] **動** 嘲弄 **名** 揶揄;愛戲弄他人的人	**3**	He is often **teased** about his birthmark. 他因胎記而常被取笑。 Judy is a **tease**; she is never serious about her love. 茱蒂是個愛玩弄別人情感的人,從未認真談過感情。 **同義詞** joke, annoy
awaken [ə`wekən] **動** 喚醒;覺醒	**3**	The reader's curiosity was **awakened** after he read the article. 讀者看過這篇文章後,都被喚起了好奇心。 **同義詞** wake, arouse

roar [ror] 動 吼叫 名 怒吼	**3**	The boss **roared** with anger. 老闆生氣地怒吼著。 Tiger **roars** horrify little kids. 老虎的吼叫聲嚇到了小孩子。 同義詞 thunder, boom
sip [sɪp] 名 動 啜飲	**3**	Gina took a **sip** of whisky. 吉娜小口啜飲威士忌烈酒。 The ladies **sipped** tea, enjoying the refreshment. 女士們小口喝著茶，並享受著點心。 同義詞 taste, drink
itch [ɪtʃ] 動 使發癢 名 癢	**4**	The material of the clothes **itches** me. 這衣服的材質會使我發癢。 The baby got an **itch** all over due to a rash. 嬰兒因為起紅疹，所以全身發癢。 同義詞 tickle

相關單字一次背

wake [wek] 動 叫醒	**2**	My alarm clock goes off and **wakes** me up at 6:00 each morning. 鬧鐘每天六點會響起、把我叫醒。
knock [nɑk] 動 名 敲	**2**	Before entering the office, you had better **knock** on the door. 進入辦公室之前，你最好先敲敲門。
lift [lɪft] 動 名 舉起	**1**	Henry likes to **lift** weights in order to have six-pack abs. 亨利喜歡為了練六塊肌而舉重。

pull
[pʊl]
動 **名** 拖;拉

1 The naughty boy **pulled** up the flowers in the garden.
頑皮的男孩把花園裡的花朵拔起來。

punch
[pʌntʃ]
動 以拳頭重擊
名 打擊

3 Philip **punched** his enemy as an act of revenge.
菲利浦重擊敵人當作報仇。
She was irritated, so she threw a **punch** on his nose.
她被激怒了,於是朝他鼻子揍了一拳。
同義詞 hit, jab

push
[pʊʃ]
動 **名** 推

1 I **pushed** open the door.
我把門推開。
He gave his sister a **push** and made her fall out of the chair.
他推了妹妹一把,害她跌下椅子。

reach
[ritʃ]
動 到達;伸手拿
名 可及範圍

1 My sister is too short to **reach** the doorbell.
我妹妹個子太矮,無法碰到門鈴。
同義詞 extent, range, stretch

Unit 3

認識人的「心」：想法與意願

情境聯想 01　未來自我期許

　　我對未來的期許 (resolution) 是當個有抱負 (ambitious) 的志工 (volunteer)，積極參與 (engage) 各項非營利活動，幫助被戰爭蹂躪的人們，追求世界 (pursue) 和平、期望結束所有戰亂。

MP3 ◀ 019

resolution [ˏrɛzə`luʃən] 名 果斷；決心	Mark made a New Year's **resolution** to never put off till tomorrow what he should do today. 馬克立下一個新年新決心：今日事今日畢。 同義詞 determination, decision 反義詞 laziness, indecision
ambitious [æm`bɪʃəs] 形 有野心的	Qin Shi-huang, an extremely **ambitious** emperor in the Qin Dynasty in ancient China, was eager to covet the "elixir of immortality". 秦始皇是古代中國秦朝一位很有野心的君王，渴望獲得長生不老的仙藥。 同義詞 avid, aspiring 反義詞 content, unenthusiastic
volunteer [ˏvɑlən`tɪr] 名 志工 動 自願做	Doctors without Borders, a non-profit organization, required a large number of medical **volunteers** in response to the outbreak of Ebola in West Africa. 因應西非爆發伊波拉疾病，醫療無國界——一個非營利組織，需要許多醫護志工。 Emma, who is kind and amiable, often **volunteers** to help me with my assignments. 艾瑪是個仁慈又友善的人，時常自願協助我寫作業。 反義詞 compel, force

engage
[ɪn`gedʒ]
動 占用;訂婚

3

As an active senior high school student, Lisa **engages** in a school club named Model United Nations in order to sharpen her abilities such as debating and critical thinking.

身為積極的高中生,麗莎參與一個名為「模聯社」的社團以磨練她的能力,例如,辯論和批判性思考。

同義詞 join, participate
反義詞 refuse, reject

pursue
[pɚ`su]
動 追求

3

The campaign aims to **pursue** public well-being.
這個大型活動的目標是追求大眾的福祉。

同義詞 attend, seek
反義詞 ignore, quit

 相關單字一次背

imagine
[ɪ`mædʒɪn]
動 想像

2

Imagine winning the lottery; what would you do with the prize money?
想像你贏得樂透大獎,你將怎麼處理獎金呢?

同義詞 picture, fantasize

fantastic
[fæn`tæstɪk]
形【口】極好的;想像中的

4

It is **fantastic** that our school basketball team won the tournament.
我們的籃球校隊贏得錦標賽,實在太棒了。

同義詞 wonderful, awesome
反義詞 bad, inferior

regard
[rɪ`gɑrd]
動 認為
名 關心;致意

2

The Maldives is **regarded** as one of the most breathtaking tourist destinations.
馬爾地夫被視為最令人驚豔的觀光景點之一。
A press conference was held today in **regard** to the scandal.
今日已針對那件醜聞召開一場記者會。(in/with regard to =關於)

公司升遷管道

卡爾對所有行銷策略都很熟悉 (acquaint)，因而進入 (admission) 大公司工作，從此影響 (affect) 他的人生；卡爾不僅被指派 (appoint) 為部長，而且還常代表執行長出席許多重大正式的會議 (appointment)。

🎧 MP3 ◀ 020

acquaint 4 [əˋkwent] 🔴 使熟悉；使認識	The employee was **acquainted** with the workplace. 這位員工很熟悉這個職場環境。 (同義詞) know, understand
admission 4 [ədˋmɪʃən] 🔵 進入許可	The student is qualified for **admission** to the prestigious college. 這名學生條件合格，可進入該名校就讀。 (同義詞) admittance, recognition (反義詞) refusal, denial
affect 3 [əˋfɛkt] 🔴 影響	Your personality indeed **affects** your success. 個性的確會影響你是否能成功。 (同義詞) influence, impact
appoint 4 [əˋpɔɪnt] 🔴 任命；約定	Daniel was **appointed** as the class leader. 丹尼爾被指派擔任為班長。 (同義詞) elect, designate
appointment 4 [əˋpɔɪntmənt] 🔵 指定；約會	I have an **appointment** with my dentist today. 我今天有預約我的牙醫師看診。 (同義詞) date, consultation

相關單字一次背

become 1 [bɪˋkʌm] 🔴 變成	Joe has **become** the manager of the marketing department. 喬早已成為行銷部門的經理。

belong
[bə`lɔŋ]
動 屬於

1

The credit for the success of the project **belongs** to all the staff.
這份專案的成功是歸功於所有職員的。

bend
[bɛnd]
動 使彎曲　**名** 彎曲

2

The detective **bent** down to collect the evidence at the scene of the murder.
偵探彎下腰，在謀殺現場收集著證據。

情境聯想 03　整理與分類的繁瑣步驟

　　原先以為 (assume) 只要依據商品的特色 (characteristic) 來整理、分類 (classify)，任務就成功了，沒想到商品的分門別類 (classification) 是件繁瑣的工程，還須依循去年銷售量的數據為線索 (clue) 來整理訂單。

🎧 MP3 ◀ 021

assume
[ə`sjum]
動 假定；以為

4

They **assumed** that the business would make a profit of 120 thousand dollars.
他們以為生意會有十二萬的獲利。
同義詞 think, guess
反義詞 disregard, doubt

characteristic
[ˌkærəktə`rɪstɪk]
名 特徵　**形** 有特色的

4

Koalas have physical **characteristics** related to their tree-dwelling lifestyle, with forepaws for holding branches and picking eucalyptus leaves.
無尾熊身體結構具有在樹上生活的特色，其前爪可緊抓樹枝及摘取尤加利葉。
Being hospitable and amiable are **characteristic** traits of the Taiwanese.
好客友善是台灣人的特點。
同義詞 quality, feature

classify
[`klæsə,faɪ]
動 分類
4

Garbage has to be **classified** into two kinds: recyclable and non-recyclable.
垃圾必須分類成兩種：可回收物與不可回收物。
同義詞 sort, arrange
反義詞 collect, gather

classification
[,klæsəfə`keʃən]
名 分類
4

An animal **classification** system is developed so that scientists could group similar animal species together to study.
動物都被以一種特定的分類系統分門別類，這樣科學家就能將相似的族群歸類，以進行研究。
同義詞 allocation, assortment

clue
[klu]
名 線索；跡象
3

There were no **clues** about the identity of the murderer.
目前沒有與殺人兇手有關的任何線索。
同義詞 hint, evidence

相關單字一次背

confirm
[kən`fɝm]
動 證實
2

You can **confirm** your flight with the airline before you leave to prevent unpleasant surprises.
在出發前，你可以跟航空公司確認班機，預防令人不愉快的驚喜發生。

consider
[kən`sɪdɚ]
動 仔細考慮
2

Jeremy is **considering** moving to the tranquil countryside.
傑洛米正在考慮搬家到寧靜的鄉下去。

correct
[kə`rɛkt]
形 正確的 **動** 改正
1

Participants have to give out the **correct** answer to continue to the next stage.
參加者必須給出正確答案才能進行至下一關。
Correct the grammar errors in your compositions.
請把你作文中出現的文法錯誤訂正好。

情境聯想 04 **樂於接納意見**

　　三個臭皮匠勝過一個諸葛亮，意思就是結合 (combine) 眾多想法和概念 (concept)，期望結果的 (consequent) 做法是有效益的組合 (combination)；同時也告訴我們傾聽他人建議，不要固執己見、太快下結論 (conclusion)。

🎧 MP3 ◀ 022

combine [kəm`baɪn] 動 結合 **3**	The two elementary schools where not many students study will be **combined**. 這兩間只有幾位學生的國小將被併校。 (同義詞) merge, blend (反義詞) divide, separate
concept [`kɑnsɛpt] 名 概念 **4**	The website is dedicated to the **concept** of electric vehicles. 這個網站以電動車這一概念為主題。 (同義詞) notion, view
consequent [`kɑnsə,kwɛnt] 形 隨之而來的 **4**	A drought struck the area, and then a **consequent** shortage of water happened. 這個地區發生旱災，之後還造成缺水。 (同義詞) subsequent, following (反義詞) beginning, casual
combination [,kɑmbə`neʃən] 名 結合 **4**	The coffee shop is the place I frequent for its **combination** of coffee aroma and a romantic atmosphere. 我常去的這家咖啡廳結合了咖啡香氣和浪漫的氣氛。 (同義詞) merger, mix (反義詞) separation, division
conclusion [kən`kluʒən] 名 結論 **3**	Both of us should reach a final **conclusion** after weighing the matter. 我們雙方都應在衡量優劣之後，再做出最後結論。 (同義詞) result, outcome (反義詞) cause, origin

praise 2	Give more **praise** as a positive reinforcer.
[prez]	多給予讚美，當作正增強。
名 稱讚 動 讚美	同義詞 congratulate, adore

principle 2	Muslims must obey the **principles** of Islam.
[`prɪnsəpl]	回教徒必須遵從伊斯蘭教的教義。
名 原則	同義詞 standard, doctrine

refuse 2	I couldn't **refuse** the timely help from strangers.
[rɪ`fjuz]	我無法拒絕陌生人的即時協助。
動 拒絕	同義詞 deny, decline, reject

情境聯想 05 **經濟開放後的問題**

　　傳統的 (traditional) 產業採保守的 (conservative) 經營模式，但自從農產品開放進口之後，面臨許多競爭，在地產業頓時越發蕭條，經考慮 (consideration) 後，所有農夫群起上街抗議示威 (demonstrate)，希望藉此提示 (cue) 相關單位要提升產業發展、保護本國農業。

🎧 MP3 ◀ 023

traditional 2	Worshipping ancestors by lighting incense sticks is the **traditional** custom of the Chinese.
[trə`dɪʃənl]	拿香拜拜是中國人的傳統習俗。
形 傳統的	同義詞 old, conventional
	反義詞 new, modern

conservative 4	The **conservatives** object to dramatic reforms.
[kən`sɜvətɪv]	保守分子反對大變革。
名 保守主義者	My parents remain **conservative** about education.
形 保守的	我爸媽對教育方式仍保持守舊態度。
	同義詞 traditional, timid
	反義詞 radical, progressive

consideration **3**
[kənsɪdə`reʃən]
名 考慮

The security of workplaces should be taken into **consideration**.
職場安全應該要被列入考量。
同義詞 thinking, deliberation
反義詞 ignorance

demonstrate **4**
[`dɛmən,stret]
動 證明;示威

The speaker **demonstrated** how his invention works.
演講者示範他的發明如何運作。
同義詞 display, protest

cue **4**
[kju]
名 動 暗示

If you would like to excuse yourself from the party, you can make a phone call to me as a **cue**.
如果你想提早離開派對,你可以打電話暗示我。
The director **cued** the leading actor to cry.
導演提示主角要開始哭泣。
同義詞 clue, hint

 相關單字一次背

question **1**
[`kwɛstʃən]
名 問題
動 詢問;質疑

Please raise your hand if you want to ask **questions**.
如果要問問題,請你舉手發問。
The suspect was **questioned** by the police and decided to tell the truth.
那位嫌犯被警方訊問,決定說出實情。

reason **2**
[`rizn̩]
名 理由 動 推理

The **reason** why the treasure disappeared was a mystery.
寶藏消失的原因仍是個謎。

problem **1**
[`prɑbləm]
名 問題

Active measures will be taken to solve the flooding **problem** in the country.
國家將採取積極的措施來解決水災問題。

　　奧莉維亞是位認真的實習老師，明天要進行教學示範 (demonstration)，她預先設計 (devise) 好了教案及教具，不過令她感到沮喪 (depression) 的是，教案內容還不是那麼令人滿意 (desirable)，其缺點 (disadvantage) 是創意不足，必須想辦法激起學生的學習興趣。

🎧 MP3 ◀ 024

demonstration 4 [ˌdɛmən`streʃən] 名 證明；示威	Liz is conducting a **demonstration** lesson to apply for the teaching position. 莉茲正在進行示範教學，以便申請教師職位。 同義詞 presentation, expression
devise 4 [dɪ`vaɪz] 動 設計；想出	The talented instructor **devised** a teaching plan. 那位才華洋溢的老師設計了一個教案。 同義詞 design, create
depression 4 [dɪ`prɛʃən] 名 沮喪	Traveling abroad took me out of my **depression**. 到國外旅遊讓我不再憂鬱。 同義詞 disappointment, distress 反義詞 happiness, pleasure
desirable 3 [dɪ`zaɪrəbḷ] 形 合意的	Swimming pools are **desirable** places where we can cool off in summer. 游泳池是個令人嚮往、讓我們夏天可以涼快的地方。 同義詞 fitting, appropriate 反義詞 harmful, bad
disadvantage 4 [ˌdɪsəd`væntɪdʒ] 名 缺點；不利 動 損害	The **disadvantage** of social networking is that a dramatic decrease in face-to-face communication reduces people's ability to interact with others. 社群網站的缺點就是面對面溝通急遽減少，人們的互動能力自然會變差。 同義詞 harm, shortcoming 反義詞 advantage, benefit

相關單字一次背

statement [`stetmənt] 名 陳述	Ⅱ	I receive my credit card **statement** from the bank every month. 我每月都會收到銀行寄來的信用卡帳單明細表。
thought [θɔt] 名 想法；思維	Ⅱ	What are your **thoughts** on marriage? 你對婚姻的看法如何？
understand [ˏʌndɚˋstænd] 動 了解	Ⅱ	His Mandarin isn't good, so I cannot **understand** what he says. 他的中文不好，所以我無法了解他說的話。

情境聯想
07 **關於婚姻方面的評估**

　　有人渴望 (eager) 走入婚姻，有人卻不負責任、經常任意甩掉 (dump) 交往的對象。而鑒於大家的愛情觀都不一樣，對即將訂婚 (engagement) 或結婚的情侶而言，需要多加評估 (evaluate)，例如，個性上的評估 (evaluation)、確認價值觀是否有衝突等，如此婚姻才會長久幸福。

🎧 MP3 ◀ 025

eager [`igɚ] 形 渴望的	3	Maria is **eager** for romance. 瑪利亞渴望浪漫的愛情。 （同義詞）avid, craving
dump [dʌmp] 名 垃圾場 動 拋下	3	My brother's room is so messy that it almost looks like a **dump**. 我哥哥的房間亂七八糟，像極了一座垃圾場。 It is my turn to **dump** the garbage today. 今天輪到我倒垃圾。 （同義詞）discard, unload （反義詞）fill

engagement [ɪn`gedʒmənt] 名 訂婚	**3**	Emily and Andy will hold an **engagement** party next month. 艾蜜莉與安迪下個月即將舉辦訂婚派對。 同義詞 promise, espousal 反義詞 disagreement
evaluate [ɪ`væljʊ,et] 動 評估	**4**	The supervisors always **evaluate** the efficiency of employees at work. 上司總是在評估員工的工作效率。 同義詞 assess, calculate
evaluation [ɪ,væljʊ`eʃən] 名 評估	**4**	Some samples are kept for **evaluation** of the products' quality. 有些樣品被保留下來，以作為評估產品品質使用。 同義詞 assessment, estimate

相關單字一次背

chance [tʃæns] 名 機會	**1**	It is a fat **chance** that Tracy will marry a billionaire. 翠西嫁給億萬富翁的機會很渺茫。 同義詞 possibility, probability
effort [`ɛfət] 名 努力	**2**	Lucy has made a great **effort** to perfect her research. 露西盡全力想要做好她的研究。
accept [ək`sɛpt] 動 接受	**2**	Whether we should **accept** or refuse the proposal is the question. 是否接受或拒絕這項提議，還真是左右兩難。 同義詞 receive, obtain

情境聯想 08 電影吸引人的元素

這齣電影的劇情雖然是想像出來的 (imaginary)，不過令許多影迷感到印象深刻 (impress)，情節中，主角選擇 (choose) 不像命運 (fate) 屈服，而裡面鮮明又精緻 (fancy) 的各個角色也都令人喜愛。

🎧 MP3 ◀ 026

imaginary [ɪˋmædʒəˏnɛrɪ] 形 想像的	**4** Little Dianne's friend was only **imaginary**. 小黛安的朋友只是她想像出來的。 同義詞 fantastic, fictitious 反義詞 real, actual
impress [ɪmˋprɛs] 動 留下深刻印象	**3** The traveler was **impressed** with the politeness and hygiene of Japan. 日本之旅讓我對日本的禮貌與衛生印象很好。 同義詞 affect, awe 反義詞 bore, discourage
choose [tʃuz] 動 選擇	**2** Acting based on stereotypes, people **choose** pink items for baby girls. 人們會根據刻板印象，為女嬰選擇粉紅色衣物。
fate [fet] 名 命運	**3** A confident person never succumbs to **fate**. 這位充滿自信的人從不向命運屈服。 同義詞 destiny, chance
fancy [ˋfænsɪ] 動 名 幻想 形 花俏的	**3** People who are avid astronomers often **fancy** staring at the night sky. 有些對天文學狂熱的人時常會想像在太空漫步。 The writer has abundant **fancy**. 這位作家有豐富的想像力。 In order to take part in the prom, Jean rented a **fancy** gown and accessories. 為了參加舞會，珍租了一件華麗的禮服和飾品。 同義詞 elaborate, elegant 反義詞 plain, simple

choice [tʃɔɪs] 名 選擇 形 精選的	**2**	I have no **choice** but to face the challenge with courage. 我別無選擇，只好鼓起勇氣面對挑戰。
select [sə`lɛkt] 動 挑選 形 挑選出來的	**2**	It is hard to **select** wedding gowns for my wedding. 好難為婚禮挑選婚紗。 Just a **select** few are invited to the party. 只有被挑選出來的一小群人被邀請參加派對。 同義詞 choose, pick, single out
selection [sə`lɛkʃən] 名 選擇	**2**	The library has an abundant **selection** of books for you to read. 圖書館內提供豐富的書籍讓你選擇、閱讀。

情境聯想 09 　理想型特質

　　做事猶豫不決 (hesitation) 的人並不是她理想的 (ideal) 結婚對象，除了要有積極正面的人格特質，還要有天馬行空的想像力 (imagination)、令人印象深刻 (impression) 的實力，都是她選另一半的條件，不過，這樣完美的人大概只會出現在想像的 (imaginative) 世界而已吧。

MP3 ◀ 027

hesitation [ˌhɛzə`teʃən] 名 猶豫	**4**	My best friends come to my aid without **hesitation**. 我最好的朋友總是會毫不猶豫地幫我忙。 同義詞 indecision, unwillingness 反義詞 certainty, confidence
ideal [aɪ`diəl] 形 理想的 名 理想；典範	**3**	Ray is my **ideal** husband. 雷是我理想中的老公。 Being a model student is an **ideal** to me. 我的理想是當位模範學生。 同義詞 excellent, optimal 反義詞 common, imperfect

imagination 3 [ɪˌmædʒəˋneʃən] 名 想像力	While creating artwork, students are required to use as much **imagination** as possible. 當創作藝術作品時,學生被要求盡可能多發揮想像力。 同義詞 fancy, fantasy 反義詞 fact, reality
impression 4 [ɪmˋprɛʃən] 名 印象	What the principal said at the graduation ceremony made an deep **impression** on me, inspiring me a lot. 校長在畢業典禮說的那番話讓握印象深刻、啟發良多。 同義詞 effect, impact
imaginative 4 [ɪˋmædʒəˌnetɪv] 形 有想像力的	Children are **imaginative**; don't make them draw the way you do. 兒童充滿想像力;別要求他們照你的方式畫圖。 同義詞 fantastic, fanciful

generous 2 [ˋdʒɛnərəs] 形 慷慨的	The **generous** philanthropist donated one million dollars to the orphanage. 那位慷慨的慈善家捐了一百萬給孤兒院。
handsome 2 [ˋhænsəm] 形 英俊的	Brad Pitt is the most **handsome** movie star that Linda has ever seen. 布萊德·彼特是琳達看過最帥的電影明星。
hesitate 3 [ˋhɛzəˌtet] 動 遲疑	Don't **hesitate** to seize any opportunity if you want to succeed. 如果你想成功的話,要把握所有機會、不要猶豫。

夏天的蟬

　　說到夏天，可想得到的 (imaginable) 昆蟲莫過於蟬，牠最令人印象深刻的 (impressive) 是蟬鳴，這是牠們的本能 (instinct)，也是利於求偶的優點 (merit)，但不幸的 (miserable) 事實是，蟬的壽命很短，只有二到四週。

🎧 MP3 ◀ 028

imaginable [ɪ`mædʒɪnəbḷ] 形 可想像的	4	To me, the female singer with the best **imaginable** voice in the world is Adele. 世界上，我能想到的擁有最佳歌喉的女歌手是愛戴兒。 同義詞 conceivable, likely
impressive [ɪm`prɛsɪv] 形 令人印象深刻的	3	The athletes' performances in the Olympics were really **impressive**. 奧運比賽中，選手們的表現都令人印象深刻。 同義詞 remarkable, extraordinary 反義詞 normal, ordinary
instinct [`ɪnstɪŋkt] 名 本能；直覺	4	Simply by **instinct**, many predators are good at catching prey. 出於本性，兇猛的獵食者會主動捕捉獵物。 同義詞 aptitude, feeling
merit [`mɛrɪt] 名 價值；優點	4	The biggest **merit** Jimmy has is his honesty. 吉米最大的優點是誠實。 同義詞 quality, value 反義詞 defect, fault
miserable [`mɪzərəbḷ] 形 不幸的	4	People in war-stricken countries lead **miserable** lives. 遭受戰爭蹂躪的人民過著悲慘的生活。 同義詞 poor, pitiful 反義詞 happy, fortunate

相關單字一次背

will
[wɪl]
名 意志 動 將；會

I
When I'm alone, I can do whatever I like to do at my **will**.
獨處的時候，我可以隨意做我喜歡的事。

sad
[sæd]
形 難過的

I
The fans felt **sad** once their idol passed away.
當那位偶像去世時，他的粉絲都覺得很難過。
同義詞 grieved, sorrowful

情境聯想 **11** 擺脫不幸的建議

　　要掙脫不幸 (misfortune) 與悲慘 (misery)，一定要先改掉自己衝動、不理性、善妒等負面性格，盡量避免讓人誤解 (misunderstand)，而且要培養正義及道德感 (moral)，這樣一來，才能排除所有障礙 (objection)。

MP3 029

misfortune
[mɪsˋfɔrtʃən]
名 不幸

4
The victims of the massive earthquake suffered terrible **misfortune**.
大地震的受害者倍受不幸遭遇的折磨。
同義詞 hardship, tragedy
反義詞 fortune, blessing

misery
[ˋmɪzərɪ]
名 悲慘

3
The poor beggar leads a life of **misery**.
可憐的乞丐過著悲慘的生活。
同義詞 suffering, agony
反義詞 contentment, happiness

misunderstand
[ˏmɪsʌndɚˋstænd]
動 誤解

4
It is easy to **misunderstand** what I mean due to my accent.
我的口音很容易讓別人誤會我的意思。
同義詞 misconceive, misread
反義詞 understand

moral
[`mɔrəl]
名 道德；寓意
形 有道德的

3 The **moral** of Aesop's Tortoise and the Hare is educational.
伊索寓言中，龜兔賽跑的寓意很有教育性。
Be a **moral** and sensible man.
要當一位有道德感又理性的人。
同義詞 ethical, righteous
反義詞 immoral

objection
[əb`dʒɛkʃən]
名 反對；障礙

4 All residents expressed strong **objection** to the construction of the incinerator.
所有居民都強烈反對興建焚化爐。
同義詞 protest, disapproval
反義詞 approval, agreement

why
[hwaɪ]
副 為什麼　名 理由

1 **Why** were you absent yesterday?
為什麼你昨天缺席呢？
We ran out of gas this morning, and that's **why** we were late.
早上我們沒油了，這就是我們遲到的原因。

wonder
[`wʌndə]
動 納悶；想知道
名 奇觀

2 Jay **wonders** if you are available tonight.
阿杰想知道你今晚是否有空。
The Great Wall of China is one of the seven **wonders** of the world.
中國的萬里長城是世界七大奇觀之一。

情境聯想 **12** **追求理想未來**

　　當個影評人是我表哥未來想追求 (pursuit) 的目標，他說過，要對一部電影做評斷一定要保持客觀 (objective)，評論的內容要合理 (reasonable)、不要太偏頗，並要認清 (recognize) 導演所要傳達的方向，他還自製了一些短片，而且實力獲得電影公會的表彰及公認 (recognition)。

 MP3 ◀ 030

pursuit 4 [pɚ`sut] 名 追求	Peggy went to Spain in **pursuit** of artistic inspiration. 為了追求藝術方面的靈感，佩琪去了一趟西班牙。 (同義詞) chase, quest (反義詞) retreat
objective 4 [əb`dʒɛktɪv] 名 目標 形 客觀的	To study at a medical school is my **objective**. 就讀醫學院是我的目標。 To be a sports commentator, a person needs to be **objective**. 要當一位球賽的實況球評，就應該要客觀點。 (同義詞) impartial, fair (反義詞) partial, prejudiced
reasonable 3 [`riznəbl] 形 合理的	The prices of furniture in the shop are **reasonable**. 這家店賣的家具價格很合理、公道。 (同義詞) rational, sensible (反義詞) irrational, unwise
recognize 3 [`rɛkəg,naɪz] 動 認知	I can hardly **recognize** Melody since we haven't seen each other for ten years. 因為已經十年未看到美樂蒂，我幾乎無法認出她。 (同義詞) acknowledge, realize
recognition 4 [,rɛkəg`nɪʃən] 名 認出；認可	My hometown has changed beyond **recognition** because I studied overseas for five years. 因為在國外留學五年，我家鄉的變化已經大到我認不出來了。 (同義詞) approval, identification

 相關單字一次背

want 1 [wɑnt] 動 想要 名 缺乏	Do unto others what you **want** done to you. 己所不欲，勿施於人。 (反義詞) lack, need

worry
[`wɝɪ]
動 名 擔心；煩惱

1 My mom **worries** my health will be harmed by my bad habit of smoking.
我媽媽擔心我抽菸的壞習慣會損害到健康。

情境聯想 13　獨立的計畫

　　在美國，很多爸媽因想讓成年兒女早些獨立的緣故 (sake)，會斷然拒絕 (refusal) 提供生活費或同住，而長期依賴 (rely) 爸媽的兒女對於離開老家雖然會感到不情願 (reluctant)，但都會開始好好計畫 (schedule) 自己獨立的生活，想辦法自食其力、闖出自己的一片天。

🎧 MP3 ◀ 031

sake
[sek]
名 緣故；理由

3 Roger moved to the countryside for the **sake** of his family's health.
為了家人的健康，羅傑搬到了鄉下。
(同義詞) cause, purpose

---

refusal
[rɪ`fjuzl̩]
名 拒絕

4 Her facial expression showed her **refusal** of my offer.
她的臉部表情顯示出她拒絕了我的提議。
(同義詞) denial, turndown
(反義詞) acceptance

---

rely
[rɪ`laɪ]
動 依賴

3 Good friendship **relies** on mutual trust.
良好的友誼須依賴彼此的信任。
(同義詞) depend, count

---

reluctant
[rɪ`lʌktənt]
形 不情願的

4 The drug dealer was **reluctant** to talk to the police.
毒販不情願與警方溝通。
(同義詞) unwilling
(反義詞) willing

schedule 3
[`skɛdʒʊl]
動 安排 名 計畫表

As a good secretary, Nora is excellent at **scheduling** meetings.
身為秘書，諾拉非常善於安排開會。
The entrepreneur has a tight **schedule** this week.
這名企業家本週行程很緊湊。
同義詞 list, program

 相關單字一次背

idea 1
[aɪˋdɪə]
名 主意

Do you have any **idea** how to solve this problem?
有關如何解決這個問題，你有任何想法嗎？
同義詞 belief, concept

opinion 2
[əˋpɪnjən]
名 意見

In my **opinion**, we should cut down the number of soft drinks we consume.
我認為我們應該減少汽水的攝取量。

improve 2
[ɪmˋpruv]
動 改善

The basic way to **improve** language ability is to practice the four language skills every day.
加強語言能力的基本方法就是每天練習聽說讀寫。

improvement 2
[ɪmˋpruvmənt]
名 改善

There will be great **improvement** once you strive for your goals.
一旦你為目標而努力，將會進步很多。

hometown 3
[ˋhomˋtaʊn]
名 家鄉

Charlie's **hometown** is situated in Venice, which is a city in northeastern Italy.
查理的家鄉位於威尼斯，是義大利西北部的一座都市。
同義詞 homeland
反義詞 abroad, overseas

孤僻自私的性格

　　鄰居老先生經常心懷惡意 (spite) 占用公用空地，而且固執 (stubborn)、不好相處，往往 (tend) 跟他人有爭執，雖然沒有針對特定的 (specific) 人或目的，但社區的居民猜想 (suppose) 他性格本就自私孤僻。

🎧 MP3 ◀ 032

spite [spaɪt] 名 惡意	**3** Out of **spite**, the guy damaged cars parked along the road. 這個人出於惡意，沿路攻擊停靠的車輛。 同義詞 malice, hatred 反義詞 kindness, benevolence
stubborn [`stʌbən] 形 頑固的	**3** It is difficult to remove **stubborn** coffee stains. 咖啡污漬真的很固執、很難去除。 同義詞 obstinate, rigid 反義詞 nice, flexible
tend [tɛnd] 動 傾向	**3** Drivers who are drunk **tend** to cause car crashes. 喝醉酒的司機往往會導致車禍。 同義詞 favor, attend 反義詞 dislike, shun
specific [spɪ`sɪfɪk] 形 具體的；特殊的	**3** The job requires **specific** professional qualifications. 應徵這份工作需要特定的合格專業條件。 同義詞 definite, precise 反義詞 general
suppose [sə`poz] 動 假定；以為	**3** Raising kids is not as easy as you **suppose**. 養育小孩不像你想的那麼簡單。 同義詞 deem, think 反義詞 deny, disbelieve

相關單字一次背

allow [ə`laʊ] **動** 允許	**1**	Talking on mobile phones isn't **allowed** during the movie. 當電影院正在播放電影時，是不允許講手機的。
purpose [`pɜpəs] **名** 目的	**1**	The hysterical lady broke the dish into pieces on **purpose**. 那位歇斯底里的女子故意把盤子摔碎。

情境聯想 15　過度渴望名牌

你是否對名牌商品有過度的渴望 (thirst)，又有衝動性購物的傾向 (tendency) 呢？打扮外表是可接受 (acceptance) 的理由，不過商品可接受的 (acceptable) 價位卻不可超過你的預算，以免成為卡債族喔。

MP3 ◀ 033

thirst [θɜst] **動 名** 口渴；渴望	**3**	The young girl **thirsts** for a sense of security. 年輕女子渴望得到安全感。 The **thirst** for knowledge motives me to read a lot. 對知識的渴望激勵我多閱讀。 **同義詞** desire, hunger **反義詞** dislike, disgust
tendency [`tɛndənsɪ] **名** 傾向	**4**	The boy has a **tendency** to tell lies. 這男孩有說謊的傾向。 **同義詞** inclination, aptitude
acceptance [ək`sɛptəns] **名** 接受	**4**	The best gifts parents can give their children are unconditional love and **acceptance**. 父母給孩子的禮物就是無條件的愛與接納。 **同義詞** approval, consent **反義詞** refusal, rejection

| **acceptable** [əkˋsɛptəbḷ] 形 可接受的 **3** | The job offer was **acceptable** to the woman. 對她來說，這份工作還算可以接受。 同義詞 decent, tolerable 反義詞 disagreeable, bad |

相關單字一次背

desire [dɪˋzaɪr] 名 動 渴望 **2**	People in communist countries **desire** liberty. 共產國家的人民渴望自由。 同義詞 want, long for, crave
result [rɪˋzʌlt] 名 結果 動 導致 **2**	Hard work **results** in success. 努力造就成功。 同義詞 consequence, outcome
special [ˋspɛʃəl] 形 特別的 **1**	What is so **special** about the Moon Festival? 中秋節有什麼特別的呢？ 同義詞 specific, distinguished, distinctive

情境聯想 16　為求選票的錯誤決定

　　這位政治人物的事蹟是很令人欽佩的 (admirable)，除了為民服務外，他也是個醫生，會定時到山上義診；他的雄心抱負 (ambition) 是當一位總統，而崇拜 (admire) 的偶像是南非前總統曼德拉。遺憾的是，為了贏得更多民眾的讚賞 (admiration) 及選票，他卻涉嫌賄賂，並在今天開了記者會，公開對選民道歉 (apologize)。

 MP3 034

| **admirable** [ˋædmərəbḷ] 形 令人欽佩的 **4** | The feats of the firefighters are **admirable**. 打火兄弟的偉大事蹟真令人崇拜。 同義詞 excellent, praiseworthy 反義詞 shameful |

ambition
[æm`bɪʃən]
名 野心

3 My **ambition** is to become an inventor.
我的抱負是成為發明家。
同義詞 goal, aspiration

admire
[əd`maɪr]
動 欽佩；讚賞

3 The integrity of the judge is **admired** by many.
法官的公正清廉受到很多人的欽佩。
同義詞 honor, respect
反義詞 despise, disregard

admiration
[ˌædmə`reʃən]
名 欽佩

4 People have **admiration** for the wealthy millionaire.
人們都很崇拜那位富有的百萬富翁。
同義詞 esteem, adoration
反義詞 contempt

apologize
[ə`pɑləˌdʒaɪz]
動 道歉

4 We **apologize** for any inconvenience caused by the renovation of our hotel.
我們為飯店整修造成的不便道歉。
同義詞 confess
反義詞 defy

相關單字一次背

blame
[blem]
動 名 責備

3 Who is to **blame** for the mistake?
誰應該為這個錯誤負責呢？
同義詞 accuse, condemn

care
[kɛr]
動 名 關心；照料

1 The item is fragile; move it with **care**.
這件物品很容易碎裂，所以請小心搬動。
同義詞 tend, attend, look after

mistake
[mɪ`stek]
名 錯誤 動 誤認

1 Don't make the same **mistake**.
不要重蹈覆轍。
同義詞 error, misunderstanding

當大家在參觀或欣賞 (appreciate) 藝術作品時，一名參觀者不小心毀損一幅畫，他只好對美術館道歉 (apology)，同時有可能要賠償。慶幸的是，這名藝術家給予同意 (approval)，不要求任何金錢方面的賠償，只是呼籲大家要以謹慎和賞識 (appreciation) 的態度好好觀賞藝術。

MP3 035

appreciate [ə`priʃ͟ɪ.et] 動 欣賞	3	I really **appreciate** the talent of the pianist. 我非常佩服這名音樂家的才華。 同義詞 cherish, admire 反義詞 despise
apology [ə`pɑlədʒɪ] 名 道歉	4	He made a sincere **apology** for his mistake. 他為自己造成的錯誤誠摯地道歉。 同義詞 regret, confession 反義詞 denial, refusal
approval [ə`pruvl̩] 名 同意	4	The housing loan Mr. Lee applied for was given **approval** by the bank manager. 李先生申請的房屋貸款已經得到銀行的同意。 同義詞 permission, support 反義詞 disagreement, objection
appreciation [ə͵priʃɪ`eʃən] 名 賞識	4	Zoe bought her mom flowers to show her **appreciation**. 柔伊買花送媽媽來表示感激。 同義詞 acknowledge, gratitude 反義詞 criticism, disregard

相關單字一次背

character [`kærɪktə] 名 角色；個性	2	Hello Kitty is one of the most popular cartoon **characters**. 凱蒂貓是最受歡迎的卡通人物之一。
particular [pəˋtɪkjələ] 形 特別的；講究的	2	Mark's **particular** style of dancing left a good impression on me. 我對馬克特別的舞風留下很好的印象。
quite [kwaɪt] 副 相當地	1	The scenery of Machu Picchu is **quite** breathtaking; no wonder there are a great number of travelers coming to Peru every year. 馬丘比丘的風景美得令人屏息，難怪每年都有那麼多旅客到祕魯來觀光。

情境聯想
18

建立和諧團隊

在一個和諧的團體中，成員間應該試著 (attempt) 互相合作 (cooperate)，並在失意時彼此安慰 (comfort)、鄙棄成見，同時保有善心和良心 (conscience)，好好善待自己的隊友。

🎧 MP3 ◀ 036

attempt [əˋtɛmpt] 名 動 嘗試；企圖	3	The swimmer made an **attempt** to break the world record. 那位游泳選手試圖打破世界紀錄。 The writer **attempted** to have his novel published. 這位作家試著出版他寫的小說。 同義詞 endeavor, try 反義詞 quit
cooperate [koˋɑpə‚ret] 動 合作	4	All teamwork requires every member to **cooperate** with one another. 所有團隊作業都需要每位成員彼此合作。 同義詞 collaborate, unite

comfort
[`kʌmfət]
動 安慰 名 舒適

3 This kind of mattress brings **comfort** to the sleepless.
這種床墊為失眠者帶來舒適感。
The caring mother is **comforting** the little girl who is wounded.
慈愛的媽媽正在安撫受傷的小女孩。
同義詞 console, relieve

conscience
[`kɑnʃəns]
名 良心

4 Keep your **conscience** clear.
要保持你的道德良心。
同義詞 morals, ethics
反義詞 immorality

相關單字一次背

motion
[`moʃən]
名 動作 動 打手勢

2 Every **motion** of the ballet dancer is so graceful.
芭蕾舞者的每一個動作都是那麼優雅。
同義詞 movement, action

help
[hɛlp]
動 幫忙

1 With the **help** of passersby, the injured man was rushed to hospital.
在路人的協助下，車禍中受傷的人迅速被送到醫院救治。

helpful
[`hɛlpfəl]
形 有用的

2 The valuable advice Tim gave was quite **helpful**.
提姆給的寶貴建議很有幫助。
同義詞 beneficial, beneficent

情境聯想 19　籃球比賽合作
　　籃球比賽是一項強調合作 (cooperation) 的運動，有前鋒、中鋒、後衛等位置，每位球員各司其職，敢於 (dare) 爭取團隊榮譽，並同時維持合作的 (cooperative) 精神、決心 (determination) 與毅力。

🎧 MP3 ◀ 037

cooperation 4
[ko͵ɑpəˋreʃən]
名 合作

The summit aims to promote **cooperation** among all countries.
高峰會議目的是促進國家之間的合作。
同義詞 collaboration, assistance

dare 3
[dɛr]
動 敢；竟敢

Do you **dare** to try bungee-jumping?
你敢嘗試高空彈跳嗎？
同義詞 brave, risk

cooperative 4
[koˋɑpə͵retɪv]
形 合作的
名 合作商店

The residents in this community are very **cooperative**.
這個社區的居民樂於合作。
同義詞 collaborative

determination 4
[dɪ͵tɝməˋneʃən]
名 決心

The climber has the **determination** to reach the top of the mountain.
那位登山客有決心要攻頂。
同義詞 decision, perseverance
反義詞 hesitation

相關單字一次背

example 1
[ɪgˋzæmpl̩]
名 例子

My older brother sets a good **example** for me.
我哥哥為我樹立一個好榜樣。
同義詞 instance

guess 1
[gɛs]
動 名 猜想；猜測

Can you **guess** which team will win the championship?
你猜得到哪個球隊會贏得冠軍嗎？
同義詞 assumption, speculation

好萊塢明星李奧納多·狄卡皮歐意識 (conscious) 到氣候變遷及海洋生態缺乏保育的議題,決定 (determine) 展現慷慨 (generosity)、解囊捐款,也出資參與 (participation) 環保紀錄片《第十一個小時》的製作,並獲聯合國組織認可 (approve) 而出任聯合國和平大使,呼籲全球正視氣候危機。

🎧 MP3 ◀ 038

conscious [`kɑnʃəs] 形 意識到的	She fainted, and was no longer **conscious**. 她暈了過去,毫無意識。 (同義詞) awake, sensitive (反義詞) unconscious
determine [dɪ`tɝmɪn] 動 決定	It is my dad that **determines** the tourist attractions our family will visit. 我們家是由爸爸來決定家族旅遊的景點。 (同義詞) settle, decide (反義詞) hesitate
generosity [,dʒɛnə`rɑsətɪ] 名 慷慨	Charlotte is a woman of **generosity**, often donating money to World Vision. 夏綠蒂是位慷慨大方的女子,常捐錢給世界展望會。 (同義詞) kindness, benevolence (反義詞) greed, stinginess
participation [pɚ,tɪsə`peʃən] 名 參與	**Participation** in volunteering efforts is something that is worthwhile. 參與志工活動雖無酬勞,卻很值得。 (同義詞) support, attendance (反義詞) absence
approve [ə`pruv] 動 批准;認可	The villagers **approved** of building a stadium so they could do exercise. 村民贊成興建體育館,讓他們有地方可以運動。 (同義詞) agree, accept (反義詞) disapprove, object

相關單字一次背

deny [dɪ`naɪ] 動 拒絕	2	We cannot **deny** that environmental protection should be our top priority. 我們無法否認環保才是最優先的事。 同義詞 disagree, decline, refuse
propose [prə`poz] 動 提議；求婚	2	Experts **propose** that people exercise moderately and eat right. 專家建議人們應該適度地運動以及擁有正確飲食觀念。 同義詞 suggest, recommend
terrific [tə`rɪfɪk] 形 驚人的	2	The professor told the student his research was **terrific**. 教授稱讚他學生的研究很棒。 同義詞 amazing, excellent, wonderful

情境聯想 21　有名畫家的啟發

　　這位有名畫家奮鬥的一生對我而言是一大啟發 (inspiration)。她雖然沒有雙手，但對於身體方面的殘缺卻從不選擇服從 (obedience)，反而把缺陷視為努力的動力 (motivation)，在她的畫作也看不出任何自暴自棄的影子，這鼓舞 (inspire) 了我，激勵 (motivate) 四肢健全的我朝夢想前進。

🎧 MP3 ◀ 039

inspiration [ˌɪnspə`reʃən] 名 鼓舞；激勵	4	A brilliant **inspiration** came to mind. 我突然想到一個很妙的靈感。 同義詞 stimulus, idea
obedience [ə`bidjəns] 名 服從；遵守	4	**Obedience** is the duty of soldiers. 服從是軍人的義務。 同義詞 conformity 反義詞 disobedience

motivation [ˌmotə`veʃən] 名 動機；動力	**4**	My main **motivation** these days is to earn more money. 我最近最主要的動力是想多賺點錢。 (同義詞) incentive, encouragement (反義詞) block, discouragement
inspire [ɪn`spaɪr] 動 啟發；鼓舞	**4**	The scenery of Mt. Jade **inspires** me a lot. 玉山的風景給我很多的靈感。 (同義詞) arouse, prompt
motivate [`motə.vet] 動 刺激；激發	**4**	The speech **motivated** the audience to stay optimistic. 這場演講激勵觀眾要保持樂觀。 (同義詞) encourage, inspire (反義詞) discourage

相關單字一次背

pride [praɪd] 名 動 自豪	**2**	Jeremy takes **pride** in his achievements. 傑瑞米對自己的成就感到自豪。 (同義詞) self-esteem, ego
proud [praud] 形 驕傲的	**2**	My parents are **proud** of me obtaining a doctoral degree. 我拿到博士學位，爸媽以我為榮。

情境聯想 **22** **軍人服從紀律**

　　軍人參與 (participate) 受訓時，不管是志願 (voluntary) 服役或義務役，都要服從 (obedient)，態度不能被動 (passive)，而是要迅速積極。

🎧 MP3 ◀ 040

participate 3
[pə`tɪsəˌpet]
動 參與

My teacher asked us to **participate** in the 30 Hour Famine.
老師要求我們參與飢餓三十的活動。
同義詞 join, engage

voluntary 4
[`vɑlənˌtɛrɪ]
形 自願的

Retiring from her job, Sandy began her **voluntary** work at a charity.
珊蒂退休後，便開始在慈善機構從事志工工作。
反義詞 compulsory

obedient 4
[ə`bidjənt]
形 服從的

Students are expected to be **obedient** in class.
學生被期許上課時要服從。
同義詞 tame, compliant
反義詞 rebellious, misbehaving

passive 4
[`pæsɪv]
形 被動的

Harry is **passive** in learning.
哈利的學習態度很被動。
同義詞 dormant, inactive
反義詞 active, dynamic

相關單字一次背

obey 2
[ə`be]
動 遵守

The loyal dog **obeys** the commands of its master.
這隻忠狗會服從主人所有的命令。
同義詞 conform, comply

order 1
[`ɔrdə]
動 命令 名 順序

The general **ordered** the soldiers to hold their fire.
上尉命令軍人們先不要開火。
The books are arranged in alphabetical **order**.
這些書籍是按字母順序排列的。

rule 1
[rul]
名 規則 動 統治

Obeying traffic **rules** is essential.
遵守交通規則是很重要的。
He has been **ruling** the country since he was only thirteen.
他從十三歲開始就統治著這個國家。

傳達想法：表達與情緒篇

情境聯想 01　失敗為成功之母

　　令我們感到驚訝 (amazement) 的是，安迪雖然失敗了，但他並沒有為此而感到難過 (grief)，這個經驗反而使他更警覺 (alert)、拼命 (desperate) 與努力，致力於 (devote) 達成最終目標、永不放棄。

🎧 MP3 ◀ 041

amazement 🄳 [ə`mɛzmənt] 名 驚訝	The lady shouted in **amazement** at the magic show. 這位小姐對這場魔術表演驚豔不已。 同義詞 shock, surprise 反義詞 calmness, indifference
grief 🄸 [grif] 名 悲傷	The heart-broken mother suffered from **grief** over the death of her beloved son. 那位母親因心愛的兒子過世而感到悲傷、心碎。 同義詞 sorrow, agony 反義詞 happiness, delight
alert 🄸 [ə`lɝt] 形 警覺的 動 警告	We should be **alert** to all hazards, such as fire or flooding. 我們應該對所有危險保持警覺，像是火災或水災。 同義詞 wary, watchful 反義詞 careless, ignorant
desperate 🄸 [`dɛspərɪt] 形 極度渴望的；絕望的；亡命的	Making **desperate** efforts to fight against evil, the hero finally defeated the villain. 這位英雄拼命對抗邪惡，終於打敗壞蛋。 同義詞 daring, hopeless 反義詞 hopeful, moderate

| **devote**
[dɪˋvot]
動 貢獻 | 4 | Mother Teresa **devoted** most of her life to helping the poorest of the poor.
德雷莎修女將一生中大部分的時間致力於幫助窮人中最貧窮的人。
同義詞 dedicate, donate
反義詞 receive, withhold |

 相關單字一次背

encourage [ɪnˋkɝɪdʒ] 動 鼓勵	2	My friend always **encourages** me to strive toward my objective. 我的朋友總是鼓勵我朝自己的目標努力。 同義詞 boost, stimulate
encouragement [ɪnˋkɝɪdʒmənt] 名 鼓勵	2	Thanks to my mom's **encouragement**, I overcame the difficulty. 幸虧有媽媽的鼓勵，我才克服了困難。
congratulation [kənˏgrætʃəˋleʃən] 名 恭喜	2	**Congratulations** on your promotion. 恭喜你升官了。
insist [ɪnˋsɪst] 動 堅持	2	The investor **insisted** on buying more ABC Company stocks. 這位投資人堅持多買 ABC 公司的股票。 同義詞 persist

情境聯想 02　聆聽寶貴忠告

　　高一下學期，我的英文老師給我許多寶貴的忠告 (advice)，她保證 (assure) 我若加強試題的練習，英文定能進步，並建議 (advise) 平常要多閱讀以增加字彙量；在高三下學期，我終於錄取到 (admit) 心目中理想的大學，而最吸引 (appeal) 我的科系就是它的外交系。

advice [əd`vaɪs] 名 忠告	**3**	I don't know what to do; I need your **advice**. 我不知道怎麼辦；我需要你的忠告。 (同義詞) suggestion, instruction
assure [ə`ʃʊr] 動 保證；使確信	**4**	The travel agency **assured** customers of a delightful journey. 旅行社向客戶保證能有愉快的旅行。 (同義詞) guarantee, promise (反義詞) alarm
advise [əd`vaɪz] 動 努力	**3**	The doctor **advised** that the patient should do more exercise. 醫生建議病人應該多做運動。 (同義詞) recommend, suggest
admit [əd`mɪt] 動 承認；容許進入	**3**	The outstanding student was **admitted** to Yale University. 這位優秀學生申請上了耶魯大學。 (同義詞) allow, consent (反義詞) forbid, exclude
appeal [ə`pil] 動 呼籲；吸引 名 吸引力	**3**	The boy who was bullied **appealed** for help to fight against the bully. 被霸凌的男孩求助於暴力去對抗惡霸。 The interesting online game has gained its **appeal** to the youth in particular. 這款有趣的線上遊戲吸引很多年輕人。 (同義詞) attract, beg

agree [ə`gri] 動 同意	**1**	Everyone **agreed** to the plan unanimously. 每個人意見一致，都同意這個計畫。 (同義詞) acknowledge, assent

| argue
[`ɑrgjʊ]
動 爭論 | **2** | The brothers **argued** fiercely about who should do the laundry.
兩兄弟對於誰要負責洗衣服而吵得很兇。 |

| argument
[`ɑrgjʊmənt]
名 論點 | **2** | There will be no more **argument** between the couple.
這對夫妻之間再也沒有爭執。 |

情境聯想 03 記者會澄清八卦

　　這位議員曾經自豪 (boast) 自己是顧家的好丈夫，沒想到八卦雜誌後來揭露外遇及暴力事件，他隨即召開記者會 (conference) 去澄清 (clarify) 緋聞，宣告 (declare) 他並不認識任何新聞中指稱的外遇對象，也與任何人無衝突 (clash)，宣稱自己是被誣陷的。

🎧 MP3 ◀ 043

| boast
[bost]
名 動 吹噓；自誇 | **4** | It is my **boast** that I can go cycling the whole day.
我自豪的是，我可以騎單車騎一整天。
The hotel **boasts** all sorts of facilities, such as a gym and sauna.
這家飯店自豪擁有各種設施，譬如健身房和三溫暖。
同義詞 brag, flaunt
反義詞 hide, conceal |

| conference
[`kɑnfərəns]
名 會議 | **4** | The company has a video **conference** every day with other branches overseas.
這間公司每天會跟國外的分公司進行視訊會議。
同義詞 meeting, session |

| clarify
[`klærə͵faɪ]
動 澄清 | **4** | The graph can **clarify** the sales for this quarter.
這個圖表可以清楚解釋整季的銷售量。
同義詞 explain, refine
反義詞 complicate |

declare [dɪ`klɛr] 動 宣告	4	The U.S. will not **declare** war on North Korea. 美國將不對北韓宣戰。 同義詞 announce, assert
clash [klæʃ] 名 動 衝突；猛撞	4	The protest ended up being a **clash** of violence. 抗議結果居然演變成暴力衝突。 The two sides **clashed** over the disagreement. 雙方都不同意對方而產生了衝突。 同義詞 argument, dispute 反義詞 agreement

相關單字一次背

debate [dɪ`bet] 名 動 辯論	2	There will be a heated **debate** on the problem. 針對這個問題有激烈的辯論。 同義詞 argument, dispute
describe [dɪ`skraɪb] 動 描述	2	Words cannot **describe** the extraordinary beauty of the scenery. 這片景色優美到無法用言語來形容。 同義詞 depict, portray
secret [`sɪkrɪt] 名 秘密 形 祕密的	2	It is a **secret** between just the two of us. Please don't reveal it. 這秘密只有我們兩人能知道，千萬不要洩漏出去。

情境聯想 04 恭喜病人抗癌成功

　　醫生恭喜 (congratulate) 一位抗癌病人，這位病人因病情好轉，而被定義 (define) 為抗癌成功。之後，醫生給予他建設性的 (constructive) 保健方法，也歡迎他來電請教 (consult) 醫護人員任何問題，而在許多建議之中，醫生更向他傳達 (convey) 了飲食及生活均衡的重要性。

🎧 MP3 ◀ 044

congratulate 4
[kən`grætʃə͵let]
動 恭喜

She wants to **congratulate** her friend on the success of his business.
她想跟朋友恭喜事業的成功。
同義詞 praise, flatter
反義詞 criticize

---

define 3
[dɪ`faɪn]
動 下定義

You can consult the dictionary as it **defines** the meaning of words.
你可以查字典，裡面有字彙的定義。
同義詞 explain, clarify
反義詞 confuse

---

constructive 4
[kən`strʌktɪv]
形 建設性的

The expert came up with a **constructive** strategy.
那位專家想出了一個很有建設性的策略。
同義詞 helpful, useful
反義詞 useless, incapable

---

consult 4
[kən`sʌlt]
動 查詢；請教

Students **consult** dictionaries to look up new words.
學生們藉由翻字典來查找生字。
同義詞 ask, confer
反義詞 answer

---

convey 4
[kən`ve]
動 傳達；運送

He sent me a text message which **conveyed** his thoughts.
他寄給我簡訊，傳達他的想法。
同義詞 transmit, bring
反義詞 receive, take

  相關單字一次背

---

discuss 2
[dɪ`skʌs]
動 討論

The representatives **discussed** the financial crisis in the meeting.
代表們在會議中討論財務危機。

discussion 🔲2
[dɪ`skʌʃən]
名 討論

Politics is considered taboo as a topic for most **discussions**.
政治被視為禁忌的討論主題。

doubt 🔲2
[daʊt]
名 動 懷疑

Without a **doubt**, Jane is the best tennis player that I have ever known.
無可否認，珍是我知道的網球選手中最厲害的。

情境聯想 05 　昆蟲研究報告

　　這學期，教授要求 (demand) 我們繳交一份研究報告，報告中要包含生物專有名詞的定義 (definition)、昆蟲解剖過程的描述 (description)、昆蟲結構的細節 (detail) 等等，最後，還要說明有爭議 (dispute) 的相關議題。

🎧 MP3 ◀ 045

demand 🔳4
[dɪ`mænd]
名 動 要求；需要

Cold beverages are in **demand** on hot days.
在炎熱的天氣下，冷飲非常受歡迎。
The laborers **demanded** a raise in salary.
勞工紛紛要求加薪。
同義詞 request, ask
反義詞 answer, offer

definition 🔳3
[ˌdɛfə`nɪʃən]
名 定義

What is your **definition** of happiness?
你對快樂的定義為何？
同義詞 explanation, interpretation

description 🔳3
[dɪ`skrɪpʃən]
名 描述

The magnificent canyon is beyond **description**.
峽谷的壯麗無法言喻。
同義詞 definition, depiction

detail 🔳3
[`ditel]
名 細節 動 詳述

The victim described the robber's appearance in **detail**.
受害人仔細描述搶匪的長相。
同義詞 specification, feature
反義詞 entirety

dispute
[dɪ`spjut]
動 名 爭論

4 The teammates **disputed** who should get the biggest profit.
隊員為了利益問題而相互爭吵。
The **dispute** over the border between two countries hasn't been resolved.
兩國間邊界的爭執還沒處理好。
同義詞 quarrel, conflict
反義詞 agreement, harmony

disagree
[ˌdɪsə`gri]
動 不同意

2 Bill **disagrees** with his wife over which movie to see.
比爾和老婆對於應該看哪部電影而意見不合。
同義詞 differ, dissent
反義詞 agree, approve

disagreement
[dɪsə`grimənt]
名 意見不合

2 Ted is in **disagreement** with me regarding my future career.
關於未來工作，泰德和我意見不合。

情境聯想 06　名偵探辦案

　　這位偵探具備了一位好偵探所需 (require) 的推理能力，對任何事物都持可疑的 (doubtful) 態度，會著重於 (emphasize) 根據明確的證據下定論，例如，他很強調物證表達出的 (expressive) 訊息——像是指紋採證、地上殘留的血跡等，都可作為作案方式的解釋 (explanation)，而目擊證人的說法更要加以強調 (emphasis) 並重視。

MP3 046

require [rɪˋkwaɪr] 動 需要	**2**	My car **requires** regular maintenance every half year. 我的車子每半年需要定期保養。
doubtful [ˋdautfəl] 形 可疑的	**3**	Celine is still **doubtful** about her decision. 席琳對自己的決定感到懷疑。 同義詞 suspicious, questionable 反義詞 certain, defined
emphasize [ˋɛmfəˏsaɪz] 動 強調	**3**	Nowadays, educational reform **emphasizes** learning in diverse fields. 現今的教育改革重視多領域的學習。 同義詞 stress, highlight 反義詞 understate, deny
expressive [ɪkˋsprɛsɪv] 形 表達的	**3**	Screaming can be **expressive** of fear. 尖叫可能表示恐懼。 同義詞 revealing, dramatic
explanation [ˏɛkspləˋneʃən] 名 說明；解釋	**4**	What is your **explanation** for being late for work? 你可以解釋你上班遲到的理由嗎？ 同義詞 account, description 反義詞 vagueness
emphasis [ˋɛmfəsɪs] 名 重點；強調	**4**	The authorities put **emphasis** on dealing with natural disasters. 政府當局強調天災的預防。 同義詞 stress, importance 反義詞 insignificance

相關單字一次背

indicate [ˋɪndəˏket] 動 指示；暗示	**2**	The "Indian head bobble", a side-to-side tilting of the head, **indicates** "Yes." 印度人的搖頭斜晃表示「同意」之意。

requirement 2
[rɪ`kwaɪrmənt]
名 需要；必需品

The **requirements** of the position you want to apply for are a master's degree and a certificate of English proficiency.
你想應徵的職位所需的條件是碩士學位和英文檢定證書。

情境聯想
07
正面特質與人際關係

　　人際關係好的人會有許多正面特質；以傑克為例，他非常幽默 (humorous)，所以有他在的場合絕不會有緊張 (tension) 的情況出現，他也常面帶微笑向大家打招呼 (greeting)，並重視誠實 (honesty) 與信用，更會適度地拍個馬屁 (flatter) 來讚美他人。

🎧 MP3 ◀ 047

humorous 3
[`hjumərəs]
形 幽默的

Wendy is so **humorous** that she has gained in popularity with classmates.
溫蒂非常幽默，所以很受同學歡迎。
同義詞 hilarious, entertaining
反義詞 boring, serious

tension 4
[`tɛnʃən]
名 緊張；張力

There is often **tension** as well as outright conflict between parents and teens.
父母和青少年子女之間經常關係緊繃，容易發生衝突。
同義詞 pressure, strain
反義詞 ease, calmness

greeting 4
[`gritɪŋ]
名 問候

You can send your friends **greeting** cards online.
你可以寄給朋友電子賀卡。
同義詞 welcome, reception
反義詞 goodbye

honesty 3
[`ɑnɪstɪ]
名 誠實

Honesty is the best policy.
誠實最上策。
同義詞 integrity, frankness
反義詞 dishonor, dishonesty

flatter

[`flætɚ]

動 使高興；諂媚

[4] When I am **flattered** by my daughter, I realize she wants a higher allowance.

當女兒拍我馬屁時，我知道她其實是想要多一點零用錢。

同義詞 overpraise, compliment

反義詞 criticize, condemn

相關單字一次背

greet

[grit]

動 招呼；迎接

[2] The host **greeted** guests with a smile.

主人向客人微笑、打招呼。

同義詞 welcome, salute

hello

[hə`lo]

名 哈囉；問候

[1] Remember to say **hello** to your family for me.

記得幫我跟你的家人打聲招呼。

同義詞 hi; greetings

humble

[`hʌmbl̩]

形 謙虛的 動 使謙卑

[2] In my **humble** opinion, smartphones are such an awesome invention.

依本人愚見，智慧型手機是一項超厲害的發明。

情境聯想 08 **歌曲傳達世界和平**

　　約翰藍儂的〈Imagine〉這首歌是暗示 (imply) 對世界和平的渴望，藉由歌詞告知 (inform) 所有人戰爭可怕的消息 (information)、提倡反戰；而何時才是世界上沒有殺戮、沒有鬥爭、沒有地獄的時候？唯一的表示 (indication) 就是當大家團結為一讓戰爭停止 (hush) 的時候。

🎧 MP3 ◀ 048

imply

[ɪm`plaɪ]

動 暗示；含有

[4] His laughter **implies** that he is embarrassed.

他的笑聲暗示著他覺得很尷尬。

同義詞 indicate, hint

inform
[ɪnˋfɔrm]
動 通知

3 The phone call **informed** me of the good news.
這通電話通知我好消息。
同義詞 advise, educate
反義詞 mislead, hide

information
[ˏɪnfəˋmeʃən]
名 報告；消息

4 If you need help at a department store, you can go to the **information** desk.
如果在百貨公司需要協助，你可以求助服務台。
同義詞 news, knowledge

indication
[ˏɪndəˋkeʃən]
名 指示；表示

4 Sam couldn't find any **indication** of what the speed limit was.
山姆找不到任何有關限速的標誌。
同義詞 evidence, clue

hush
[hʌʃ]
動 使寂靜 名 寂靜

3 There was a **hush** as soon as the teacher entered the classroom.
老師一進教室，教室頓時鴉雀無聲。
Hush and go to bed.
安靜下來，去睡覺吧。
同義詞 quiet, silence
反義詞 yell

相關單字一次背

love
[lʌv]
動 名 愛

1 Danny **loves** to go hiking with his friends on weekends.
丹尼在假日時喜歡與朋友們一起去爬山。
Doves are the symbol of peace and **love**.
白鴿象徵和平與愛心。

lovely
[ˋlʌvlɪ]
形 可愛的

2 What a **lovely** girl your daughter is.
你的女兒怎麼這麼可愛。
同義詞 adorable, gorgeous

lover
[`lʌvɚ]
名 愛人

2 May and Jay have been **lovers** for ten years.
梅和傑已經當了十年的情侶了。
同義詞 sweetheart, companion

情境聯想
09
博學多聞的好老師

　　林老師是個博學多聞的 (informative) 老師 (instructor)，他負責教導 (instruct) 物理課，而他的教學方法 (instruction) 很有創意、簡單易懂。此外，他也是學生的良師益友，規勸學生不說謊、把握當下充實人生，讓學生時期變得更有意義 (meaningful)。

🎧 MP3 ◀ 049

informative
[ɪn`fɔrmətɪv]
形 情報的

4 The professor is **informative**, and he gives motivational lectures.
這位教授博學多聞，而且他的講課很激勵人心。
同義詞 instructive, enlightening
反義詞 confusing

instructor
[ɪn`strʌktɚ]
名 指導者

4 The **instructor** in my piano class is patient.
我的鋼琴老師很有耐心。
同義詞 teacher, coach
反義詞 pupil, student

instruct
[ɪn`strʌkt]
動 教導

4 The coach **instructed** the basketball players how to play.
教練指導球員如何打球。
同義詞 teach, educate
反義詞 learn

instruction
[ɪn`strʌkʃən]
名 指示；操作指南

3 Patients should follow the **instructions** the doctors gave.
病人應該依循醫生的指示。
同義詞 direction, guidance

meaningful [`minɪŋfəl] 形 有意義的	**3**	To lead a **meaningful** life is what people truly desire. 有意義的人生才是大家所渴望的。 (同義詞) essential, significant (反義詞) minor, insignificant

相關單字一次背

mean [min] 動 意指 形 惡劣的	**1**	This sign **means** "recycle ". 這個標示表示「回收」。 (同義詞) signify, convey
meaning [`minɪŋ] 名 意義	**2**	The **meaning** of life lies in having freedom and happiness. 人生的意義在於擁有自由與快樂。
humor [`hjumɚ] 名 幽默	**2**	The funny guy has a good sense of **humor**. 這個人很好笑、很有幽默感。

情境聯想 10　不讓流言誤導

　　之前，有人在臉書即時通內容提到 (mention) 一些無根據的廢話 (nonsense)，像是擅自預言 (predict) 世界末日即將到來，還故意散布流言，實在是危言聳聽、誤導 (mislead) 網路上的鄉民。

🎧 MP3 ◀ 050

mention [`mɛnʃən] 動 名 提起；提及	**3**	He doesn't have money for a meal, not to **mention** staying at a luxury hotel. 他沒有錢吃飯，更不用說住在高級飯店。 (同義詞) introduce, reveal (反義詞) conceal, hide

nonsense `4`
[`nɑnsɛns]
名 廢話

Don't believe what the freak says. It's **nonsense**!
不要相信這個怪人說的話，淨是胡說八道！
(同義詞) joke, rubbish
(反義詞) seriousness, sense

predict `4`
[prɪ`dɪkt]
動 預測

We can't **predict** earthquakes with the technology at present.
現在的科技還無法預測地震。
(同義詞) anticipate, foresee

mislead `4`
[mɪs`lid]
動 誤導

I was **misled** by the bad company I kept.
我被損友帶壞了。
(同義詞) deceive, cheat
(反義詞) lead, guard

相關單字一次背

message `2`
[`mɛsɪdʒ]
名 訊息

The manager is on a business trip. Could you please leave a **message**?
經理在出差，可以請你留個言嗎？

messenger `4`
[`mɛsn̩dʒɚ]
名 使者；信差

The news of ceasefire was delivered by **messengers**.
停火的消息由信使送達。
(同義詞) mediator, courier
(反義詞) receiver

lie `1`
[laɪ]
動 說謊 名 謊言

We are taught that telling **lies** is immoral.
我們被教導，說謊是不道德的。
(同義詞) deceive, mislead; untruth
(反義詞) truth, honesty

honest `2`
[`ɑnɪst]
形 誠實的

My friend is an **honest** person whom I can depend on.
我的朋友很誠實、值得依靠。
(同義詞) truthful, candid

frank [fræŋk] 形 坦白的	2	To be **frank**, George is not such a handsome man. 老實説，喬治並沒有很帥。 (同義詞) honest
explain [ɪk`splen] 動 解釋	2	Could you **explain** why you got such bad grades in math? 你可以解釋一下為何你的數學成績這麼差嗎？ (同義詞) clarify, describe

情境聯想 11　班遊提議

　　在今天早上的班會上，班長有個提議 (proposal)，想舉辦班遊、大家一起到日月潭旅行，有些同學反應 (react) 熱烈，而有些同學則是給出了拒絕 (rejection) 的答案，還有少數人並沒有特別的反應 (reaction)，大致上來說，評論 (remark) 很兩極化。

MP3 ◀ 051

proposal [prə`pozḷ] 名 提議	3	The **proposal** to build a nuclear power plant was rejected. 興建核能發電廠的提案被否決了。 (同義詞) recommendation, idea (反義詞) refusal
react [rɪ`ækt] 動 反應	3	How do you **react** to culture shock? 你會如何應對文化衝擊呢？ (同義詞) respond, reply
reaction [rɪ`ækʃən] 名 反應	3	Vomiting is a **reaction** to a food allergy or an upset stomach. 嘔吐反應發生在你對食物過敏或胃感到不適的時候。 (同義詞) answer, feedback (反義詞) question, request

rejection
[rɪˋdʒɛkʃən]
名 拒絕

4 **Rejection** may happen after an organ transplant from the first week up to three months afterward.
器官移植後的第一週到第三個月都可能會有排斥現象。
同義詞 denial, refusal
反義詞 allowance, acceptance

remark
[rɪˋmɑrk]
名 動 評論

4 In the report, an expert **remarks** on the low birth rate in Japan and Taiwan.
這個報導談論日本和台灣的低生育率。
The comedian made a humorous **remark** about himself.
那位喜劇演員以幽默方式談論自己。
同義詞 comment, statement

相關單字一次背

reject
[rɪˋdʒɛkt]
動 拒絕

2 Unfortunately, my idea was **rejected**.
不幸地，我的意見被拒絕了。
同義詞 deny, turn down

support
[səˋport]
動 名 支持

2 The citizens are all willing to **support** the local business.
市民們都很樂意支持本土企業。
All the candidates need **support** from the voters.
所有候選人都需要選民的支持。
同義詞 help, aid, approval

情境聯想
12
終止網路謠言

　　網路謠言 (rumor) 滿天飛，如果你在網路上遇到言語霸凌的話，千萬不要以暴制暴、用偏激的言語回應 (respond)；除了冷回覆 (response) 外，也可透過該網站通報或請求 (request) 網站管理員的協助，才能有效解決 (resolve) 無止盡的言語暴力。

MP3 052

rumor [`rumɚ] 名 謠言 動 謠傳	3 **Rumor** has it that a food poisoning occurred in that restaurant. 據傳聞，那一間餐廳發生食物中毒事件。 同義詞 gossip, hoax 反義詞 evidence, truth
respond [rɪ`spand] 動 回應	3 People who are hearing-impaired won't **respond** if you talk to them in a low voice. 如果你說話太小聲，有聽力障礙的人是不會回應的。 同義詞 reply, answer 反義詞 ask
response [rɪ`spans] 名 回覆	3 The mayor agreed to give extra funding for disaster relief in **response** to the flood. 為了因應這場水災，市長同意額外撥經費來賑災。 同義詞 answer, feedback 反義詞 question
request [rɪ`kwɛst] 動 名 要求；請求	3 The workers **requested** more money. 員工們要求更多的薪水。 She made a **request** that I buy bread for her while I was at the supermarket. 她要求我在去超市時順便幫她買些麵包。 同義詞 appeal, desire 反義詞 refusal
resolve [rɪ`zalv] 動 解決；分解 名 決心	4 The beggar **resolved** to get out of poverty by working hard. 這位乞丐決心要努力工作以脫離貧窮。 同義詞 solve, settle 反義詞 tangle, unsettle

pardon [ˋpɑrdn̩] **動 名** 寬恕;原諒	**2**	**Pardon** me; could you say that again? 不好意思,你可以再說一遍嗎? 同義詞 excuse, forgive 反義詞 blame, charge
liar [ˋlaɪɚ] **名** 說謊者	**3**	You are still a **liar** even if you tell a white lie. 儘管是善意的謊言,你仍是說謊的騙子。 同義詞 cheat

情境聯想 13 常保感恩之心

　　溝通的藝術在於態度的誠懇 (sincerity)、婉轉的建議 (suggestion),並且要注意不要一時激動而口出髒話 (swear);另外,人際溝通的專家們也建議 (suggest) 用「我」開頭來表達意見,並經常保持感恩的 (thankful) 心。

🎧 MP3 ◀ 053

sincerity [sɪnˋsɛrətɪ] **名** 誠懇	**4**	Sara is a lady of **sincerity**. 莎拉是個真誠的女子。 同義詞 honesty, earnestness 反義詞 lying
suggestion [səˋdʒɛstʃən] **名** 建議	**4**	The doctor made a **suggestion** that Ronald (should) exercise every day. 醫生建議羅納德要每天運動。 同義詞 advice, proposal
swear [ˋswɛr] **動** 發誓	**3**	I **swear** that I won't cheat on you anymore. 我發誓,我再也不會欺騙你了。 同義詞 promise, vow 反義詞 break

suggest [səˋdʒɛst] 動 提議；建議	**3**	Our leader **suggests** that we go an adventure in the jungle. 我們的領隊建議我們到叢林冒險。 同義詞 recommend, advise 反義詞 oppose, dissuade
thankful [ˋθæŋkfəl] 形 感激的	**3**	I am really **thankful** for your advice. 我真的很感激你的忠告。 同義詞 grateful, appreciative 反義詞 unappreciative, unthankful

 相關單字一次背

reply [rɪˋplaɪ] 動 名 回答；答覆	**2**	Please **reply** to my email as soon as possible. 請盡快回覆我的電子郵件。 In **reply** to my question, he just shook his head and said nothing. 對於我的問題，他只是搖了搖頭、沒有説什麼。
thank [θæŋk] 動 名 感謝	**1**	Liz hardly knows how to express her gratitude to **thank** the rescue team who had saved her life. 對於拯救她性命的救援隊伍，莉茲幾乎不知道該如何表達她的感激之情。
forgive [fəˋgɪv] 動 原諒	**2**	To err is human; to **forgive**, divine. 人非聖賢，孰能無過；寬恕便是德。
grateful [ˋgretfəl] 形 感激的	**4**	Be **grateful** to people who help us. 我們要感激那些曾經幫助過我們的人。 同義詞 thankful, gratified
gratitude [ˋgrætəˏtjud] 名 感激	**4**	Sally wrote a thank-you note to show her **gratitude**. 莎莉寫了一張感謝卡來表達感激。 同義詞 thank, appreciation

小舉動大改變

小小舉動會有大改變喔：盡情地大叫 (yell) 能令人愉快 (agreeable)，看部令人害怕 (terrify) 的恐怖片能得到娛樂 (amuse)，而辦個驚喜派對能讓朋友驚訝一下 (amaze)、促進彼此感情。

MP3 ◀ 054

yell [jɛl] 動 名 大叫；叫喊	**3** Please don't **yell** in public. 在公共場所請不要大聲喧嘩。 同義詞 shout, shriek
agreeable [əˋgriəbl̩] 形 令人愉快的	**4** The fresh air in the countryside is so **agreeable**. 鄉下新鮮的空氣真令人愉快。 同義詞 pleasing, delightful 反義詞 unpleasant, nasty
terrify [ˋtɛrəˌfaɪ] 動 使恐懼	**4** The monster costumes **terrify** kids at Halloween. 萬聖節時，怪獸服裝嚇壞了小孩。 同義詞 horrify, scare 反義詞 assure, comfort
amuse [əˋmjuz] 動 使歡樂	**4** The tricks a magician performs can **amuse** the audience. 魔術師表演魔術以娛樂觀眾。 同義詞 entertain, delight 反義詞 annoy, depress
amaze [əˋmez] 動 使吃驚	**3** Visitors are **amazed** by the splendid view. 觀光客對壯麗的風景感到吃驚。 同義詞 surprise, astonish 反義詞 bore

相關單字一次背

friendly
[`frɛndlɪ]
形 友善的

2

The old lady next door is so **friendly**.
住隔壁的老太太非常友善。
同義詞 amiable, amicable

talkative
[`tɔkətɪv]
形 健談的

2

The **talkative** girl is so noisy.
這位話多的女孩好吵喔。
同義詞 chatty

情境聯想
15

考試作弊受懲罰

　我的同學段考作弊，惹惱 (annoy) 了師長，而他自己也感到十分丟臉 (ashamed)。不過，最讓他焦慮 (anxiety) 的是，依照校規他會被記一支大過。身為好友的我，也為他感到擔憂 (anxious)，並深刻領會到讀書的態度 (attitude) 和方法兩者都很重要。

MP3 ◀ 055

annoy
[ə`nɔɪ]
動 使惱怒

4

The persistent ringing of cellphones in the subway car **annoys** me.
地鐵車廂裡此起彼落的手機鈴響讓我非常困擾。
同義詞 irritate, upset
反義詞 please, cheer

ashamed
[ə`ʃemd]
形 引以為恥的

4

The student felt **ashamed** that he had been caught cheating on the test.
這名學生因考試作弊被抓到而覺得可恥。
同義詞 embarrassed, humiliated
反義詞 unregretful

anxiety
[æŋ`zaɪətɪ]
名 不安

4

Our father being fired out of the blue was a source of great **anxiety** for our family.
令我們焦慮的是，爸爸因突然被解僱了而失業中。
同義詞 worry, concern

anxious [ˋæŋkʃəs] 形 擔憂的	4	My younger brother was **anxious** about his academic performance. 我弟弟非常擔心他的學業成績。 同義詞 worried, tense
attitude [ˋætətjud] 名 態度	3	The diligent student has a good **attitude** towards studying. 這位勤奮的學生學習態度很積極。 同義詞 mindset, perspective

相關單字一次背

afraid [əˋfred] 形 害怕的	1	She is **afraid** of snakes. 她很怕蛇。 同義詞 scared, frightened
hide [haɪd] 動 隱藏	2	Children like to play **hide**-and-seek. 小朋友喜歡玩捉迷藏。 同義詞 cover, mask 反義詞 reveal, uncover, unmask

> **情境聯想 16　法國景點與缺點**
>
> 　　法國最吸引人的 (attractive) 觀光景點 (attraction) 就屬艾菲爾鐵塔了，而另一個吸引 (attract) 觀光客的則是羅浮宮；但是，與兩大美麗的景點相較之下，巴黎較糟糕的 (awful) 地方是環境骯髒，而且商店晚上六點左右就關門了，夜生活令人無聊 (bore)，不像台灣的晚上還有夜市可以逛。

🎧 MP3 ◀ 056

attractive
[ə`træktɪv]
形 迷人的

The most **attractive** painting to me is *The Starry Night* by Vincent van Gogh.
最吸引我的一幅畫是梵谷所畫的〈星辰〉。
同義詞 appealing, charming
反義詞 ugly, boring

attraction
[ə`trækʃən]
名 吸引力

The must-see tourist **attraction** in Peru is Machu Picchu, an iconic Incan civilization that is a UNESCO World Heritage Site.
祕魯必去的景點是馬丘比丘，它是印加文明的象徵，被列為聯合國教科文組織世界遺產。
同義詞 allure, appeal

attract
[ə`trækt]
動 吸引

What **attracts** me most about electric vehicles is that they are eco-friendly.
電動車最吸引我的地方是它的環保特性。
同義詞 fascinate, draw
反義詞 bore, disgust

awful
[`ɔful]
形 極糟的；可怕的

The food in this restaurant is **awful**; I think it's because the food is too salty.
這間餐廳的食物太糟糕了；我認為是因為食物太鹹。
同義詞 terrible, bad
反義詞 agreeable, great

bore
[bor]
動 使厭煩

What **bores** the audience the most is the play's lengthy plot.
這部戲讓觀眾感到無聊的原因是其冗長的劇情。
同義詞 tire, bother
反義詞 amuse, please

crowd
[kraʊd]
名 人群 動 擠

A **crowd** of 400 people gather in the bazaar for antique collections.
有四百人來逛市集、尋找古董收藏。

| **dirty**
[`dɜtɪ]
形 髒的 動 弄髒 | I | Please help me put the **dirty** dishes into the dishwasher.
請幫我把骯髒的盤子放入洗碗機。 |
| **yucky**
[jʌkɪ]
形 令人厭惡的 | I | The color of the ceiling is **yucky**.
屋頂的顏色令人厭惡。
同義詞 disgusting, awful |

情境聯想 **17** 多多關懷他人

我們在生活中，不要老是抱怨 (complaint)，而是應該珍惜 (cherish) 周遭美好、令人愉快的 (cheerful) 人事物，也要鼓起勇氣 (bravery) 面對困難與考驗、多多關懷 (concern) 家人才對。

MP3 057

complaint [kəm`plent] 名 抱怨	3	You can file a **complaint** to the customer service department. 你可以向客服部投訴。 同義詞 criticism, grievance 反義詞 approval, compliment
cherish [`tʃɛrɪʃ] 動 珍惜	4	Always **cherish** what you have; don't take it for granted. 要時時珍惜你擁有的一切，不要視為理所當然。 同義詞 appreciate, value 反義詞 dislike, despise
cheerful [`tʃɪrfəl] 形 愉快的	3	I feel happy every time I see her **cheerful** smile. 每當我看到她開心的笑容，我就好開心。 同義詞 happy, joyful 反義詞 depressed, sad

bravery
[`brevərɪ]
名 勇氣

3

Tom's **bravery** was noticed during the battle.
湯姆在戰場上顯現了他的勇敢。
同義詞 courage, daring
反義詞 timidity, fear

concern
[kən`sən]
名 關心；關懷
動 關心；關於

3

His **concern** about the company's bankrupting had come true.
他怕公司即將破產的擔心竟然成真了。
Jordan is **concerned** about his career.
喬登很擔心他的工作。
同義詞 care, worry
反義詞 soothe, reassure

相關單字一次背

anger
[`æŋgə]
名 憤怒

1

To my dad's **anger**, I failed the test.
我考試不及格，令我爸爸很生氣。
同義詞 rage, outrage, ire

angry
[`æŋgrɪ]
形 生氣的

1

Don't be **angry** at me; I will make it up to you as an apology.
不要生我的氣，我會補償你當作道歉。

brave
[brev]
形 勇敢的

1

The firefighters are **brave** enough to rescue people from the burning building.
消防員很勇敢，把受困的人從火災大樓中救出。

careful
[`kɛrfəl]
形 小心的

1

Please be **careful** with the antique vase.
小心別弄破古董花瓶。
同義詞 cautious, mindful
反義詞 careless, reckless

小明是個非常有自信的 (confident) 人，而他最有自信 (confidence) 的就是英文這一科，特別是英文文法，沒有任何內容 (content) 能考倒他，另外，他也從通過英文檢定考試中得到很多滿足感 (contentment)。

MP3 ◀ 058

confident 3 [`kɑnfədənt] 形 有信心的	Pete is **confident** of his capability. 彼特對自己的能力很有信心。 同義詞 convinced, positive 反義詞 afraid, shy
confidence 4 [`kɑnfədəns] 名 信心	Global **confidence** in U.S. leadership has fallen to a new low. 全球對美國領導能力的信心度下降至新低。 同義詞 certainty, assurance 反義詞 doubt
content 4 [kən`tɛnt] 形 滿足的 動 滿足	We are **content** with our life in Canada, where we have immigrated to. 我們對移民到加拿大的生活感到很滿意。 同義詞 satisfied 反義詞 dissatisfied
contentment 4 [kən`tɛntmənt] 名 滿足	Children are eating chocolate cake with **contentment**. 小朋友滿足地吃著巧克力蛋糕。 同義詞 satisfaction 反義詞 dissatisfaction

相關單字一次背

courage [`kɜɪdʒ] 名 勇氣	2	The boy plucked up his **courage** to talk to the girl he had a crush on. 這個男孩鼓起勇氣跟心儀的女孩説話。
shy [ʃaɪ] 形 害羞的	1	She is so **shy** that she seldom speaks in front of her classmates. 她很害羞、很少在同學面前説話。
trust [trʌst] 動 相信 名 信任	2	**Trust** yourself; be confident. 要信任自己、有自信一點。 His loyalty earned his boss's **trust** in him. 他的忠誠贏得了老闆的信任。

情境聯想 19　童話主角特質

　　童話故事中，主角通常都是勇敢的 (courageous)、有禮貌的 (courteous)，這能讓兒童學習禮貌 (courtesy) 與勇敢的特質、不要像懦夫 (coward) 一樣，並且要仁慈、不學壞蛋的殘忍 (cruelty) 行徑。

MP3 059

courageous [kə`redʒəs] 形 勇敢的	4	He stood up for the poor kid. What a **courageous** action! 他捍衛了那個可憐的小孩，真是勇敢！ 同義詞 brave, daring 反義詞 timid, cowardly
courteous [`kɜtɪəs] 形 有禮貌的	4	We should be **courteous** to everyone. 我們對每個人都要有禮貌。 同義詞 polite, well-mannered 反義詞 impolite

courtesy [`kɝtəsɪ] 名 禮貌	4	Remember to say hello out of **courtesy**. 出於禮貌，記得要打招呼。 同義詞 politeness 反義詞 rudeness
coward [`kauəd] 名 懦夫	3	He acts like a **coward** and always flees right away whenever he encounters problems. 每次只要遭遇問題，他便表現得像懦夫、立刻逃走了。 同義詞 chicken
cruelty [`kruəltɪ] 名 殘酷	4	The immense **cruelty** of the Nazis was notorious. 納粹黨的殘暴真是惡名昭彰。 同義詞 brutality, torture 反義詞 mercy, kindness

相關單字一次背

polite [pə`laɪt] 形 有禮貌的	2	The Japanese are the most **polite** group of people in the world. 日本人是全世界最有禮貌的一群人。
dishonest [dɪs`ɑnɪst] 形 不誠實的	2	If you are **dishonest** with friends, you will be alone one day. 如果對朋友不誠實，總有一天你將會很孤單。
curious [`kjʊrɪəs] 形 好奇的	2	The student is **curious** about the result of the experiment. 這位學生對實驗的結果感到好奇。
cruel [`kruəl] 形 殘酷的	2	Abusing animals is **cruel**. 虐待動物是殘酷的。 同義詞 vicious, pitiless

pretty
[`prɪtɪ]
形 漂亮的　副 相當

I

The superstar walking on the red carpet looks so **pretty**.
走在星光大道紅毯上的明星看起來非常美。
It's **pretty** obvious that he is lying to his friends.
很明顯地，他對朋友撒了謊。

情境聯想
20

寓言故事的寓意

在寓言故事裡，常會看到狡猾的 (cunning) 狐狸利用其他動物的好奇心 (curiosity) 來拐騙，並因不勞而獲而感到開心 (delight)；相反地，具有勤勞 (diligence) 特性的螞蟻每天辛勤找尋食物，覺得一點一滴地搬運食物到蟻窩是令人高興的 (delightful) 事、一點都不辛苦。

🎧 MP3 ◀ 060

---

cunning
[`kʌnɪŋ]
形 狡猾的　名 狡猾

4

The fox is a **cunning** predator.
狐狸是狡猾的肉食動物。
(同義詞) devious, sly
(反義詞) ignorant, naive

---

delight
[dɪ`laɪt]
名 欣喜　動 使高興

4

To her **delight**, she succeeded in getting the job.
令她開心的是，她成功得到那件工作了。
(同義詞) joy, enjoyment
(反義詞) sadness, sorrow

---

curiosity
[ˌkjʊrɪ`ɑsətɪ]
名 好奇心

4

Out of **curiosity**, the adventurer went to explore Antarctica.
出於好奇心，那位冒險家前往南極洲探索。
(同義詞) interest, concern
(反義詞) indifference, disinterest

---

diligence
[`dɪlədʒəns]
名 勤勉；勤奮

4

William shows great **diligence** in his occupation.
威廉在事業上很勤奮。
(同義詞) perseverance, earnestness

delightful
[dɪˋlaɪtfəl]
形 令人欣喜的

4 We spent a **delightful** holiday in Spain.
我們在西班牙度過愉快的假期。
同義詞 pleasant, amusing
反義詞 boring, disagreeable

相關單字一次背

emotion
[ɪˋmoʃən]
名 情感

2 My blog is full of **emotions** and memories.
我的部落格充滿情感和回憶。
同義詞 mental state

enjoy
[ɪnˋdʒɔɪ]
動 享受

2 She **enjoys** cooking and baking.
她喜歡烹飪和烘焙。
同義詞 like, love, appreciate

enjoyment
[ɪnˋdʒɔɪmənt]
名 享受

2 Some people go shopping just for **enjoyment**.
有些人會從逛街購物之中來尋求樂趣。
同義詞 joy, delight

情境聯想 21　人生的 180 度大轉變

　　小華是個勤奮的 (diligent) 汽車業務員,每天都賣力地拉業績,售後服務也做得很好,從未讓顧客失望 (disappoint)。不過,以前的小華是個懶惰、自私又不擇手段的職員,總是讓顧客感到失望 (disappointment),也因而打消 (discourage) 很多老顧客上門消費的念頭,不只是公司差點因此而開除小華,這對小華也是沮喪的事 (discouragement),所以從此以後,他便積極塑造良好的口碑、為遠程目標做努力。

🎧 MP3 ◀ 061

diligent
[ˋdɪlədʒənt]
形 勤勉的

3 You have to be **diligent** enough to have rewarding harvests.
你必須夠勤勞,才能有收穫。

disappoint 3 [ˌdɪsə`pɔɪnt] 動 使失望	The failure of entering the finals **disappoints** all the players. 無法進入決賽使全隊球員感到很失望。 同義詞 sadden, dismay 反義詞 cheer, please
disappointment 3 [ˌdɪsə`pɔɪntmənt] 名 失望	To my **disappointment**, the result was not as good as I expected. 令我感到失望的是，結果並不如我的預期。 同義詞 distress, discouragement 反義詞 encouragement, pleasure
discourage 4 [dɪs`kɝɪdʒ] 動 阻止；妨礙	The frustration of losing the election **discouraged** the candidate. 競選失敗讓候選人很受挫。 同義詞 dishearten, depress 反義詞 encourage, soothe
discouragement 4 [dɪs`kɝɪdʒmənt] 名 失望	Being bullied is a **discouragement** for any student. 不管對哪個學生而言，被霸凌都是一件令人灰心難過的事。 同義詞 despair, depression 反義詞 cheer, encouragement

 相關單字一次背

excite 2 [ɪk`saɪt] 動 刺激	Online games **excite** me a lot. 線上遊戲令我感到刺激。
excitement 2 [ɪk`saɪtmənt] 名 興奮	To her **excitement**, she will start traveling around the world next week. 令她感到興奮的是，她下禮拜便將開始環遊世界。

favor
[`fevə]
名 動 贊成；幫助

2

Could you do me a **favor**?
你可以幫我一個忙嗎？
Most employees **favor** taking more days off over earning more money by working on public holidays.
大多數員工比較喜歡休假，而不是在國定假日上班但領多一點錢。

情境聯想
22

比較看看好壞特質

　　提到好的與壞的特質，真誠 (earnest) 會帶來信任和接納，欺騙則令人厭惡 (disgust) 和反感 (dislike)；而優雅的 (elegant) 儀態會帶來好感，相反地，粗魯的動作則令人尷尬 (embarrass)。

🎧 MP3 ◀ 062

earnest
[`ɜnɪst]
形 認真的；誠摯的
名 誠摯

4

My boss is an **earnest** supervisor.
我的老闆是個認真的上司。
同義詞 sincere, ardent
反義詞 insincere, indifferent

disgust
[dɪs`gʌst]
動 使厭惡 名 厭惡

4

The odor of dead fish **disgusts** me.
死魚的臭味令我噁心。
同義詞 disturb, insult
反義詞 delight, appeal

dislike
[dɪs`laɪk]
動 討厭 名 反感

3

My younger brother **dislikes** eating broccoli.
我弟弟不喜歡吃綠花椰菜。
I have a **dislike** for green pepper.
我不喜歡青椒。
同義詞 disgust, hostility
反義詞 admiration, liking

elegant [`ɛləgənt] 形 優雅的	4	Princess Diana always looked **elegant** and charming in her lifetime. 黛安娜王妃在她的一生中總是看起來很優雅迷人。 同義詞 fancy, graceful 反義詞 common, inferior
embarrass [ɪm`bærəs] 動 使困窘	4	The questions the journalists asked **embarrassed** the singer. 記者問的問題讓歌手感到很尷尬。 同義詞 bewilder, shame 反義詞 delight, help

相關單字一次背

favorite [`fevərɪt] 名 受寵的人 / 物 形 最喜歡的	2	Among the four seasons, summer is my **favorite**. 在四個季節之中，我最喜歡夏天。 Pink, a symbol of romance, is my **favorite** color. 粉紅色象徵浪漫，是我最喜歡的顏色。
feel [fil] 名 動 感覺	1	Why don't you have a **feel** of the silk? 你何不摸摸看這件絲綢？ Everyone **feels** insecure during times of war. 戰爭時，每個人都覺得不安。
feeling [`filɪŋ] 名 感受	1	What Nora's boyfriend said hurt her **feelings**. 諾拉的男友說的話傷害到她的感情。 同義詞 sensation, touch

情境聯想 23　回憶起感傷

　　當小美聽到傷感的 (emotional) 音樂時，她總是會不自覺地想起和前男友愉快 (enjoyable) 的回憶。同時，最近令她感到困窘 (embarrassment) 的是，她竟然對於雙雙對對的情侶感到非常妒忌 (envious)，而自己卻找不回當初的熱情 (enthusiasm) 了。

emotional 4
[ɪ`moʃənl̩]
形 感情上的

The **emotional** pianist can convey feelings by playing so well.
這位鋼琴家能藉琴聲傳達出豐富的情感。
同義詞 passionate, sentimental
反義詞 unenthusiastic, numb

---

enjoyable 3
[ɪn`dʒɔɪəbl̩]
形 愉快的

The honeymoon was **enjoyable** for the newlyweds.
對這對新婚夫妻而言，蜜月旅行是相當愉快的。
同義詞 amusing, delightful
反義詞 horrible, boring

---

embarrassment 4
[ɪm`bærəsmənt]
名 困窘

To my **embarrassment**, I tumbled over a stone and got covered with mud.
令我覺得困窘的是，我被石頭絆倒而全身沾滿泥巴。
同義詞 humiliation, shame

---

envious 4
[`ɛnvɪəs]
形 忌妒的

The girl is **envious** of her sister.
這個女孩忌妒她的姐姐。
同義詞 jealous, resentful

---

enthusiasm 4
[ɪn`θjuzɪˏæzəm]
名 熱情

Being a volunteer arouses my **enthusiasm**.
當志工激發了我的熱忱。
同義詞 devotion, passion
反義詞 calmness, indifference

相關單字一次背

---

feelings 1
[`filɪŋs]
名 情緒

My **feelings** were hurt by the humiliating words the teacher said.
老師所說的侮辱言語傷害了我的情感。

---

forget 1
[fəˋgɛt]
動 忘記

My grandma often **forgets** to turn off the faucet.
我的奶奶常常忘記關水龍頭。
反義詞 remember, recall, recollect

情境聯想
24 灰姑娘故事

　　邪惡的 (evil) 後母忌妒 (envy) 灰姑娘討人喜歡的 (favorable) 美貌、
自己女兒們的外貌完全比不上她；後來，王子喜歡上 (fond) 了灰姑娘，又讓
後母更加生氣 (furious)，從中百般阻撓他們的戀情。

MP3 ◀ 064

envy ③
[`ɛnvɪ]
動 名 忌妒；羨慕

I **envy** my coworker because she can take a week off to go on vacation.
我很羨慕同事，她可以請假一週去度假。
同義詞 begrudge, covet
反義詞 dislike, hate

favorable ④
[`fevərəbḷ]
形 有利的；贊同的

The movie received **favorable** reviews.
這部電影得到了好評。
同義詞 agreeable, supportive
反義詞 detrimental, harmful

fond ③
[fɑnd]
形 喜歡的

Ian is **fond** of surfing in Hawaii.
伊恩喜歡在夏威夷衝浪。
同義詞 loving, devoted
反義詞 hostile

furious ④
[`fjʊrɪəs]
形 狂怒的

Karen gets **furious** at a mere trifle.
凱倫會對芝麻蒜皮的小事感到很生氣。
同義詞 angry, mad
反義詞 cheerful, happy

相關單字一次背

greedy ②
[`gridɪ]
形 貪婪的

Don't be **greedy**. Happiness lies in contentment.
不要太貪心，知足就能常樂。
反義詞 generous, benevolent

glad
[glæd]
形 高興的

I I am so **glad** to work with you.
很高興跟你們當同事。
同義詞 happy, cheerful, joyful, delightful

情境聯想 **25** **笑聲的感染力**

　　小女孩開朗的咯咯笑 (giggle)、妙齡女子優雅 (graceful) 的抿嘴微笑、仁慈老人家親切的呵呵笑聲等，都是會感染情緒的；研究發現，聲音可能會令人感動、刺激出優雅 (grace) 的一面，也能激起悲傷 (grieve) 情緒呢。

🎧 MP3 065

giggle
[`gɪgl]
名 動 咯咯笑

The girl's **giggle** is contagious.
小女孩的咯咯笑聲會感染給大家。
The joke made me **giggle**.
這個笑話讓我哈哈笑。
同義詞 laugh, chuckle

graceful
[`gresfəl]
形 優雅的

Queen Elizabeth II wore a **graceful** hat at the ceremony.
伊莉莎白女王二世戴了一頂優雅的帽子。
同義詞 elegant, beautiful
反義詞 awkward, coarse

grace
[gres]
名 優雅 動 使優雅

The ballerina danced with **grace**.
芭蕾首席舞者優雅地跳著舞。
同義詞 beauty, elegance
反義詞 ugliness, clumsiness

grieve
[griv]
動 使悲傷

They all **grieved** over their disqualification to participate in the 2018 Universiade.
因為被取消參加二〇一八世界大學運動會的資格，所以他們感到很傷心。
同義詞 cry, sorrow
反義詞 delight, please

相關單字一次背

happy [`hæpɪ] 形 快樂的	1	The comic books consist of many hilarious illustrations, which makes readers **happy**. 這些漫畫書有許多令人發笑的插圖，讓讀者很開心。
joy [dʒɔɪ] 名 喜悅	1	Good health brings **joy**. 健康能帶來喜悅。 同義詞 happiness, pleasure
joke [dʒok] 動 開玩笑 名 笑話	1	Don't get angry. He was just **joking** around! 別生氣了，他只是在開玩笑而已！ People play **jokes** on April Fool's Day. 人們在愚人節常會惡作劇。
okay [`oˋke] 名 好；沒問題 形 不錯的	1	It is **okay** with me to substitute for Terry as a chairperson. 要我代替泰瑞的主席職位，我是沒問題的。
yes [jɛs] 名 是 副 是的	1	Mr. Brown is such a nice guy that he always says **yes** to any request. 伯朗先生是大好人，總是會答應任何要求。

情境聯想 26　年少輕狂感到懊悔

　　大偉年少輕狂，曾經犯罪 (guilt) 被關，即使他現在已經服完刑、出獄了，他仍然對自己家鄉的人們感到內疚 (guilty)，並對他以前可怕的 (horrible) 所作所為感到憎恨 (hatred) 不已。

🎧 MP3 ◀ 066

guilt [`gɪlt] 名 罪；內疚	4	The evidence proves the suspect's **guilt**. 這項證據證明了嫌疑犯有罪。 同義詞 disgrace, shame 反義詞 honor, pride

guilty `4`
[`gɪltɪ]
形 有罪的

The guy was found **guilty** of scamming the company out of ten million dollars.
這傢伙被判有罪，詐騙公司共一千萬元。
同義詞 sorry, convicted
反義詞 innocent

horrible `3`
[`hɔrəbḷ]
形 可怕的

It was such a **horrible** nightmare that I woke up in a cold sweat.
這噩夢好可怕，害我醒來時冒著冷汗。
同義詞 terrible, terrifying

hatred `4`
[`hetrɪd]
名 憎惡

Hamlet chose to take revenge on his uncle out of **hatred**.
哈姆雷特因仇恨，最後選擇向叔叔報仇。
同義詞 disgust, hostility
反義詞 liking, admiration

lazy `1`
[`lezɪ]
形 懶惰的

She is too **lazy** to achieve any success.
她太懶惰了，無法成功。
同義詞 inactive, sluggish

terrible `2`
[`tɛrəbḷ]
形 嚇人的

The horror movie was **terrible**.
這部恐怖片好可怕喔！
同義詞 bad, horrible

情境聯想 27 電影：浩劫重生

《浩劫重生》這部電影並不是一部恐怖 (horror) 片，情節中，男主角因空難漂流到荒島，他只好離群 (isolate) 索居多年，最令他害怕 (horrify) 的是孤獨 (isolation)，連辱罵 (insult) 的對象都沒有，只有一顆排球作伴。

MP3 067

horror
[`hɔrə]
名 恐怖

3

I just don't understand why he enjoys **horror** movies so much.
我不知道他為什麼這麼喜歡看恐怖片。
同義詞 terror, fear
反義詞 delight, pleasure

isolate
[`aɪsḷ͵et]
動 孤立；隔離

4

Those who avoid human interaction are likely to be **isolated** and become loners.
避開與人互動的人易被孤立而成為獨行俠。
同義詞 divide, separate
反義詞 connect, link

horrify
[`hɔrə͵faɪ]
動 使害怕

4

A big bang **horrified** my baby.
砰的很大一聲嚇到了我家的嬰兒。
同義詞 terrify, scare
反義詞 assure, comfort

isolation
[͵aɪsḷ`eʃən]
名 分離；孤獨

4

Patients with infectious disease should stay in the **isolation** ward.
罹患傳染病的病人應該待在隔離病房。
同義詞 solitude, retreat

insult
[`ɪnsʌlt]
動 侮辱 名 冒犯

4

You may **insult** others if your V sign is displayed with the palm inward.
如果比 V 勝利標誌時，你的手掌是朝自己的話，你可能會侮辱到他人。
同義詞 curse, humiliate, offend
反義詞 aid, praise

hate
[het]
動 名 憎恨

1

Teddy **hates** to fly on an airplane.
泰迪討厭搭飛機。
同義詞 detest, loathe
反義詞 like, love, admire, adore

hateful [`hetfəl] 形 可恨的	2	Wars are **hateful** and terrible. 戰爭既可恨又可怕。 同義詞 nasty, obnoxious
homesick [`hom,sɪk] 形 想家的	2	Mandy gets **homesick** after she studies abroad for two months. 曼蒂在國外讀書兩個月後，便開始想家了。

情境聯想
28　**快樂的木工**

　　同樣身為木匠，我曾經很忌妒 (jealous) 這位同行的風格與手法 (manner)，因為他對製作木工是那麼熱衷 (keen)，認為工作是快樂的 (joyful)。不過我後來了解到，我應該要效法他、時時刻刻對自己的工作保持熱忱，增進技術以及創意，而不是一味感到忌妒 (jealousy) 才對。

🎧 MP3 ◀ 068

jealous [`dʒɛləs] 形 忌妒的	3	He is **jealous** of my wealth. 他忌妒我的財富。 同義詞 envious, green-eyed
manner [`mænə] 名 禮貌；方法	3	Table **manners** are important, especially at high-end restaurants. 餐桌禮儀很重要，尤其是在高級餐廳用餐的時候。 同義詞 practice, way
keen [kin] 形 熱切的	4	Eagles' eyes are extremely **keen**. 老鷹的眼睛相當銳利。 同義詞 avid, eager 反義詞 indifferent, calm
joyful [`dʒɔɪfəl] 形 愉快的	3	The wedding I attended was a **joyful** event. 我參加了一場婚禮，真是件開心的盛事。 同義詞 glad, ecstatic 反義詞 gloomy, sad

jealousy
[`dʒɛləsɪ]
名 忌妒

4 She often criticizes other girls because of her **jealousy**.
由於忌妒，她常常批評其他女生。
同義詞 envious, green-eyed

相關單字一次背

patient
[`peʃənt]
形 耐心的 名 病人

2 The teacher is very **patient** with students.
這位老師對學生很有耐心。
The **patient** was diagnosed with lung cancer.
那位病人被診斷出得了肺癌。

pleasant
[`plɛznt]
形 愉快的

2 A **pleasant** fragrance of bread spread out of the bakery.
宜人的麵包香氣從麵包店飄出來。

please
[pliz]
動 使高興 名 請

1 His jokes always **please** his family at dinner.
共進晚餐時他講的笑話總是能逗全家人開心。

情境聯想
29 投錯了熱情
　　馬克的家人反對 (oppose) 他一直把耐心 (patience) 與熱情 (passion) 投入電玩，而期望他將這份開心的 (merry) 心情 (mood) 投入在課業上。

MP3 069

oppose
[ə`poz]
動 反對

4 The government **opposes** smoking in indoor public places.
政府全面反對在室內的公共場所抽菸。
同義詞 object, resist
反義詞 consent, agree

patience
[`peʃəns]
名 耐心

3 You should have more **patience** with kids as a kindergarten school teacher.
身為幼稚園教師，你應該對小孩更有耐心。
同義詞 tolerance, endurance
反義詞 impatience

passion
[`pæʃən]
名 熱情

3 Those who have **passion** for music are usually fond of attending concerts.
對音樂有熱情的人通常喜歡去聽音樂會。
同義詞 enthusiasm, emotion
反義詞 indifference

merry
[`mɛrɪ]
形 快樂的

3 Santa Claus gave us gifts, saying "Merry Christmas" to all of us.
聖誕老人給我們禮物，並祝福我們聖誕快樂。
同義詞 happy, joyful
反義詞 gloomy, melancholy

mood
[mud]
名 心情

3 My friend is in a good **mood** today.
我的朋友今天心情很好。
同義詞 feeling, spirits

相關單字一次背

pleasure
[`plɛʒɚ]
名 愉悅

2 It is my **pleasure** to be invited as a guest.
能被邀請作客真是我的榮幸。
同義詞 delight, enjoyment

prefer
[prɪ`fɝ]
動 偏愛

2 She **prefers** seafood to red meat.
她喜歡海鮮勝於紅肉。
同義詞 favor, choose, go for

情境聯想
30

悲觀憂鬱性格

史密斯先生的想法非常悲觀 (pessimistic)，也沒有任何偏好的 (preferable) 興趣或嗜好，遺憾 (pity) 的是，他還常因工作壓力 (pressure) 而暴怒 (rage)、被醫師診斷有躁鬱症傾向。

MP3 ◀ 070

pessimistic 4 [ˌpɛsə`mɪstɪk] 形 悲觀的	Don't be **pessimistic**; otherwise, you will suffer from depression. 不要太悲觀，否則你會受憂鬱而苦。 同義詞 sad, gloomy 反義詞 optimistic
preferable 4 [`prɛfərəbl] 形 較好的	Any food would be **preferable** to the meals my cousin Polly cooks. 任何食物都比我表姊寶麗煮的還要好吃。 同義詞 favored, selected
pity 3 [`pɪtɪ] 名 同情；遺憾 動 憐憫	It is a **pity** that we cannot go picnicking with you. 我們無法跟你一起去野餐，實在太可惜了。 Stacy cannot stand being **pitied** by anyone. 史黛西受不了被別人可憐。 同義詞 sympathy, compassion
pressure 3 [`prɛʃə] 名 壓力 動 施壓	Elizabeth suffers overwhelming **pressure** from her work. 伊莉莎白承受巨大的工作壓力。 同義詞 stress, force
rage 4 [redʒ] 名 狂怒 動 暴怒	The man flew into a **rage** when someone cut in line. 當有人插隊時，這位男士便突然暴怒。 同義詞 anger, fury 反義詞 calm

scare [skɛr] 動 害怕 名 驚嚇	**1**	The sudden lightning and thunder **scared** me. 突然的閃電與打雷嚇到了我。 同義詞 frighten, horrify, startle
complain [kəm`plen] 動 抱怨	**2**	Allen always **complains** about the pressure he has from his studies. 艾倫總是抱怨課業壓力。
upset [ʌp`sɛt] 形 心煩的 動 打亂	**3**	Don't be **upset** about the consequence; it is not your fault. 不要因後果而感到生氣；那不是你的錯。 The delay of the flight **upset** my travel to Asia. 班機延誤、攪亂我的亞洲之旅。 同義詞 bothered, disturbed 反義詞 calm, joyful

---

情境聯想
31
受尊敬的老人

　　這些孩子對這位可敬的 (respectable) 老先生特別尊敬 (respectful)，因為這位老先生非常講理 (sensible)，不是可怕 (scary)、過度敏感 (sensitive) 又難相處的怪人，而且也是領養他們的養父。

MP3 071

respectable [rɪ`spɛktəbl] 形 可尊敬的	**4**	It is not **respectable** to litter. 亂丟垃圾是不文雅的行為。 同義詞 honorable, esteemed 反義詞 despicable, dishonorable
respectful [rɪ`spɛktfəl] 形 有禮的	**4**	The kid is **respectful** to his grandpa. 這個小孩對祖父很尊敬。 同義詞 polite, regardful

sensible
[`sɛnsəbl̩]
形 理性的

3 It was **sensible** for Barbie to bargain with the shop owner.
芭比向店長討價還價是很明智的。
同義詞 rational, wise
反義詞 absurd

---

scary
[`skɛrɪ]
形 可怕的

3 The timid girl doesn't dare listen to **scary** ghost stories because the stories scare her.
膽小的女孩不敢聽鬼故事，怕會被嚇到。
同義詞 terrifying, frightening

---

sensitive
[`sɛnsətɪv]
形 敏感的

3 The baby's skin is so **sensitive** that it needs special care.
嬰兒的皮膚非常敏感，需要特別護理。
同義詞 keen, irritable
反義詞 insusceptible

相關單字一次背

---

respect
[rɪ`spɛkt]
動 名 尊敬

2 He **respects** his father and wants to be a soldier like him in the future.
他很尊敬自己的父親，以後想成為像父親一樣的軍人。
Please show filial piety and **respect** to your parents.
請孝敬你的爸媽。

---

sense
[sɛns]
名 感覺；意義
動 感覺到

1 Chad got lost because he didn't have a **sense** of direction at all.
查德一點方向感都沒有，所以迷路了。
It is said that predators can **sense** fear in prey.
據說掠食動物能感覺出獵物散發出的恐懼。

---

serious
[`sɪrɪəs]
形 正經的；嚴重的

2 Are you kidding or are you being **serious** about this?
你是開玩笑還是當真？

亂丟廢棄物是丟臉的 (shameful) 行為，同時也會讓家人丟臉 (shame)、悲傷 (sorrow)；此外，也不要因自己的方便，任意汙染環境，讓大自然感到悲傷 (sorrowful)、讓大海哭泣 (sob)。

MP3 072

shameful [`ʃemfəl] 形 丟臉的	**4** It is **shameful** to spit in public. 在公共場所吐痰是很丟臉的。 同義詞 disgraceful, humiliating
shame [ʃem] 名 羞愧 動 使羞愧	**3** It would be a **shame** for the family to get involved in the scandal. 牽涉這起醜聞對家族而言是很羞恥的。 同義詞 embarrassment, disgrace 反義詞 honor
sorrow [`saro] 名 悲傷 動 感到哀傷	**3** Sandra was in **sorrow** at the news of the tragedy. 一聽到這件悲劇，珊卓拉便感到非常難過。 同義詞 grief, sadness 反義詞 joy
sorrowful [`sarəfəl] 形 悲傷的	**4** They seem **sorrowful** because of the sad stories. 聽到難過的故事，他們似乎感到很傷心。 同義詞 sad, sorry 反義詞 cheerful, joyful
sob [sab] 名 動 啜泣	**4** A **sob** from the corner was heard by several people. 有些人聽到角落傳來了哭聲。 The girl **sobbed** herself to sleep. 小女孩哭到睡著了。 同義詞 cry, weep 反義詞 laugh, smile

相關單字一次背

sorry
[`sɔrɪ]
形 難過的；抱歉的

1 Did you get hit by a truck last week? I am **sorry** to hear that.
你上禮拜被貨車撞到了？我真為你感到遺憾。

straight
[stret]
形 坦率的　名 直線

2 If you're heading to the train station, just go **straight** for two blocks; you'll see it on your right.
如果你要到火車站，只要直走過二個街區，它就在你的右手邊。

🔍 情境聯想
33　**學習志工的好脾氣**

　　張媽媽脾氣 (temper) 不好又容易生氣、緊張 (tense)，好朋友們都建議她盡量調整心態，當個會憐憫他人的 (sympathetic) 志工，去學習付出、以溫柔 (tender) 對待他人，並時常表達同情心 (sympathy)。

🎧 MP3 ◀ 073

temper
[`tɛmpɚ]
名 脾氣

3 My mom lost her **temper** because we didn't do our homework.
我們沒寫作業，所以媽媽發脾氣了。
同義詞 nature, character

tense
[tɛns]
形 緊張的　動 使緊張

4 The situation between two countries became quite **tense**.
兩國之間的情勢變得很緊繃。
同義詞 tight, nervous
反義詞 loose, relieved

sympathetic
[ˌsɪmpəˋθɛtɪk]
形 同情的

4 Mickey felt **sympathetic** over the victims of the disaster.
對這場災難的受害者，米奇感到很同情。
同義詞 compassionate, caring

tender [`tɛndə] 形 溫柔的	**3**	The steak tastes very **tender**. 牛排吃起來好嫩。 同義詞 gentle, soft 反義詞 tough, hard
sympathy [`sɪmpəθɪ] 名 同情	**4**	Doctors Without Borders wishes to give medical care and **sympathy** to every patient. 醫療無國界組織希望給予每個病人醫療照顧及同情。 同義詞 compassion, mercy 反義詞 indifference, antipathy

相關單字一次背

ask [æsk] 動 詢問；要求	**1**	I didn't bring my wallet with me, so what I had to do is **ask** others for help. 我沒有帶皮夾，所以只好向別人要求協助。
gentle [`dʒɛntḷ] 形 溫柔的	**2**	He planted a **gentle** kiss on his son's forehead. 他在兒子額頭上輕輕地吻一下。 同義詞 mellow, balmy

情境聯想
34　**邪不勝正的道理**

　　這篇故事的內容 (content) 主要是彰顯邪 (evil) 不勝正，也暗示 (hint) 君王唯有禮貌 (courtesy) 和親切的 (gracious) 個性，才能贏得人民愛戴。

🎧 MP3 ◀ 074

content [`kɑntɛnt] 名 內容；目錄	**4**	The novel has gripping plots in its **content**. 這本小說內容中充滿著扣人心懸的劇情。 同義詞 capacity, essence 反義詞 discontent

evil
[`ɪvl̩]
形 邪惡的 名 邪惡

3 Kids fear **evil** wizards and witches who have wicked appearances and intend to harm people in fairy tales.

小孩子害怕童話故事中邪惡的巫師及女巫，因為他們有著邪惡的外表，且企圖害人。

同義詞 sinful, immoral

hint
[hɪnt]
名 動 暗示

3 Mrs. Smith gave us a **hint** that she would bake an apple pie as the dessert.

史密斯太太暗示我們，她會烤蘋果派當飯後點心。

同義詞 suggest, indicate

courtesy
[`kɝtəsɪ]
名 禮貌

4 Children show **courtesy** as well as respect to the elderly.

兒童們對老人家表示禮貌以及尊重。

同義詞 manners, kindness
反義詞 disrespect, rudeness

gracious
[`greʃəs]
形 親切的

4 The lady behaved well with **gracious** manners.

這位小姐言行優雅又和善。

同義詞 kind, amiable
反義詞 discourteous, rude

相關單字一次背

frank
[fræŋk]
形 坦白的

2 To be **frank**, Gina had enormous passions for extreme sports.

坦白說，吉娜對極限運動有極大的熱忱。

goodbye
[gʊd`baɪ]
名 再見

1 Allen is the one who stays indifferent, never greeting or always leaving without saying **goodbye**.

艾倫是冷漠的人，從未打招呼，且不道再見就離開了。

交際與應用：描述人際關係

情境聯想 01 **正值青春時期**

　　在青春期時，學生在乎的大多是可靠的 (reliable) 同伴 (companion)，朋友的忠誠 (loyalty)、綿長的友誼 (friendship) 和自我的尊嚴 (dignity)，同時也會承受同儕 (peer) 壓力，迫使學生遵守某特定規範。

　MP3 ◀ 075

reliable ③ [rɪ`laɪəbḷ] 形 可靠的	Our class leader is such a **reliable** person that teachers and classmates all rely on her whether in class or after class. 班長是位非常可靠的人，因此師長和同學不論是在課堂上或下課後，都很依賴她。 同義詞 dependable, trust-worthy 反義詞 dishonest, deceptive
companion ④ [kəm`pænjən] 名 同伴	Due to the characteristics of dogs, they can be a human's best **companion**. 狗本身的特定使牠們能成為人類最好的同伴。 同義詞 pal, partner 反義詞 enemy, stranger
loyalty ④ [`lɔɪəltɪ] 名 忠誠	**Loyalty** to your spouse is very important in a marriage. 對伴侶的忠誠在婚姻中是很重要的。 同義詞 faithfulness, devotion 反義詞 betrayal, lying
friendship ③ [`frɛndʃɪp] 名 友誼	**Friendship** results from a relationship built on mutual trust and assistance. 友情建立於雙方的相互信任以及幫助。 同義詞 bond, companionship 反義詞 hostility, opposition

dignity
[`dıgnətı]
名 威嚴；尊嚴

4 Everyone should die with **dignity**.
每個人都應該有尊嚴地死去。
同義詞 honor, grace
反義詞 shame, humiliation

peer
[pır]
名 同儕 動 凝視

4 Teenagers are easily influenced by **peers**.
青少年很容易受同儕影響。
The boy **peered** through the peek-hole and saw a suspicious man at the door.
小男孩從門上的貓眼看過去，發現有個可疑的男人站在門口。

相關單字一次背

female
[`fimel]
形 女性的 名 女性

2 A **female** kangaroo carries its joey in the pouch.
母袋鼠把袋鼠寶寶放在育兒袋中。
同義詞 feminine

male
[mel]
形 男性的 名 男性

2 The **male** seahorse has a pouch on its belly in which to carry babies.
公的海馬肚子有個育兒囊可以裝海馬寶寶。
同義詞 manly, masculine

woman
[`wumən]
名 婦女

1 The campaign for **women's** rights will last 2 days in the city square.
爭取女權活動將在市政府舉辦，並持續兩天。

girl
[gɜl]
名 女孩

1 My neighbor gave birth to a baby **girl** yesterday, and I visited them today to show my congratulations.
我的鄰居昨天生了一位小女嬰，今天我便過去探望並恭喜他們。

guy
[gaı]
名 【口】傢伙；人

2 Be alert to any **guy** who you aren't familiar with.
對任何你不認識的人都要保持警覺。
同義詞 fellow; person, individual

lady [`ledɪ] 名 女士;淑女	**1**	Paul fell in love with the **lady** at first sight, so he gave a rose to her every day. 保羅對這位女士一見鍾情,每天都會送她一朵玫瑰花。
man [mæn] 名 男人 動 配置人員	**1**	Dr. Green is a knowledgeable **man** who masters genetic modification. 格林博士是位知識淵博的人,專精於基因改造。
acquaintance [ə`kwentəns] 名 認識的人	**4**	Peter is an **acquaintance** of my elder brother's. 彼得是我哥哥和我共同認識的人。
friend [frɛnd] 名 朋友	**1**	A **friend** in need is a **friend** indeed; we should help one another. 患難之中見真情;我們應該互助才對。

情境聯想
02 **演唱會得手票券**

我姐姐為這組偶像團體著迷、狂熱 (fanatic),期待能參加演唱會當聽眾 (listener),但她因為沒搶到票,只好在會場外面徘徊;後來有位充滿慈悲心 (mercy) 的女士 (madam) 願意將票讓給她,她才如願以償。

🎧 MP3 ◀ 076

fanatic [fə`nætɪk] 名 狂熱者 形 狂熱的	**3**	My brother is a baseball **fanatic**. 我哥哥是個棒球狂熱者。 She is **fanatic** about K-pop. 她對韓國流行音樂特別狂熱。 同義詞 enthusiastic, zealous
listener [`lɪsṇɚ] 名 聽眾	**2**	To be a good **listener**, we should remain open-minded, even when listening to grumbles. 想要成為好聽眾的話,就算聽見抱怨,我們也應該保持心胸開闊。

mercy
[`mɝsɪ]
名 慈悲

4 The charity shows **mercy** towards those who suffer.
慈善團體對遭受痛苦的人表達了慈悲之心。
同義詞 compassion, kindness
反義詞 cruelty

madam
[`mædəm]
名 夫人；女士

4 **Madam** Chen loves afternoon tea very much.
陳女士很喜歡喝下午茶。
同義詞 mistress, lady, ma'am
反義詞 mister, gentleman

sister
[`sɪstɚ]
名 姐妹

1 Amy is my elder **sister**, who has lived in France since she got married.
我的姐姐艾美自從結婚後，一直住在法國。

stranger
[`strendʒɚ]
名 陌生人

2 Advise children not to talk with **strangers** just in case.
以防萬一，建議小朋友不要跟陌生人聊天。

kind
[kaɪnd]
形 仁慈的 名 種類

1 The old lady is **kind** enough to donate money to the charitable organizations.
老太太很善良，會捐錢給慈善機構。

nice
[naɪs]
形 善良的；好的

1 The basketball player has a talent for sports, often making **nice** shots.
這位籃球球員很有天份，投籃很準。

mister (Mr.)
[`mɪstɚ]
名 先生

1 **Mr.** Daas is the most polite gentleman that I have ever met; he opens the car door for me.
達斯先生是我見過最有禮貌的紳士，總是幫我開車門。

sir [sɝ] 名 先生	**II**	**Sir** Crace, who used to be a general, migrated to Australia a few years ago. 奎斯先生以前是將軍，在幾年前就移民到了澳洲。
Mrs. [`mɪsɪz] 名 夫人	**II**	**Mrs.** Boisen teaches us biology, inspiring us to work on the biomedicine. 柏伊森太太教我們生物，啟發我們研究生物醫學。
miss (Ms.) [mɪz] 名 女士	**II**	**Ms.** Pocan is a retired principal who is still a volunteer in school. 柏肯女士是位退休的校長，現在仍在學校當志工。

情境聯想 **03** **態度大轉變**

　　原本吝嗇 (stingy) 又膽小的 (timid) 班尼，居然因為老師的一句提醒，有了 180 度大轉變，不但學會寬容的美德 (virtue)，待人接物方面也變得很體貼 (thoughtful)。

🎧 MP3 ◀ 077

stingy [`stɪndʒɪ] 形 吝嗇的	**4**	My boss is **stingy** and mean to the employees. 我的老闆對員工小氣又惡劣。 同義詞 miserly, ungenerous 反義詞 generous
timid [`tɪmɪd] 形 膽小的	**4**	The little bear is **timid** as well as vulnerable to attacks. 小熊很膽小且容易受到攻擊。 同義詞 meek, shy 反義詞 bold
virtue [`vɝtʃu] 名 美德	**4**	Kindness and patience are **virtues** we can foster. 善良與耐心是我們要培養的美德。 同義詞 ethic, value

| **thoughtful**
[`θɔtfəl]
形 體貼的 | 4 | The gentleman is always **thoughtful** to every lady.
這位紳士總是對每位女士那麼體貼。
同義詞 considerate, concerned
反義詞 rude, selfish |

相 關 單 字 一 次 背

surprise [sə`praɪz] 名 驚喜 動 使驚喜	1	To his **surprise**, he won the lottery. 他中了樂透，令他感到非常驚訝。 反義詞 calmness, coolness
gentleman [`dʒɛntḷmən] 名 紳士	2	A **gentleman** is aware of how he can help people, converse politely, and avoid being rude. 紳士會明白如何幫助別人、禮貌地談話，並避免任何無禮的行為。
personal [`pɝsənḷ] 形 個人的	2	Superstars are willing to spend money to guard their **personal** privacy. 巨星願意花錢來維護個人隱私。
sharp [ʃɑrp] 形 尖銳的 副 尖銳地	1	While chopping the vegetables, you should be careful with the **sharp** knife. 切菜時，你要小心尖銳的刀子。
strong [strɔŋ] 形 強壯的	1	Giant is a **strong** man who likes to do weight-lifting and develops his muscles. 傑安是個強壯的男人，喜歡舉重、練肌肉。

情境聯想 **建築設計修改**
04

　　因為房子外觀 (outline) 設計稍嫌死板 (stiff)，我得跟建築師夥伴 (pal) 討論如何修改，並在溝通時保持與建商的關係 (relationship)。

MP3 078

outline
[`autlaɪn]
動 畫出輪廓
名 外型；輪廓

3 Please **outline** the map of Thailand.
請將泰國的輪廓畫出來。
This is an **outline** for low-carbon urban planning.
這是低碳城市規劃的草案。
同義詞 profile, draft

stiff
[stɪf]
形 僵硬的

3 The **stiff** cardboard is suitable for packaging.
硬紙板適合拿來當包裝用。
同義詞 inflexible, rigid

pal
[pæl]
名 夥伴

3 I am new here; I have no **pal**.
我是新來的，還沒有交到朋友。
同義詞 friend, partner

relationship
[rɪ`leʃən͵ʃɪp]
名 關係

2 Don't let this disagreement affect our good **relationship**.
別讓意見不合影響我們良好的友誼。
同義詞 bond

people
[`pipḷ]
名 人；大家

1 **People** in the globe should be eco-friendly in the ways of reuse, recycle, reduce, and replace.
全球的人民應該做好環保，方法有再利用、再回收、減少垃圾、替代使用。

person
[`pɝsṇ]
名 人

1 Every **person** has his or her duty in the country, such as paying taxes or serving in the army.
這個國家的每個人都有義務，例如，繳稅或服役。

relation
[rɪ`leʃən]
名 關係

2 The country broke off its diplomatic **relations** with Cuba.
這個國家與古巴斷絕了外交關係。

人生無常：出生與死亡篇

情境聯想 01　迎接新生命

　　今天，婦產科診所來了五位孕婦 (pregnant)，醫護人員便幫他們辦理好住院手續，並向這些夫婦們說明有關分娩 (deliver) 需要注意的相關事項；後來，大家又聊了起來，互相討論要買哪一牌的新生兒用品比較好，像是尿布 (diaper)、奶粉等等，還聊了許多育兒的相關知識。

🎧 MP3 ◀ 079

pregnant [`prɛgnənt] 形 懷孕的	4　Most airlines don't allow women who are more than 34 weeks **pregnant** to travel by plane, for cabin crews are not trained to deal with an emergency delivery. 大部分航空公司不會允許懷孕三十四周以上的孕婦搭乘飛機，因為機組人員並未受訓處理緊急生產。 同義詞 expecting, fertile 反義詞 infertile
deliver [dɪ`lɪvɚ] 動 傳送；接生	2　My first part-time job was to **deliver** pizza. 我的第一份打工就是外送披薩。 同義詞 carry, transport 反義詞 keep, retain
diaper [`daɪəpɚ] 名 尿布	4　For the sake of environmental protection, some mothers choose cloth **diapers** rather than disposable **diapers**. 為了環保，有些媽媽選擇布製尿布，而不用免洗尿布。

bear
[bɛr]
動 忍受；生小孩
名 熊

2

We had better **bear** his precious advice in mind.
我們最好將他寶貴的忠告牢記在心。
Formosan black **bears** can be found in mountainous forests in Taiwan.
你可在台灣多山的森林區域找到台灣黑熊。

情境聯想 02 流產主要原因

流產或難產的主因常常是在懷孕 (pregnancy) 或生產 (delivery) 的過程中，引起了重大的 (grave) 併發症，最終導致母親或胎兒死亡；而痛失孩子的父母經常會走不出這樣的痛苦，而經歷好幾年的悲傷。

🎧 MP3 ◀ 080

pregnancy
[`prɛgnənsɪ]
名 懷孕

4

Smoking during **pregnancy** increases the risk of giving birth to a low-weight baby.
在懷孕期間抽菸會增加胎兒體重過輕的風險。

---

delivery
[dɪ`lɪvərɪ]
名 傳送

3

Pizza **delivery** is a service resulting from an order of pizza being made either by phone or over the Internet.
訂披薩外送的服務不是透過電話就是網路。
同義詞 labor, distribution
反義詞 collection

---

grave
[grev]
名 墳墓 **形** 嚴重的

4

Many people visit their ancestors' **graves** on Tomb Sweeping Day.
清明掃墓節時，子孫會到祖先的墓地祭拜。
The infection caused a **grave** threat to the patient.
感染對病人造成嚴重的威脅。
同義詞 tomb, serious

相關單字一次背

birth [bɜθ] 名 出生；血統	**1**	Taiwan had the third-lowest **birth** rate in the world in 2017. 台灣在二〇一七年的出生率居全世界第三低。

情境聯想 03 白髮人送黑髮人

有個小男孩獨自一人到危險水域游泳，因而不幸溺斃 (drown)，家人聽聞噩耗都悲痛不已，只能難過地幫往生的男孩舉辦喪禮 (funeral)，將他埋葬 (bury) 在家族的墓園 (tomb) 裡。

🎧 MP3 ◀ 081

drown [draʊn] 動 溺死；淹沒	**3**	Don't forget to warm up before swimming lest you get a cramp and **drown**. 別忘了游泳前要暖身，以免因抽筋而溺水。
funeral [`fjunərəl] 名 葬禮	**4**	Many people attended the **funeral** to mourn the death of my grandfather. 許多人前來參加喪禮，哀悼我的祖父。
bury [`bɛrɪ] 動 埋	**3**	The pirates **buried** the treasure somewhere on this island. 海盜們把寶藏埋在這座島上的某一處。 同義詞 cover, conceal 反義詞 dig, excavate
tomb [tum] 名 墳墓	**4**	According to their religion, they bury the deceased in **tombs**. 根據宗教，他們會把往生者埋葬在墳墓裡面。 同義詞 grave

相關單字一次背

die [daɪ] 動 死	Ⅱ	Two people **died** of lung cancer in my family. 我的家族裡有兩個人死於肺癌。 同義詞 pass away
end [ɛnd] 名 盡頭；末端 動 結束	Ⅱ	You have to wait at the **end** of the queue. 你必須在隊伍最後排隊。 The bad guy committed many crimes and **ended** up in jail. 這個壞人犯很多罪，所以下場是入獄坐牢。
dead [dɛd] 形 死的	Ⅱ	My cellphone is **dead**. May I use your phone? 我的手機沒電了，可以借用你的電話嗎？ 同義詞 deceased
death [dɛθ] 名 死亡	Ⅱ	The accident resulted in 10 **deaths**. 這場意外造成十個人死亡。

定義自我：種族與信仰篇

情境聯想
01　**包容各自的差異**

　　你有可能會遇到來自海外 (overseas) 不同國家、擁有不同國籍 (nationality) 及宗教的 (religious) 信仰的人們，但切記，人人生而平等，每個人的權益都不可被犧牲 (sacrifice)，而且也不應該有種族 (racial) 歧視的觀念，必須包容彼此的差異。

 MP3 ◀ 082

overseas　**2** [ˌovɚ`siz] 副 在海外　形 國外的	Mark will be transferred to an **overseas** branch of his company. 馬克即將被調職到海外的分公司。 Studying **overseas** is what I intend to do next year. 我計畫明年要到國外讀書。 同義詞 foreign; abroad 反義詞 domestic
nationality　**4** [ˌnæʃən`æləti] 名 國籍	I finally got Canadian **nationality** after living and working in Canada for so long. 在加拿大工作與居住了這麼多年，我終於拿到了加拿大國籍。 同義詞 citizenship 反義詞 foreigner
religious　**3** [rɪ`lɪdʒəs] 形 宗教的	Everyone has the right to have his or her own **religious** belief. 每個人都享有宗教信仰的自由。 同義詞 pious, believing 反義詞 atheistic

sacrifice [`sækrə͵faɪs] 名 動 犧牲	4	Mom has made many **sacrifices** for our family. 媽媽已經為我們家庭付出了很多努力及犧牲。 Tom **sacrificed** his sleep to fulfill his dream of becoming a writer by staying up late writing many times. 湯姆多次熬夜創作、犧牲睡眠，就是為了實現當作家的夢想。 (同義詞) lose, reduce (反義詞) repay, increase
racial [`reʃəl] 形 種族的	3	All men and women are created equal; that is, people shouldn't have any biases or **racial** discrimination regardless of gender and race. 男女人人生而平等；也就是說，無論性別及種族，人們都不該有偏見或種族歧視。 (同義詞) ethnic

相關單字一次背

international [͵ɪntɚ`næʃənḷ] 形 國際的	2	English is considered an **international** language and is widely spoken around the globe. 英文被視為是國際語言，在全球廣泛使用。
national [`næʃənḷ] 形 國家的	2	All the football players sing the **national** anthem before a game. 在足球比賽開始之前，所有球員會一起唱國歌。
conventional [kən`vɛnʃənḷ] 形 傳統的	4	The couple prefers their wedding to be simple and **conventional**. 這位新人比較喜歡傳統、簡單的婚禮。 (同義詞) typical, traditional (反義詞) abnormal, extraordinary

北韓與南韓以北緯三十八度線為區隔，雖同在朝鮮半島，體制卻相差甚多，例如，北韓當地人 (native) 隨時受國家監視 (spy)，未經批准不能離開祖國 (homeland)，不管言行或生活思想方面，人民都無法享有自由，與較自由的南韓相較，簡直是地獄 (hell) 與天堂 (heaven) 的差別。

🎧 MP3 ◀ 083

---

native
[`netɪv]
名 本國人
形 天生的；本國的
3

The Maori are **natives** of New Zealand.
毛利人是紐西蘭的本地原住民。
Though he speaks fluent Chinese, his **native** language is French.
他的母語是法文，但說著一口流利的中文。
(同義詞) indigenous, natural
(反義詞) foregin, alien

---

spy
[spaɪ]
名 間諜 動 暗中監視
3

James prefers **spy** films over comedies.
詹姆士喜歡間諜電影勝於喜劇片。
The citizens in North Korea are **spied** and monitored anytime, anywhere by the government.
北韓的人民不管在任何地方，無時無刻都被政府監視著。
(同義詞) observe, detect

---

homeland
[`homlænd]
名 祖國；本國
4

Though Ken has immigrated to Brazil, he still sees Columbia as his **homeland**.
雖然肯已經移民到巴西，他仍然把哥倫比亞視為自己的祖國。

---

hell
[hɛl]
名 地獄
3

Living in a country without any freedom is just like living in **hell**.
生活在沒有自由的國家中就如同活在地獄裡一樣。
(同義詞) purgatory, nightmare
(反義詞) heaven

heaven
[ˋhɛvn̩]
名 天堂

3 May all the souls rest peacefully in **heaven**.
願所有靈魂在天國安息。
同義詞 paradise
反義詞 hell

country
[ˋkʌntrɪ]
名 國家

1 The UK is a democratic **country**.
英國是個民主的國家。
同義詞 nation

nation
[ˋneʃən]
名 國家

1 The demonstrations and protests spread across the **nation**.
全國到處都有示威抗議。

foreign
[ˋfɔrɪn]
形 外國的

1 Vivian collects a wide variety of **foreign** flags, including from Sweden, Belgium, and so on and so forth.
薇薇安收集了各國的國旗，包括瑞典、比利時等國家的國旗。

foreigner
[ˋfɔrɪnɚ]
名 外國人

2 Roy is a **foreigner**, but he admires Chinese culture very much.
羅伊是外國人，但很崇拜中國文化。

情境聯想 03 宗教信仰

　　虔誠在神聖的 (holy) 的天主教修道院中，有信眾、修女 (nun) 及修道士 (monk) 等參與禱告與彌撒。而這個地方彷彿像天堂 (paradise) 一般，大家都虔誠地祈禱、奉獻，心中更充滿平和與希望，就像有神蹟 (miracle) 發生一樣，在動盪不安的社會帶給人們一絲光明。

MP3 ◀ 084

holy
[`holɪ]
形 神聖的

3 Notre-Dame Cathedral is a **holy** Catholic church.
聖母堂是神聖的天主教堂。
同義詞 sacred, godly

nun
[nʌn]
名 修女；尼姑

3 Mother Teresa was a Roman Catholic **nun** and missionary.
德雷莎修女是天主教羅馬教派的修女兼傳教士。
反義詞 monk

monk
[mʌŋk]
名 僧侶

3 Buddhist **monks** and nuns are vegetarian.
佛教和尚與尼姑都必須吃素。
反義詞 nun

paradise
[`pærə͵daɪs]
名 天堂

3 Maldives is a **paradise** for travelers, offering people relaxation and breathtaking scenery.
馬爾地夫群島就像天堂一般，提供旅客許多休閒娛樂以及令人屏息的美景。
同義詞 heaven
反義詞 hell

miracle
[`mɪrəkḷ]
名 奇蹟

3 It is a **miracle** that the premature baby born with a weight of only 700 grams survived.
生出來只有七百克的早產兒最後存活下來，真是奇蹟啊！
同義詞 marvel, wonder

相關單字一次背

temple
[`tɛmpḷ]
名 廟宇

2 Before the college entrance exam, most students worship gods in **temples** for the purpose of getting excellent grades and admission to prestigious universities.
大學入學考試之前，大部分學生會到寺廟拜拜，祈求有傑出的成績和順利考上名校。

soul [sol] 名 靈魂	**1**	The priest prayed for the **souls** of the deceased who went to heaven. 牧師為上了天堂的往生者靈魂祈禱。

情境聯想
04
禱告聖地尋救贖

聖保羅教堂是一個供信徒祈禱 (prayer) 的地方，屬於的宗教 (religion) 為基督教，而信徒也可以在此跟神父 (priest) 懺悔罪行 (sin) 以得到救贖。

🎧 MP3 ◀ 085

prayer [prɛɚ] 名 禱告	**3**	As a pious Christian, he says a **prayer** before going to bed. 身為虔誠的基督教徒，他在睡前都會禱告。
religion [rɪˋlɪdʒən] 名 宗教	**3**	Islam is one of the most widely-followed **religions** in the world. 回教是世界上最多人信的其中一個宗教。 同義詞 creed, belief
priest [prist] 名 神父	**3**	My uncle is a **priest** and is in charge of religious services at his church. 我叔叔是神父，負責主持宗教儀式。
sin [sɪn] 名 罪惡 動 犯罪	**3**	You can confess your **sins** to the priest. 你可以向神父懺悔。 同義詞 crime, error

 相關單字一次背

pray [pre] 動 祈禱	**2**	She knelt down, **praying** to God. 她跪下來向上帝禱告。

試試身手 — 模擬試題

一、詞彙題（共 15 題）

(　)1. Suddenly my sister flew into a rage, but I can't _____ out why she lost her temper.

  (A) figure (B) determine (C) oppose (D) imagine

(　)2. Stock market prices _____ after the minister of finance announced the new tax policy.

  (A) fled (B) tugged (C) tumbled (D) escaped

(　)3. A traveler who lacked morality _____ his name on the landmark of a tourist attraction with a knife.

  (A) scratched (B) squeezed (C) roared (D) glimpsed

(　)4. The hustle and bustle of city life is a _____ of New York City.

  (A) hesitation (B) characteristic (C) conscience (D) approval

(　)5. This is an interesting restaurant where the _____ of exotic flavors are fantastic.

  (A) instinct (B) combination (C) tendency (D) concept

(　)6. One of my neighbors is always willing to help people; he comes to my aid without _____ whenever I am in trouble.

  (A) appreciation (B) generosity (C) hesitation (D) conclusion

(　)7. Steve Jobs, the co-founder of Apple Inc., was a person whom I admired very much; he was a success and an _____ to me.

  (A) obedience (B) cooperation (C) misfortune (D) inspiration

(　)8. At the AI Summit, lots of companies put _____ on "practical" AI, including functions such as processing units, quality control and drone delivery.

  (A) sincerity (B) anxiety (C) emphasis (D) complaint

(　)9. In Greek mythology, out of _____, Pandora opened a box containing sickness, death and evil, which were then released into the world, with only one thing – hope – left inside.

  (A) cruelty (B) diligence (C) insult (D) curiosity

( )10. My dad has a _____ attitude toward the future of the government, which is in such chaos.

(A) jealous (B) pessimistic (C) elegant (D) informative

( )11. As a saying goes, "Patience is a _____."

(A) virtue (B) pride (C) humor (D) dispute

( )12. When it comes to _____ movies, my favorite is a blockbuster named *Mission: Impossible*, in which Tom Cruise plays an special agent.

(A) spy (B) tomb (C) outline (D) hush

( )13. Thanks for your compliment on my project; I am _____.

(A) boasted (B) anxious (C) furious (D) flattered

( )14. Students bowed to instructors in order to signify their _____ and gratitude.

(A) discouragement (B) remark (C) respect (D) tension

( )15. My Prince Charming is one who is considerate, passionate, and _____.

(A) awful (B) reluctant (C) timid (D) sympathetic

二、綜合測驗（共 15 題）

Nicholas James Vujicic was born in Melbourne, Australia, in 1982, with a rare disorder that left him without fully formed limbs. At first, his mother refused to see him or hold him, but eventually his parents both accepted the condition and ___16___ it as "God's plan for their son."

Vujicic has two small feet, one of which he calls "chicken drumstick" ___17___ its shape, and he is able to use his foot to operate an electric wheelchair, which also functions as both a computer and a mobile phone.

Vujicic has been such an inspiration to the world. However, he attempted ___18___ when he was young. Fortunately, he flourished in his adolescence ___19___ being bullied. When he was seventeen, inspired by

a man dealing with a severe disability, he started to give talks at prayer groups. At the age of 21, Vujicic graduated from Griffith University with a Bachelor of Commerce degree.

Viewing his career as a speech giver, in 2005, he founded Life Without Limbs, a non-profit organization, touring all over the world to deliver __20__ speeches. Later in 2010, Vujicic then got his first book, *Life without Limits*, published and translated into over 30 languages.

(　　) 16. (A) devised (B) classified (C) referred to (D) considered

(　　) 17. (A) as a result of (B) because (C) owing (D) for the purpose of

(　　) 18. (A) merit (B) suicide (C) depression (D) evaluation

(　　) 19. (A) in spite (B) for recognition of (C) insisting on (D) despite

(　　) 20. (A) desperate (B) motivational (C) passive (D) guilty

My 600-lb Life is a reality television series that has been broadcast on the TLC TV network since 2012. It is about the lives of many extremely obese patients, and each episode __21__ each participant for approximately a year. It documents their attempts to lose weight to stay healthy as well.

Weighing around 600 pounds, these morbidly obese patients whose weight is hampering their lives __22__ to the assistance of a surgeon Younan Nowzaradan, whom patients __23__ when it comes to health advice, gastric bypass surgery or sleeve gastrectomy. Although there have been a lot of successful cases, tragedy also happens sometimes. __24__ February 2018, it is a pity that two of the patients involved in the series died of heart attacks.

In view of the cases in My 600-lb Life, what we should focus on is to stay fit and healthy. And how can people achieve the goal of being healthy and fit at the same time? Consuming well-balanced diets and doing regular exercise are the top __25__.

(　　)21. (A) grinned at　(B) opposed to　(C) kept track of　(D) dated back to

(　　)22. (A) rejected　(B) objected　(C) appealed　(D) resolved

(　　)23. (A) annoy　(B) rely　(C) request　(D) amuse

(　　)24. (A) Not to mention　(B) For the sake of　(C) Provided　(D) As of

(　　)25. (A) demonstrations　(B) pardons　(C) priorities　(D) bravery

From SIRI to auto cars, artificial intelligence (AI) is evolving rapidly, inclusive of Google's search algorithms to IBM's Watson. So far, "Weak AI" is now in the spotlight, ranging from Internet searches to facial __26__. However, in the long term, scientists will __27__ themselves to developing General AI (Strong AI).

Despite all the benefits AI could bring, Elon Musk, Bill Gates, and many other famous people in the technology field have recently expressed concerns through the media about the risks __28__ by AI. For example, if AI is controlled by villains, weapons that rely on artificial intelligence systems can be re-programmed to kill, terribly __29__ mass casualties. What's more, a super-intelligent AI may try to accomplish its goals under any costs, even it means human lives. That is, it's possible that we won't be able to __30__ how AI will behave. Furthermore, it is also highly possible that AI will outsmart humans. So, this raises a major question: will intelligent machines replace us all?

(　　)26. (A) recognition　(B) hatred　(C) horror　(D) pressure

(　　)27. (A) fasten　(B) quarrel　(C) dedicate　(D) apologize

(　　)28. (A) fetched　(B) released　(C) posed　(D) punched

(　　)29. (A) leading to　(B) replying to　(C) objecting to　(D) belonging to

(　　)30. (A) propose　(B) permit　(C) predict　(D) persuade

三、文意選填（共 10 題）

請依文意在文章後所從提供的 (A) 到 (J) 選項中分別選出最適當者。

According to Reuters, in May, 2018, the European Commission proposed a law banning single-use plastic products so as to reduce marine litter. All EU countries are __31__ to clean out 90 percent of single-use plastic bottles by 2025. EU Commission Vice President Frans Timmermans said, "Plastic waste __32__ in our air, soil, oceans, and food, so Europeans need to __33__ this problem together." In addition, based on a data analysis, people in the U.S. use about 500 million straws annually, which __34__ 4.4% of the global population. It seems that not just Europe, but also other countries and individuals everywhere - even you and me - should all contribute to preserving our environment as well.

In 2018, Taiwan jumped on the bandwagon and announced a ban on all single-use plastic bags, plastic straws, and plastic __35__, all of which will have been phased out by 2030. "We aim to implement a blanket ban by 2030 to significantly cut down on plastic waste that pollutes the ocean and also devastates human health," said Ying-yaun Lee, an Environmental Protection Agency official, adding, "You can use steel products or even __36__ straws – or, just don't use straws at all." This anti-plastic regulation in Taiwan includes __37__ chain restaurants from giving straws to customers in 2019, and retail stores being __38__ a significant fine for providing free plastic bags or any disposable plastic utensils in 2020.

Globally, a(n) __39__ 380 million metric tons of plastic are being created annually, while eight million metric tons of plastic is dumped into the oceans each year. In short, plastic __40__ in the oceans has become a major issue and even cast an impact on the food chain. The environmental pollution caused by plastic should be taken seriously. Meanwhile, as more countries are enforcing anti-plastic laws, we

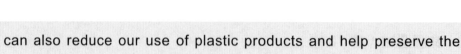

can also reduce our use of plastic products and help preserve the environment.

(A) tackle　(B) required　(C) prohibiting　(D) edible　(E) utensils
(F) accumulating　(G) charged　(H) estimated　(I) accounts for
(J) ends up

 模擬試題 ～ 解答篇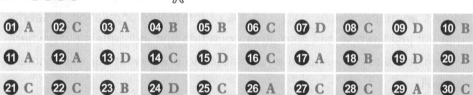

❶ A	❷ C	❸ A	❹ B	❺ B	❻ C	❼ D	❽ C	❾ D	❿ B
⓫ A	⓬ A	⓭ D	⓮ C	⓯ D	⓰ C	⓱ A	⓲ B	⓳ D	⓴ B
㉑ C	㉒ C	㉓ B	㉔ D	㉕ C	㉖ A	㉗ C	㉘ C	㉙ A	㉚ C
㉛ B	㉜ J	㉝ A	㉞ I	㉟ E	㊱ D	㊲ C	㊳ G	㊴ H	㊵ F

一、詞彙題剖析

01 (A) figure out 理解

我的姊姊突然暴怒，但我無法理解她為何發脾氣。

(B) determine 決定　(C) oppose 反對　(D) imagine 想像

02 (C) tumbled 暴跌

財政部長宣布新的稅制後，股價因而暴跌。

(A) fled（flee 的過去式，逃離）　(B) tugged 用力拉　(D) escaped 逃脫

03 (A) scratched 刻劃

一位缺乏公德心的觀光客在景點的地標上用刀子刻上自己的姓名。

(B) squeezed 擠壓　(C) roared 怒吼　(D) glimpsed 瞥看

04 (B) characteristic 特徵

繁忙喧囂的都市生活就是紐約市的特徵。

(A) hesitation 猶豫　(C) conscience 意識　(D) approval 贊成

05 **(B) combination** 結合

這間有趣的餐廳最迷人的地方就在於其餐點結合了異國風味。

(A) instinct 直覺　(C) tendency 傾向　(D) concept 觀念

06 **(C) hesitation** 猶豫

我的一位鄰居很樂意助人；每當我有困難，他都會毫不猶豫地協助我。

(A) appreciation 感激　(B) generosity 慷慨　(D) conclusion 結論

07 **(D) inspiration** 鼓舞

蘋果公司的共同創辦者──賈伯斯一直是我最崇拜的人，也是成功的典範及鼓舞。

(A) obedience 服從　(B) cooperation 合作　(C) misfortune 不幸

08 **(C) put emphasis on** 強調

在人工智能峰會中，許多公司強調未來一年人工智慧的實用性，包括處理器、品質管制與無人機送貨。

(A) sincerity 真誠　(B) anxiety 焦慮　(D) complaint 抱怨

09 **(D) curiosity** 好奇心

在希臘神話裡，潘朵拉出於好奇而打開盒子，將裡面的疾病、死亡和其他邪惡釋放到人間，唯獨希望被留在裡面。

(A) cruelty 殘忍　(B) diligence 勤勞　(C) insult 侮辱

10 **(B) pessimistic** 消極悲觀的

現在的政府正處於混亂之中，所以我爸爸對未來抱持著消極悲觀的態度。

(A) jealous 嫉妒的　(C) elegant 高雅的　(D) informative 增廣見聞的

11 **(A) virtue** 美德

如同諺語所說：「耐心是一種美德。」

(B) pride 驕傲　(C) humor 幽默　(D) dispute 爭論

12 **(A) spy** 間諜

說到間諜電影，我最喜歡的是一部賣座電影——不可能的任務，而在電影裡面，湯姆‧克魯斯飾演了特務一角。

(B) tomb 墳墓　(C) outline 輪廓；外型　(D) hush 寂靜

13 (D) flattered 受寵若驚

謝謝你讚美我的計畫；我真是受寵若驚。／你過獎了。

(A) boasted 自豪；吹牛　(B) anxious 焦慮的　(C) furious 生氣的

14 (C) respect 尊敬

學生對老師鞠躬敬禮以表示他們的尊敬和感謝。

(A) discouragement 沮喪　(B) remark 評論　(D) tension 緊張

15 (D) sympathetic 有同情心的

我的白馬王子必須是一位體貼、熱情又有同情心的人。

(A) awful 可怕的　(B) reluctant 不情願的　(C) timid 膽小的

二、綜合測驗剖析

　　力克‧胡哲於西元一九八二年出生於澳洲墨爾本，他患有先天四肢發育不完全的罕見疾病。原先，他的媽媽拒絕看他、抱他，但到了後來，他的爸媽還是選擇接受這項事實，並把兒子的病況 **16** (C) 視為 是上帝對他的安排。

　　胡哲有兩隻小腳，而其中一隻 **17** (A) 因為 其外型，而被他稱為「小雞腿」，不過，他仍能夠用他的腳來操作輪椅、電腦，甚至是手機。

　　雖然胡哲現在如此激勵人心，但事實上，他以前曾經試圖 **18** (B) 自殺 過。幸運地，**19** (D) 儘管 在青春期遭受霸凌，他仍茁壯不少。當他十七歲時，被一位重度殘障人士所啟發，便開始在教會的禱告團契中發表演說。二十一歲時，則從格里菲斯大學畢業，並拿到商學院學位。

　　力克‧胡哲視演講為他的事業，於是在二〇〇五年創辦了非營利組織——「無四肢的生命」，並巡迴世界、發表 **20** (B) 激勵人心的 演講。後來在於二〇一〇年，出了他第一本書《人生不設限》，至今已被翻譯了超過三十種語言並出版。

16 (C) **refered to A as B** 視 A 為 B

(A) **devised** 設計 (B) **classified** 分類 (D) **considered** 考慮

17 (A) **as a result of + N** 因為 = Because of = Owing to

(B) **because** 因為（其後須接子句） (C) **owing** 歸因於…的（**owing to** 才有「因為」之意） (D) **for the purpose of** 為了

18 (B) **suicide** 自殺

(A) **merit** 優點 (C) **depression** 沮喪 (D) **evaluation** 評估

19 (D) **despite + N = in spite of + N** 儘管

(A) **in spite**（須為 **in spite of...**） (B) **for recognition of** 認可
(C) **insisting on** 堅持

20 (B) **motivational** 激勵的

(A) **desperate** 拼命的 (C) **passive** 被動的 (D) **guilty** 有罪惡感的

《沉重人生》（或直譯為：我的六百磅重人生）是從二〇一二年就開始在 TLC 頻道播出的電視實境節目。節目中，每一集都會 **21** (C) 追蹤 許多過度肥胖的病人長達大約一年的時間，並記錄著他們減重、維持健康的努力。

這些過度肥胖的病人都重達六百磅，過重的體重嚴重到會危害他們的生命，所以他們便 **22** (C) 求助於 一位休士頓的外科醫生 —— 勞瑟雷敦醫生，而醫生會 **23** (B) 根據 病情替病患進行胃繞道手術或縮胃手術。雖然成功案例很多，但悲劇還是發生了，很遺憾地，**24** (D) 直至 二〇一八年二月，其中兩位參與治療的病人死於心臟病。

鑒於節目中的病例，我們應該多注重並保持身體健康，至於人們怎樣才能保持身形又兼顧健康呢？均衡飲食以及規律運動不外乎就是 **25** (C) 最優先的事 了。

21 (C) **kept track of** 追蹤

(A) **grinned at** 對…露齒而笑 (B) **opposed to** 反對
(D) **dated back to** 追溯

22 (C) **appealed to** 求助於

    (A) **rejected** 拒絕 (B) **objected** 反對 (D) **resolved** 決意

23 (B) **rely on** 依賴

    (A) **annoy** 惹惱 (C) **request** 要求 (D) **amuse** 娛樂

24 (D) **As of** 從…起

    (A) **Not to mention** 更不用說 (B) **For the sake of** 為了
    (C) **Provided** 假如

25 (C) **the top priorities** 優先的事情

    (A) **demonstrations** 示威 (B) **pardons** 寬恕 (D) **bravery** 勇氣

　　從蘋果的人工智慧助理軟體（SIRI）到自動駕駛汽車，人工智慧正快速進化中，其中還包括了谷哥搜尋引擎的演算法與 IBM 的華生智能系統。現今，「弱人工智慧」為主流，像是網路搜尋以及臉部 **26** (A) 辨識。不過，從長遠來看，科學家將 **27** (C) 著重於 開發「通用人工智慧」（強人工智慧）。

　　伊隆‧馬斯克、比爾‧蓋茲等在科技領域享譽盛名的人們最近紛紛在媒體上表達對人工智慧可能 **28** (C) 引起 的危機而擔憂。例如，如果人工智慧落到壞人手中，所有運用人工智慧的系統可能被設定為殺人武器，而 **29** (A) 導致 嚴重死傷；此外，超級人工智慧也有可能會用盡手段達成完成目標，而其手段並不排除犧牲人命。所以，人類並不能完全確定能控制人工機器的行動，也無從 **30** (C) 預測 起；再來，未來有很高的機率，人工智慧將會比人類更加聰明；所以最後，我們都必須問：人工智慧機器會取代我們所有人嗎？

26 (A) **recognition** 認知；辨識

    (B) **hatred** 恨 (C) **horror** 恐怖 (D) **pressure** 壓力

27 (C) **dedicate (oneself) to + N** 致力於

    (A) **fasten** 繫緊 (B) **quarrel** 爭吵 (D) **apologize** 道歉

28 (C) **posed** = which are posed 造成
(A) **fetched** 拿取　(B) **released** 釋放　(D) **punched** 重擊

29 (A) **leading to** = resulting in = causing 導致
(B) **replying to** 回覆　(C) **objecting to** 反對　(D) **belonging to** 屬於

30 (C) **predict** 預測
(A) **propose** 提議　(B) **permit** 允許　(D) **persuade** 說服

三、文意選填剖析

　　根據路透社報導，在二○一八年五月，歐盟委員會提議禁止一次性塑膠製品以減少海洋垃圾，而歐盟各國也 **31** (B) 被要求 要在二○二五年以前清除海洋中 90% 的寶特瓶垃圾。歐盟委員會副主席法蘭茲說：「塑膠廢棄物 **32** (J) 最後結果 都是被排放到空氣、土壤、甚至食物中，所以歐洲人必須一起 **33** (A) 處理 這個問題。」而根據數據分析，美國人每天使用大約五百萬支吸管，就 **34** (I) 佔 了全球數量的 4.4%。看來，不只是歐洲，世界各國、甚至是你和我，都須盡心保護我們的環境才對。

　　而同樣在二○一八年，台灣搭上了這個流行趨勢，禁止所有一次性塑膠袋、塑膠吸管、塑膠 **35** (E) 餐具 的法令已開始實施，並將於二○三○年以前完全禁用。環保署長李應元說：「由於這些塑膠廢棄物會汙染海洋、危害人體健康，我們的目標為在二○三○年以前全面減少塑膠廢棄物。」後來更補充：「你可以使用不鏽鋼吸管，甚至還有 **36** (D) 可食用的 吸管可以使用，或者，你也可以完全不使用吸管。」而台灣頒布的此項禁塑法令還包括於二○一九年開始 **37** (C) 禁止 連鎖餐廳提供吸管給顧客，並於二○二○年開始，若零售店提供免費塑膠袋或免洗商品，將會 **38** (G) 被罰錢。

　　從全球來看，人類每年 **39** (H) 預估 製造三千八百萬公噸的塑料，而其中的八百萬公噸被排放到海洋中；總而言之，在海洋中 **40** (F) 日積月累 的塑膠已經變成主要議題，甚至與食物鏈息息相關。我們必須正視塑膠製品造成的環境汙染威脅，同時，各國也應當調整禁用塑膠的法令，而我們每個人也必須從生活開始減

少使用塑膠產品、致力保護環境。

31 **(B)** required 要求

32 **(J)** ends up 結果為

33 **(A)** tackle = deal with = cope with 處理

34 **(I)** accounts for 佔（百分比）

35 **(E)** utensils 餐具

36 **(D)** edible 可食用的

37 **(C)** prohibiting 禁止

38 **(G)** charged 被收費

39 **(H)** estimated 估計的

40 **(F)** accumulating = which accumulates 累積的

Unit 1 要活就要動：活動相關字

Unit 2 時間相關：順序與頻率

Unit 3 掌握空間感：位置與方向

Unit 4 度量相關：測量與單位

Unit 5 基本運算：數字與計量

Unit 6 鍛鍊觀察力：狀態與性質

Unit 7 提升描述力：如何描述程度

Unit 8 溝通媒介：電話與電報

Unit 9 金融知識：貨幣、銀行與財務

試試身手：模擬試題

模擬試題解答與解析

4500 Must-Know
Vocabulary for
High School Students

Part 2

日常生活應用

大考Tips

給苦戰閱讀的你！

　　做閱讀題目時，不需要執著於要看懂每一個字，你可以先瀏覽題目，再從文章中找出關鍵字來幫助作答，同時提升答題速度；而想要提升閱讀文章的速度，就一定要從平常就開始多看英文文章，並多加注意最近的熱門話題，很有可能之前出現過的新聞被列入考題之中喔！若你苦於找不到閱讀的資源，就不妨造訪一下 BBC Learning English、CNN Student News、Breaking News English 等等網站吧。

名 名詞　動 動詞　形 形容詞　副 副詞　介 介係詞　縮 縮寫

要活就要動：活動相關字

情境聯想 01 盡己之力保護生態

　　所有牽涉到 (involve) 人類的活動都有可能毀壞 (destroy) 動物棲息地，使動物瀕臨絕種 (endanger)，物種還可能因此消失 (disappear)；為了預防這種結果，我們應該喚起 (arouse) 共識，盡力保護生態。

🎧 MP3 ◀ 086

---

involve
[ɪn`vɑlv]
動 牽連；包括

4 Students are encouraged to get **involved** in various extracurricular activities.
學生可盡量多參加各種課外活動。
同義詞 participate, include
反義詞 separate, disconnect

---

destroy
[dɪ`strɔɪ]
動 毀壞

3 My failure in the project completely **destroyed** my confidence.
計畫的失敗完全毀了我的自信。
同義詞 damage, devastate
反義詞 fix, repair

---

endanger
[ɪn`dendʒɚ]
動 使遭遇危險

4 Loss of habitats **endangers** the giant pandas.
失去棲息地使熊貓瀕臨絕種。
同義詞 threaten, menace
反義詞 protect, guard

---

disappear
[ˏdɪsə`pɪr]
動 消失

2 A young girl **disappeared** without a trace from her home, which puzzled the police.
小女生在家裡消失得無影無蹤，令警方疑惑不已。
同義詞 vanish, perish
反義詞 appear, emerge

arouse
[ə`raʊz]
動 喚起

4
The creativity which the instructor applied to her teaching methods **aroused** my interest in learning.
老師的創意教學法喚起我的學習興趣。
同義詞 spark, stimulate
反義詞 dissuade, dishearten

相關單字一次背

burst
[burst]
動 名 爆炸

2
The old lady **burst** into tears at the news of her daughter's death.
老太太一聽到女兒往生的消息便嚎啕大哭了起來。

bother
[`bɑðə]
動 名 打擾

2
It **bothers** me that Mary always shops a lot on impulse.
讓我感到煩惱的是，瑪莉總是衝動購物。

conflict
[`kɑnflɪkt] /
[kən`flɪkt]
名 衝突 動 衝突

2
Confrontation as well as **conflict** between management and labor gave rise to inefficiency in the workplace.
勞資雙方的對立和衝突導致職場上效率很差。

break
[brek]
動 打破；弄壞
名 休息；裂口

1
He **broke** the glasses on purpose just to get attention.
他只是為了引起注意，便把玻璃打破。
同義詞 crack, crash; damage

must
[mʌst]
助 名 必須

1
As a parent, you **must** keep your word to your children and set good examples.
身為父母，你必須遵守承諾、建立好榜樣。

protect
[prə`tɛkt]
動 保護

2
Kneepads can **protect** knees from impact and injury from hitting an obstacle or falling to the ground.
護膝可以保護膝蓋免於碰撞或跌倒、受傷。

溪邊悠閒釣魚

今天和朋友約好到溪邊釣魚，大家約好要在車站集合 (assemble)；我是第一個到的，於是吃著早餐、等待其他人到來 (arrival)；大家到齊之後，先備好麵包蟲當魚餌 (bait)，還混合 (blend) 小蝦或豆渣等；最後，我們總共釣了三十幾條魚，各自帶回家煮、當作犒賞自己的獎賞 (award)。

🎧 MP3 ◀ 087

assemble [ə`sɛmbḷ] 動 集合	④ All representatives **assembled** at city hall. 所有代表都在市政廳集合。 同義詞 gather, meet 反義詞 cancel, distribute
arrival [ə`raɪvḷ] 名 到達	③ We are waiting for the **arrival** of summer vacation. 我們都在等待暑假的到來。 反義詞 departure
bait [bet] 動 誘惑 名 誘餌	③ The fisherman **baits** fish in the river. 漁夫使用魚餌引誘河川裡的魚。 The fish finally bit the **bait**. 魚終於咬住了魚餌。 同義詞 lure, trap
blend [blɛnd] 名 混合物 動（使）混合	④ I like the **blend** of chocolate and banana. 我喜歡巧克力和香蕉混合在一起的味道。 Kelly **blends** flour and eggs to make cookies. 凱利混合麵粉和雞蛋來做餅乾。
award [ə`wɔrd] 動 頒獎 名 獎賞	③ The college **awards** outstanding students with scholarships. 那間大學頒給傑出學生獎學金。 The Academy **Awards** are given annually to recognize excellence in cinematic achievements. 奧斯卡金像獎每年都會頒給在電影方面有優秀成就的人。 同義詞 prize, reward 反義詞 punishment

相關單字一次背

arrive [ə`raɪv] **動** 到達	**2**	Please **arrive** at the airport two hours early. 請提早兩小時到達機場。 **同義詞** appear, reach, show up
control [kən`trol] **動** 控制	**2**	Katrina can't **control** her impulse to shop, so she often gets into a debt. 卡翠納無法控制購物的衝動而因此負債。
bring [brɪŋ] **動** 帶來	**1**	My elder sister is addicted to scrolling on a smartphone, so she always **brings** her cellphone with her. 我姊姊沉溺於滑手機，所以隨身帶著她的手機。
come [kʌm] **動** 來	**1**	Please **come** to the seminar punctually at 2 p.m. 請準時參加下午兩點的研討會。 **反義詞** go, leave, depart
gather [`gæðɚ] **動** 聚集	**2**	A large amount of information was **gathered** in the survey. 在調查中已收集了許多資料。 **同義詞** assemble, collect, cluster
hunt [hʌnt] **動** 獵取 **名** 打獵	**2**	The aboriginal **hunted** buffalo on the prairie. 原住民在大草原上捕獵野牛。 The **hunt** for the missing boy continued for two days, but no one found him. 人們找尋失蹤男孩找個兩天，但卻還是沒人找到他。
meet [mit] **動** 遇到	**1**	It was a coincidence that I **met** a friend of mine while traveling in Denmark. 在丹麥旅行時遇到一位朋友，好巧喔！

開心吹泡泡糖

一群小朋友正參加吹泡泡糖 (bubble) 比賽 (contest)，每個小朋友都專心 (concentrate) 吹著，看誰吹的泡最大，而時間限定 (confine) 只有五分鐘，泡泡糖最早破裂 (crack) 的話就輸了。

🎧 MP3 ◀ 088

bubble 3
[`bʌbḷ]
名 泡沫 動 使冒泡

Kids like to blow **bubbles** for fun.
小孩喜歡吹泡泡，因為很好玩。
The soap water **bubbles** after being stirred.
肥皂水攪拌後會起泡泡。
(同義詞) foam, froth

contest 4
[`kɑntɛst]
名 比賽

The eloquent student will take part in the speech **contest**.
這位口才好的學生將參加演講比賽。
(同義詞) competition, match

concentrate 4
[`kɑnsɛnˌtret]
動 集中

In class, please **concentrate** on the lectures that teachers give.
課堂上，請專注聽老師講課。
(同義詞) focus, strengthen
(反義詞) distract

confine 4
[kən`faɪn]
動 限制

Those who are **confined** to wheelchairs should enter the library by using the accessible ramp.
坐輪椅的人應從殘障坡道進入圖書館。
(同義詞) enclose, restrain

crack 4
[kræk]
名 裂縫 動 使破裂

There is a **crack** in my car windscreen.
我的擋風玻璃有一道裂縫。
Can you **crack** nuts without a nutcracker?
你可以不用胡桃鉗就把核桃撥開嗎？
(同義詞) break, split

相關單字一次背

attend [ə`tɛnd] **動** 出席	**2**	I will **attend** the seminar next Tuesday. 下週二我即將前往參加研討會。
avoid [ə`vɔɪd] **動** 避免	**2**	Snakes are what Mike dislikes the most, so please **avoid** mentioning them. 麥克最討厭蛇，所以請避免提到蛇。
fun [fʌn] **名** 樂趣	**1**	Let's go window shopping in the department store for **fun**. 我們一起到百貨公司逛街找樂趣吧！
funny [`fʌnɪ] **形** 有趣的	**1**	The clowns in the circus look so **funny**, and they are capable of performing numerous tricks. 馬戲團小丑看起來好滑稽，還會表演許多把戲。

情境聯想 04 　**感恩節準備晚餐**

　　感恩節快到了，家家戶戶開心地準備大餐，先把火雞塞滿 (cram) 餡料，再把閃爍 (sparkle) 的南瓜燈籠擺放在門口當裝飾品 (decoration)，而最重要的是，要對周圍的親朋好友以行動 (deed) 去回報他們；也許過節有時令人沮喪 (depress)，可能因為要感謝的人已不在，又或許受不了問東問西的親戚們，不過，請務必維持那份感恩的心。

🎧 MP3 ◀ 089

cram [kræm] **動** 硬塞	**4**	Ruby **crammed** the turkey with the stuffing made from herbs and dry bread, and baked it for Thanksgiving dinner. 茹比把火雞塞滿香草及麵包丁的內餡當作感恩節大餐。 **同義詞** stuff, fill **反義詞** dig

163

sparkle [ˋspɑrkḷ] 動 名 閃爍	**4** The diamond ring on her finger **sparkles** brightly. 她手指上的鑽石戒指閃閃發亮。 同義詞 glisten, shine
decoration [ˏdɛkəˋreʃən] 名 裝飾	**4** The Brown family are putting up **decorations** for Christmas. 伯朗一家正在布置聖誕節裝飾品。 同義詞 ornament, elaboration
deed [did] 名 行為；行動	**3** The child is taught to do a good **deed** every day. 小朋友被教導每天日行一善。 同義詞 act, action
depress [dɪˋprɛs] 動 使沮喪；壓下	**4** The miserable experience **depressed** me a lot. 悲慘的經驗讓我很沮喪。 同義詞 sadden, discourage 反義詞 encourage, inspire

相關單字一次背

bind [baɪnd] 動 綁	**2** The reunion **bound** the family members closely. 家族聚會能把整個家族緊密地凝聚在一起。 同義詞 fasten, tie up
matter [ˋmætɚ] 動 要緊 名 事情	**1** The weather doesn't **matter** to him. He'll go out anyway. 天氣怎樣對他來說都沒差，他還是會出門。 Don't worry; it is not a **matter** of life and death. 別再擔心了，這又不是生死攸關的事情。
have [hæv] 動 有；已經	**1** Do you **have** any diploma? Perhaps a bachelor's degree or a master's degree? 你有任何文憑嗎？是大學學位或碩士學位呢？

fill
[fɪl]
動 填滿

I Don't talk with your mouth **filled** with food; it is bad table manners.
嘴巴裡有食物就不要說話，這是不良的餐桌禮儀。

情境聯想 05 城市髒亂的一面

　　雖然大城市總是給人進步、有活力的印象，但在高樓林立的大都會角落，總會有一些負面的發現 (discovery)，像是隨地的塗鴉，如同偽裝 (disguise) 的「藝術」，儘管有些塗鴉很有創意，卻屬於破壞公物甚至是損毀私人財產的行為，又或蓄意破壞 (destruction)、亂丟 (ditch) 垃圾等等可怕的事 (dread)，也常常發生，環境衛生及道德感方面還真令人擔憂。

MP3 ◀ 090

discovery
[dɪsˋkʌvərɪ]
名 發現

3 The **discovery** of America was made by Christopher Columbus in 1492.
哥倫布於西元一四九二年發現美洲大陸。
同義詞 breakthrough, finding

---

disguise
[dɪsˋgaɪz]
名 掩飾 **動** 假扮

4 It is a blessing in **disguise** that you got a better-paid job after being laid off.
被解僱卻反而找到薪資高的工作，真是因禍得福。
The man **disguised** himself as an entrepreneur.
這個人把自己偽裝成企業家。
同義詞 mask, conceal

---

destruction
[dɪˋstrʌkʃən]
名 破壞

4 The hurricane caused terrible **destruction** in low-lying areas.
颶風在低窪地區造成嚴重破壞。
同義詞 damage, devastation
反義詞 construction, establishment

ditch [dɪtʃ] 動 丟棄；挖溝 名 水溝	3	Don't **ditch** batteries just anywhere, as they contaminate the soil and the ocean. 不要亂丟電池，它們會汙染土壤和海洋。 Drainage **ditches** should be cleaned up regularly. 排水溝應該定期清理。 同義詞 drain, trench
dread [drɛd] 名 動 畏懼	4	I have a **dread** of bugs. 我很害怕蟲子。 My little daughter **dreads** going to the doctor. 我的小女兒害怕看醫生。 同義詞 fear

 相關單字一次背

carry [ˋkærɪ] 動 攜帶；搬運	1	Passengers **carry** their luggage when going to the check-in counter at the airport. 在機場的乘客紛紛攜帶行李到登機櫃台。
hurt [hɜt] 動 名 傷害	1	No one knows exactly whether the passengers were **hurt** in the car crash. 沒有人確切知道是否有乘客在車禍中受傷。

情境聯想 06　到眼科尋求治療

　　眼睛疲勞時，我們通常會滴 (drip) 眼藥水來消除 (eliminate) 症狀。但如果遇到 (encounter) 視力模糊或飛蚊症等症狀出現 (emerge) 時，應立即看專業的眼科醫生，疑難雜症才會消失 (fade) 並及時根治。

🎧 MP3 091

drip
[drɪp]
名 水滴 動 滴下

3 Do you see some **drips** of the rain in the sky?
你有看到空中的飄雨嗎？
Her tears **dripped** from her cheeks.
她的眼淚從臉頰滴下來。
同義詞 dribble, drop

eliminate
[ɪ`lɪmə,net]
動 消除

4 The team which lost the game was **eliminated** from the competition.
輸掉比賽的球隊被淘汰了。
同義詞 remove, reject
反義詞 maintain, add

encounter
[ɪn`kaʊntɚ]
動 遭遇 名 邂逅

4 Brian **encountered** a friend of his on the way to the shopping mall.
布萊恩在前往購物中心的路上偶遇一個朋友。
同義詞 confront, meet

emerge
[ɪ`mɝdʒ]
動 浮現

4 The sun **emerges** above the horizon at dawn.
太陽在清晨時出現在地平面上。
同義詞 appear, merge
反義詞 disappear

fade
[fed]
動 逐漸消失

3 The color of the painting is **fading** away.
這幅畫的顏色漸漸消失。
同義詞 dim, decline
反義詞 bloom

相關單字一次背

cause
[kɔz]
動 引起 名 原因

1 The drought **caused** many deaths.
這場乾旱導致許多人死亡。
同義詞 lead to, bring about

| **look**
[luk]
動 看 名 臉色；看 | **2** | My mom encourages me to **look** on the bright side of life.
我媽媽鼓勵我要看人生光明的一面。 |
| **make**
[mek]
動 製作；做 | **1** | One of my wisdom teeth hurts so much that I need to **make** an appointment with the dentist.
我有一顆智齒好痛，我必須跟牙醫預約看診。 |

情境聯想 07 **補救城市空污**

　　根據估計 (estimate)，台北市老舊的高汙染汽機車約有三十萬輛，排放廢氣 (exhaust) 嚴重傷害 (harm) 市民的呼吸道健康。現在，已加強淘汰這些機車、柴油車等，未來的期許 (expectation) 是打造低汙染都市，使用電動公車，並建立 (establish) 好「宜居永續城市自治條例」一法案。

🎧 MP3 ◀ 092

| **estimate**
[`ɛstə,met]
動 名 估計 | **4** | It is **estimated** that 10,470 adults in the United States are diagnosed with bowel cancer each year.
據估計，每年在美國有一萬四百七十人被診斷出罹患大腸癌。
同義詞 calculate, compute |
| **exhaust**
[ɪg`zɔst]
名 排氣
動 使筋疲力竭；排氣 | **4** | **Exhaust** gas from vehicles and factories is discharged into the atmosphere.
車輛或工廠的廢氣被排放到大氣層。
The tiring job **exhausted** everyone.
累人的工作使大家筋疲力盡。
同義詞 tire, fatigue
反義詞 replenish, supply |

harm [hɑrm] 名 動 傷害	**3**	Taking drugs can do **harm** to your life. 吸毒會傷害你的一生。 The blue light radiated by cellphones will **harm** your eyes. 手機的藍光將會損害你的眼睛。 同義詞 damage, injure 反義詞 profit, benefit
expectation [ˌɛkspɛkˋteʃən] 名 期望	**3**	Richard's parents have a high **expectation** of him. 理查的父母對他有很高的期望。 同義詞 anticipation, prospect
establish [əsˋtæblɪʃ] 動 建立	**4**	Master Cheng Yen **established** the Tzu Chi Foundation in 1966. 證嚴法師在一九六六年創立慈濟基金會。 同義詞 found, build 反義詞 ruin, overthrow

相關單字一次背

contact [ˋkɑntækt] 名 連絡 動 接觸	**2**	Keep in **contact** with your friends. 要跟許多失聯的朋友保持聯絡。 He told me to **contact** him by email. 他請我以電子郵件和他聯絡。
contain [kənˋten] 動 包含	**2**	The backpack **contains** clothes, a cellphone charger, and toiletries. 背包裝有衣物、手機充電器和盥洗用具。

在熱鬧的歡送派對 (farewell) 中，除了外燴美食之外，天花板還裝飾汽球飄動 (float) 著，參加的賓客更喝著香檳，彼此的互動 (interaction) 熱絡、氣氛高昂，整個派對甚至還延長 (extend) 一小時，並在晚上十點釋放煙火 (firework)，畫下最完美的句點。

🎧 MP3 ◀ 093

farewell [`fɛr`wɛl] 名 告別；歡送會	**4**	The **farewell** party will be held in the auditorium. 歡送會將在禮堂舉辦。 Every student bid **farewell** to the teachers. 每位學生都向老師道別。 同義詞 goodbye, departing
float [flot] 動 漂浮	**3**	Lumber **floats** on the river. 木材漂浮在河上。 同義詞 drift
interaction [ˏɪntɚˋækʃən] 名 互動	**4**	The **interaction** of the whole family can strengthen their bond. 全家人的互動可增進彼此間的情感。
extend [ɪkˋstɛnd] 動 延長	**4**	The campaign will **extend** from August till September. 這個大型活動將從八月延長到九月。 同義詞 stretch, lengthen 反義詞 shrink, shorten
firework [ˋfaɪrˏwɝk] 名 煙火	**3**	**Fireworks** at Disneyland are set off at 9:30 p.m., lasting for approximately 15 minutes. 迪士尼樂園晚上九點半會釋放煙火，持續大約十五分鐘。

相關單字一次背

decorate [`dɛkə,ret] 動 裝飾	2	My aunt loves **decorating** her house with lovely plants. 我阿姨喜歡放美麗的盆栽裝飾她家。
move [muv] 動 移動；感動	1	In a chess game, the bishop can **move** diagonally in every direction. 在西洋棋中，主教（棋）可以任意斜走。
movement [`muvmənt] 名 運動；移動	1	**Movements** protesting animals being killed for their tusks or fur are on the rise. 反對為了獲取長牙或皮毛而獵殺動物的抗議運動正在延燒當中。
miss [mɪs] 動 想念；錯過 名 失誤	1	I really **miss** the good old days! 我真的很想念往日的美好時光！ He scored five hits without even a **miss**. 他五次擊球得分，還沒有失誤。
guest [gɛst] 名 客人 動 招待	1	Mr. Thompson will be our **guest** speaker and give a lecture on managing finances successfully. 湯普森先生將成為我們的客座演講者，會主講如何成功理財。
invite [ɪn`vaɪt] 動 名 邀請	2	The invitation will be sent out to **invite** all our relatives to our wedding reception. 我們將寄出邀請函給所有親戚，邀請他們參加婚宴。
serve [sɜv] 動 服務	1	All guests were **served** with champagne and refreshments at the reception. 在接待會中，所有賓客被招待了香檳和茶點。
treat [trit] 名 款待 動 對待	2	To repay you for your help, today's dinner is my **treat**. 為了回報你的幫忙，今天晚餐我請客。

welcome
[`wɛlkəm]
動 歡迎 形 受歡迎的

I Professors Wang was warmly **welcomed** by the Department of Finance.
王教授受到財金系的熱烈歡迎。

創立手語社團

　　小宏想在學校創立 (found) 手語社團，但一開始就遇到許多問題，讓他很挫敗 (frustrate)，因為光是手語的手勢 (gesture) 就因國家不同，一次要學好幾種，也讓很多同學打消興致；幸好指導老師樂於提供 (furnish) 資源，於是經過重重策畫之後，手語社才終於成功誕生了。

MP3 094

---

found
[faʊnd]
動 建立

3 The non-profit organization was **founded** in honor of an inventor.
這間非營利機構是為了紀念一名發明家而創立的。
同義詞 establish, build
反義詞 destroy, ruin

---

frustrate
[`frʌˌtret]
動 挫敗

3 That Patrick turned down Jean's invitation **frustrated** her.
派翠克婉拒珍的邀請，使她感到很挫折。
同義詞 defeat, depress
反義詞 encourage

---

gesture
[`dʒɛstʃɚ]
名 手勢 動 打手勢

3 The meanings of **gestures** vary from country to country.
手勢代表的意思會因國家而不同。
The hostess **gestured** to the guest to have a seat.
女主人向客人示意，請他坐下。
同義詞 motion, signal

furnish
[`fɜnɪʃ]
動 供給；裝備

4 The apartments are fully **furnished** with furniture, appliances and amenities.
公寓配備齊全，有家具、基本家電和便利設施。
同義詞 equip, provide

effect
[ɪ`fɛkt]
動 **名** 影響

2 The side **effect** of taking the medicine is nausea and dizziness.
這藥的副作用是噁心以及暈眩。

need
[nid]
動 **名** 需要

1 Becky **needs** to lose 10 pounds to get healthier. Otherwise, she may suffer from a stroke.
為了保持健康，貝琪需要減重十磅，否則就很有可能會中風。

plan
[plæn]
動 **名** 計畫

1 If Jason **plans** carefully enough, he won't exceed the monthly budget.
如果傑森每個月都精打細算，他將不會超支。

情境聯想
10

尋求心理諮商

　　若你曾經歷過可怕的事件 (event)，或被一大堆 (heap) 負面感受壓得喘不過氣來，甚至嚴重到失眠或想不開，要試想，內心的創傷需要足夠的時間來治癒 (heal)，而治療過程不能急促 (hasten)，除了專業諮商以外，更需要親情的陪伴與他人的傾聽。

🎧 MP3 ◀ 095

event
[ɪ`vɛnt]
名 事件

2 Getting married to Winnie was an important **event** in my life.
跟葳妮結婚是我人生的大事。

heal
[hil]
動 治癒

③

Time **heals**, so keep on moving forward!
時間會治療一切，所以就繼續往前走吧！
(同義詞) cure, remedy
(反義詞) injure, wound

heap
[hip]
名 **動** 堆積

③

My dad has **heaps** of tasks to do, so he has to work overtime.
我爸爸有好多工作要做，所以必須加班。
Bruce **heaps** up his sneakers on the closet.
布魯斯把球鞋堆疊在鞋櫃上方。
(同義詞) pile, stack

hasten
[`hesn̩]
動 趕忙

④

As a nurse, Natalie **hastened** to assist the doctor to perform the surgery.
身為護士，娜特莉急忙協助醫生進行手術。
(同義詞) rush, hurry
(反義詞) delay

相關單字一次背

expect
[ɪk`spɛkt]
動 期望

②

Calvin's parents **expect** him to attend law school to be a lawyer.
卡爾文的爸媽期望他可以考上法學院、成為律師。

lone
[lon]
形 孤單的

②

The **lone** widow has been depressed since her spouse passed away.
自從配偶去世後，這位孤單的寡婦一直都很消沉。

receive
[rɪ`siv]
動 收到

①

Children and adolescents aged between six and fifteen should **receive** compulsory education.
六歲到十五歲的兒童和青少年都應該接受義務教育。

remember
[rɪ`mɛmbɚ]
動 記得

I

The hero will be **remembered** by all the civilians for his courageous feats.
這位英雄的英勇事蹟將被人民緬懷。

情境聯想
11
默劇天才的人生

伊芙是個傑出的人才，大學時期以優異成績 (honor) 畢業，出社會後勇於參加選秀節目，她的專長是模仿 (imitation)，常模仿 (imitate) 默劇演員卓別林，而且模仿地活靈活現，竟然沒有人認出 (identify) 她是女生，於是默劇就成為她最有代表性的演出及事業。

 MP3 096

honor
[`ɑnɚ]
名 榮譽 動 尊敬

3

The championship is an **honor** to the team.
對這個團隊來說，冠軍頭銜是個榮耀。
The students really **honor** the principal.
學生們很敬重校長。
同義詞 glory, fame
反義詞 shame, blame

---

imitation
[ˌɪmə`teʃən]
名 模仿

4

He is good at doing **imitations** of many actors.
他擅長模仿很多演員。
同義詞 copy, replica

---

imitate
[`ɪmə,tet]
動 模仿

4

Can you **imitate** cow mooing?
你會模仿乳牛叫聲嗎？
同義詞 copy, mimic

---

identify
[aɪ`dɛntə,faɪ]
動 認出

4

The witness can **identify** the robber who robbed the bank last week.
目擊證人可以辨識出上週銀行搶案的搶匪。
同義詞 distinguish, recognize

fit [fɪt] 動 合身 名 適合	**2**	In order to stay **fit**, you'd better pay attention to your diet. 為了保持健康，你最好注意飲食。
suit [sut] 動 適合 名 套裝	**2**	Purple clothes don't really **suit** me. 我不適合穿紫色衣服。 Guests are required to wear **suits** or evening gowns to the gala. 在這場宴會中，賓客們都須穿著西裝或是晚禮服。

情境聯想 12　維持奧運安全

　　為提升奧運期間的安全，各國國際機場彼此合作、互動 (interact)，一同啟動反恐機制，防止恐怖組織企圖 (intend) 炸掉 (explore) 比賽場地、干擾 (interrupt) 奧運等動作，而出入流程的安檢更不可有任何漏洞 (leak)。

🎧 MP3 ◀ 097

interact [ˌɪntəˋrækt] 動 互動	**4**	People seldom **interact** with each other face-to-face nowadays with the development of social media. 隨著社群網站的發展，現代人們很少面對面互動。 同義詞 connect, contact 反義詞 disconnect, separate
intend [ɪnˋtɛnd] 動 計畫；打算	**4**	The training program is **intended** to help you foster your leadership. 這個訓練課程的目標是要幫你培養領導能力。 同義詞 aim, plan
explore [ˌɛkspləˋneʃən] 動 探險	**4**	**Exploring** for oil is difficult, especially when offshore drilling is done on the seabed. 探勘石油很困難，尤其是在海底鑽井。 同義詞 search, probe

interrupt [ˌɪntəˈrʌpt] 動 干擾	3	Please don't **interrupt** our conversation; it is impolite. 請不要打斷我們的談話，這樣很沒禮貌。 同義詞 disturb, cut 反義詞 aid, promote
leak [lik] 名 漏洞 動 漏出	3	The **leak** of gas may cause a tremendous explosion. 瓦斯漏氣可能造成大規模爆炸。 The roof is **leaking**. Please call the maintenance department today. 屋頂漏水了，請今天就聯絡人員過來維修。 同義詞 drop, drip

相關單字一次背

focus [ˈfokəs] 動 使集中 名 焦點	2	A blessed marriage should **focus** on loyalty to your spouse. 幸福的婚姻應著重在對另一半的忠貞。
force [fors] 動 強制 名 力量	1	The earthquake **forced** the residents to evacuate to safe places and take shelter. 地震迫使居民撤離到安全的地方躲避。
roll [rol] 動 捲 名 名冊	1	The workers **rolled** up their sleeves and loaded the goods onto the trucks. 工人捲起袖子，把貨物裝載到卡車上。

情境聯想 13 **參加登山活動**

在朋友的介紹 (introduction) 之下，小芳參與 (involvement) 了登山活動，既可強身又可減輕 (lighten) 工作壓力。但這次剛好遇到暴風雨侵襲，導致活動中斷 (interruption)，讓登山團隊只好取消活動。

introduction 3
[ˌɪntrəˋdʌkʃən]
名 介紹

The **introduction** of the advanced building techniques can accelerate the speed of construction.
精密建築技術的引進可以加速建築的速度。
同義詞 launch, establishment
反義詞 completion, end

involvement 4
[ɪnˋvɑlvmənt]
名 捲入；連累

His **involvement** in the sexual harassment forced the senator to step down.
牽涉性騷擾事件迫使那位議員下台。
同義詞 participation, entanglement

lighten 4
[ˋlaɪtn]
動 變亮；減輕

To **lighten** his carry-on bag, Edward took a heavy jacket out of it.
為了減輕隨身行李的重量，愛德華將一件厚重外套拿了出來。
反義詞 shade, darken

interruption 4
[ˌɪntəˋrʌpʃən]
名 中斷；妨礙

My smartphone's ringtone caused an **interruption** to the seminar.
我的手機響起，中斷了研討會。
同義詞 disruption, disturbance
反義詞 attention, focus

相關單字一次背

introduce 2
[ˌɪntrəˋdjus]
動 介紹

It was my cousin that **introduced** the science fiction to me.
是我表哥介紹這本科幻小說給我的。

rest 1
[rɛst]
動 休息；倚；靠
名 休息

While using cellphones, you should have to look away every 50 monites to **rest** your strained eyes.
使用手機時，每五十分鐘就必須把視線移開、讓疲勞的眼睛休息一下。

return [rɪ`tɜn] 名 動 返回	**I**	Parents always sacrifice a lot for their kids and ask for nothing in **return**. 父母總是為孩子犧牲很多，且從不要求回報。
finish [`fɪnɪʃ] 動 完成 名 結束	**I**	The undergraduates should **finish** their papers and submit them to the professor by June. 這些大學生應該在六月前完成報告交給教授。
cancel [`kænsḷ] 動 取消	**2**	The baseball game was **cancelled** because of the heavy rain. 由於豪雨的關係，棒球賽被取消了。

情境聯想
14

注意力缺陷

　　經兒童發展中心醫生的觀察 (observation)，兒童注意力缺陷過動症的症狀有衝動及專注力渙散，因而常常疏忽 (neglect) 課業，也常被責怪太過頑皮 (mischief)。治療方面，醫生建議家長多觀察 (observe) 小孩的行為，並適時協助情緒調適，也可以用藥物治療去修正 (mend) 偏差。

🎧 MP3 099

observation [ˌɑbzɚ`veʃən] 名 觀察	**4**	Scientists all have keen **observation**. 科學家有強烈的觀察力。 (同義詞) inspection, examination
neglect [nɪg`lɛkt] 名 動 疏忽；忽略	**4**	Being occupied with work, Mr. Liu was responsible for a **neglect** of his health. 因為忙於工作，劉先生疏忽了自己的健康。 A soldier is not allowed to **neglect** his duty to defend the nation. 軍人是不被容許忽視保衛國家之義務的。 (同義詞) ignore, disregard (反義詞) heed, concentrate

mischief [`mɪstʃɪf] 名 胡鬧；危害	4	The naughty boy caused **mischief** in class. 這個頑皮的男孩在班上是個搗蛋鬼。 同義詞 misbehavior, playfulness.
observe [əb`zɜv] 動 觀察	3	Timothy carefully **observed** the behavior of the kangaroos. 提摩西仔細觀察袋鼠的行為。 同義詞 perceive, see 反義詞 neglect, omit
mend [mɛnd] 動 修補；修改	3	It is never too late to **mend** your ways. 亡羊補牢，猶時未晚。 同義詞 repair, sew 反義詞 break, destroy

相關單字一次背

group [grup] 名 團體 動 聚合	1	A **group** of spectators will attend the concert this evening. 今晚有一群觀眾將參加這場演唱會。
shall [ʃæl] 助 將；會	1	I can teach you steps and movements of the waltz if you don't know how to dance. **Shall** we dance now? 如果不知道如何跳舞，我可以教你一些華爾滋的舞步。那我們現在就一起來跳舞吧。
show [ʃo] 動 出示 名 節目；展覽	1	On the map, rural areas are **shown** in green, while urban areas in orange. 地圖上面的郊區會用綠色顯示，而都會區則用橘色表示。 They were all amazed by the perfect **show**. 他們都對這場完美的節目感到驚艷。

情境聯想
15
高處望夜景

從台北 101 觀景台可以俯瞰 (overlook) 整個台北，許多人因此得到 (obtain) 感動，感受到蓬勃大都會的脈動；就算身為台灣人，大家也應該 (ought to) 好好把握 (seize) 機會親身去體驗，只是怕高的人得先克服 (overcome) 懼高症就是了。

🎧 MP3 ◀ 100

overlook [ˌovɚˋluk] 動 俯瞰；忽略	4 The tourists can **overlook** Taipei from Taipei 101. 觀光客可以從台北 101 大樓上俯瞰迷人的風景。 同義詞 watch, ignore 反義詞 notice
obtain [əbˋten] 動 獲得	4 The elderly, who have retired, can **obtain** pensions. 退休的老人可以拿到養老金。 同義詞 acquire, gain 反義詞 lose, give
ought to [ɔt] / [tu] 片 應該	3 Citizens **ought to** pay income tax as their duty. 繳交所得稅為國民的義務。 同義詞 be supposed to, should
overcome [ˌovɚˋkʌm] 動 擊敗；克服	4 The climbers eventually **overcame** the challenges of the harsh weather in the mountains. 那群登山客最後終於克服了山上嚴峻的氣候。 同義詞 conquer, defeat 反義詞 surrender, yield
seize [siz] 動 抓住	5 Derek **seized** the chance of participating in the working holiday program in Australia. 德瑞克把握到澳洲打工度假的機會。 同義詞 grasp, grab 反義詞 loose

start [stɑrt] 動 名 開始	**1**	The speaker **started** with the introduction of his excursion to a primitive forest. 演講者首先分享他到原始森林的旅行當開場白。
grand [grænd] 形 壯麗的	**1**	Today is the **grand** opening of the shopping mall with crowds of customers flooding in. 今天購物中心盛大開幕，許多消費者紛紛湧入。

情境聯想
16　北海道旅遊

　　今年假期我們預計到日本北海道旅行、開拓 (pioneer) 視野。北海道佔有 (possess) 得天獨厚的自然環境，畜牧業、溫泉觀光等優勢的擁有 (possession) 更讓它成為旅遊的最佳首選。不過，若氣候因素不佳，我們便只好延後 (postpone) 行程了。

🎧 MP3 ◀ 101

pioneer [ˌpaɪəˋnɪr] 動 開拓 名 先鋒	**4**	America's original settlers were colonists, seeking refuge from Europe and **pioneering** in the west. 最初來美國定居的人是從歐洲來尋求避難的殖民者，後來便在西部拓荒。 Robert Taylor, a **pioneer** of the Internet and the modern personal computer, died in 2017. 羅伯‧泰勒是網路和個人電腦的先驅，於二〇一七年過世。 同義詞 settler, colonist
possess [pəˋzɛs] 動 擁有	**4**	Saudi Arabia **possesses** nearly one-fourth of the world's total oil reserves. 沙烏地阿拉伯坐擁全世界四分之一的石油蘊藏量。 同義詞 have, own

possession 4 [pəˋzɛʃən] 名 擁有物	The rich landlord is in **possession** of many farms. 富有的地主擁有許多田地。 同義詞 ownership, belongings
postpone 3 [postˋpon] 動 延緩	The conference will be **postponed** to next week. 會議將延期到下週。 同義詞 delay, suspend 反義詞 advance

相關單字一次背

increase 2 [ɪnˋkris] 動 名 增加	Investment in the stock market is **increasing** because of the economic growth. 由於景氣好，股票市場的投資也漸漸增加。
interest 1 [ˋɪntərɪst] 名 興趣 動 使有興趣	Almost nobody in my class has any **interest** in archaeology. 我的班上幾乎沒有人對考古學感興趣。
spend 1 [spɛnd] 動 花費（錢、時間等）	My aunt **spends** two hours scrolling through social media every day. 我阿姨每天花二小時滑手機、逛社群網站。

情境聯想 17 **進行防震演習**

　　防震演習中，全體教師和學生全力配合，假裝 (pretend) 大地震發生，朝操場前進 (proceed) 疏散，集合並確定大家都到齊後，再解散回教室。雖然上課延後 (postponement)，但是，畢竟預防 (prevention) 勝於治療。

MP3 ◀ 102

pretend [prɪ`tɛnd] **動 假裝**	**3**	The lady **pretended** to cry in order to get sympathy. 這位小姐為了博取同情而假裝哭泣。 (同義詞) simulate, act
proceed [prə`sid] **動 進行**	**4**	After parking, all participants **proceed** to the 4th floor of the seminar. 停車後,所有參加者便前往四樓的研討會。 (同義詞) progress, advance (反義詞) recede
postponement [post`ponmənt] **名 延後**	**3**	The reason for the **postponement** of the shipment was the typhoon. 由於颱風,船運出貨被延後了。 (同義詞) delay
prevention [prɪ`vɛnʃən] **名 預防**	**4**	**Prevention** is better than cure. 預防勝於治療。 (同義詞) safeguard, restraint

相關單字一次背

frighten [`fraɪtn̩] **動 使震驚**	**2**	The sudden earthquake **frightened** the crowd. 突然發生的地震嚇壞了群眾。 (同義詞) shock, scare
hit [hɪt] **名 動 打;擊**	**1**	The boy jaywalked and got **hit** by a truck whizzing past him. 小男孩任意穿越馬路,被一輛疾駛而過的卡車撞上。 A tornado **hit** the area and caused three deaths and five injuries. 龍捲風侵襲那個地區,造成三死五傷。

shock
[ʃɑk]
名 動 衝擊
2

The culture **shock** a person experiences in different countries includes language barriers and homesickness, among other difficulties.
在不同國家所經歷過的文化衝擊包括語言隔閡、想家和其他困難。

prepare
[prɪ`pɛr]
動 準備
1

To **prepare** for the exam, Joseph stayed up late last night.
為了考試，喬昨晚熬夜準備。

情境聯想
18 工業化與生態

　　小鎮經歷工業化後，漸漸興盛 (prosper) 起來。如今放眼望去，到處都是一棟棟高樓大廈，但空氣汙染及水汙染加劇，現在鎮民開始後悔 (regret) 過度發展，省思如何落實生態保護 (protection)、恢復 (recover) 往日的好山好水，同時意識到環境的拯救及恢復 (recovery) 需要大家無私的努力。

🎧 MP3 ◀ 103

prosper
[`prɑspɚ]
動 興盛
4

The town **prospered** owing to the gold rush.
由於淘金熱，小鎮繁榮了起來。
同義詞 thrive, grow
反義詞 decline, decay

regret
[rɪ`grɛt]
動 後悔 名 悔意
3

My uncle **regretted** purchasing the product which had no guarantee.
我叔叔很後悔買了沒有保固書的產品。
同義詞 bemoan, rue
反義詞 content

protection
[prə`tɛkʃən]
名 保護
3

Environmental **protection** should be the top priority for all industries.
對所有產業而言，環保都應被擺在最優先的順序。
同義詞 defense, guard
反義詞 destruction, ruin

recover [rɪˋkʌvɚ] **動** 恢復	**3**	To our relief, our grandpa finally **recovered** from pneumonia. 令我們鬆一口氣的是，罹患肺炎的祖父終於康復了。 (同義詞) heal, regain (反義詞) relapse
recovery [rɪˋkʌvərɪ] **名** 恢復	**4**	The patient made a **recovery** from the illness. 這位病人的病症痊癒了。 (同義詞) improvement

相關單字一次背

owe [o] **動** 虧欠	**3**	I **owe** my success to the assistance of my partner. 我把功勞歸功於夥伴的協助。
busy [ˋbɪzɪ] **形** 繁忙的	**1**	Ken has been **busy** with expanding his restaurant into a franchise business these years. 這幾年，肯一直忙於將他開的餐廳拓展為連鎖企業。
buy [baɪ] **動 名** 買；購買	**1**	I was so envious of Eve when her parents **bought** her a sports car for her birthday. 聽到伊芙的父母送她跑車當生日禮物，我真的很羨慕。
fix [fɪks] **動** 修理	**2**	Could you call the repairman and ask him to **fix** our TV today? 你今天可否打給修理電視機的人，請他修一下我們的電視？

情境聯想 19 瑜珈舒展與紓壓

　　本瑜珈中心是為了幫助人們順利入門瑜珈，在此提醒 (remind) 各位多多參加相關 (relate) 課程；現代人因為長期保持 (remain) 坐姿，壓迫腰筋與脊椎，但這些都可藉由練瑜珈來舒緩 (release)、移除 (remove) 痠痛。

MP3 ◀ 104

remind [rɪ`maɪnd] **動** 提醒	**3** The souvenir **reminds** me of my memorable journey in Japan. 這個紀念品讓我想起難忘的日本旅行。 (同義詞) suggest, prompt
relate [rɪ`let] **動** 敘述;有關	**3** Can you **relate** what happened in your childhood to your claustrophobia? 你小時候發生的事和你的密室恐懼症有關連嗎? (同義詞) depict, track
remain [rɪ`men] **動** 保持	**3** Switzerland **remained** neutral during World War II. 瑞士在第二次世界大戰時保持中立。 (同義詞) stay, keep (反義詞) perish
release [rɪ`lis] **動** **名** 解放;釋放	**3** Paying a ransom of two million dollars led to the **release** of the hostages. 支付兩百萬贖金後,才讓人質得以獲釋。 The latest Hollywood film will be **released** on Friday. 最新的好萊塢電影將在週五上映。 (同義詞) relieve, liberate (反義詞) capture, arrest
remove [rɪ`muv] **動** 移動	**3** Placing ice cubes on chewing gum till it is frozen solid can **remove** it from your clothes. 將冰塊放在口香糖上面直到變硬,才能從衣服上移除。 (同義詞) discard, delete (反義詞) add, engage

lack [læk] 名 動 缺乏	**II**	**Lack** of sleep makes you exhausted. 缺乏睡眠會讓你筋疲力盡。 反義詞 abundance, sufficiency
rub [rʌb] 動 名 摩擦	**II**	These new shoes **rubbed** on my heels and gave me blisters. 這雙新鞋摩擦我的腳跟，害我起了一些水泡。

情境聯想 **20** **拯救泡水手機**

　　我的手機意外掉進水中，內部泡水，經常重複 (repetition) 當機，本來決定花錢再買一支取代 (replace) 它，但聽說有一位手機達人，號稱能修理 (repair) 所有手機的大小毛病，果真，他的實力不凡，成功地幫我拯救 (rescue) 了手機，這樣我就不需要另一支替代 (replacement) 手機了。

MP3 ◀ 105

repetition [ˏrɛpɪˋtɪʃən] 名 重複	**4**	Becoming a remarkable musician requires **repetition**. 要成為優秀的音樂家需要重複練習。 同義詞 rehearsal, repeat
replace [rɪˋples] 動 代替	**3**	In the near future, more people will **replace** gas-powered cars with electric ones. 在不久的將來，大部分的人會改開電動車代替汽油車。 同義詞 supply, substitute for 反義詞 remove
repair [rɪˋpɛr] 名 動 修理	**3**	The broken relationship is in need of **repair**. 破裂的關係是需要修補的。 My car needs **repairing**. 我的車子需要維修。 同義詞 fix, mend 反義詞 destroy, break

rescue
[`rɛskju]
名 動 救援

4

Radar waves helped the **rescue** teams detect heartbeats and quickly find people buried under debris.
雷達幫忙搜救隊偵測到心跳，並快速發現埋在碎石瓦礫中的人。
The clever man took a life vest and a pole to **rescue** the drowning child.
這名機智的男子拿著救生衣和桿子，拯救溺水的小孩。
同義詞 save, retrieve

replacement
[rɪ`plesmənt]
名 取代

3

Margarine which is a processed food is used as a **replacement** for butter.
人造奶油是加工食品，被用來代替奶油。
同義詞 substitute

相關單字一次背

lose
[luz]
動 遺失；失敗

2

We were so frustrated when we **lost** the game.
當我們輸掉比賽時，感到相當挫折。

maintain
[men`ten]
動 維持

2

The goal of the summit is to **maintain** world peace.
高峰會議的目標在於維持世界和平。

hire
[haɪr]
動 名 僱用；租用

2

This quarter, our company will **hire** five more employees to support the marketing department.
本季，我們公司將額外僱用五位員工支援行銷部門。

part
[part]
名 部分 動 分開

1

Parts of the low-lying areas were flood-stricken owing to the rising sea levels.
由於海平面上升，所以部分低窪地區淹水了。

德國難民危機

德國因為難民危機，從二○一六年便開始限制 (restrict) 難民將親屬接進來團聚 (reunion) 的權利，且此限制 (restriction) 有效期為兩年；不過，根據最新資料顯示 (reveal)，德國批准了五千八百次簽證給難民的親屬，最多保留 (retain) 給敘利亞人。

🎧 MP3 ◀ 106

restrict [rɪ`strɪkt] 動 限制	3	In order to **restrict** imports, the government raised customs duties. 政府為限制進口商品，而提高了關稅。 同義詞 decrease, curb 反義詞 expand, increase
reunion [ri`junjən] 名 重聚	4	The family **reunion** dinner will be held on Chinese New Year's Eve. 在除夕的時候，家人們都會團圓、一同吃晚餐。
restriction [rɪ`strɪkʃən] 名 限制	4	The museum is open to all tourists without **restriction**. 這間博物館無條件開放給所有觀光客。 同義詞 limit, curb 反義詞 expansion, enlargement
reveal [rɪ`vil] 動 顯示	3	The evidence **reveals** that Gordon is innocent. 這個證據顯示高登是清白的。 同義詞 tell, disclose 反義詞 conceal, hide
retain [rɪ`ten] 動 保持	4	What we usually **retain** is our memorable experiences. 我們通常會記得的都是難忘的經驗。 同義詞 contain, maintain 反義詞 desert, abandon

相關單字一次背

mark [mɑrk] 名 記號 動 標記	2	The traveler put a **mark** on the map to recognize where he was. 遊客在地圖上做記號以辨識他的位置。
pit [pɪt] 名 坑洞 動 挖坑	3	They had to dig a deep **pit** for the sewage pipes. 他們必須挖一個很深的坑來安裝汙水管。 同義詞 hole, cavity
subtract [səb`trækt] 動 扣除	2	Teachers teach first graders to add and **subtract**. 老師會教國小一年級生加法和減法。 同義詞 deduct, decrease
never [`nɛvɚ] 副 從來沒有	1	It is such a pity that you have **never** been to that beautiful island. 你沒去過那座美麗的島嶼，還真是可惜。

情境聯想 22 職場上的過節

比爾和同事有些過節，故同事時常排擠他，不明就裡地隨意找藉口責罵 (scold) 他，還惡意散播 (scatter) 謠言破壞 (ruin) 他的名譽；為了擺脫 (rid) 職場霸凌，比爾曾經想過要報仇 (revenge)，但是，以暴制暴真的是最好的因應方式嗎？

🎧 MP3 ◀ 107

scold [skold] 動 名 責罵	4	The girl was **scolded** by her mom, for she didn't answer any phone calls, disappearing for hours. 因為這位女孩失聯好幾個小時又不接任何人的電話，於是被媽媽責罵。 同義詞 admonish, blame 反義詞 praise, flatter

scatter [`skætɚ] 動 撒；使分散 名 分散	**3**	The family are hoping to **scatter** Mr. Huang's ashes on the sea. 家人希望把黃先生的骨灰撒入大海。 (同義詞) distribute, shatter (反義詞) maintain, retain
ruin [`ruɪn] 動 破壞 名 斷垣殘壁	**4**	The devastating tornado **ruined** hundreds of houses. 極具破壞性的龍捲風毀掉了數百間房子。 (同義詞) destroy, damage (反義詞) assist, construct
rid [rɪd] 動 擺脫	**3**	The corruption of the government should be **rid** from the country. 國家應該清除政府迂腐的問題。 (同義詞) clear, eliminate (反義詞) keep, hold
revenge [rɪ`vɛndʒ] 名 報仇；報復	**4**	Mother nature will sometimes take **revenge** against human developments. 大自然有時會對人類的發展進行反撲。 (同義詞) repay, avenge (反義詞) forgive, pardon

相關單字一次背

mix [mɪks] 動 名 混合	**2**	Don't **mix** bleach with any detergent; that would be a hazard. 不要把漂白水和清潔劑混合一起，這樣非常危險。
include [ɪn`klud] 動 包含	**2**	The bill **includes** taxes, tips, and meals. 帳單包括稅、小費和餐點。 (同義詞) contain, involve

shallow [`ʃælo] 形 膚淺的	**3**	The river was so **shallow** that we were able to wade across it. 這條小溪相當淺，所以我們能夠涉水而過。
bad [bæd] 形 壞的	**1**	Maggie's body odor smells quite **bad**, which makes her lack confidence. 瑪姬有不好聞的體味，所以她缺乏自信心。
spread [sprɛd] 動 名 散佈；擴散	**2**	Rumors **spread** in social networks. 謠言在社群網站流傳。 同義詞 expand, extend, escalate
excuse [ɪk`skjuz] 動 原諒 名 藉口	**2**	She **excused** herself for lying to her husband. 她對老公說謊，因而請求原諒。 There is no **excuse** for that kind of rude behavior. 沒有任何藉口能為如此無禮的行為開脫。

情境聯想 **23** **先進醫療技術**

　　隨醫學設備技術推陳出新，連治療方法也有不同的轉變 (shift)；現代的外科醫師常利用最新生物製劑的止血產品，能在九十秒內防堵大量出血，有效減低手術中出血，並有效縮短 (shorten) 手術時間；而傳統的手術是採用縫合 (sew) 方式，出血量多、手術時間也相對較長。

 MP3 108

shift [ʃɪft] 名 變換；輪班 動 改變；轉移	**4**	The nurse works the night **shift**. 這位護士值夜班。 The driver **shifted** gears to climb up to the steep slope. 駕駛變換車子檔速以順利爬上陡坡。 同義詞 switch, alter 反義詞 continue, remain

shorten
[`ʃɔrtn̩]
動 縮短；使變少

3 Modern technology **shortens** the distance between people around the world.
現代的科技縮短全世界人們的距離。
同義詞 diminish, decrease
反義詞 extend, lengthen

sew
[so]
動 縫

3 I don't know how to **sew** a button on a shirt.
我不知道如何把扣子縫在襯衫上面。
同義詞 tailor, stitch
反義詞 tear, rip

occur
[ə`kɝ]
動 發生

2 I got up on the wrong side of the bed today, and then something really bad **occurred** later.
我今天早上一起床就感到很不對勁；後來壞事真的發生了。

top
[tɑp]
形 頂端的 名 頂端

1 On **top** of regular exercise, people who attempt to stay healthy should have a well-balanced diet.
除了規律運動，想保持健康的人們也需要攝取均衡的飲食。

rare
[rɛr]
形 稀有的

2 Some **rare** species of animals are endangered or even extinct.
有些稀有動物正瀕臨絕種，或甚至已經絕種了。

情境聯想
24
漏油事件警訊
　　此次漏油 (spill) 事件被視為生態浩劫的警報訊號 (signal)，相關單位火速處理、不退縮 (shrink)，立刻開設應變中心，他們加速清除油汙的速度、不略過 (skip) 任何區域，最後便徹底完成任務。

MP3 ◀ 109

spill
[spɪl]
名 動 溢出

3 Major oil **spills** are bad for the environment, damaging the whole ecological system.
大量的漏油對環境有害，將會毀害整個生態系統。
I feel sorry that I **spilled** coffee all over your shirt!
我把咖啡撒在你的襯衫上了，真是不好意思！
同義詞 pour, splash
反義詞 collect, gather

signal
[`sɪgn̩]
動 打信號 名 信號

3 The red light **signaled** danger.
紅燈是表示危險的信號。
A traffic cone that is red or orange is used as a **signal** to keep vehicles away from an area temporarily.
紅色或橘色三角錐用來警示此區車輛暫時無法通行。
同義詞 alarm, sign

shrink
[ʃrɪŋk]
名 縮減 動 收縮

3 It has been announced there will be a **shrink** in the national defense budget.
已宣布將會縮減國防預算。
Wool sweaters usually **shrink** when they are washed.
羊毛毛衣下水洗後通常都會縮水。
同義詞 decrease, shorten
反義詞 increase, extend

skip
[skɪp]
動 略過 名 省略

3 It is not healthy that you **skip** breakfast.
不吃早餐是不健康的。
She read the boring story without a **skip**.
她沒有跳過任何部分，讀完了那則無聊的故事。
同義詞 escape, leap
反義詞 stay, meet

pick [pɪk] 動 名 挑選	2	We went to the orchard to **pick** some strawberries. 我們去果園摘了一些草莓。 同義詞 choose, select
pile [paɪl] 名 堆 動 堆積	2	A **pile** of laundry always stacks so high because they are a family of eight. 他們家因為有八個人，要洗的衣服總是堆好高。
omit [oˋmɪt] 動 省略	2	The page may be **omitted** by the secretary. 這一頁可能被祕書遺漏了。 同義詞 skip, overlook, ignore, disregard

情境聯想 **25** 雨天車禍

　　天空下著小雨 (sprinkle)，突然一輛千萬跑車速度太快而失控，先在原地打轉 (spin)，便撞上路樹、毀壞 (spoil) 整排電線桿，車身還撞凹一個開口 (split)，造成了一場不小的騷動 (stir)。

🎧 MP3 ◀ 110

sprinkle [ˋsprɪŋkl̩] 動 撒；灑 名 小雨；少量	3	Drones can **sprinkle** pesticides on the crops. 無人機可以在農作物上噴灑農藥。 同義詞 scatter, spray
spin [spɪn] 動 名 旋轉	3	Due to the flat tire, the car **spun** out of control. 車輛由於爆胎，而失控地旋轉著。 同義詞 revolve, twist 反義詞 straighten

spoil
[spɔɪl]
動 寵壞;損壞

3

Spoil the child, spare the rod.
孩子不打不成器。
同義詞 destroy, pamper
反義詞 grow, ignore

split
[splɪt]
動 分開 名 裂口

4

When my friends and I go out for dinner, we usually **split** the bill.
當我和朋友出去用餐,通常會分開付帳。
同義詞 crack, break
反義詞 attach, agree

stir
[stɝ]
名 騷動 動 攪拌

3

The bribery caused a **stir** in politics.
這起賄賂事件造成政治騷動。
Mandy **stirs** eggs and sugar, and then mixes them with flour.
蔓蒂把雞蛋和糖攪拌好,並混到麵粉中。
同義詞 blend, mix
反義詞 divide, calm

相關單字一次背

riches
[`rɪtʃɪz]
名 財產

2

Riches do not bring health and happiness.
財富無法帶來健康和快樂。
同義詞 wealth, assets

wrap
[ræp]
動 名 包裝

3

The kids are busy **wrapping** presents before Christmas.
聖誕節之前,孩子正忙著包裝禮物。

tire
[`taɪɚ]
名 輪胎 動 使疲倦

1

I got a flat **tire**, and my car was towed into a garage.
我的車子爆胎、被拖到車廠修理了。

無論處於何地，每個人難免會遭受到 (suffer) 困難，必須自己去適應周圍 (surround) 環境，培養繼續奮鬥 (strive) 的勇氣。身為爸媽，可從旁建議，而不是幫孩子解決掉問題，這樣就剝奪 (strip) 孩子學習抗壓的機會了。

🎧 MP3 ◀ 111

suffer [`sʌfə] 動 受苦；遭受	**3**	Those who **suffer** from diabetes should cut down on their carbohydrate intake. 罹患糖尿病的人應該減少攝取碳水化合物。 (同義詞) experience, encounter (反義詞) abstain, refuse
surround [sə`raʊnd] 動 環繞	**3**	The castle is **surrounded** by lush greenery. 城堡周圍充滿著青翠又茂盛的綠色植物。 (同義詞) enclose, encircle (反義詞) center
strive [straɪv] 動 努力	**4**	The nation is **striving** for the best clinical services. 這個國家努力提供最好的醫療服務。 (同義詞) endeavor, aim (反義詞) idle, skip
strip [strɪp] 動 剝除 名 條	**3**	It is illegal to **strip** children of the right to education. 剝奪小孩接受教育的權利是違法的。 (同義詞) deprive, remove (反義詞) offer, cover

 相關單字一次背

repeat [rɪ`pit] 動 名 重複	**2**	The teacher asked the students to **repeat** after her. 老師要求學生跟著複誦。 (同義詞) echo

swing
[swɪŋ]
動 名 搖動；搖擺

2 Upon hearing the good news, my mood **swung** from sorrow to exhilaration.
一聽到這則好消息，我悲傷的情緒便轉變成高興與振奮。

track
[træk]
名 蹤跡 動 追蹤

2 The elderly man with dementia lost **track** of where he lives.
這位有癡呆症的老人想不起來他住在哪裡。

情境聯想 **27** **愛車被拖吊**

　　政府正在縮緊 (tighten)、嚴格實施交通政策，並加強拖吊 (tow) 違規停車的車輛；這天，正巧我的車停在紅線上，我便使盡吃奶的力氣快速跑去，想辦法威脅 (threaten)、制止拖吊車，很不幸的，我的威脅 (threat) 無效，只能站在一旁看著愛車被拖走。

🎧 MP3 ◀ 112

tighten
[`taɪtn̩]
動 使堅固

3 You should **tighten** the screws of the chairs.
你應該拴緊椅子的螺絲。
同義詞 constrict, toughen
反義詞 loosen, release

tow
[to]
動 名 拖曳

3 The cars parked on a red line should be **towed** away for the violation.
停在紅線上的車子會因違規而被拖吊。
同義詞 drag, tug

threaten
[`θrɛtn̩]
動 威脅

3 Have you ever been **threatened** by a bully? One in six children is said to be bullied daily.
你曾經被惡霸威脅過嗎？聽說六個小朋友中就有一位每天被霸凌。
同義詞 endanger, imperil
反義詞 guard, protect

threat
[θrɛt]
3
名 威脅；恐嚇

"Emotional blackmail" happens between an abusive person and a victim, as that person makes **threats** to control another person's behavior.
「情緒勒索」發生在勒索者和受害者之間，當作威脅以控制對方行為。

同義詞 warning, blackmail
反義詞 safety

相關單字一次背

beg
[bɛg]
2
動 乞求

The homeless man **begged** for a temporary shelter from the storm.
無家可歸的人乞求暫時的避難所，以躲避暴風雨。

fine
[faɪn]
1
動 處以罰款 名 罰款

Whoever rides a motorcycle without wearing a helmet will be **fined**.
任何人騎摩托車時未戴安全帽都將被罰款。

limit
[`lɪmɪt]
2
名 動 限制

The speed **limit** on the freeway is about 110 km per hour.
高速公路的時速限制是一百一十公里。

worst
[wɜst]
1
形 最糟的 副 最糟

The **worst** moment in my life was in my early thirties.
我人生中最糟糕的時刻是在三十多歲的時候。

情境聯想 **28** **警方與毒販的追逐戰**

　　警方正在追蹤 (trace) 一個毒販，一路上他們在車陣中迂迴、穿梭 (weave)，警笛燈在後方不停閃爍著 (twinkle)，就在此時，出乎意料的轉折 (twist) 發生了，毒犯眼看逃不過便停車、棄械投降，警方便隨即用 (usage) 手銬將他逮捕歸案。

MP3 113

trace
[tres]
名 蹤跡 動 追溯

3

The burglar in that break-in didn't leave any **trace**, so the police had no clues.
闖空門的強盜沒有留下任何蹤跡，所以警方毫無線索。

The authorities concerned **trace** the origin of the virus and take measures to tackle avian flu.
相關單位追蹤病毒的源頭，採取措施處理禽流感問題。

同義詞 seek, follow
反義詞 miss, lose

weave
[wiv]
動 編織 名 織法

3

Spiders **weave** webs to tangle and catch prey.
蜘蛛會織網來纏住、捕捉獵物。

同義詞 blend, braid
反義詞 disconnect, untwist

twinkle
[`twɪŋkl̩]
動 名 閃爍

4

The stars are **twinkling** in the sky.
星辰在天空中閃爍著。

同義詞 glimmer, shine
反義詞 darken

twist
[twɪst]
動 名 扭轉；扭曲

3

There are many sharp **twists** on the road.
這條路有許多急轉彎。

Sylvia carelessly **twisted** her ankle.
希薇亞不小心扭到腳踝。

同義詞 curl, spin
反義詞 line

usage
[`jusɪdʒ]
名 使用；習慣

4

Machines wear out soon under rough **usage**.
不當使用機器的話，便很快就會用壞。

同義詞 habit, custom

chase [tʃes] 動 追逐 名 追逐	1	The aggressive dog **chases** after strangers. 這隻攻擊性強的小狗會追著陌生人跑。 同義詞 run after, pursue
rush [rʌʃ] 名 緊急；繁忙 動 趕緊；急衝	2	We should set off earlier on the journey to avoid the **rush** hour. 我們應該早一點出發去旅行，以避開交通尖峰時間。 同義詞 hurry, dash
seem [sim] 動 似乎	1	It **seems** that Stonehenge was arranged to face the midsummer sunrise and midwinter sunset. 看來巨石陣的設置是為面對夏至的日出和冬至的日落。 同義詞 appear, look, show
settle [`sɛtl̩] 動 解決	2	It is time that my uncle **settled** down and got married. 該是叔叔定下心、走入婚姻的時候了。

情境聯想 **29** 謹慎小心防詐騙

　　現在詐騙猖獗，為了避免成為受害者，我們要機智 (wit) 一些，例如，當我們在提款 (withdraw) 或轉帳時，千萬不要遵照陌生人給的帳號或程序操作，才不會不小心誤入圈套 (trap)。

🎧 MP3 ◀ 114

wit [wɪt] 名 機智；賢人	4	The terrifying ghost story scared me out of my **wits**. 可怕的鬼故事把我嚇得魂不附體。 同義詞 humor, joke 反義詞 seriousness

withdraw
[wɪðˈdrɔ]
動 收回；撤出

4

For convenience, Oliver **withdraws** money from ATM rather than going to a bank teller.
為了方便，奧利佛不去銀行櫃檯領錢，而是去提款機領。
同義詞 depart, retreat
反義詞 persevere, begin

---

trap
[træp]
動 誘捕 **名** 圈套

2

Many cars were **trapped** in the snowstorm overnight.
很多車輛整晚都受困在暴風雪中。
They use **traps** to catch mice.
他們使用捕鼠器抓老鼠。
同義詞 bait, pitfall
反義詞 blessing

sign
[saɪn]
動 簽署 **名** 跡象

2

Major banks are getting rid of the requirement that customers **sign** after swiping their cards.
大型銀行已經去除刷卡後要簽名這個規定。
There were no **signs** of him, so everyone thought he was missing.
到處都沒有他的蹤跡，所以大家都以為他失蹤了。

---

slide
[slaɪd]
動 滑動 **名** 下滑

2

The student was late to school, so he quietly **slid** into the classroom.
這個學生因為上學遲到，所以悄悄地溜進教室。

---

slip
[slɪp]
動 滑倒 **名** 滑跤

2

The old lady took a **slip** in the bathroom and suffered brain damage.
那位老太太在浴室滑倒，而傷到了腦部。
One **slip** at the cliff and you are gone, so please be careful!
只要在懸崖邊滑一跤你就沒命了，所以請一定要小心！

峽谷挑戰滑翔翼

膽量大的滑翔翼玩家想挑戰傳說被下了詛咒 (damn) 的危險峽谷；一開始，他先檢查好所有掛勾 (hook) 與保養配備，以免不慎撞擊機器而爆炸 (explode)，並排除所有妨礙 (interfere) 的因素、確認天氣，在一切備妥後，才開始進行滑行 (glide) 挑戰。

🎧 MP3 ◀ 115

damn [dæm] 動 咒罵 名 詛咒	**4** According to the Bible, whoever commits crimes will be **damned** by God. 根據聖經，有罪過的人都將受到上天的懲罰。 同義詞 condemn, curse 反義詞 praise, compliment
hook [huk] 動 鉤住；釣魚 名 鉤子	**4** The fisherman **hooked** dozens of salmon on the west coast. 漁夫在西邊海岸釣到了數十隻鮭魚。 The carpenter screws several **hooks** on the wooden closet to hang items. 木工在木頭櫃子上栓上幾個掛勾，以便懸掛物品。 同義詞 fasten, pin 反義詞 unfasten, detach
explode [ɪkˋsplod] 動 爆炸	**3** As soon as Dad read my report card, he **exploded** with anger. 爸爸一看到我的成績單，就火冒三丈。 同義詞 blast, burst 反義詞 mend
interfere [ˌɪntɚˋfɪr] 動 妨礙	**4** While you are at a conference, your cellphone should be set into vibration mode so that it won't **interfere** with the procedure. 當你在開會時，手機應設定成震動模式，才不會干擾會議流程。 同義詞 hinder, intervene 反義詞 support, facilitate

glide
[glaɪd]
動 名 滑動；滑行

4 To my amazement, there are two hang-gliders **gliding** in the field.
令我驚訝的是，有兩架滑翔翼在草地上空翱翔。
同義詞 fly, soar
反義詞 land, walk

 相關單字一次背

detect
[dɪ`tɛkt]
動 發現

2 Sniffer dogs are trained to **detect** the Parkinson's disease, helping patients get proper treatments earlier.
嗅探犬受過訓練，能夠偵測出帕金森氏症的症狀，幫助病人早一點接受治療。

discover
[dɪs`kʌvɚ]
動 發現

1 In 1955, it was **discovered** that avian flu, which caused outbreaks in poultry, was an influenza virus.
於西元一九五五年發現造成家禽疾病爆發的禽流感，而其主因為流感病毒。

情境聯想 31 急於出院的病人

這位病人急於出院以加入 (join) 派對，但剛開完刀的傷口卻開始腫脹 (swell)，於是醫生再三囑咐他要保持 (keep) 傷口乾淨、預防 (prevent) 發炎，而且要在同意書上蓋章 (seal) 才能暫時出院。

🎧 MP3 ◀ 116

join
[dʒɔɪn]
動 參加；連接
名 連接處

1 Have you ever **joined** any marathon? If not, give it a try by starting with a half marathon.
你曾參加過馬拉松嗎？如果沒有，可嘗試從半程馬拉松開始。

swell [swɛl] 動 腫脹 名 膨脹	**3**	My wrist **swelled** up to twice the normal size after I twisted it by accident. 我的手腕不小心扭到，還因此腫了兩倍大。 同義詞 bulge, expand 反義詞 decrease, contract
keep [kip] 動 保持 名 生計	**1**	Though Frank has gone abroad on business for one week, we still **kept** in touch via social media. 法蘭克雖到國外出差一週，仍透過社群網站保持聯絡。
prevent [prɪˋvɛnt] 動 預防	**3**	In front of the gate, piles of sand bags are placed to **prevent** from flooding. 大門前方擺放整堆的沙包，以預防淹水。 同義詞 avoid, prohibit 反義詞 promote, push
seal [sil] 動 蓋章；密封 名 印章	**3**	Make sure the **seal** on the package so that it keeps airtight. 為了保持包裝真空，要確定密封條有封好。 同義詞 enclose, stamp

相關單字一次背

invitation [ˌɪnvəˋteʃən] 名 邀請	**2**	I received an **invitation** to my friend's wedding. 我收到了朋友婚禮的邀請函。
know [no] 動 知道	**1**	Little did we **know** how the miserable tragedy took place to the disadvantaged. 我們完全不知道這件慘劇如何發生在弱勢族群身上。
let [lɛt] 動 讓	**1**	**Let** kids just be kids; ignite their imagination as well as laughter. 讓小孩有當小孩的樣子，點燃他們的想像力及歡笑聲。

時間相關：順序與頻率

情境聯想 01　內戰衝突不斷

　　敘利亞內戰從二零一一年延續至今，是敘利亞政府與反對派之間時常 (frequent) 發生的衝突，原本為反政府的示威活動，但結果 (consequence) 卻演變成了持續不斷的 (continual) 武裝戰爭。目前的 (current) 敘利亞政治情勢仍不穩定，難民人數已超過五百萬人，而美俄雙方已就敘利亞西南方的停火 (cease) 協議達成共識，態度更積極。

 MP3 ◀ 117

---

frequent ③ [`frikwənt] 形 頻繁的　動 常去	Richard is a **frequent** customer to the restaurant. 理查是這家餐廳的常客。 My mom **frequents** this department store whenever it has a big sale. 每當百貨公司舉辦周年慶時，我媽媽都會進去逛逛。 （同義詞）constant, continual （反義詞）occasional, irregular
consequence ④ [`kɑnsəˌkwɛns] 名 結果	My younger brother got soaking wet from the heavy rain; in **consequence**, he got a bad cold. 我弟弟被這場大雨淋得全身濕透，還因此得了重感冒。 （同義詞）result, effect （反義詞）cause
continual ④ [kən`tɪnjʊəl] 形 連續的	The baseball game will be postponed due to **continual** rain for several days. 由於連續好幾天都會下雨，棒球比賽將因此延期。 （同義詞）continuous, endless （反義詞）paused, completed

current [`kɜənt] 形 目前的 名 水流；電流	**3**	The **current** political situation is not stable. 目前的政治狀況並不穩定。 As reported in The Economist last week, ocean **currents** in the north Atlantic are slowing down as a result of increased temperatures. 上週的《經濟學家》雜誌提到，由於氣溫升高，北大西洋的洋流速度正在減慢。 同義詞 now, present 反義詞 past
cease [sis] 名 停止 動 中止	**4**	They worked on the report without **cease** in order to turn in the assignment on time. 他們不停息地趕著做報告，以便準時繳交作業。 The army was ordered to **cease** fire. 軍隊被命令停火。 同義詞 stop, halt 反義詞 begin, start

相關單字一次背

former [`fɔrmɚ] 名 前者 形 以前的	**2**	Koala bears and kangaroos are both cute, but I prefer the **former** to the latter. 無尾熊和袋鼠都很可愛，但我喜歡前者（無尾熊）勝於後者（袋鼠）。
regular [`rɛgjəlɚ] 形 平常的 名 常客	**2**	Because Lisa visits the dentist on a **regular** basis, she seldom gets toothaches. 麗莎會定期看牙醫，所以很少牙痛。
recent [`risn̩t] 形 最近的	**2**	There has been rapid economic growth in the country in **recent** years. 最近幾年，經濟快速地繁榮了起來。

again
[ə`gɛn]
副 再次

I Don't make the same mistake **again**; it's a rule of thumb.
不要再犯相同的錯誤；這就是經驗法則。

ago
[ə`go]
副 在⋯以前

I Ten years **ago**, my family used to live in the countryside and grew potato crops.
十年前，我們全家住在鄉下，種植馬鈴薯作物。

almost
[`ɔl,most]
副 幾乎

I The hard-working student burns the midnight oil **almost** every day.
這位用功的學生幾乎每天都熬夜。

already
[ɔl`rɛdɪ]
副 已經

I Donald has **already** visited the Exhibition of Contemporary Art twice.
唐諾已經參觀過當代藝術展覽兩次了。

情境聯想
02 **周年紀念日**

　　在十年前某一天上午 (a.m.)，比利和馬莎都參加了一年一度的 (annual) 重大會議，因這場偶然的 (accidental) 相遇邂逅。後來 (afterward)，他們便開始交往，最後結婚、共組家庭，而今天正是他們的結婚十周年紀念日 (anniversary)。

🎧 MP3 ◀ 118

a.m.
[`e`ɛm]
縮 上午

4 I usually get up at 6:00 **a.m.**
我通常上午六點就起床了。
反義詞 p.m.

annual
[`ænjuəl]
形 一年的

4 Alex's **annual** income is around 600 thousand dollars.
艾力克斯的年收入為六十萬元。
同義詞 yearly

accidental 4
[ˌæksəˈdɛntl̩]
形 偶然的

The accidental explosion of the cellphone resulted from faulty manufacturing.
手機意外爆炸的成因是製造瑕疵。
同義詞 casual, unintended
反義詞 intentional, planned

afterward(s) 3
[ˈæftəwəd]
副 以後

The dreadful experience haunted me for several days afterward.
後來，這個可怕的經驗一直困擾我好幾天。
同義詞 later, subsequently
反義詞 beforehand

anniversary 4
[ˌænəˈvɜsɪrɪ]
名 周年紀念日

Mr. and Mrs. Lee had a candle-lit dinner to celebrate their wedding anniversary.
李先生和李太太夫妻兩人共度燭光晚餐、慶祝結婚紀念日。
同義詞 commemoration, birthday

相關單字一次背

advance 2
[ədˈvæns]
名 前方 動 提前

People are living longer and healthier thanks to technological advances in the field of medicine.
拜醫學科技進步所賜，人們可以活得更久、更健康。

always 1
[ˈɔlwez]
副 總是

I wonder why Joseph always procrastinates whether it's about homework or family gatherings.
我想知道為何約瑟做事總是很拖延，不管作業或家庭聚會都很拖拉。

anytime 2
[ˈɛnɪˌtaɪm]
副 任何時候

You can contact me anytime in case of any emergency.
萬一有緊急事件，都可隨時跟我聯絡。

begin 1
[bɪˈgɪn]
動 開始

Let's begin the rehearsal for our annual school play.
我們開始為學校的年度戲劇表演排練吧。

close
[klos]
動 關閉；結束
形 接近的

1 The store will be **closed** in ten minutes.
本店將於十分鐘內結束營業。
Camping is my favorite activity; I can get **close** to nature and breathe fresh air.
露營可以讓人接近大自然、呼吸新鮮空氣，是我最喜歡的休閒活動。

festival
[`fɛstəvḷ]
名 節日

2 Lantern **Festival**, when children go out at night carrying lanterns and solving riddles, falls on January 15th of the lunar calendar.
元宵節在農曆一月十五日，那天，小朋友們會在晚上提燈籠猜燈謎。

share
[ʃɛr]
動 分享 名 一份

2 Friends are willing to **share** everything wonderful with one another.
朋友樂於跟彼此分享所有美好的東西。

情境聯想
03
勞資衝突化解

全體勞工的意見一致 (consistent)；他們認為連續 (continuous) 幾個月加班應該加薪，但是資方幾乎不能 (barely) 給予滿意的答覆。因此勞方罷工抗議，等待 (await) 協商，希望老闆趕快做個總結 (conclude)。

🎧 MP3 ◀ 119

consistent
[kən`sɪstənt]
形 一致的

4 What John does is **consistent** with his words.
約翰的言行一致。
同義詞 corresponding, accordant
反義詞 inconsistent

continuous
[kən`tɪnjuəs]
形 連續的

4 **Continuous** heavy rain for a week triggered landslides.
連續一個禮拜的豪雨引起山崩。
同義詞 constant, nonstop

barely
[`bɛrlɪ]
副 幾乎不能

3 The student **barely** has enough money to pay for her tuition.
這個學生幾乎沒有錢可以繳學費。
同義詞 hardly, scarcely

await
[ə`wet]
動 等待

4 Kate **awaits** the test result, really anxious that she won't pass it.
凱特等待著考試結果，相當擔心不會通過。
同義詞 expect, anticipate
反義詞 despair

conclude
[kən`klud]
動 結束；作結論

3 The professor **concluded** the lecture by sincerely praying for every student's good health and happiness.
教授在課堂最後誠摯地祝福學生健康、快樂，替課程做了結尾。
同義詞 finish, end
反義詞 begin

相關單字一次背

brief
[brif]
形 短暫的 名 摘要

2 The minister made a **brief** visit to Vietnam.
部長到越南，做了短時間的參訪。
同義詞 short, compressed

calendar
[`kæləndɚ]
名 日曆

2 Chinese New Year falls on January 1st of the lunar **calendar**.
中國春節在農曆的一月一日。

century
[`sɛntʃərɪ]
名 世紀

2 The best technological Inventions of the 21st **century** include GPS, Facebook, touchscreens, YouTube, smartphones, Bluetooth, and the Internet of Things (IoT).
二十一世紀最棒的科技發明有全球定位系統、臉書、觸碰螢幕、YouTube、智慧型手機、藍芽，還有物聯網。

date [det] 名 日期；約會 動 約會	**1**	Have you ever been on a blind **date**? 你曾經有過相親的經驗嗎？ They have been **dating** for 2 years. 他們倆人已談了兩年的戀愛。
day [de] 名 白天；日	**1**	The movie star was spotted in the restaurant the **day** before yesterday. 前天有人在餐廳看到這位明星。
early [`ɜlɪ] 形 早的 副 早地	**1**	It's still **early**. Why don't you get more sleep and I'll wake you up later? 現在還很早呢，你何不多睡一下，我等等再叫你起來？ She woke up **early** and went jogging this morning. 她今天很早起，早上還去慢跑。
evening [`ivnɪŋ] 名 傍晚	**1**	It poured down all **evening**, leading to a flood in the low-lying area. 傍晚下了場傾盆大雨，導致低窪地區淹水。
ever [`ɛvɚ] 副 曾經	**1**	Jay is the most considerate gentleman I have **ever** seen. 傑是我曾經見過最體貼的紳士。
presence [`prɛzn̩s] 名 出席	**2**	The mischievous boy behaved well in the **presence** of his parents. 這個頑皮的男孩在爸媽在場的時候表現卻很乖。

情境聯想 04　惡性加班循環

　　我在職場上已經磨練十年 (decade) 了，但事情愈來愈多，每次到期限 (deadline) 的前夕 (eve) 都還在加班，常常要到最後 (eventual) 一刻才完成工作，到底何時才能擺脫這樣不斷加班的惡性循環 (cycle) 呢？

🎧 MP3 ◀ 120

decade
[`dɛked]
名 十年
③

Cameron and I have been good friends for a **decade**.
卡麥隆和我已經是十年的好朋友了。

---

deadline
[`dɛd‚laɪn]
名 期限
④

The journalists should finish handing in their reports before the **deadline**.
記者應該在期限之前完成交稿。

---

eve
[iv]
名 前夕
④

Family members will get together on Christmas **Eve**.
家人們在聖誕節前夕會團聚在一起。
同義詞 threshold, night before

---

eventual
[ɪ`vɛntʃuəl]
形 最後的
④

Strenuous training finally paid off, resulting in an **eventual** championship.
艱苦的訓練有回報，最後終於得到冠軍。
同義詞 ultimate, final

---

cycle
[`saɪkl̩]
名 週期；循環
動 循環；騎腳踏車
③

Procrastination may cause a vicious **cycle**.
做事拖延可能導致惡性循環。
Cameron is attempting to **cycle** around the island.
卡麥隆試圖騎單車環島。
同義詞 circle, series

相關單字一次背

---

daily
[`delɪ]
形 每日的 副 每日地
②

My **daily** routine includes scrolling my smartphone and using the computer.
我每天的例行公事是滑手機和使用電腦。

---

dawn
[dɔn]
名 黎明 動 頓悟
②

If visitors want to see the sunrise at **dawn**, they have to set off early.
如果觀光客想在黎明看日出，他們就必須很早出發。

delay
[dɪ`le]
名 動 耽擱；延緩

2 The flight could be **delayed** or cancelled due to the blizzard.
由於暴風雪，班機可能延後飛行或取消。

---

drop
[drɑp]
動 掉落 名 一滴

2 I didn't know what to do after **dropping** my phone on the floor accidentally, making screen go black.
我不小心把手機掉在地上，螢幕就黑掉了，我還真不知道如何處理。

---

first
[fɝst]
形 第一的 副 首先

1 I wasn't familiar with the environment at **first**, but I got used to it after walking around the blocks.
一開始我對環境不熟悉，但是逛一逛附近後就習慣了。

---

happen
[`hæpən]
動 發生；碰巧

1 You look so pale. What **happened** to you?
你看起來很蒼白，發生什麼事了？
同義詞 occur, take place

---

late
[let]
形 遲的 副 遲到地

1 Jeff finally returned my magazine to me. It is better **late** than never.
傑夫終於還我雜誌了；不過，晚還總比不還好。

---

night
[naɪt]
名 晚上

1 Paris at **night** is stunning with tourists admiring an astonishing view of the Eiffel Tower.
晚上的巴黎令人驚豔，觀光客可欣賞炫麗奪目的艾菲爾鐵塔。

---

noon
[nun]
名 中午

1 It is commonplace that hotel guests are demanded to check out by **noon**.
飯店普遍會要求房客在中午以前退房。

兩大世代的區別

　　英國衛報調查發現，兩大世代 (generation)——千禧世代以及 K 世代在社群網站上的使用頻率 (frequency) 與生活、甚至態度方面都有很大的差別；除了臉書外，K 世代還偏好以圖片為主的 Instagram，再者 (furthermore)，K 世代也較千禧世代有自信，不過，K 世代無法停用 (halt) 網路，認為沒有網路就好像與世隔絕一般。

🎧 MP3 ◀ 121

generation ❹ [ˌdʒɛnəˋreʃən] 名 世代	The **generation** gap often refers to different opinions regarding beliefs, politics, or values between the youth and their parents or grandparents. 代溝意指年輕人和爸媽或祖父母之間在觀念、政治、價值觀等方面意見不同。
frequency ❹ [ˋfrikwənsɪ] 名 頻率	Earthquakes have occurred with increasing **frequency** recently. 最近地震發生的頻率增加了。
furthermore ❹ [ˋfɝðɚˌmor] 副 再者	He is honest. **Furthermore**, he is responsible. 他為人誠實而且很盡責。 同義詞 besides, moreover
halt ❹ [hɔlt] 名 停止 動 （使）停止	The activity came to a **halt** because the hurricane struck. 活動因颶風來襲而停擺。 The maneuver was **halted** so that the soldiers could rest. 軍隊演習停了下來，以讓士兵們休息。 同義詞 stop, cease 反義詞 march

相關單字一次背

future [`fjutʃɚ] 名 未來 形 未來的	**2**	I want to be a professional football player in the **future**. 未來我想要成為職業足球員。
hardly [`hɑrdlɪ] 副 幾乎不	**2**	The boy who has asthma is **hardly** able to breathe because of an allergic action. 過敏反應使得這位有氣喘的小男孩幾乎無法呼吸。
hour [`auɚ] 名 小時	**1**	The speed limit of the freeway is 110 kilometers per **hour**. 這條高速公路的限速為每小時一百一十公里。
last [læst] 形 最後的 動 持續	**1**	The police believed that he was the **last** person the victim saw last night. 警方堅信他才是受害者昨晚最後見到的人。 The devastating tornado **lasted** fifteen minutes in Central Texas. 這個毀滅性很強的龍捲風在德州中部持續了十五分鐘。

情境聯想
06 **適應時差**

　　想要快速的 (hasty) 改善時差 (lag) 的話，最有效的方法就是在出發前三、四天，每天晚兩至三小時上床睡覺，這樣，當你到達目的地後就能立即 (immediate) 適應時差。

 MP3 ◀ 122

hasty [`hestɪ] 形 快速的	**3**	Don't be **hasty**, but be sensible when making a decision instead. 不要急躁，要理智地做決定。 同義詞 hurried, impulsive 反義詞 calm

lag
[læg]
名 落後 動 延緩

4

Jet **lag** may last several days before tourists are used to the new time zone.
在旅客適應新時區以前，時差的情況可能會持續幾天。
The marathon runner who got a cramp in his foot **lagged** behind other runners.
有位馬拉松跑者腳抽筋、落後在其他選手的後方。
同義詞 linger, delay

immediate
[ɪˋmidɪɪt]
形 立即的

3

The severe injury requires **immediate** treatment.
傷勢若很嚴重，就必須立即治療。
同義詞 direct, instant

相關單字一次背

instant
[ˋɪnstənt]
形 即時的 名 頃刻

2

The flood-stricken region is in **instant** need of relief.
淹水災區需要即刻的救濟。

latest
[ˋletɪst]
形 最新的

2

Henry, who was a teenager, went to Italy for the **latest** fashion show last month.
亨利是個青少年，他上個月到義大利看最新的時尚秀。

rapid
[ˋræpɪd]
形 迅速的

2

With the **rapid** development of technology, the world has become a global village.
隨著科技快速發展，全世界已經變成了一座地球村。

fast
[fæst]
形 快速的 副 很快地

1

Runners ran as **fast** as possible for the purpose of getting the trophy.
跑者盡可能跑快一點，以得到獎盃。

morning
[ˋmɔrnɪŋ]
名 早上

1

Roger overslept this **morning**, unable to catch up with the school bus.
羅傑今天早上睡過頭，無法趕上校車。

next
[nɛkst]
形 其次的 副 然後

1 There will be a national day parade in celebration of 50 years of independence **next** Sunday.
下週日將有國慶遊行，以慶祝獨立建國五十年。

alarm
[əˋlɑrm]
名 鬧鐘 動 使驚慌

2 The swimmers returned to shore after the shark **alarm** went off.
鯊魚警報器響了之後，正在游泳的遊客便趕快上岸。

clock
[klɑk]
名 時鐘

1 Vicky gets accustomed to getting up early; that's why she always sets her alarm clock for 5 o'**clock**.
維琪習慣早起，這就是她把鬧鐘設定在五點的原因。

情境聯想
07 人際關係研究

　　最近 (lately) 有項研究發現，人一生中 (lifetime) 平均會有六十四個朋友，而二十九歲是朋友最多的年紀，因為人們會開始進入社會、擴展同事關係，同時 (meanwhile) 和以前的同學保持聯繫，不過，同學和同事之中，後者 (latter) 占比較大。而現在 (nowadays)，一同工作的人往往性格和共同語言較相近，故能建立更堅固的友誼。

🎧 MP3 ◀ 123

lately
[ˋletlɪ]
副 最近

4 There have been many job openings in the company **lately**.
最近這家公司的職缺增加許多。
同義詞 recently

lifetime
[ˋlaɪf͵taɪm]
名 一生

3 Jane Goodall is an English primatologist, devoting her **lifetime** to studying primate species.
珍・古德是位英國籍的靈長類動物學家，一生致力於研究靈長類。

meanwhile
[ˋmin͵hwaɪl]
副 同時 名 期間

3 Tammy went jogging. **Meanwhile**, her daughter went home.
泰咪去慢跑，而同一時間，她的女兒也回到家了。

latter
[`lætɚ]
形 後者的

3 In the photo are Ryan and Kyle. The **latter** is my boyfriend.
照片中是萊恩和凱爾，後者是我的男朋友。
反義詞 former

nowadays
[`nauə,dez]
副 當今；現在

4 **Nowadays**, a large number of digital devices has brought us many conveniences.
現在，許多數位設備帶給我們很多便利。
同義詞 now, at present
反義詞 past, future

相關單字一次背

speed
[spid]
名 速度

2 The high-**speed** rail trains travel at the speed of 300 km per hour.
高鐵的時速為三百公里。

usual
[`juʒuəl]
形 平常的

2 Cheesecake is my **usual** dessert.
起司蛋糕是我常吃的甜點。
同義詞 common, typical

weekday
[`wik,de]
名 平日

2 The employees work from 8:00 to 17:00 on **weekdays**.
員工週一至週五的上班時間是從早上八點到下午五點。

now
[nau]
名 副 現在

1 The manager is in a meeting **now**. Would you like to leave a message?
經理正在開會，你想要留言給他嗎？

o'clock
[ə`klak]
名 …點鐘

1 It is 10 **o'clock**; time to go to bed, kids!
已經十點鐘了，孩子們，該上床睡覺囉！

情境聯想 08 羅曼故事中相遇的緣分

　　在這則羅曼故事裡，男女主角雖然在下午 (p.m.) 的相遇是偶然的 (occasional)、對彼此先前的 (previous) 印象是模糊的，但最後注定再度相遇，而這個緣分永久 (permanent) 持續，結局 (outcome) 很浪漫繽紛。

MP3 ◀ 124

---

p.m.
[`pi͵ɛm]
副 下午

1 My dad usually picks me up at school at 5:00 **p.m.**
我爸爸通常會在下午五點到學校接我。
反義詞 a.m.

---

occasional
[ə`keʒənl̩]
形 偶爾的

4 Going abroad on business is an **occasional** event.
出國出差只是偶爾的而已。
同義詞 infrequent, unusual
反義詞 common, frequent

---

previous
[`priviəs]
形 先前的

3 Where did you go the **previous** day?
前一天你去了哪裡？
同義詞 earlier, preceding
反義詞 current, present

---

permanent
[`pɚmənənt]
形 永久的

4 Electronic waste causes **permanent** damage to the land, so it must be disposed of and recycled well.
電子廢棄物將會對土地造成永久的損害，所以一定要妥善處理並回收。
同義詞 lasting, perpetual
反義詞 temporary

---

outcome
[`aʊtkəm]
名 結果；結局

4 Voters determine the **outcome** of elections.
選民往往決定了選舉的結果。
同義詞 result, consequence
反義詞 cause, source

相關單字一次背

afternoon [`æftəˈnun] 名 下午	**I**	A rainbow showed up in the sky after the rain stopped this **afternoon**. 下午的雨停了之後，便出現一道彩虹。
dream [drim] 動 作夢 名 夢	**I**	The girl wearing a beaming smile on her face **dreamed** a sweet **dream**. 小女孩做了一個美夢，臉上掛著燦爛的笑容。
tonight [təˈnaɪt] 副 名 今晚	**I**	I will stay up late **tonight** in preparation for the entrance exam. 為了準備入學考試，今晚我將熬夜。
past [pæst] 名 過去 介 經過	**I**	In the **past**, people led a plain life and felt content without electricity or technology. 在沒有電或科技的過去，人們過著簡單純樸的生活，而且也很知足。
often [`ɔfən] 副 常常	**I**	Victor **often** goes fishing to kill time and ponder on his future. 維特常去釣魚，並在殺時間的同時考慮著自己的前程。
quick [kwɪk] 形 快的 副 快地	**I**	Ashley is a **quick** learner who acquires skills efficiently. 艾希莉是個學習很快的人，可以有效率地學會新技能。

情境聯想 09 **桌球選手願景**

　　法蘭克目前世界排名 (rank) 第十名，他幾乎無法 (scarcely) 忘記四年前的男子桌球單打準決賽，他輸給了德國對手，獎牌夢因此粉碎。後來，法蘭克勇於面對被擊敗的自己、繼續磨練技術，目標是在不久 (shortly) 的奧運擠進前四強，並在未來某一天 (someday) 成功奪得金牌。

MP3 ◀ 125

rank
[ræŋk]
動 排列　名 等級

3

This YouTuber **ranks** number 1 in popularity on Google.
這位網紅的人氣在谷歌網站上排名第一。
A major precedes a captain in **rank**.
軍官比上尉的軍階還要高。
同義詞 class, rate
反義詞 file

scarcely
[`skɛrslı]
副 幾乎不

4

I could **scarcely** say anything, feeling awkward.
我幾乎無法說話，只覺得尷尬。
同義詞 hardly, barely
反義詞 adequately

shortly
[`ʃɔrtlı]
副 不久；馬上

3

I will go back to work **shortly** after lunch.
午餐不久後我就要回去上班了。
同義詞 quickly, soon
反義詞 later

someday
[`sʌm‚de]
副 將來有一天

3

His ambition is to become the president **someday**.
他的抱負是在未來某一天成為總統。
同義詞 sometime, one day

相關單字一次背

moment
[`momənt]
名 片刻

1

It was the most important **moment** for me.
對我而言，那時候是最重要的時刻。

continue
[kən`tınju]
動 繼續

1

How to **continue** conversations with friends is what Michael needs to learn.
麥克得多學習與朋友聊天時要怎樣延續對話。

sometimes
[`sʌm,taɪmz]
副 有時　**Ⅰ**

Sometimes I doze off in classes, for I stay up late the night before.
因為前一晚熬夜，所以我有時候上課會打瞌睡。

soon
[sun]
副 很快地　**Ⅰ**

The holiday is coming **soon**, and the students are all looking forward to it.
假期即將來臨，學生們都很期待。

spring
[sprɪŋ]
名 春天；泉　動 跳躍　**Ⅰ**

A wide variety of claw machines **sprung** up in Taiwan a decade ago.
十年前，各式夾娃娃機在台灣突然如雨後春筍般冒了出來。

stop
[stɑp]
動 停止　**Ⅰ**

The vaccination can prevent people from getting the flu and **stop** the spread of the disease.
接種疫苗可以防止人們感染流感並阻止疾病肆虐。

情境聯想 10 運動配合飲食增進健康

　　運動可促進血液循環並迅速 (swift) 將新陳代謝產生的廢物移除、提升抵抗力，最理想的運動習慣是每日持續三十至六十分鐘、每週 (weekly) 三次，但如果暫時 (temporary) 無法持續下去，可先採用少量多餐的飲食方式，先藉由改善飲食習慣來增進健康。

MP3 ◀ 126

swift
[swɪft]
形 迅速的　**3**

The police took **swift** action to arrest the criminal.
警方動作迅速地逮捕罪犯。
同義詞 rapid, hasty
反義詞 slow, lazy

weekly
[`wiklɪ]
形 每週的　副 每週　**4**

Anthony has a **weekly** session at 9 a.m.
安東尼每週上午九點都要開會。
同義詞 periodic, routine
反義詞 constant, lasting

temporary [`tɛmpə,rɛrɪ] 形 暫時的	3	The charity organization builds **temporary** housing for victims of disasters. 這間慈善機構幫助興建暫時的組合屋給天災受害者住。 (同義詞) brief, momentary (反義詞) permanent, enduring

time [taɪm] 名 時間 動 安排時間	1	Excuse me, what **time** is it? I don't have my phone on me right now. 請問一下現在幾點了？我的手機不在身上、無法看時間。
today [tə`de] 名 副 今天	1	**Today** is a tiring day when everyone is occupied with the summer camp like a spinning top. 今天真是疲累的一天，每個人都忙於夏令營活動，忙得好像旋轉的陀螺。
tomorrow [tə`mɔro] 名 副 明天	1	There is going to be an exciting competition **tomorrow**. Every competitor covets for the gold medal. 明天將有一場刺激的競賽，每位參賽者都覬覦著金牌。
week [wik] 名 星期	1	It will take me two **weeks** to finish the paper, and I am sure that I can turn in the paper by the deadline. 完成報告需要兩週，而我確定在期限以前，我可以繳交報告。

人生規劃與放假

我阿姨是上班族，每年 (yearly) 年假有十四天，常常趁週末 (weekend) 的時候來個小旅行；不過，她想在未來某時 (sometime) 退休、投入以時 (hourly) 薪作為薪水的打工行列，除了擺脫一成不變的固定生活、不用每週經歷星期一 (Monday) 憂鬱症，還可以在自由工作到永遠 (forever) 的同時，趁著冬天 (winter) 去東南亞避寒、夏天去歐洲避暑。

MP3 127

yearly 4	All the staff in the company are entitled to a **yearly** paid leave of fourteen days.
[ˋjɪrlɪ] 形 每年的　副 每年	這家公司全體職員可享受十四天帶薪的年假。 同義詞 annually

weekend 1	The Wu family will go on a picnic on the **weekend** to bond with each other.
[ˋwi͵kɛnd] 名 週末　動 度週末	吳家一家人將在週末去野餐、凝聚與彼此間的關係。

sometime 3	The ambitious mayor made a resolution to join the presidential election **sometime**.
[ˋsʌm͵taɪm] 副 某些時候	野心勃勃的市長決心要在未來某一天競選總統。 同義詞 someday, once 反義詞 immediately

hourly 3	The average **hourly** wage of the part-time job at the gas station is 150 dollars.
[ˋauəlɪ] 形 每小時的 副 每小時地	在加油站打工的話，每小時的平均工資是一百五十元。 同義詞 regular, periodical 反義詞 constant

Monday/Mon. 1	Cyber **Monday** refers to the Monday after the Thanksgiving holiday in the U.S., when online stores reduce the price of goods to attract customers.
[ˋmʌnde] 名 星期一	網購星期一指的是美國感恩節之後的第一個星期一，網路商家會降價，以刺激消費者購物。

forever
[fə`ɛvə]
副 永遠

3 The prince and the princess ended up living happily **forever** after the witch perished.
女巫死亡後，王子和公主直到永遠都過著幸福快樂的日子。
同義詞 permanently, eternally
反義詞 temporarily

winter
[`wɪntə]
名 冬天

1 In the chilly **winter**, people have to put on weatherproof coats and scarves to keep warm.
在寒冷的冬天，人們必須穿上防風的外套和圍巾保暖。

相關單字一次背

age
[edʒ]
名 年齡 動 使變老

1 Only people **aged** 18 years old or older are eligible to receive a driver's license.
滿十八歲以上才有資格考駕照。

year
[jɪr]
名 年

1 Tourists are welcome to visit the island all **year** round whether in rainy or dry season.
不論雨季或乾季，這個島嶼一年四季都很歡迎觀光客到訪。

yesterday
[`jɛstəde]
名 副 昨天

1 "**Yesterday** Once More," a catchy song, was sung by Karen Carpenter in 1973.
〈昨日重現〉是首朗朗上口的歌曲，且是由凱倫‧卡本特在一九七三年所唱的。

autumn
[`ɔtəm]
名 秋季

1 Mid-**autumn** Festival is a harvest celebration on August 15th of the lunar calendar, and is now associated with moon cakes, lanterns, and pomelos.
中秋節是農曆八月十五日慶祝豐收的日子，現在，則常被與月餅、燈籠和柚子聯想在一起。

fall 　　Ⅱ [fɔl] 名 秋天 動 落下	While going downstairs, hold onto the rail so that you don't **fall**. 當你下樓時，要緊抓欄杆以免摔落。
summer 　Ⅱ [`sʌmə] 名 夏天	People often go swimming or eat shaved ice to cool off during the blazing **summer**. 在炎熱的夏天，人們常會去游泳或吃刨冰涼快一下。
Tuesday/Tue. Ⅱ [`tjuzde] 名 星期二	Ken will take the exam on **Tuesday**, so he makes great endeavors to prepare for it. 肯週二要考試，所以很努力地準備。
Wednesday/Wed. 3 [`wɛnzde] 名 星期三	We took a day off on **Wednesday** to relax. 我們在星期三請假、好好放鬆了一下。
Thursday/Thur. Ⅱ [`θɜzde] 名 星期四	On **Thursday**, my dad will take a business trip by plane to Tokyo. 週四我爸爸將搭飛機到東京出差。
Friday/Fri. 　Ⅱ [`fraɪde] 名 星期五	The couple usually goes to a movie on **Friday** night, followed by a romantic dinner. 這對情侶通常會在週五晚上去看電影，接下來再享用浪漫的晚餐。
Saturday/Sat. Ⅱ [`sætəde] 名 星期六	Are you avaiable on **Saturday**? Would you like to join a potluck at my house? 週六你有空嗎？你想要來我家參加百樂聚會嗎？
Sunday/Sun. Ⅱ [`sʌnde] 名 星期日	**Sunday** is my family day when I can spend quality time with my kids. 星期天是家庭日，我會跟孩子們共享天倫之樂。

情境聯想 12 **最喜歡的月份**

一年之中，有一月 (January) 到十二月 (December)，總共十二個月份 (month)，你最喜歡哪個月份呢？美國人認為，六月 (June) 結婚的新人最為幸福，而在台灣，農曆七月 (July) 是鬼月，玩水的時候得多加小心。

MP3 ◀ 128

January/Jan. Ⅱ [`dʒænjʊˌɛrɪ] 名 一月	I was born on **January** 29th; therefore, my star sign is Arquarius. 我出生於一月二十九日，星座是水瓶座。
December/Dec. Ⅱ [dɪ`sɛmbɚ] 名 十二月	Ruby likes **December** the most because of the joyous Christmas. 茹比喜歡十二月，因為充滿喜樂的聖誕節在這個月。
month Ⅱ [mʌnθ] 名 月	There are twelve **months** in a year. My favorite is January. 一年有十二個月份，而我最愛的月份是一月。
June/Jun. Ⅱ [dʒun] 名 六月	The month of **June** derives from Juno, the Roman goddess of marriage, so it is said couples getting married in June should be blessed with happiness. 六月這一名稱源自於掌管婚姻的羅馬女神朱諾，所以傳說在六月結婚的新人將得到更多的幸福。
July/Jul. Ⅱ [dʒu`laɪ] 名 七月	There is a summer vacation in **July** and August, when Cathy will arrange a trip around the island. 暑假在七月和八月，凱西計畫在這時環島旅行。

February/Feb. Ⅱ [ˋfɛbrʊ͵ɛrɪ] 名 二月	A leap year consists of 366 days with an additional day - **February** 29th - added to the calendar. 閏年有三百六十六天，而二月會額外增加一天，也就是二月二十九日。
March/Mar. Ⅱ [mɑrtʃ] 名 三月	The Easter falls on the first Sunday after the full moon between **March** 22nd and April 25th. 復活節是在三月二十二日到四月二十五日之間、滿月後的第一個星期日。
April/Apr. Ⅱ [ˋeprəl] 名 四月	Easter is a festival on the first Sunday after the full moon from March 21st to **April** 25th, celebrating the resurrection of Jesus. 復活節是在三月二十一日到四月二十五日之間滿月後第一個星期日，主要慶祝耶穌死後復活。
May Ⅱ [me] 名 五月	In the U.S., Mother's Day is on the second Sunday of **May** while Father's Day is on the second Sunday of June. 在美國，母親節落在五月第二個星期日，而父親節則是在六月的第二個星期日。
August/Aug. Ⅱ [ˋɔgəst] 名 八月	This **August**, Marvin will participate in the world exposition, a large international exhibition to showcase achievements of nations. 今年八月，馬爾文將參加世界博覽會，即一個展示各國成就的國際展覽。
September/Sept. Ⅱ [sɛpˋtɛmbɚ] 名 九月	The first day of an academic year is usually in August or **September** in the Northern Hemisphere. 在北半球，每學年的上課第一天通常會落在八月或九月。

October/Oct. Ⅱ
[ɑkˋtobɚ]
名 十月

Halloween falls on **October** 31st, when children often put on costumes, chanting trick or treat from door to door.

萬聖節在十月三十一日，小朋友們會穿上可怕的服裝，大聲喊著不給糖就搗蛋，並挨家挨戶要糖果。

November/Nov. Ⅱ
[noˋvɛmbɚ]
名 十一月

Thanksgiving falls on the fourth Thursday of **November**, which was the time when English pilgrims hold feasts with Indians to celebrate the harvest in 1621.

感恩節在十一月第四個星期四，可追溯到一六二一年清教徒與美國原住民印第安人分享大餐、慶祝豐收的日子。

season Ⅱ
[ˋsizn̩]
名 季節

There are four **seasons** in a year, and autumn is Mike's favorite.

一年有四季，不過麥克最愛秋天了。

掌握空間感：位置與方向

情境聯想 01 勇敢踏出舒適圈

　　這位背包客將離開 (depart) 舒適圈，遠離人口稠密 (dense) 的水泥叢林、前往國外 (abroad) 探索各個文化的不同層面 (aspect)，以拓展 (enlarge) 自己的知識水平 (horizon)，順便增廣見聞、結交各方好友。

🎧 MP3 ◀ 129

depart [dɪ`pɑrt] **動** 離開 ④	Confirm your trip beforehand by searching whether your flight has been delayed or is **departing** on time. 要提早確認你的旅行、搜尋班機是否延誤或準時起飛。 同義詞 leave 反義詞 arrive, reach
dense [dɛns] **形** 稠密的 ④	We visited the reserve, where one of the walking trails led us into the **dense** jungle. 我們到保育區遊覽，可以走一條步道、直接進入稠密的叢林。 同義詞 crowded, jammed 反義詞 sparse, scattered
abroad [ə`brɔd] **副** 在國外 ②	Timothy will go **abroad** in the pursuit of further studies. 提莫西將到國外深造。
aspect [`æspɛkt] **名** 方面 ④	Her visual impairment affects almost every **aspect** of her life. 她的視覺障礙影響到生活中幾乎每一個層面。 同義詞 part, facet

enlarge
[ɪn`lɑrdʒ]
動 擴大

4

To engage in active repetition and usage is effective to **enlarge** vocabulary.
積極的重複以及運用字彙可以有效增加單字量。
同義詞 increase, broaden
反義詞 decrease, reduce

horizon
[hə`raɪzṇ]
名 地平線

4

Traveling around the world can broaden our **horizons**.
環遊世界可讓我們增廣見聞。
同義詞 scope, boundary
反義詞 vertical

相關單字一次背

ahead
[ə`hɛd]
副 在前方

1

Turn right at the traffic lights, and you'll see the post office **ahead**.
在紅綠燈右轉之後，就能看到郵局在你的前方了。

anywhere
[`ɛnɪ͵hwɛr]
副 任何地方

2

We can find convenience stores **anywhere** in Taiwan.
在台灣，我們到任何地方都可以看到便利商店。

away
[ə`we]
副 遠離

1

The police chased after the pickpocket, but he ran **away** immediately.
警方追著這位扒手，但他卻跑走了。

far
[fɑr]
形 遙遠的 副 遠方地

1

Throngs of travelers came from **far** and wide to visit that extraordinary architecture.
一群一群的旅客從各地前來參觀這個特別的建築。

distance
[`dɪstəns]
名 距離 動 使疏遠

2

A melody of flutes drifted in from a **distance**.
笛子的旋律從遠處飄過來。

front [frʌnt] 名 前面 形 前面的	**1**	In **front** of the church is a statue of Jesus. 在教堂前方有座耶穌的雕像。
forward(s) [`fɔrwəd] 副 向前	**2**	Moviegoers look **forward** to the release of the latest films. 喜歡看電影的觀眾都很期待最新影片的上映。
somewhere [`sʌm͵hwɛr] 副 在某處	**2**	I lost my cellphone **somewhere**; however, I lost track of the places I've been to today. 我把手機丟在某個地方,但我忘了我今天去過哪裡。
widen [`waɪdən] 動 變寬	**2**	The disparity and the gap between the rich and poor have **widened** recently. 最近,貧富之間的不公平及差距加劇了。

情境聯想 02 團體旅行機場集合

　　在機場,旅行社領隊先將遊客分開 (apart) 成兩組,要求大家在一旁 (aside) 集合,並藉此時機宣布注意事項,以減少 (decrease) 不必要的麻煩,然後開始分發 (distribute) 登機證,帶領大家朝登機門出發、離境 (departure)。

🎧 MP3 ◀ 130

apart [ə`pɑrt] 副 分散地;遠離地	**3**	Brian's son lives **apart** from his parents. 布萊恩的兒子沒有跟他們同住。 同義詞 separately, independently 反義詞 together
aside [ə`saɪd] 副 在旁邊	**3**	Lisa puts **aside** her work, taking care of her kids attentively. 麗莎把工作擺到一旁,專心照顧孩子。 同義詞 beside, apart

decrease
[`dikris]
名 動 減少

4 The population of developed countries is on the **decrease**.
已發展國家的人口正漸漸減少中。
The merger between the two companies can **decrease** expenditures.
兩家公司的合併可以減少經費。
同義詞 reduce, lessen
反義詞 extend, increase

distribute
[dɪ`strɪbjʊt]
動 分配；分發

4 The professor **distributed** handouts to the college students.
教授分發講義給大學生們。
同義詞 allot, dispense
反義詞 assemble, collect

departure
[dɪ`partʃɚ]
名 離去；出發

4 The **departure** of the flight was delayed somehow.
由於某種原因，班機延誤起飛。
同義詞 leaving, takeoff
反義詞 arrival

leave
[liv]
動 離開 名 休假

1 The entrepreneur will **leave** for New York for an international conference and sign cooperation contracts with overseas corporations.
這位企業家將前往紐約參加一場國際會議，並簽署與海外公司合作的契約。

left
[lɛft]
形 左邊的 名 左邊
副 向左

1 Implanting this hearing aid in patients' **left** ear can improve their hearing.
在病人左耳植入此助聽器，能增進他們的聽力。

local
[`lokḷ]
形 當地的 名 當地人

2 The **local** people here are hospitable and amiable to every foreigner.
當地的居民對外國人很好客、友善。

locate [`loket] 動 坐落於	**2**	Drivers can **locate** their destination via Google Maps. 駕駛可以透過谷歌地圖找出目的地的位置。
lower [`loɚ] 動 降低	**2**	When one whispers to others, he or she will **lower** his or her voice. 當一個人生氣地對他人大吼，他 / 她的聲音會較低沉。
low [lo] 形 低的 副 很低地	**1**	The necklace was a good bargain for me; I bought it at a **low** price. 這條項鍊對我來說是不錯的買賣，我以一個很便宜的價格買下了它。
here [hɪr] 副 這裡	**1**	**Here** comes the teacher. We had better be silent. 老師來了，我們最好安靜點。 反義詞 there
high [haɪ] 副 高高地 形 高的 名 高處	**1**	Eagles soar **high** and hover in the sky. 老鷹在高空中飛翔盤旋著。 She enjoyed the view on the top of the **high** mountain. 她很享受高山山頂之處的風景。
there [ðɛr] 副 在那裡 名 那裡	**1**	The man in black over **there** is my younger brother, who gets along with me very well. 在那裡有個穿著黑衣服的男生，他是我弟弟，跟我相處很融洽。
where [hwɛr] 副 在哪裡 代 …的地方	**1**	**Where** have you been lately? I couldn't reach you at all! 你最近跑去哪裡了？我完全聯絡不上你呢！ This is **where** we'll be heading two weeks later. 這就是我們兩週後即將前往的目的地。

情境聯想
03
海外業務拓張

我們業務部門負責的範圍 (extent) 正在進行擴大 (enlargement)，除了亞洲部分外，額外的分配 (distribution) 的還有國外其他地方 (elsewhere)，比較遠的 (farther) 地區甚至到北歐國家都有。

MP3 ◀ 131

extent [ɪk`stɛnt] 名 範圍 **4**	To some **extent**, it is Ms. Anderson that is partly to blame for the loss. 在某種程度上，安德森女士應該為損失負起部分責任。 同義詞 degree, expanse
enlargement [ɪn`lardʒmənt] 名 擴張 **4**	The chest X-rays showed the **enlargement** of the heart. 胸腔 X 光顯示出心臟肥大。 同義詞 increase, expansion 反義詞 decrease, contraction
distribution [ˌdɪstrə`bjuʃən] 名 分配 **4**	The Internet facilitates the **distribution** of news. 網路使新聞的傳播更加容易。 同義詞 allocation, dispersion 反義詞 retention, collection
elsewhere [`ɛls,hwɛr] 副 在別處 **4**	The hotel is full, so we need to stay the night **elsewhere**. 這家飯店的房間已住滿，我們需要找其他地方來住。 同義詞 somewhere else, anywhere else 反義詞 nowhere
farther [`farðɚ] 形 更遠的 副 更遠地 **3**	The **farther** north a place is, the colder it becomes. 愈北方就愈冷。 同義詞 further, longer 反義詞 nearer

broad [brɔd] 形 寬闊的	2	There are many **broad** plains in Central America. 寬敞的平原大多都位於美國中部。 同義詞 wide, expansive
cross [krɔs] 動 越過 名 十字架	2	Don't jaywalk, but rather **cross** the street in the crosswalk or take the overpass. 不要橫越馬路，可盡量走斑馬線或天橋。
direction [də`rɛkʃən] 名 方向	2	Max was lost, so he asked pedestrians for **directions**. 麥克斯迷路了，所以向行人問路。
further [`fɝðə] 形 更遠的 副 更遠地 動 促進	2	Teddy has gone to the U.S. for **further** studies. 泰迪到了美國進修。 They kept chatting and moving **further** down the sidewalk. 他們繼續聊著天、一邊在人行道上走著。
nearby [`nɪr͵baɪ] 副 不遠地	2	The gymnasium **nearby** in our community can accommodate 6,000 people. 我們社區附近的體育館可容納六千人。
out [aut] 副 介 向外；離開	1	Let's go **out** for a walk in the forest and refresh ourselves. 我們一起出去森林走走，讓精神好一點吧。
pass [pæs] 動 經過；通過 名 及格；通行證	1	As time **passes**, all the difficulties we suffer will fade away if we have great determination. 隨著時間流逝，由於堅定的毅力，我們經歷的苦境會消失殆盡。 You'll need a **pass** to get through the security. 你必須有通行證，警衛才會讓你過去。

情境聯想 04 室內採光設計

　　為了讓客廳更明亮，落地窗可往外 (forth) 設計、採光窗的裝潢盡量設在高處 (highly)，讓光線可照入室內 (indoors)；也可以將百葉的概念應用在窗簾上，加裝在門窗內側 (inner) 來調節光線。

🎧 MP3 ◀ 132

forth [forθ] 📖 向前	**3** All passengers take a stroll impatiently back and **forth**. 所有乘客都不耐煩地來回走動。 (同義詞) forward, ahead (反義詞) backward
highly [`haɪlɪ] 📖 高高地	**4** New York City is a **highly** developed metropolitan area. 紐約市是個高度發展的大都會。 (同義詞) extremely, very (反義詞) little
indoors [`ɪn`dorz] 📖 在室內	**3** It is fun to do cardio workout **indoors**. 在室內做有氧運動很好玩。 (同義詞) inside (反義詞) outdoors
inner [`ɪnɚ] 📖 內部的	**3** Appearances are superficial, so why not pay more attention to your **inner** beauty? 外表是膚淺的，何不多重視自己的內涵呢？ (同義詞) interior, inside (反義詞) exterior, outer

comfortable 2
[`kʌmfətəbḷ]
形 舒服的

The high-quality mattress is so **comfortable** that I have a sound sleep every night.
這張品質好的床墊睡起來很舒服，讓我每晚都睡得很沉。

design 2
[dɪ`zaɪn]
動 名 設計

Kelly has been dreaming of becoming a fashion designer to **design** up-to-date attire.
凱莉一直夢想成為服裝設計師，可以設計時尚的服飾。

downtown 2
[ˌdaʊn`taʊn]
名 鬧區 副 在鬧區

More than 3,000 spectators will line the street in anticipation of the parade **downtown** with marching bands and floats kicking off the holiday season.
鬧區中，有三千多名觀眾將在街道兩側期待樂隊及花車遊行，揭開假期的到來。

edge 1
[ɛdʒ]
名 邊緣 動 徐徐移動

I was on the **edge** of my seat while watching the thriller.
當我看驚悚片時，都會緊張到坐不住。

entrance 2
[`ɛntrəns]
名 入口

As the college **entrance** exam is approaching, students should stay calm by dealing with pressure properly.
隨著大學入學考的到來，考生應該適當處理壓力、保持鎮靜。

home 1
[hom]
副 在家 名 家

Tommy is a couch potato; he is always lying on the sofa without doing anything at **home**.
湯米根本就是個沙發馬鈴薯，總是窩在家裡，躺在沙發上、什麼事都不做。

indoor 3
[`ɪnˌdor]
形 屋內的

A 30-minute **indoor** workout can help us beat the winter depression.
室內運動三十分鐘可以讓我們擊敗冬季憂鬱症。
同義詞 domestic, inside
反義詞 outdoor, outside

place [ples] 名 地點 動 放置	Ⅱ	The Tigers eventually won the first **place** by one point. 老虎隊終於以一分之差贏得第一名。
rise [raɪz] 動 上升 名 升起	Ⅱ	It is the most memorable experience for the climbers to watch the breathtaking sun **rise** above the horizon at dawn. 登山客在黎明時，看到令人屏息的日出從地平面昇起，真是個令人難忘的體驗。
side [saɪd] 名 旁邊	Ⅱ	Good friends are those who are always by your **side** and support you. 好朋友就是那些一直在你身邊支持你的人。
space [spes] 名 空間	Ⅱ	Packing your luggage by rolling your clothes can save a lot of **space**. 整理行李時，將衣物捲起來就可節省許多空間。

情境聯想 05 危險火爐設置

　　有家燒肉店被投訴，因為其內部的 (internal) 裝潢把火爐的位置 (location) 設在防火巷口，延長 (lengthen) 整個火爐佔據到中間的 (intermediate) 區域，還不停地燒熱碳火，且火爐外部的 (outer) 地方停滿機車，一不小心若火花濺出，恐怕會造成嚴重火災。

🎧 MP3 ◀ 133

internal [ɪn`tɜnl̩] 形 內部的	3	The athlete suffered **internal** injuries in the competitive football game. 運動員在激烈的橄欖球賽中受到內傷。 (同義詞) within, domestic (反義詞) external, outer

location **4**
[lo`keʃən]
名 位置

The couple must find a suitable **location** for their wedding ceremony.
這位情侶必須為結婚典禮找一個合適的場地。
同義詞 position, venue

---

lengthen **3**
[`lɛŋθən]
動 加長

Barbara asked the tailor to **lengthen** her wedding gown.
芭芭拉要求裁縫師幫她把婚紗改長一點。
同義詞 extend, stretch
反義詞 shorten, abbreviate

---

intermediate **4**
[ˌɪntɚ`midɪət]
形 中級的 名 中級

The wise student who is proficient in English has passed the **intermediate** level of the language test.
這位聰穎的學生精通英文，已經通過中級語言檢定。
同義詞 middle, moderate
反義詞 extraordinary, abnormal

---

outer **3**
[`autɚ]
形 外部的

The **outer** walls of the house were made of concrete and steel.
房子的外牆是由混凝土和鋼筋建成的。
同義詞 exterior, outside
反義詞 inside, inner

相關單字一次背

---

backward(s) **2**
[`bækwəd]
副 向後地

Don't lean **backward**; it's risky on the balcony.
不要往後斜靠；這樣在陽台很危險。

---

downstairs **1**
[daun`stɛrz]
副 往樓下 名 樓下

He injured his legs so seriously that he couldn't even walk **downstairs**.
他的雙腳受了重傷，連下個樓梯都沒有辦法。

height
[haɪt]
名 高度

2 Taylor's **height** makes her stand out in crowds.
泰勒的身高讓她在群眾中特別突出。

middle
[`mɪdl̩]
形 中間的 動 置中

1 My **middle** name is named after my grandmother, who has looked after me since I was an infant.
我的中間名是以祖母的名字命名的,從我是小嬰兒到現在她都一直照顧著我。

narrow
[`næro]
形 窄的 動 變窄

2 Eve had a **narrow** escape when a tsunami struck the coast.
當海嘯侵襲海岸邊時,伊芙僥倖逃過一劫。

upper
[`ʌpɚ]
形 在上面的

2 Jimmy felt a severe pain in the **upper** right side of his abdomen.
吉米的右上腹部感到劇烈疼痛。

upstairs
[`ʌp`stɛrz]
副 在樓上 名 樓上

1 The people living **upstairs** are so noisy, holding parties almost every night.
住樓上的人好吵,幾乎每天晚上都在開派對。

wherever
[hwɛr`ɛvɚ]
副 連 無論何處

2 **Wherever** you are, keep in mind that success requires perseverance and wisdom.
不論你身處哪裡,都要牢記成功需要毅力以及智慧。

wide
[waɪd]
形 寬闊的 副 寬廣地

1 The basketball court is 15 meters **wide** and 48 meters long.
這個籃球場寬度為十五公尺,而長度為四十八公尺。

度量相關：測量與單位

情境聯想
01　**海景飯店擴建**

　　這間五星級的度假飯店正在進行大規模 (scale) 的整修，將增建少數的 (handful) 休閒設施，宴會廳也會擴大到將可容納最大 (maximum) 人數成為一千五百人，還會開墾數英畝 (acre) 的綠地，到時候將座擁廣度 (width) 約三公里的美麗海岸線，讓客人盡情欣賞海景。

🎧 MP3 ◀ 134

scale [skel] 名 尺度 動 攀登 **3**	The whole country is carrying out a reform on a large **scale**. 整個國家正在進行大規模的改革。 The gear enabled the climber to **scale** a vertical wall by holding on to the ice and securing himself. 這個裝備能讓登山客攀附在冰上，穩固自身以攀登垂直的牆面。 同義詞 climb 反義詞 descend
handful [`hændfəl] 名 少量；少數；一把 **3**	I invited all my friends to my birthday party, but only a **handful** of them showed up. 我邀請了我全部的朋友參加生日派對，但只有少數幾個人到場露面。 同義詞 some 反義詞 many

maximum 4
[`mæksəməm]
名 最大量 形 最大的

The **maximum** speed of this sports car is 155 miles per hour.
這輛跑車的最高時速為一百五十五英里。
The goal of our company is to reach the **maximum** productivity.
我們公司的目標是達到生產力最大化。
同義詞 most, superlative
反義詞 minimum

---

acre 4
[`ekɚ]
名 英畝

With rapid development of industrialization, we lose **acres** of farmland every hour, so we should stop the loss of this irreplaceable natural resource.
由於工業化高度發展，我們每小時會失去數英畝的農地，所以我們應設法不再失去無可取代的自然資源。

---

width 2
[wɪdθ]
名 寬度

The object is 100 cm in **width** and 200 cm in length.
這個物體的寬度為一百公分，長度為兩百公分。
同義詞 span, distance

 相關單字一次背

---

measure 2
[`mɛʒɚ]
動 測量 名 度量單位

The earthquake which happened last night **measured** 5.3 on the Richter scale. The epicenter of the earthquake was off the coast of Ilan.
昨晚發生的地震為芮氏五點三級，震央在宜蘭外海。

---

length 2
[lɛŋθ]
名 長度

The total **length** of China Great Wall is 21,196.18 kilometers.
中國萬里長城總長度為兩萬一千一百九十六公里又一百八十公尺。

---

weight 1
[wet]
名 重量

In a **weight**-lifting program, you can alternate trainings between the upper and lower body.
在重訓當中，你可以上半身和下半身交替做舉重。

dozen [ˋdʌzn̩] 名 一打	**1**	My mom asked me to buy a **dozen** eggs at the grocery store at the corner. 我媽要我到轉角那間雜貨店買一打雞蛋。
foot [fʊt] 名 腳；英尺 動 步行	**1**	Some students go to school on **foot**, while some ride bikes to school. 有些學生走路上學，而有些則騎腳踏車上學。

情境聯想 02　美式賣場份量大

　　我今天開車到十公里 (kilometer) 外一家新開的美式賣場購物，買了一盒兩公斤 (kilogram) 的牛肉、一盒一千八百公克 (gram) 的無籽葡萄，還買下近期販售的巨無霸熊玩偶，它竟然有兩百公分 (centimeter) 高呢！

🎧 MP3 ◀ 135

kilometer [ˋkɪləˌmitɚ] 名 公里	**3**	The island is 150 square **kilometers**. 這個小島面積為一百五十平方公里。
kilogram [ˋkɪləˌɡræm] 名 公斤	**3**	Many sumo wrestlers weigh as much as 160 **kilograms**. 許多相撲選手重達一百六十公斤。
gram [ɡræm] 名 公克	**3**	1 pound equals 453 **grams**. 一磅等於四百五十三公克。
centimeter [ˋsɛntəˌmitɚ] 名 公分	**3**	The NBA player is 190 **centimeters** tall. 這位美國職籃球員的身高為一百九十公分。

相關單字一次背

inch [ɪntʃ] 名 英寸 動 緩慢移動	**1**	One **inch** equals 2.54 centimeters. 一英寸等於二點五四公分。
measurable [`mɛʒərəbḷ] 形 可測量的	**2**	Inflation is barely **measurable** at times. 通貨膨脹是無法測量的。 同義詞 determinable, quantitative
measurement [`mɛʒəmənt] 名 測量	**2**	All staff get **measurements** taken of their chest, waist, and hips for uniforms. 所有員工測量三圍來訂做制服。
meter [`mitə] 名 公尺	**2**	Keep an eye on the kids because the swimming pool is 2 **meters** deep. 因為游泳池深達二公尺，所以要多注意小朋友。
mile [maɪl] 名 英里	**1**	One **mile** is equal to 1.6 kilometers. 一英里等於一點六公里。
ruler [`rulə] 名 尺；統治者	**2**	The children learned to use a **ruler** to measure the object. 孩子們學習用直尺測量物體。

情境聯想 03 大胃王比賽

溫蒂參加了一場大胃王比賽，光是在甜點項目中，她就吃了二十杯、每杯一品脫 (pint) 的冰淇淋，等於總共吃了一公升多的冰，還喝了一加侖 (gallon)、相等於快要四公升的牛奶。最後，所有參賽者共吃了好幾頓 (ton) 的食物，實在是太令人佩服了！

🎧 MP3 ◀ 136

247

pint [paɪnt] 名 品脫	**3**	Tony drank three **pints** of beer. 湯尼喝了三品脫的啤酒。
gallon [`gælən] 名 加侖	**3**	The man took Water Gallon Challenge for health, drinking a **gallon** of water per day and peeing all the time. 這個人為了健康而挑戰了一個喝水活動，他每天得喝一加侖的水，所以一直跑廁所。
ton [tʌn] 名 噸	**3**	Mr. Watson bought a three-**ton** truck. 華森先生買了一輛三噸重的卡車。

相關單字一次背

pound [paʊnd] 名 磅 動 重擊	**2**	The lady who exercises for 30 minutes every day loses ten **pounds** in one month. 這位小姐每天運動三十分鐘，一個月內就減了十磅。
weigh [we] 動 秤重	**1**	Please **weigh** the advantages and disadvantages before buying luxury goods. 買奢侈品之前，請先衡量優缺點。
minute [`mɪnɪt] 名 分鐘；片刻	**1**	It took me thirty **minutes** to drive to the tourist destination. 我花了三十分鐘才開到那個觀光景點。

基本運算：數字與計量

數字的秘密

　　在西方觀念之中，有人相信七 (seven) 是幸運數字，還有人相信若星期五剛好是十三 (thirteen) 號則是不吉利的日子；而在中國文學之中，數字六 (six)、三 (three) 與九 (nine) 都代表「多」；不過，每個人對數字觀感不同，甚至還有幫人計算自己專屬幸運數字的網站呢。

🎧 MP3 ◀ 137

seven [`sɛvən] 名 七　形 七的	Ⅱ	Seven is the number which is regarded as lucky. 數字七被認為是代表幸運的號碼。
thirteen [θɝˋtin] 名 十三　形 十三的	Ⅱ	When Jay was thirteen, he became very disobedient and then dropped out of school. 當傑十三歲時，他變得非常叛逆，後來就輟學了。
six [sɪks] 名 六　形 六的	Ⅱ	My dad booked a table for six to a fancy restaurant for the family reunion. 為了家庭聚會，爸爸向一家高級餐廳預約了六人的位子。
three [θri] 名 三　形 三的	Ⅱ	There are three tips to boost your confidence - accepting failure, picturing your success, and adjusting your mindset. 提升自信有三個訣竅，即接受失敗、想像自己成功的樣子與調整好心態。
nine [naɪn] 名 九　形 九個的	Ⅰ	The criminal was sentenced to nine years in prison. 這個罪犯被判處九年有期徒刑。

eight [et] 名 八 形 八個的	Ⅱ	Sam is **eight** years old; he's old enough to go to elementary school now. 山姆現在八歲,年紀已經夠大、可以就讀國小了。
eighteen [`e`tin] 名 十八 形 十八的	Ⅱ	Lisa is already **eighteen** years old, so she has the right to vote. 麗莎十八歲了,所以她已有權利投票。
eighty [`etɪ] 名 八十 形 八十的	Ⅱ	Although my grandmother is **eighty** years old, she is still in good health. 雖然祖母已經八十歲了,身體仍然很健康。
eleven [ɪ`lɛvn̩] 名 十一 形 十一的	Ⅱ	There are **eleven** people on the bus, including a bus driver and passengers. 公車上有十一個人,包括司機及所有乘客。
nineteen [`naɪn`tin] 名 十九 形 十九的	Ⅱ	The distance between my apartment and the train station is about **nineteen** kilometers. 我住的公寓到火車站距離約十九公里。
ninety [`naɪntɪ] 名 九十 形 九十的	Ⅱ	**Ninety** percent of the earthquakes occur in the zone surrounding the Pacific Ocean. 百分之九十的地震發生在太平洋周圍的地震帶。
fifteen [fɪf`tin] 名 十五 形 十五的	Ⅱ	Teresa is a teenager whose age is **fifteen**. 德雷莎是個十五歲的青少年。
fifty [`fɪftɪ] 名 五十 形 五十的	Ⅱ	My uncle, who is **fifty** years old, is going to retire in five years. 我叔叔五十歲,五年內他便即將退休。

five
[faɪv]
名 五 形 五的

II The teammates exchange a high **five** to celebrate their success in the game.
隊友彼此擊掌，慶祝比賽的成功。

forty
[`fɔrtɪ]
名 四十 形 四十的

II My aunt who is **forty** years old got married to a Canadian last year.
我的阿姨四十歲，去年跟一位加拿大人結婚。

four
[for]
名 四 形 四的

II The baby boy who is only **four** months old looks so tiny.
這位小男嬰只有四個月大，看起來好小喔。

fourteen
[`for`tin]
名 十四 形 十四的

II Bill is **fourteen** now and is an eight grader in junior high.
比爾十四歲，是國中二年級的學生。

seventeen
[ˌsɛvən`tin]
名 十七 形 十七的

II I have known Patty since I was **seventeen** years old.
從我十七歲起，我就認識派蒂了。

seventy
[`sɛvəntɪ]
名 七十 形 七十的

II My grandfather is in late **seventies**; he still goes jogging every morning.
我爺爺現在七十幾歲、近八十歲，早上仍會去慢跑。

sixteen
[sɪks`tin]
名 十六 形 十六的

II The boy was very independent, and he went studying abroad alone at the age of **sixteen**.
這個男孩很獨立，十六歲就獨自到國外讀書。

sixty
[ˌsɪkstɪ]
名 六十 形 六十的

II Despite being **sixty** years old, the old lady looks much younger than she really is.
儘管已六十歲了，這位老太太看起來比真正年紀還輕。

ten
[tɛn]
名 十 形 十的

II Linda owns **ten** pairs of high heels, and she thinks wearing high heels makes her look slimmer.
琳達有十雙高跟鞋；她認為穿高跟鞋能讓她看起來比較苗條。

thirty	Ⅱ	There are **thirty** students in a class. Sometimes students are divided into five groups for experiments or discussions.
[`θɝtɪ] 名 三十　形 三十的		本班有三十位學生，有時候會被分成五組，以便做實驗或是進行討論。
twelve	Ⅱ	Three times four is **twelve**. You will learn multiplication in the third grade.
[twɛlv] 名 十二　形 十二的		三乘以四等於十二；而你將在三年級學到乘法。
twenty	Ⅱ	Before going to bed, Mark always does **twenty** push-ups and **twenty** sit-ups.
[`twɛntɪ] 名 二十　形 二十的		睡覺前，馬克總是做二十下伏立挺身以及二十下仰臥起坐。
two	Ⅱ	**Two** fifths of the land belongs to the wealthy landlord.
[tu] 名 二　形 二的		這位富有的地主擁有這片土地的五分之二塊地。
zero	Ⅱ	He has **zero** tolerance for any kind of disrespectful behavior.
[`zɪro] 名 零；全無　動 歸零		他完全無法忍受任何不尊重的行為。

情境聯想 02　勞動市場預估

　　今年五月，美國失業率經計算 (calculate) 以及預估，將降至十八年來的最低點。此平均數 (average) 優於市場預期，反映經濟不斷的 (constant) 成長、工作機會更多元 (multiple)，而勞動市場也將更趨穩健。

🎧 MP3 ◀ 138

calculate	4	Tim **calculated** that his expenses were over 15,000 dollars this month, so he would make a budget for next month to make ends meet.
[`kælkjə‚let] 動 計算		提姆計算出這個月花費已超過一萬五千元，所以他需要為下個月編預算，才能平衡收支。 同義詞 count, compute

average
[`ævərɪdʒ]
名 平均 形 平均的

3 The **average** of the three numbers 12, 10, and 5 is 9.
數字十二、十五和五的平均數為九。

The top three social media the **average** teenagers in the U.S. use the most are Facebook, Instagram, and Snapchat.
美國普通青少年最常使用社群媒體前三名為臉書、Instagram 和 Snapchat。

同義詞 ordinary, regular
反義詞 uncommon, irregular

---

constant
[`kɑnstənt]
名 常數 形 持續的

3 Learning how to spell words requires **constant** repetition.
要學會如何拼單字需要不斷的重複練習。

同義詞 continual, consistent
反義詞 temporary, interrupted

---

multiple
[`mʌltəpḷ]
形 複數的；多數的

4 Participants have **multiple** items to choose from.
這裡有許多項目可供參與者選擇。

同義詞 numerous, various
反義詞 same, single

 相關單字一次背

---

addition
[ə`dɪʃən]
名 增加；加法

2 Molly gave birth to a baby girl, who became a wonderful **addition** to the family.
茉莉生了一個小女嬰，增添一位家族新成員。

---

amount
[ə`maunt]
名 總數 動 合計

2 We spent a large **amount** of money purchasing a house.
我們花了許多錢購買一棟房子。

---

altogether
[ˏɔltə`gɛðɚ]
副 總共

2 **Altogether**, he bought 1,200 acres of land.
他總共買了一千二百畝的土地。

add [æd] 動 增加	I	To make a cake, we should **add** some salt into the dough, and then beat them well and bake the mixture in the oven. 製作蛋糕時，應先加少許鹽巴到麵團裡面，攪拌均勻後再放入烤箱烘烤。
count [kaʊnt] 名 計數 動 計數	I	What really **counts** more than wealth are health and happiness. 真正比財富重要的是健康與快樂。
even [`ivən] 形 相等的；偶數的 副 甚至	I	8 is an **even** number and 9 is an odd number. 八是偶數，而九則是奇數。 They didn't **even** pass the simplest test. 他們連最簡單的測驗都沒通過。
hundred [`hʌndrəd] 名 百 形 百的	I	Over five **hundred** fans attended the concert held in the stadium. 體育館裡有超過五百位歌迷參加這場演唱會。
number [`nʌmbɚ] 名 數字 動 編號	I	A large **number** of girls are obsessed with K-pop and Korean idols. 許多女生對韓國流行音樂及偶像很著迷。

情境聯想 03 人口調查計算

英國科學家曾統計並計算 (calculation)，非洲是世界第二多人口的大洲，約有十億 (billion) 人，而美國對全球進行盤點過後，發現格陵蘭島人口最稀少 (scarce)，平均每平方公里不到一人。

🎧 MP3 ◀ 139

calculation [ˌkælkjəˋleʃən] 名 計算	4	There are some errors in my **calculations**. 我的計算之中有幾個錯誤。 同義詞 estimate, computation

| **billion**
[`bɪljən]
名 十億 | **3** | Africa's population has reached one **billion**.
非洲人口高達十億人。 |
| **scarce**
[skɛrs]
形 稀少的 | **3** | The population in the mountains is **scarce**.
山上人口稀疏。
同義詞 sparse, scattered
反義詞 dense, thick |

相關單字一次背

million [`mɪljən] 名 百萬	**2**	The city has 2 **million** residents. 這座城市有兩百萬的居民。
double [`dʌbl̩] 形 雙倍的 動 加倍	**2**	Johnny and Mia reserved a **double** room on the website of the hotel. 強尼和米雅上飯店網站預定了一間雙人房。
collect [kə`lɛkt] 動 收集	**2**	The fans like to **collect** all types of items about their K-pop idols. 歌迷喜歡收集各式各樣有關韓國流行偶像的商品。
calculator [`kælkjə͵letɚ] 名 計算機	**4**	Peggy used her smartphone, which has a built-in **calculator** app, to count the total amount she spent. 佩琪使用智慧型手機的計算機應用程式，來計算花費的總數。
second [`sɛkənd] 形 第二的 名 第二名；秒	**1**	Without a **second** thought, Tim lent ten thousand dollars to his friend. 提姆毫不考慮就把一萬元借給朋友。 It takes me twenty **seconds** to reach the goal. 我要花二十秒鐘才能跑到終點。

several
[`sɛvərəl]
形 幾個的 代 幾個

Ⅱ **Several** climbers got stranded in the mountains due to the landslide.
由於山崩，有幾位登山客被困在山上。

thousand
[`θauzn̩d]
名 一千 形 一千的

Ⅱ **Thousands** of applicants took part in this competitive job interview.
數千人應徵這場競爭激烈的工作面試。

twice
[twaɪs]
副 兩倍；兩次

Ⅱ Gina weighs **twice** as much as her elder sister.
吉娜的體重是她姊姊的兩倍。

Unit 6

鍛鍊觀察力：狀態與性質

情境聯想 01 **消費者意識**

　　隨著消費意識 (aware) 抬頭，消費者對商品基本的 (fundamental) 品質及安全愈來愈重視。例如，近幾年，大家都熱烈 (intense) 討論各式各樣的 (various) 食品安全問題，包括人工 (artificial) 添加物是否超標、塑化劑、麵包香料及進口牛肉等。

🎧 MP3 ◀ 140

aware [ə`wɛr] 形 意識到的	3　People are gradually becoming more **aware** of the importance of environmental protection. 居民逐漸意識到環保的重要性。 同義詞 conscious, realizing 反義詞 ignorant, unaware
fundamental [ˌfʌndə`mɛntl̩] 形 基礎的 名 基礎；原則	4　Freedom of speech is **fundamental** to democracy. 言論自由是民主社會的基本要素。 同義詞 basic, essential 反義詞 minor, unnecessary
intense [ɪn`tɛns] 形 緊張的	4　The competition among athletes became more and more **intense**. 運動員之間的競爭愈來愈激烈了。 同義詞 strong, drastic 反義詞 weak, calm
various [`vɛrɪəs] 形 多種的	3　The author writes in **various** genres. 這位作家的作品以各種不同的風格為主題。 同義詞 different, diverse 反義詞 same, similar

artificial
[ˌɑrtəˈfɪʃəl]
形 人工的

4 The soldier lost one of his legs in the battle, later needing an **artificial** limb to assist him.
這位士兵在戰爭中失去一隻腿，需要義肢協助生活。
同義詞 fake, false
反義詞 real, genuine

相關單字一次背

object
[ˈɑbdʒɪkt]
動 抗議 名 物品

2 Many non-smokers **object** to people smoking, even outdoors.
很多不抽菸的人都反對抽菸，甚至在室外抽也不行。

crisis
[ˈkraɪsɪs]
名 危機

2 The economic **crisis** in Greece brought a large number of protesters to the streets because they were unemployed or lacked pensions, unable to support their families.
希臘的經濟危機導致許多人因失業或失去退休金而無法養家，因此引起許多人到街頭進行抗議。

substance
[ˈsʌbstəns]
名 物質

3 Poisonous **substances** you can find at home, including bleach, dishwashing liquid, and insect killers, should be kept out of children's reach.
家裡有毒的物質包括漂白水、洗碗劑和殺蟲劑等，須存放在小孩拿不到的地方。

情境聯想 **02** 線上學語言

　　若你想獲得實際的 (actual)、能應用到日常生活的語言技巧，網路上的學習資源其實都很容易 (available) 就能取得，還可直接與外籍老師練習對話，學到準確的 (accurate) 發音和腔調。而在學語言當中，常見的阻礙是無法準確表達抽象的 (abstract) 意境，還要切忌不可錯用具攻擊性的 (aggressive) 詞彙，才不會造成誤會。

MP3 ◀ 141

actual
[`æktʃuəl]
形 實際的

3 Mr. Wu's **actual** identity is that of an undercover cop.
吳先生的真實身分是臥底警察。
同義詞 real, certain
反義詞 false, uncertain

available
[ə`veləbḷ]
形 可取得的

3 The books are **available** on the Amazon website.
這些書都能在亞馬遜網站上買到。
同義詞 accessible, vacant
反義詞 unhandy, useless

accurate
[`ækjərɪt]
形 準確的

3 The figures and data are **accurate**.
這些數據和資料都很準確。
同義詞 precise, correct
反義詞 counterfeit, incorrect

abstract
[`æbstrækt]
形 抽象的

4 The concept of physics is too **abstract** for me to understand.
物理觀念對我而言太抽象、無法理解。
同義詞 conceptual, abstruse
反義詞 real, concrete

aggressive
[ə`grɛsɪv]
形 侵略的

4 The dog is so **aggressive** that the residents fear its attack.
這隻狗有攻擊性，居民都很害怕牠會攻擊人。
同義詞 hostile, attacking
反義詞 calm, easy-going

相關單字一次背

willing
[`wɪlɪŋ]
形 心甘情願的

2 Nearly every student is **willing** to participate in school clubs.
幾乎每位學生都樂於參加學校社團。

wonderful [`wʌndəfəl] 形 令人驚奇的	2	What a **wonderful** world! 這是多麼美好的世界！ (同義詞) great, extraordinary
worth [w3θ] 形 值…的 名 價值	2	Maldives is an island **worth** visiting. 馬爾地夫是個值得一遊的島嶼。 (同義詞) value

情境聯想 **03** 欣賞不同漫畫風格

　　漫畫 (comics) 是一種靜態藝術，其構圖、色彩、線條運用都很出色 (brilliant)，還有形形色色、變化多端的 (changeable) 主題，有些題材以血腥殘暴 (brutal) 的打鬥為主，有些劇情則圍繞在男女主角相處的情況 (circumstance)，又或鬥智、鬥藝的運動類漫畫，都很受歡迎。

🎧 MP3 ◀ 142

comic [`kɑmɪk] 形 滑稽的	4	Those girls love to read manga, which are **comics** created in Japan. 那些女孩喜歡看日本漫畫。 (同義詞) comedian (反義詞) tragedian
brilliant [`brɪljənt] 形 出色的	3	Ben is a smart boy who always comes up with **brilliant** ideas. 班是一位聰明的男孩，總是有很棒的想法。 (同義詞) shining, bright (反義詞) dark, dim
changeable [`tʃendʒəbl̩] 形 可變的	3	Lisa is sensitive and has **changeable** moods. 莉亞很敏感，情緒變化也很大。 (同義詞) fluctuating, unstable (反義詞) steady, stable

brutal 　4
[`brutḷ]
形 殘暴的

Kim Jong-Il was a **brutal** dictator, responsible for the starvation and deaths of millions of North Koreans.
金正日是個殘暴的獨裁者，造成北韓數百萬人死於饑荒。
同義詞 cruel, merciless
反義詞 kind, compassionate

circumstance 　4
[`sɝkəmˌstæns]
名 情況；環境

The terrible **circumstances** of the Great Depression led to more and more people being laid off.
在不景氣的情況下，愈來愈多人被解僱了。
同義詞 situation, condition
反義詞 whole

相關單字一次背

used to 　2
片 習慣於；過去曾經

Adam **used to** smoke, but now he has quit.
亞當以前會抽菸，現在則戒掉了。

useful 　1
[`jusfəl]
形 有用的

Smartphones are such **useful** devices that we can't live without them.
智慧型手機是個非常有用的裝置，我們不能沒有它。

user 　2
[`juzɚ]
名 使用者

The **users** of cable TV are obligated to pay the fees.
使用有線電視的用戶必須要支付費用。

cute 　1
[kjut]
形 可愛的

Poodles have curly fur and big eyes; they are such **cute** pet dogs.
貴賓狗的毛捲捲的、眼睛大大的，真是可愛的寵物狗。

情境聯想 04 近捷運的好公寓

　　這間華廈靠近捷運，生活機能充滿便利 (convenience)，附近也有市集、百貨公司及影城，帶給房客娛樂及滿足 (content)。而且內部採光佳，衛浴不潮濕 (damp)、無異味，整個社區也有管理員，住戶單純、不複雜 (complicate)，肯定 (definite) 是個居住的好選擇。

MP3 ◀ 143

convenience 4 [kə`vinjəns] 名 便利	According to statistics, Taiwan has the second highest ratio of **convenience** stores per population density in the world. 根據統計，台灣是全世界便利商店密度第二高的。 同義詞 availability, advantage 反義詞 hindrance, disadvantage
content 4 [`kɑntɛnt ] / [ kən`tɛnt] 名 內容 形 滿足的	The label of the product says it has fat and vitamin **content**. 商品的標示有脂肪和維生素含量。 Charlie feels **content** with his employment. 查理對他的工作感到很滿意。 同義詞 satisfied, happy 反義詞 unsatisfied, disagreeable
damp 4 [dæmp] 形 潮濕的 名 潮濕	Coal mines are **damp** and hot and are regarded as hazardous. 煤炭因其性質潮濕又高溫，而被認為很危險。 同義詞 wet, humid 反義詞 dry, arid
complicate 4 [`kɑmplə‚ket] 動 使複雜	Pneumonia **complicated** my grandpa's disease. 肺炎加重了我祖父的病情。 同義詞 perplex, confuse 反義詞 clarify, explain

definite
[`dɛfənɪt]
形 確定的

4 It is **definite** that Toby didn't complete his assignment.
托比肯定沒有完成作業。
同義詞 exact, specific
反義詞 unclear, vague

相關單字一次背

---

provide
[prə`vaɪd]
動 提供

2 The organization **provides** temporary shelters for the homeless.
這個機構提供遊民暫時的住處。

dark
[dɑrk]
形 黑暗的 名 暗處

1 Undoubtedly, there is a **dark** side of everyone's character.
無庸置疑，人的性格中都有黑暗的一面。

情境聯想
05
古代天文解釋

　　古時候的人看見天色昏暗 (dim)、太陽逐漸消失，彷彿巨大的 (enormous) 的天狗把它吃掉，便視為是凶兆，表示未來即將有災難 (disaster) 發生；不過，隨著科學進步，科學家才發現到這是與眾不同的 (distinct) 天文現象——日蝕，是因為太陽光線被月球擋住，而不是被天狗或是任何奇幻生物吃掉了。

🎧 MP3 ◀ 144

dim
[dɪm]
形 微暗的 動 使模糊

3 The room was **dim** without enough light bulbs.
燈泡不夠多，所以房間很昏暗。
同義詞 dark, gloomy
反義詞 bright, shining

enormous
[ɪˋnɔrməs]
形 巨大的

4 The dragon is an **enormous** monster of fairy tales.
在童話故事中，龍是一種巨大的怪獸。
同義詞 large, huge
反義詞 small, tiny

disaster
[dɪˋzæstɚ]
名 災害

4 Earthquakes and volcanic eruptions are natural **disasters**.
地震和火山爆發都屬於天災。
同義詞 catastrophe, calamity
反義詞 blessing, miracle

distinct
[dɪˋstɪŋkt]
形 獨特的

4 Every individual has his or her **distinct** fingerprints.
每個人都有不同的指紋。
同義詞 different, apparent
反義詞 obscure, vague

相關單字一次背

therefore
[ˋðɛrˏfor]
副 因此；所以

2 David often tells lies; **therefore**, he is often considered a liar.
大衛常常說謊，因此被認為是個騙子。

fact
[fækt]
名 事實

1 As a matter of **fact**, I don't like the way you treat your employees.
事實上，我不喜歡你對待員工的方式。

情境聯想 06　**健康靈活的老人**

　　這位長輩 (elderly) 雖然七十五歲，不過每天都會規律運動，很有活力 (energetic) 不像其他虛弱的 (delicate) 老人家；而且，他平日生活保持節儉 (economical)，思維不古板、不重男輕女，對自己的子孫一視同仁，很重視男女平等 (equality)。

elderly ③ [`ɛldəlɪ] 形 年老的	The **elderly** outnumber the young in Japan. 在日本，老人數量比年輕人多。 同義詞 aged, old 反義詞 young, new
energetic ③ [ɛnə`dʒɛtɪk] 形 有精力的	They are **energetic** athletes. 他們是精力充沛的運動員。 同義詞 dynamic, vigorous 反義詞 passive, weak
delicate ④ [`dɛləkɪt] 形 精巧的	**Delicate** crystal glasses should not be washed in the dishwasher since they can be damaged by the heat. 不該把精緻的水晶玻璃杯放在洗碗機清洗，因為它們會因高溫而破損。 同義詞 exquisite, fragile 反義詞 tough, crude
economical ④ [,ikə`nɑmɪkl] 形 節約的	Buying electric vehicles is **economical** since there's no need to fuel them up. 因為電動車不必加油，所以人們買電動車會較經濟實惠。 同義詞 efficient, prudent 反義詞 inefficient
equality ④ [ɪ`kwɑlətɪ] 名 平等	Dr. Martin Luther King Jr. strived to end racism in America and pushed for racial **equality**. 馬丁‧路德博士努力終結種族主義，並爭取種族平等。 同義詞 equivalence, fairness 反義詞 difference, inequality

elder [`ɛldɚ] 形 年長的 名 長輩	2	Why not turn to your **elders** for some beneficial advice? 你何不向長輩尋求有益的建議呢?
sudden [`sʌdn̩] 形 突然的 名 突然	2	All of a **sudden**, a wild bear dashed toward the visitors. 一隻野生的熊突然朝著觀光客衝過去。
supply [sə`plaɪ] 名 供給品 動 供給	2	**Supply** sometimes falls short of demand. 有時候會供不應求。 同義詞 provide, furnish
surface [`sɝfɪs] 名 表面 動 出現	2	The **surface** of the earth is made up of rocks, soil, sand and minerals. 地球表面由岩石、土壤、沙子和礦物質所組成。
fair [fɛr] 形 公平的 副 公平地	2	In my opinion, his criticism seems **fair** and acceptable. 依我所見,他的批評很公平、是可以接受的。
famous [`feməs] 形 有名的	2	Provence, southern France, is **famous** for its lavender, ancient history and cuisine. 位於法國南部的普羅旺斯,其薰衣草、古代歷史和美食都很有名。

情境聯想 07 **解決極端氣候**

　　大家熟悉的 (familiar) 極端 (extreme) 氣候一直都存在 (existence),而且會愈來愈頻繁。聯合國氣候變遷專門委員會指出,全球暖化是相當 (fairly) 異常的變化,且為人類所造成,其實主要與二氧化碳排放量有關,所以減少溫室氣體排放才是真正 (genuine) 減緩暖化的不二法門。

 MP3 ◀ 146

familiar
[fə`mɪljɚ]
形 熟悉的

3

The best way to get **familiar** with the city is to take a city bus tour.
熟悉一個城市最好的方法就是搭乘市內觀光巴士。
同義詞 intimate, recognizable
反義詞 alien, strange

extreme
[ɪk`strim]
形 極度的　名 極端

3

Extreme weather has been attributed to human-induced global warming.
極端氣候歸咎於人類引起的全球暖化。
Stewart tends to go to **extremes** to acquire what he covets.
史都華常常不擇手段以得到他想要的東西。
同義詞 acute, utmost
反義詞 mild, moderate

existence
[ɪg`zɪstəns]
名 存在

3

I wonder when humanity came into **existence**.
我想知道人類是何時就存在的。
同義詞 survival, being
反義詞 end, death

fairly
[`fɛrlɪ]
副 公平地

3

The judgment is **fairly** correct based on the survey.
根據調查，這個判斷相當正確。
同義詞 quite, rather
反義詞 unfairly

genuine
[`dʒɛnjuɪn]
形 真正的

4

The branded handbag is **genuine**, not fake.
這個名牌包是真的，不是假貨。
同義詞 authentic, positive
反義詞 dubious, unsure

相關單字一次背

state
[stet]
名 狀態　動 陳述

1

The homeless woman was wandering around in a confused **state** of mind.
這位無家可歸的遊民到處遊蕩，且神智恍惚。

stress [strɛs] 名 壓力 動 使緊張	2	Have you ever experienced overwhelming **stress** that was beyond your control? 你曾遇過無法應付的巨大壓力嗎？
struggle [`strʌgl] 名 掙扎 動 努力	2	The career woman **struggles** to balance work and family commitments. 這位職業婦女努力在工作與家庭責任之間取得平衡。
fine [faɪn] 形 美好的 副 很好地	1	Today is such a **fine** weather for outdoor activities! 今天的天氣真好，很適合進行戶外活動呢！
firm [fɝm] 形 牢固的 動 使牢固	2	Appropriate eye contact and a **firm** handshake can show confidence and professionalism. 適當的眼神接觸和強而有力的握手可表達自信及專業。

情境聯想 08　熱門郵輪之旅

　　郵輪旅行是現在最熱門的旅行方式之一！以往是以日本的旅程為主 (feature)，不過現在環球、環亞等各種路線也更受歡迎，而郵輪旅程最大的特色就是提供旅客彈性的 (flexible) 旅行方式，不需困在飛機或遊覽車裡，每天都有五花八門的活動讓遊客自行參加。更幸運的 (fortunate) 是，一張船票多重享受，包含四星級住宿、自助餐及各式各樣的表演，上船後不用再花大錢 (fortune)、相當划算。

🎧 MP3 ◀ 147

feature [`fitʃɚ] 名 特色 動 由…主演	3	The most impressive **feature** of bats is their ability to hunt by using echolocation. 蝙蝠最令人印象深刻的特色是運用回聲定位來獵食。 The exhibit **features** paintings of the greatest impressionist artists, Camille Pissarro and Claude Monet included. 展覽以傑出的印象派畫家作品為主，包括畢沙羅與莫內。 同義詞 highlight, characteristic

flexible
[`flɛksəbḷ]
形 有彈性的

4 Having **flexible** work hours in our company means that employees may come in anytime between 9 a.m. to 11 a.m. and leave between 5 p.m. to 7 p.m.
彈性的工作時間意指員工可以在上午九點到十一點上班，並於下午五點到七點下班。
同義詞 adaptable, elastic
反義詞 stiff, firm

fortunate
[`fɔrtʃənɪt]
形 幸運的

4 I am so **fortunate** to win the lottery.
我真幸運，竟然中了樂透。
同義詞 affluent, wealthy
反義詞 unlucky, failing

fortune
[`fɔrtʃən]
名 運氣；財富

3 Sean had his **fortune** told by palm reading.
史恩請了一位算命師替他看手相。
同義詞 wealth, fate
反義詞 poverty, misfortune

相關單字一次背

single
[`sɪŋgḷ]
形 單身的 動 挑出

2 Gary is a **single** father whose wife died of cancer.
蓋瑞是單親爸爸，他的老婆死於癌症。
同義詞 alone, lone

spirit
[`spɪrɪt]
名 精神；心靈

2 Edmond failed his test and was low in **spirits**.
艾德蒙考試不及格，心情很低落。
同義詞 attitude; soul

free
[fri]
形 自由的；免費的
動 解放

1 The atmosphere in the classroom is not only **free** but relaxing.
教室的氣氛不僅自由，還很輕鬆。
After clearing his name, the man was finally **freed**.
那個人在洗清罪名之後，終於被釋放了。

fresh
[frɛʃ]
形 新鮮的

1 In the morning, smelling the aroma of the **fresh** coffee my mother brewed boosted my vitality.
早上一聞到我媽媽煮的新鮮咖啡，讓我感到精力充沛。

情境聯想 **09** 克服挫折後的光輝

　　我們在失意時，要學會克服挫折 (frustration)；例如，被假冒的 (fake) 朋友背叛時，要學到如何判別誰才是忠實的 (faithful) 朋友；而在克服難關、得到輝煌的 (glorious) 成功時，除了要保持謙虛以及感恩的心，不妨就好好享受光輝的 (glory) 人生吧。

🎧 MP3 ◀ 148

frustration
[ˌfrʌsˈtreʃən]
名 挫折；失敗

4 The actor vented his **frustration** on Twitter after creepy fans asked him to sign bundles of stuff.
一群奇怪的影迷要求這位演員簽一大堆東西，於是他便在推特上發洩這起挫折遭遇。
同義詞 failure, setback
反義詞 success, triumph

fake
[fek]
形 冒充的　名 假貨

3 The vendor sells **fake** ancient coins.
那個攤販賣的骨董硬幣是假的。
The luxury bag bought on the Internet is a **fake**.
網路上購買的名牌奢華包是假貨。
同義詞 false, mock
反義詞 authentic, genuine

faithful
[ˈfeθfəl]
形 忠實的

4 Dogs are **faithful** animals.
狗是忠誠的動物。
同義詞 loyal, devoted
反義詞 corrupt, disloyal

glorious [`glorɪəs] 形 榮耀的	**4** The **glorious** moment of triumph will be unforgettable to me. 勝利的輝煌時刻對我來説是永生難忘的。 同義詞 bright, grand 反義詞 ordinary, normal
glory [`glorɪ] 名 光榮 動 洋洋得意	**3** Athletes winning gold medals bring **glory** to their nations. 贏得金牌的運動員為祖國帶來榮耀。 同義詞 fame, prestige 反義詞 criticism, insignificance

相關單字一次背

silence [`saɪləns] 名 沉默 動 使沉默	**2** **Silence** is golden. 沉默是金。 同義詞 quiet
silent [`saɪlənt] 形 沉默的	**2** Students fell **silent** when the teacher entered the classroom. 當老師走進教室時,學生馬上變得鴉雀無聲。
similar [`sɪmələ] 形 相似的	**2** Mary has a **similar** background to mine. 瑪莉的生長背景和我的背景相似。 同義詞 alike, identical

情境聯想
10
筆跡差異
　　每個人習慣的 (habitual) 筆跡 (handwriting) 迥然不同,有些人的筆跡充滿直硬 (harden) 線條,而有些人的則是圓滑、有變化,必須經過特別的指導 (guidance) 或特意模仿後,筆跡才有可能跟別人相同 (identical)。

🎧 MP3 ◀ 149

habitual [hə`bɪtʃʊəl] 形 習慣性的	**4**	**Habitual** crime was treated as a disease in ancient times. 習慣性的犯罪在古代被認為是一種疾病。 同義詞 accustomed, usual 反義詞 temporary, rare
handwriting [`hænd͵raɪtɪŋ] 名 筆跡；手寫	**4**	Could you teach me how to make my **handwriting** neater? 你可以教我如何讓字跡更加端正嗎？ 同義詞 calligraphy, scribble
harden [`hɑrdən] 動 使硬化	**4**	We can **harden** ourselves against outer threats. 我們可以堅強起來、對抗威脅。 同義詞 stiffen, reinforce 反義詞 loosen, soften
guidance [`gaɪdn̩s] 名 指導；引導	**3**	Parental **guidance** is indispensable for children. 對小朋友而言，父母的引導是必要的。 同義詞 advice, counseling
identical [aɪ`dɛntɪkḷ] 形 相同的；極相似的	**4**	The twin brothers are so **identical** that even their parents can't distinguish between them. 雙胞胎兄弟長得很相像，連爸媽都無法分辨兩人。 同義詞 alike, equal 反義詞 different, distinct

相關單字一次背

separate [`sɛpə͵ret] 動 分開 形 分開的	**2**	Patrick and Lucy **separated** after several months of marriage. 派翠克和露西結婚幾個月之後就分開了。

hard [hɑrd] 形 硬的;困難的 副 努力地	**1**	He hit his head on a **hard** surface. 他的頭撞到了堅硬的地面。 Study **hard**, and then you'll achieve a good sense of accomplishments. 要用功一點,你才能得到很高的成就感。
write [raɪt] 動 書寫	**1**	**Write** a thank-you note to those who came to your aid. 寫個感謝字條給幫助你的人吧。
short [ʃɔrt] 形 短的	**1**	Tom was **short**, but he grew taller and taller after joining the basketball team. 湯姆以前個子很矮,但加入籃球隊後便愈長愈高。
tall [tɔl] 形 高的	**1**	NBA players are 6 feet 7 inches **tall** on the average. 平均算來,美國職籃球員身高為六英尺七英寸。
thick [θɪk] 形 厚的	**2**	A **thick** fog today caused all the flights to delay or be cancelled in the UK. 今天的一場濃霧導致英國所有班機延誤或被取消。
third [θɝd] 形 第三的 名 第三	**1**	Marvin is the **third** child, and also the youngest in his family. 馬文是家裡排第三的小孩,也是最幼小的。

情境聯想 11 城市鄉巴佬體驗炕窯

　　對城市鄉巴佬而言,炕窯是很艱難的事 (hardship),一開始要先在空曠的農地上挖 (hollow) 個坑,用土及紅磚把窯疊好、把火生旺後,再把玉米、番薯、全雞等食物急速 (haste) 包進保鮮膜或鋁箔紙、放入窯裡,最後將土窯粗魯 (harsh) 破壞、壓實,把食物悶熟約一、二個小時,就可大快朵頤。

MP3 ◀ 150

hardship
[`hardʃɪp]
名 艱難；辛苦

4 Facing **hardship**, we have to grit our teeth and get on with it.
面臨困難時，我們必須咬緊牙關堅持下去。
(同義詞) adversity, disaster
(反義詞) aid, fortune

hollow
[`halo]
動 挖空 形 中空的
名 洞穴

3 We **hollowed** out pumpkins to make jack-o'-lanterns for Halloween.
為了慶祝萬聖節，我們把南瓜挖空來製作南瓜燈籠。
Bamboo is a **hollow** plant.
竹子是空心的植物。
(同義詞) empty, carved
(反義詞) convex, raised

haste
[hest]
名 急忙；急速

4 **Haste** makes waste.
欲速則不達。
(同義詞) bustle, dash
(反義詞) lingering, slowness

harsh
[harʃ]
形 粗魯的

4 The weather is **harsh** in the mountains; don't underestimate that.
山上天氣很嚴峻，千萬別低估了。
(同義詞) rough, relentless
(反義詞) mild, gentle

 相關單字一次背

safety
[`seftɪ]
名 安全

2 Linus is carrying his security blanket around for **safety**.
立納斯抱著毯子以尋求安全感。

selfish
[`sɛlfɪʃ]
形 自私的

1 Sophie seems **selfish** because she only thinks about her needs and goals.
蘇菲似乎很自私，因為她只想到自己的需求和目標。

heavy [`hɛvɪ] 形 重的	**1**	The encyclopedia is so **heavy** but handy. We can consult it whenever we need information. 這本百科全書很厚重但很好用；需要資料時，我們就可以翻閱查詢。
hope [hop] 名 動 希望	**1**	The sudden assistance from the stranger gave me a ray of **hope**. 陌生人突然幫我、給了我一線希望。

情境聯想
12
網購優缺點

電子商務愈來愈發達和便利 (handy)，在網路上閒晃 (idle)、看到喜歡的商品時，只要動動手指，觸碰一下即可下訂單並直接線上付款、結帳，實在是個未來充滿希望的 (hopeful) 產業。但是，網購時要小心身分 (identity) 或是信用卡資訊別被盜用了，只要避開這些有害的 (harmful) 缺點，就可以好好享受網路購物的便利了。

MP3 ◀ 151

handy [`hændɪ] 形 手邊的；手巧的	**3**	Keep Band-Aids **handy** in the kitchen in case of cuts. 以防切傷，廚房要有 OK 繃備用。 同義詞 convenient, available 反義詞 useless, unavailable
idle [`aɪdl̩] 動 閒晃 形 閒置的	**4**	The man who is unemployed often **idles** around. 失業的男子常常到處閒晃。 Their lives are **idle** without any specific ambition. 他們的生活很鬆散，完全沒有特定的抱負。 同義詞 rambling, worthless 反義詞 active, diligent

hopeful
[`hopfəl]
形 有希望的

4 My younger sister, who always looks on the bright side of life, is **hopeful** about her future.
我的妹妹總是看到人生光明的一面、對未來充滿希望。
同義詞 optimistic, promising
反義詞 pessimistic, hopeless

identity
[aɪ`dɛntətɪ]
名 身分

3 While paying bills online, you should pay attention to fraud to avoid becoming a victim of **identity** theft.
當你上網繳費時，需要注意詐騙，避免成為身分盜用的受害者。
同義詞 character, personality
反義詞 difference, opposition

harmful
[`hɑrmfəl]
形 有害的

3 The blue light from cellphones is **harmful** to our eyes.
手機的藍光對我們的眼睛有害。
同義詞 hurtful, destructive
反義詞 beneficial, helpful

相關單字一次背

bundle
[`bʌndḷ]
名 捆；包裹

2 A **bundle** of old clothes were collected and donated to the orphanage.
那包捆好的舊衣被收集好後，就被捐給了孤兒院。

rather
[`ræðɚ]
副 寧願

2 Lennon would **rather** swim than jog.
藍儂寧可游泳也不要慢跑。
同義詞 preferably, instead

reality
[rɪ`ælətɪ]
名 真實；事實

2 To face **reality**, people should be courageous and tough.
為了面對現實，人們應該保持勇敢和堅強。

hot [hɑt] 形 熱的；熱門的	**1**	It's too **hot** outside. Let's just stay at home today, turn on the air-conditioner, and enjoy some movies. 外面實在是太熱了，我們今天不如就待在家，開個冷氣、享受一些電影吧。
how [haʊ] 副 如何	**1**	**How** have you been lately? It has been two years since I last saw you. 你最近好嗎？從上次見面到現在，我們已經兩年沒見了。

情境聯想 13 調查暗殺事件

這個暗殺事件 (incident) 對此次選舉確實 (indeed) 有明顯的影響 (impact)，不過最後的調查結果顯示，一開始的 (initial) 起因其實是候選人的個人財務問題，而不是 (instead) 選舉方面的糾紛。

🎧 MP3 ◀ 152

incident [`ɪnsədənt] 名 事件	**4**	Owen remembered every trivial **incident** in detail. 歐文記得住所有小事的細節。 同義詞 occurrence, episode
indeed [ɪn`did] 副 確實	**3**	A friend in need is a friend **indeed**. 患難見真情。 同義詞 actually, absolutely 反義詞 doubtfully, indefinite
impact [`ɪmpækt] 名 動 影響；衝擊	**4**	Technology has a vital **impact** on society. 科技對整個社會有很重要的影響。 同義詞 effect, shock
initial [ɪ`nɪʃəl] 形 開始的 名 首字母	**4**	The project is only in the **initial** phase, but it's promising. 這個計畫雖然仍只在第一階段，但卻是很有希望的。 同義詞 primary, original 反義詞 final, last

instead [ɪn`stɛd] 副 替代	**3**	**Instead** of driving her car, she chose to carpool with her colleagues. 她選擇跟同事共乘,而不是開自己的車。 (同義詞) rather, alternatively

progress [`prɑgrɛs] 名 進展 動 進步	**2**	I have made great **progress** in English. 我的英文程度進步很多。 (同義詞) advancement, gain
standard [`stændəd] 名 標準 形 標準的	**2**	**Standards** are all around us; a widely used standard is the A4 size for sheets of paper. 我們周遭都有標準規定;廣泛使用的一種標準就是 A4 的紙張大小。

情境聯想 14 世界大戰紀念館

　　堪薩斯城有個紀念自由 (liberty)、有關第一次世界大戰的紀念博物館 (memorial),我本來以為是個老舊的紀念碑而已,沒想到竟然是很現代、有生氣的 (lively) 展示館,還附帶豐富又輕鬆的 (loose) 導覽,讓我們更了解世界大戰的殘酷及自由開明的 (liberal) 生活的可貴。

🎧 MP3 ◀ 153

liberty [`lɪbətɪ] 名 自由	**3**	France gave the Statue of **Liberty**, representing freedom, to the United States in 1886 for its centennial anniversary. 西元一八八六年法國送給象徵自由的美國自由女神像,慶祝美國百年紀念日。 (同義詞) freedom (反義詞) imprisonment, prohibition

memorial
[məˋmorɪəl]
形 紀念性的
名 紀念品;紀念碑

4 A lot of soldiers came to the general's **memorial** service.
很多士兵都前來參加那位將軍的追悼儀式。
The war **memorial** was dedicated to the Jews.
這個戰爭紀念碑設立是對猶太人的致意。
同義詞 monument, statue

lively
[ˋlaɪvlɪ]
形 有生氣的

3 Night markets can be found everywhere in Taiwan; each night market has its specialties as a venue for sampling local cuisine and experiencing **lively** nightlife.
台灣到處都有夜市,而每個夜市都有其特點,也是品嘗在地美食與體驗熱鬧夜生活的好地方。
同義詞 energetic, active
反義詞 gloomy, inactive

loose
[lus]
動 鬆開 副 鬆地
形 寬鬆的

3 She let her pet **loose** from the cage.
她將寵物從籠子裡放了出來。
The dog ran **loose** without a leash.
那隻狗沒被綁上鍊子,所以逃走了。
同義詞 relaxed, sloppy
反義詞 tight, stiff

liberal
[ˋlɪbərəl]
形 開明的

3 The country takes a **liberal** attitude towards immigration.
這個國家對移民採取自由開明的態度。
同義詞 free, generous
反義詞 conservative, mean

 相關單字一次背

freedom
[ˋfridəm]
名 自由

2 Every individual enjoys **freedom** in democratic countries.
在民主國家,每個人都享有自由。

just [dʒʌst] 副 正好 形 公平的	**I**	The electronics retailer is **just** around the corner; you can purchase lots of electronic devices there. 這家電子零售店剛好在轉角處，你可以在那買到許多電子設備。
hungry [`hʌŋgrɪ] 形 飢餓的	**I**	The begger has been **hungry** for two days, so I showed my sympathy by donating some money. 這個乞丐沒錢吃飯，已經餓了兩天；所以我便捐給他一些錢，表達憐憫之意。
thirsty [`θɜstɪ] 形 渴的	**2**	We are **thirsty** for cold beverages to cool off in the blazing summer heat. 在炎熱的夏天，我們渴望喝冰涼的飲料涼爽一下。
freeze [friz] 動 名 凍結	**3**	The best way to **freeze** beef is vacuum-packed and **freezing** it at a very low temperature. 冷凍牛肉最好的方法是真空包裝並且低溫冷凍。
dig [dɪg] 動 挖掘 名 挖掘；挖苦	**I**	It is challenging to **dig** a tunnel through mountainous areas despite the assistance of high-tech machinery. 儘管有高科技機械的協助，挖通山區的隧道仍很困難。

情境聯想 15　北歐賞極光

　　北歐之旅是多麼奢侈的 (luxurious) 一趟旅行，除了可以看到壯觀的 (magnificent) 極光景象，遊客還能放鬆 (loosen) 身心靈，躺在夢幻玻璃屋飯店看極光，而飯店頂樓有遼闊的視野，只要你來對季節，並對大自然保有忠實的 (loyal)、充滿敬意的心，一定能抓到機會欣賞這壯麗的景致。

🎧 MP3 ◀ 154

luxurious
[lʌgˋʒʊrɪəs]
形 奢侈的
4

Some **luxurious** hotels, such as Burj Al Arab Jumeirah, are located in Dubai.
有些豪華飯店位於杜拜,例如,帆船飯店。
(同義詞) affluent, extravagant
(反義詞) modest, economical

magnificent
[mægˋnɪfəsn̩t]
形 壯觀的;華麗的
4

The palace boasts a **magnificent** spectacle.
這個宮殿以壯麗的景觀自豪。
(同義詞) glorious, splendid
(反義詞) humble, bad

loosen
[ˋlusn̩]
動 放鬆
3

With the bustle of modern life, family ties have **loosened**.
由於現代生活很繁忙,家庭成員間的關係便疏遠了。
(同義詞) unbind, untie
(反義詞) tighten, fasten

loyal
[ˋlɔɪəl]
形 忠實的
4

Tina has been **loyal** to her husband.
蒂娜對丈夫一直都很忠貞。
(同義詞) faithful, patriotic
(反義詞) untrustworthy

 相關單字一次背

popular
[ˋpɑpjələ]
形 流行的
2

Tattoos have become more **popular** because they are being worn by celebrities and athletes, recognized as an expression of one's self.
因為很多名人或運動員會以刺青表達自我,所以刺青便愈來愈受歡迎。

positive
[ˋpɑzətɪv]
形 積極的;有把握的
2

Staying **positive** is easier said than done.
維持積極說起來簡單,但做起來難。
(反義詞) negative

lonely
[`lonlɪ]
形 孤單的

2

Branda can't stand feeling lonely, so she holds parties a lot.
布蘭達無法忍受孤單的感覺，所以很常舉辦派對。

luck
[lʌk]
名 幸運

2

Keep your fingers crossed for good luck!
交叉你的手指、祈求好運吧！
同義詞 good fortune, blessing

情境聯想 **16** 圓桌武士的故事

　　在圓桌武士 (knight) 的故事中，提到中古時期很棒的 (marvelous) 騎士精神，當時，因為許多君主的私心與貪利，讓世界愈來愈混亂 (messy)，人心變得冷漠又糟糕 (lousy)，不過還好有亞瑟王及他帶領的圓桌武士，才讓世界有了和平，而其中最另人難忘的 (memorable) 是亞瑟王和武士之間，建立在責任感與相互信任的忠誠之心，這是在現代社會難以找到的美好特質。

🎧 MP3 ◀ 155

knight
[naɪt]
名 騎士；武士
動 封…為爵士

3

The Knights of the Round Table were the best knights in King Arthur's castle.
圓桌武士是亞瑟國王的城堡裡最厲害的騎士。
同義詞 cavalier

marvelous
[`mɑrvələs]
形 好極的

3

Melvin has a marvelous talent for music.
梅爾文在音樂方面有傑出的天分。
同義詞 astonishing, superb
反義詞 common, regular

messy
[`mɛsɪ]
形 髒亂的

4

People commit more mistakes in a messy environment.
在髒亂的環境中，人們便更容易犯錯。
同義詞 dirty, chaotic
反義詞 ordered, organized

lousy
[`lauzɪ]
形 卑鄙的；討厭的

④ The restaurant's **lousy** service is the only complaint I had.
我認為糟糕的服務是這間餐廳唯一的缺點。
同義詞 awful, terrible
反義詞 great, superior

memorable
[`mɛmərəbḷ]
形 值得紀念的

④ Our honeymoon to Macau was our most **memorable** trip.
到澳門度蜜月對我們而言是最難忘的旅行。
同義詞 significant, unforgettable
反義詞 boring, normal

peaceful
[`pisfəl]
形 和平的

② Bhutan has been ranked as the most **peaceful** country in the world.
不丹被列為最與世無爭的國家中第一名。

plain
[plen]
形 樸素的；明顯的
名 平原

② Buddhists lead a **plain** and simple life.
佛教徒過著樸素又簡單的生活。
The tribe is located in a **plain**.
那個村落坐落於平原上。

lucky
[`lʌkɪ]
形 幸運的

① When Kim married Jean that day, he felt as if he were the **luckiest** guy in the world.
金跟琴結婚的那一天，他覺得自己彷彿是全世界最幸運的男子。

may
[me]
助 可能

① **May** I go to the restroom now? I think I'm going to vomit.
我可以去趟洗手間嗎？我覺得很想吐。

promise
[`prɑmɪs]
動 約定 名 諾言

② Yvonne kept her **promise** and arrived at the train station on time.
伊馮娜遵守承諾，準時到達火車站。

救助弱勢家庭

　　很多貧窮、需要救助的 (needy) 家庭往往是高風險家庭，也就是說 (namely)，他們易牽涉到很多社會議題；例如，一位婦女因貧困而鬧失蹤 (missing)，讓剛出生的女嬰餓死。如果你的身分是教師，對弱勢的兒童要建立彼此的 (mutual) 信賴，促進他們與同儕的互動、減輕學習困難，而且 (moreover)，也可以通報社福單位，對弱勢家庭多加照顧。

🎧 MP3 ◀ 156

needy [`nidɪ] 形 貧困的	4 Passengers should yield priority seats to the **needy**. 乘客應該將博愛座讓給需要的人。 同義詞 underprivileged, poor 反義詞 ich, wealthy
namely [`nemlɪ] 副 即；就是	4 There're some conversational taboos, **namely** questions of income and politics. 有些談話是禁忌的，也就是薪資和政治問題。 同義詞 that is 反義詞 generally, broadly
missing [`mɪsɪŋ] 形 失蹤的	3 An alert system was used to help find the **missing** elderly man with dementia. 有個警報系統被用在幫忙找尋罹患癡呆症的失蹤老人。 同義詞 gone, absent 反義詞 found, present
mutual [`mjutʃʊəl] 形 相互的	4 **Mutual** respect is essential for a partnership to work. 彼此尊重是維持夥伴關係最基本的一環。 同義詞 shared, collective 反義詞 separate

| **moreover**
[morˋovɚ]
副 並且；此外 | 4 | Someone weird-looking was walking behind her. **Moreover**, he behaved strangely.
某個怪人走在她背後，此外，他的行為也很怪異。
同義詞 furthermore, additionally |

 相關單字一次背

naked [ˋnekɪd] 形 赤裸的	2	I felt embarrassed about being **naked** while taking a hot spring bath in Japan. 在日本泡溫泉時，沒穿衣服讓我覺得好尷尬。
naughty [ˋnɔtɪ] 形 淘氣的	2	The boys are **naughty**, so teachers are stricter with them. 這群男孩很頑皮，所以老師也對他們比較嚴格。
negative [ˋnɛɡətɪv] 形 否定的 名 否定	2	Chris is a man with a **negative** attitude toward everything. 克里斯對所有事情都抱持負面的態度。
maybe [ˋmebɪ] 副 或許；大概	1	If you can't find him here, **maybe** you can try the café he visits every day. 如果你在這裡找不到他，或許可以到他每天都會去的咖啡廳找找看。

情境聯想 18　積極面對人生

爸爸罹患小兒麻痺症，必須終身坐輪椅，跟爸爸「走」在路上時，路人會投射怪異的 (odd) 眼光，然而 (nevertheless)，我並沒有因此感到丟臉，反而因為爸爸堅強又樂觀的 (optimistic) 態度而深感驕傲；不管在什麼場合 (occasion)，爸爸總是以永不放棄的信念去面對人生中的任何障礙 (obstacle)，所以在我眼中，他不只是個好爸爸，也是楷模。

MP3 157

odd `3`
[ɑd]
形 奇怪的；單數的

The red dress looks **odd** on Mandy.
這件紅色洋裝穿在蔓蒂身上很奇怪。
同義詞 uneven, different
反義詞 similar

nevertheless `4`
[ˌnɛvəðəˈlɛs]
副 儘管如此；然而

The weather forecast predicts the typhoon will not strike Japan. **Nevertheless**, it will bring heavy rain or even floods to the Tokyo area.
氣象預報說，颱風不會侵襲日本，然而可能導致東京區下大雨或淹水。
同義詞 however, nonetheless

optimistic `3`
[ˌɑptəˈmɪstɪk]
形 樂觀的

Connie always grins widely due to her **optimistic** personality.
由於樂觀的個性，康妮總是開懷大笑。
同義詞 cheerful, positive
反義詞 pessimistic, sorrowful

occasion `3`
[əˈkeʒən]
名 事件；場合
動 引起

The graduation ceremony was a meaningful **occasion** for hundreds of graduates and teachers.
對上百位畢業生和老師們而言，畢業典禮是個意義重大的場合。
同義詞 moment, circumstance

obstacle `4`
[ˈɑbstəkḷ]
名 障礙物；妨礙

The company encountered an **obstacle** after its factories relocated to Vietnam.
這家公司遷廠到越南後，遭遇到障礙。
同義詞 barrier, hardship
反義詞 help, advantage

相關單字一次背

loss `2`
[lɔs]
名 損失

The medicine might cause a fever and the **loss** of appetite.
這個藥物可能會導致發燒和沒胃口。

mad [mæd] 形 憤怒的;瘋狂的	**形**	Kelly got **mad** with Brian for not doing the dishes. 凱利正因布萊恩沒洗碗而生氣。 同義詞 angry; crazy, insane
new [nju] 形 新的	**形**	Our teacher introduced us to a **new** student who had just transferred from another senior high school. 我們老師介紹一位剛從別所高中轉過來的新同學給我們認識。
old [old] 形 老的	**形**	Amber is **old** neough to run a mayor campaign in the election. 安柏的年紀已達到參選市長的年紀了。

情境聯想
19 **焦慮症治療**

　　張太太最近很容易感到緊張、恐慌 (panic)、煩躁易怒,也常踱步 (pace)、坐立難安,最初的 (original) 症狀較輕微,後來卻嚴重到心悸,甚至失眠、日益消瘦。看了醫生後,才被診斷有焦慮症,而醫生將會協助張太太移除焦慮的來源 (origin),再搭配藥物、維他命及鈣片去改善。幸運地,張太太的病情逐漸轉好,否則 (otherwise) 後果實在令人無法想像。

 MP3 ◀ 158

panic [`pænɪk] 動 恐慌 名 驚恐	**3**	All the residents **panicked** with wildfires raging in northern California. 森林大火在北加州肆虐,讓所有居民感到恐慌。 The explosion caused the crowd to be in a **panic**. 爆炸引起群眾恐慌。 同義詞 fright, dismay 反義詞 calmness, peace

pace
[pes]
名 步調 動 踱步

My grandparents don't like the fast **pace** of modern life.
我的祖父母不喜歡現代都市過快的步調。
The mother **paced** up and down nervously, waiting for a call from her son.
媽媽來回踱步，緊張地等待兒子來電。
同義詞 step, stride

original
[ə`rɪdʒən!]
形 起初的 名 原作

The **original** statement of the actor's was distorted by the media.
這位男演員原先的說法被媒體扭曲了。
同義詞 initial, primary
反義詞 last, old

origin
[`ɔrɪdʒɪn]
名 起源

The **origin** of pizza was a flat bread called focaccia, and was developed in Naples in the late 18th century.
披薩的由來是在佛卡夏麵包上面加配料，後來才於十八世紀時，在拿波里演變為現在的樣子。
同義詞 beginning, source
反義詞 conclusion, end

otherwise
[`ʌðəˏwaɪz]
副 否則；要不然

Take your stuff away; **otherwise**, I'll throw it away.
把你的東西拿走，否則我將把它丟掉。
同義詞 differently, contrarily

 相關單字一次背

hurry
[`hɝɪ]
動 趕緊 名 倉促

You'd better **hurry**, or you will miss the train.
你最好快一點，否則會搭不到火車。
同義詞 rush, hasten

level
[`lɛvḷ]
名 水準 形 水平的

I

The average sea **level** is rising mostly because of global warming, which has accelerated in the 21st century.

平均海平面上升的主因為全球暖化，而且這情況在二十一世紀會加速。

---

open
[`opən]
形 打開的 動 打開

I

When a European goes to a coffe shop, they usually prefer the seats in the **open** air.

在歐洲，顧客較偏愛露天咖啡廳的座位。

情境聯想
20
塑膠製品議題

　　海洋的塑膠 (plastic) 垃圾已經成為最嚴重的環保議題之一，而且持續惡化，令人難過的生態現象 (phenomenon) 有很多，像是海鳥、海龜、企鵝及魚類都會誤食塑膠而死亡；雖然塑膠製品是最受歡迎 (popularity) 的材質，但為了維護生態，人類應該從生活中做起，可以多用瓷器 (porcelain) 杯碗代替免洗的塑膠餐具，或是購物時記得帶上可重複使用的購物袋。

 MP3 ◀ 159

---

plastic
[`plæstɪk]
形 塑膠的 名 塑膠

3

Customers won't receive free **plastic** bags in shops due to the ban.

由於限塑令，商家將不會免費提供塑膠袋給顧客。

Many consumers prefer paying with **plastic** to paying in cash.

消費者較喜歡用信用卡付帳勝於用現金。

同義詞 elastic, artificial
反義詞 genuine, inflexible

---

phenomenon
[fə`namə,nan]
名 現象

4

Higher unemployment is a common **phenomenon** during depressions.

不景氣時，失業是常見的現象。

同義詞 wonder, miracle
反義詞 usualness

popularity [ˌpɑpjə`lærətɪ] 名 流行	4	Culottes, a type of clothing worn on the lower half of the body, have gained **popularity** recently. 最近寬褲很受歡迎。 同義詞 recognition, acclaim 反義詞 disapproval, disfavor
porcelain [`pɔrslɪn] 名 瓷器	3	The exquisite, hand-painted **porcelain** plate is a treasure in a professional's eyes. 手繪的精緻瓷盤深受專業人士青睞。 同義詞 ceramic, china

hobby [`hɑbɪ] 名 嗜好	2	Snowboarding is one of his **hobbies**. 玩雪板是他的其中一項嗜好。 同義詞 pastime
however [haʊ`ɛvə] 副 然而	2	Sue bought him a dog. **However**, he had an allergy to fur. 蘇買了一隻狗給他，然而他卻對動物的毛髮過敏。
pair [pɛr] 動 配成對 名 一對	1	I bought this **pair** of branded trousers in an outlet. 這件名牌褲子是我在販賣過季商品的購物中心買的。
playful [`plefəl] 形 愛玩的	2	Those **playful** children played in the sandpit and built some sand castles. 愛玩的小朋友在沙坑中玩耍、堆沙堡。

應用程式與隱私

　　手機可以一次下載好幾個實用的 (practical) 應用程式，但消費者有可能會因為接受存取資料的條款，犧牲寶貴的 (precious) 隱私權 (privacy)，讓應用程式開發者得到精確的 (precise) 位置和個人資料，藉此從中獲利；別以為應用程式是免費的就隨便下載，應該做好防範的準備 (preparation) 才對。

🎧 MP3 ◀ 160

practical [`præktɪkḷ] 形 實用的	3 We can shop for **practical** hands-free cellphone devices for cars on the website. 我們可以在這個網站買到車用、免持的手機裝置。 同義詞 functional, useful 反義詞 worthless, impractical
precious [`prɛʃəs] 形 珍貴的	3 The watch from my grandpa is the most **precious** item to me. 祖父送的手錶對我來說是最珍貴的物品。 同義詞 valued, expensive
privacy [`praɪvəsɪ] 名 隱私	4 Sharing one bedroom with my sister, I never get any **privacy**. 我和妹妹共用一間臥房，所以從未得到個人隱私。 同義詞 solitude, secrecy 反義詞 publicity
precise [prɪ`saɪs] 形 精確的	4 We can pinpoint the **precise** location of the tourist site with Google Maps. 藉由谷歌地圖，我們可以查出觀光景點準確的位置。 同義詞 accurate, exact 反義詞 ambiguous, flexible
preparation [ˌprɛpə`reʃən] 名 準備	3 The couple are preoccupied with wedding **preparations**. 這對情人正忙著準備婚禮。 同義詞 precaution, arrangement

flat [flæt] 形 平坦的 名 公寓	**2** The car that got a **flat** tire needed to be towed. 爆胎的這輛車需要用拖吊車拖走。 同義詞 rough, uneven
form [fɔrm] 名 形式 動 形成	**2** You should fill in the **form** before applying for the visa. 申請簽證前,你應該先填好申請表。
poor [pʊr] 形 貧窮的;不好的	**1** Those undeveloped countries are very **poor**, and so is their environmental sanitation. 這個落後的國家很貧窮,環境衛生也差。

情境聯想 22 **標準作業流程**

　　SOP 是指標準作業流程 (procedure),是一種重要的 (prominent) 標準化過程 (process),讓第一線員工有依據來執行任務;企業經營都需要嚴謹的 SOP,像鼎泰豐的服務生都會佩戴耳機,透過後台教導如何應對顧客。而 SOP 有利於 (profitable) 顧客消費及公司事業昌榮 (prosperity),所以很多大大小小的企業都很重視 SOP 的設立以及執行。

MP3 161

procedure [prəˋsidʒɚ] 名 程序	**4** Standard operating **procedure** (SOP) is a set of step-by-step instructions to help workers carry out complex routine operations for better efficiency. 標準作業程序是一套有步驟的指導,幫助員工進行複雜的例行工作時能增加效率。 同義詞 process, agenda 反義詞 idleness, ignorance

prominent	**4**	New books are displayed in a **prominent** position in the bookstore.
[`prɑmənənt] 形 突出的		新書被展示在書局中最醒目的位置。 同義詞 outstanding, important 反義詞 inferior, ordinary

process	**3**	Why do we **process** food? **Processing** foods can make them safer and last longer!
[`prɑsɛs] 動 處理 名 過程		我們為何麼要醃製食品呢？因為加工後可以讓食物較安全，也能保存久一點！ Excavating fossils is a delicate **process**. 挖掘化石的過程很精密。 同義詞 development, operation

profitable	**4**	It is **profitable** to grow fruits this year.
[`prɑfɪtəbḷ] 形 有利的		今年種植水果有利可圖。 同義詞 advantageous, beneficial 反義詞 unproductive, unfruitful

prosperity	**4**	The growth of tourism brought **prosperity** to Thailand.
[prɑs`pɛrətɪ] 名 繁盛		觀光業的成長為泰國帶來繁榮。 同義詞 boom, growth 反義詞 decrease, shrinkage

相關單字一次背

fear	**1**	Trembling with **fear**, Alice burst into tears.
[fɪr] 名 害怕 動 擔心		愛麗絲感到恐懼而發抖，嚎啕大哭了起來。 反義詞 assurance, calmness

fearful	**2**	Tourists are **fearful** of pickpockets in the area.
[`fɪrfəl] 形 擔心的		觀光客們都很害怕在這區被扒手盯上。 同義詞 afraid, scared

powerful [ˋpaʊəfəl] 形 有力的	**2**	So **powerful** was the cyclone that parts of India were flooded. 氣旋太強烈，使得印度部分區域發生水災。
present [prɪˋzɛnt] / [ˋprɛznt] 動 呈現；贈送 名 禮物；現在	**2**	Students will have to **present** their reports on stage tomorrow. 學生們必須在明天上台呈現他們所做的報告。 At **present**, the society in the war-torn country is in chaos. 現在，那個國家被戰火摧殘，所以社會很混亂。 同義詞 introduce, demonstrate 反義詞 conceal, withhold

情境聯想 23　夢境反映出現實

　　在現實的 (realistic) 生活中無法得到滿足的，或許在夢境中可以得到滿足，因為夢能反映 (reflect) 內心的願望。雖然偶爾會出現奇怪的 (queer) 夢，不過，其實做夢是有保護性的 (protective)，可以維護大腦健康，甚至也是生理活動不可或缺的其中一環。

🎧 MP3 ◀ 162

realistic [ˏrɪəˋlɪstɪk] 形 現實的	**4**	We have to be **realistic** about our goals. 我們的目標一定要務實。 同義詞 practical, sensible 反義詞 irrational, impractical
reflect [rɪˋflɛkt] 動 反射	**4**	The pool **reflects** the Taj Mahal; visitors can see a spectacular reflection in the water. 池子倒映出泰姬瑪哈陵，遊客可從水中看到它令人驚嘆的倒影。 同義詞 mirror, consider 反義詞 conceal, hide

queer
[kwɪr]
⑱ 奇怪的

3 The nerd looks **queer**.
這個書呆子看起來很古怪。
(同義詞) odd, eccentric
(反義詞) normal, standard

protective
[prə`tɛktɪv]
⑱ 保護的

3 Whoever goes cycling should put on **protective** gear.
所有騎單車的人都應該穿戴保護的配備。
(同義詞) defensive, guarding
(反義詞) harmful, careless

asleep
[ə`slip]
⑱ 睡著的

2 The reason why Frank couldn't fall **asleep** is that he has been stressed out for two months.
讓法蘭克睡不著的原因是因為他這兩個月以來，已承受了太大的壓力。

exact
[ɪg`zækt]
⑱ 確切的

2 Do you know my **exact** age?
你知道我確切的年紀嗎？
(同義詞) accurate, precise

exist
[ɪg`zɪst]
⑲ 存在

2 Many species of creatures have become extinct, meaning they don't **exist** anymore.
許多物種已絕種，再也不存在。

quiet
[`kwaɪət]
⑱ 安靜的 ⑲ 使安靜

1 My grandfather enjoys a **quiet** rural retreat in the tranquil countryside after his retirement.
我爺爺退休後，享受在鄉下安靜的退隱生活。

走路好處多

走路的健康效果勝於慢跑，只要挺直腰桿、慢慢走，就可順便調節 (regulate) 自律神經，所以是非常理想的放鬆 (relaxation) 活動。若身體吸入氧氣量太少，會有低氧的反映 (reflection)，使四肢末端冰冷、麻痺，所以晚餐過後到睡前，可以空出一個小時，進行慢走、改善血流並放鬆 (relax) 全身，此外，多走路的話還可以讓睡眠得到調節 (regulation) 的作用。

🎧 MP3 ◀ 163

regulate [`rɛgjəˌlet] 動 調節	**4** It is the traffic lights that **regulate** the flow of traffic. 控制交通流量的是紅綠燈。 同義詞 manage, organize 反義詞 damage, worsen
relaxation [ˌrilæk`seʃən] 名 放鬆	**4** Tommy regards gambling as a form of **relaxation**. 湯米把賭博視為一種娛樂方式。 同義詞 entertainment, recreation 反義詞 work, pain
reflection [rɪ`flɛkʃən] 名 反射；反省	**4** After careful **reflection** for two days, I decided to study abroad. 慎重考慮兩天之後，我決定到國外讀書。 同義詞 consideration, idea
relax [rɪ`læks] 動 放鬆	**3** Doing yoga can **relax** my mind and body. 練瑜珈可以放鬆我的身心。 同義詞 calm, unwind 反義詞 irritate, worry
regulation [ˌrɛgjə`leʃən] 名 調整；法規	**4** Smoking is forbidden indoors according to the **regulations**. 根據規定，室內是禁止抽菸的。 同義詞 rule, adjustment 反義詞 disorganization, lawlessness

相關單字一次背

especially 2
[əsˈpɛʃəlɪ]
副 特別地

I love wine, **especially** white wine.
我非常喜歡葡萄酒，尤其是白酒。
同義詞 exceptionally, particularly

equal 1
[ˈikwəl]
形 平等的 動 等於

All men are created **equal**.
人人生而平等。
Five times two **equals** ten.
五乘以二等於十。

error 2
[ˈɛrə]
名 錯誤

There is no doubt that everyone may commit **errors**.
無庸置疑，每個人都可能犯錯。

ready 1
[ˈrɛdɪ]
形 準備好的 動 預備

Ready for the challenges, the freshman always maintains active and embraces every task.
新鮮人準備好面對挑戰，總是保持著積極樂觀和樂於接受任務的態度。

情境聯想 **25** 維修電梯與機械

　　無論電梯還是機械停車場，皆是由機械及電子等專業科技組合而成的，為了維持良好的性能、減少風險 (risk)，需要每月進行一次例行性 (routine) 的保養維護。零件損壞時，須確實更換零件、更新 (renew) 電子系統，也要妥善處理電梯老舊、生鏽 (rust) 等問題。

🎧 MP3 ◀ 164

risk 3
[rɪsk]
動 冒險 名 危險

The acrobat **risked** his life to perform a fire-eating act.
這位特技員冒著生命危險表演吞火。
Drinking increases the **risk** of cancer.
喝酒會增加罹癌的風險。
同義詞 danger, hazard
反義詞 safety, security

routine ③
[ru`tin]
形 例行的 名 慣例

All employees are required to have a **routine** physical examination.
全體員工被要求進行常規性的身體檢查。
My afternoon **routine** is that I'll relax when eating lunch and drive to a nearby coffeehouse to get a cup of coffee.
我下午的例行公事是先去吃午餐、放鬆一下，然後再開車到咖啡廳買杯咖啡。
同義詞 habitual, regular
反義詞 irregular, abnormal

renew ③
[rɪ`nju]
動 更新

If you would like to **renew** the subscription to the magazine, you should log into the website to apply again.
如果想要續訂雜誌，你應該登入網站後再申請。
同義詞 continue, resume
反義詞 destroy, halt

rust ③
[rʌst]
名 鐵鏽 動 生鏽

The machine is covered with **rust**.
這台機器全都生鏽了。
Stainless steel does not **rust**.
不鏽鋼不會生鏽。
同義詞 decay, corrode
反義詞 growth, development

 相關單字一次背

danger ①
[`dændʒɚ]
名 危險

The patient who had a heart attack was still in **danger**.
心臟病發作的病人仍然處於危險之中。

dangerous ②
[`dendʒərəs]
形 危險的

Falling for scams is **dangerous**.
陷入騙局是很危險的。
同義詞 hazardous, troubling

real
[`riəl]
形 真實的

I Aritificial flowers look so **real**. If you don't tell me, I will mistake them as fresh roses.

假花看起來好真實，如果你不告訴我它是假花，我就會誤認為是新鮮玫瑰花呢。

情境聯想 **26** **機身金屬檢測**

在歲月的侵襲之下，飛機機身會恢復到生鏽的 (rusty) 氧化鐵，造成結構的金屬疲勞，跟老爺車很相像 (resemble)，而過度的腐蝕會導致金屬分離 (separation)，因此要以嚴厲的 (severe) 態度執行檢測機身的安全性 (security) 才對。

MP3 165

rusty
[`rʌstɪ]
形 生鏽的；生疏的

3 The bicycle got **rusty** after years of not being used.

放置多年未用之後，腳踏車就生鏽了。

同義詞 oxidized, decayed
反義詞 experienced

resemble
[rɪ`zɛmbl̩]
動 類似

4 My uncle **resembles** my dad.

我的叔叔長得很像我爸爸。

同義詞 look like, simulate
反義詞 contrast, differ

separation
[ˌsɛpə`reʃən]
名 分離

3 Children will suffer from **separation** from their parents after attending school.

上學後，小朋友可能會受不了與爸媽分離。

同義詞 breakup, departure
反義詞 connection, marriage

severe
[sə`vɪr]
形 嚴重的；嚴厲的

4 The tsunami caused **severe** damage and claimed hundreds of lives.

海嘯造成嚴重的破壞，奪走數百條人命。

同義詞 harsh, strict
反義詞 kind, mild

security [sɪˋkjʊrətɪ] 名 安全	**3** Employees may become victims of assaults in the workplace due to lack of **security**. 工作場所若缺乏安全管理，便容易讓員工成為受害者。 同義詞 safety, protection 反義詞 peril, trouble

相關單字一次背

convenient [kənˋvinjənt] 形 方便的	**2** Wi-Fi is a **convenient** wireless technology for smartphones, tablets, and modern printers to connect to the Internet via hotspots. 無線上網是一種用於無線裝置上、很方便的科技，例如，智慧型手機、平板和列印機，都能透過熱點連網路。
distant [ˋdɪstənt] 形 疏遠的	**2** Low-income buyers seek homes in particularly **distant** suburbs. 低收入的買家會在特別遙遠的郊區找房子。
rich [rɪtʃ] 形 富裕的	**1** Warren Buffett, a **rich** American business investor and philanthropist, announced that he won't give his fortune to his heirs. 華倫·巴菲特是個富有的美國投資商以及慈善家，但他宣布他將不把財產留給他的繼承者。

情境聯想 27　螢幕明星的教訓

　　明星們看起來總是那麼性感 (sexy) 與耀眼 (shiny)，在電影或電視節目中又佔有舉足輕重的 (significant) 地位與魅力，很不幸地，有些明星為了保有名氣，會故意捲入醜聞事件來增加曝光度，相似 (similarity) 的事件爾有所聞。我們不管是否頂著明星的光環，重點 (significance) 還是在於要以身作則，不要利慾薰心。

 MP3 ◀ 166

sexy 3
[`sɛksɪ]
形 性感的

The actress looked incredibly **sexy** in a black evening gown.
這位女演員穿著一身黑色晚禮服，相當性感。
同義詞 attractive, seductive
反義詞 disgusting

shiny 3
[`ʃaɪnɪ]
形 發光的

The pedestrians gazed in wonder at the **shiny** Ferrari.
行人們驚訝地注視著耀眼的法拉利跑車。
同義詞 bright, glistening
反義詞 dull, unpolished

significant 3
[sɪg`nɪfəkənt]
形 有意義的

Smartphones play a **significant** role in people's daily lives.
智慧型手機在日常生活中扮演了重要的角色。
同義詞 important, meaningful
反義詞 trivial, minor

similarity 3
[ˌsɪmə`lærətɪ]
名 類似；相似

There are some **similarities** between the Portuguese and the French.
葡萄牙語和法語有一些相似之處。
同義詞 likeness, resemblance
反義詞 difference, clash

significance 4
[sɪg`nɪfəkəns]
名 重要性

The Internet is a great **significance**.
網路相當重要。
同義詞 importance, influence
反義詞 weakness, unimportance

相關單字一次背

bright 1
[braɪt]
形 明亮的 副 明亮地

Lollipops come in many **bright** colors that kids love.
小孩很喜歡有許多鮮豔顏色的棒棒糖。

complete [kəm`plit] 動 完成 形 完整的	**2**	The task should be **completed** by December 20th. 這份工作必須在十二月二十日以前完成。 同義詞 carry out, finish
right [raɪt] 形 正確的 名 右邊；正確；權力	**1**	The professor's assumption was **right**. 教授的猜想是正確的。 Every citizen has his or her **right** to vote for the candidate he or she approves of. 每個公民都有權利投票給自己認同的候選人。

情境聯想 28 雪地與溜冰

　　在下雪的情況 (situation)，地面常會積滿雪、變得很滑 (slippery)，河流也會結冰，不過，結冰的河流溜起冰來很平滑 (smooth)，對寒帶的人們而言，是相當輕鬆的工作 (snap)，也是項娛樂。

🎧 MP3 ◀ 167

situation [ˌsɪtʃʊ`eʃən] 名 情勢	**3**	My economic **situation** is poor as I have a lot of debts. 因為我負債累累，所以我現在的經濟狀況很窮。 同義詞 circumstances, condition
slippery [`slɪpərɪ] 形 滑溜的	**3**	The polished floor is **slippery**. Be careful! 打蠟過的地板很滑，要小心一點喔！ 同義詞 greasy, sleek
smooth [smuð] 形 平滑的 動 使平滑	**3**	The winding roads in the mountains are not **smooth**. 山上蜿蜒的道路不太平順。 同義詞 slick, sleek 反義詞 rough, harsh

snap
[snæp]
名 輕鬆的工作；快照
動 折斷

3

My friend showed me some **snaps** of her vacation.
我朋友給我看了她假期期間拍的照片。
My brother often **snaps** chopsticks in two.
我弟弟把筷子啪的一聲折成兩截。
同義詞 crack, break
反義詞 combine, fix

相關單字一次背

ancient
[`enʃənt]
形 古老的

2

The **Ancient** Egyptian Pyramids are the most impressive structures as burial places or monuments to the Pharaohs.
古埃及金字塔是最令人印象深刻的建築物，用來當作法老王的埋葬處或紀念碑。

blank
[blæŋk]
形 空白的 名 空白

2

Eddie went **blank** while making a speech on the stage.
艾迪上台演講時，腦筋變得一片空白。

row
[ro]
動 划船 名 列

1

We should maintain balance while **rowing** a canoe; otherwise, it may capsize.
划獨木舟時，我們要保持平衡，否則有可能會翻船。

safe
[sef]
形 安全的 名 保險箱

1

Home is like a **safe** harbor for Mia.
對米亞而言，家是個安全的避風港。
同義詞 protected, secure

情境聯想
29
保險業的超級業務

　　林先生是位保險員，常騰出 (spare) 下班時間，挨家挨戶進行訪談，希望藉此增進與客戶間心靈的 (spiritual) 溝通，並維持自己穩定的 (stable) 公司地位 (status)、達到輝煌的 (splendid) 業績。

spare [spɛr] 形 剩餘的 動 分出；騰出	4	My car should be equipped with a **spare** tire. 我的車子應該裝一個備胎。 He **spared** no time to finish his project before the deadline. 他騰出所有時間，就為了趕在期限前完成專案。 同義詞 unoccupied, grant
spiritual [`spɪrɪtʃuəl] 形 精神的	4	Religions offer **spiritual** support. 宗教能提供心靈方面的支持。 同義詞 sacred, divine 反義詞 physical, bodily
stable [`stebḷ] 形 穩定的	3	A **stable** environment can benefit the efficiency of learning. 穩定的環境可以增進學習的效率。 同義詞 steady, fixed 反義詞 insecure, unsafe
status [`stetəs] 名 地位；身分	4	Could I ask you about your marital **status**? 我可以請問一下你的婚姻狀況嗎？ 同義詞 rank, situation
splendid [`splɛndɪd] 形 輝煌的	4	Floating over the field in a hot-air balloon, you will experience a **splendid** view. 若坐著熱氣球飛翔在田野中，你將親身感受到風景的壯麗。 同義詞 distinguished, marvelous 反義詞 typical, conventional

相關單字一次背

adult [ə`dʌlt] 名 成年人　形 成人的	1	You are an **adult** who should take responsibility for what you have done. 你是個成人，要對自己的所作所為負起全責。

alone [ə`lon] 副 單獨地 形 單獨的	**I**	Jessica feels anxious, so we had better leave her **alone**. 潔西卡覺得焦慮，所以我們最好讓她獨處一下。
set [sɛt] 名 一套 動 設置	**I**	A complete **set** of golf gear costs about fifty thousand NT dollars. 整套高爾夫球具與配備價值約五萬元台幣。

情境聯想
30 **大樓防震結構**

建築結構技師認為大 U、大 T、大 L 型的大樓太險峻 (steep)，因為這些結構 (structure) 的連結在地震中可能會被扭轉、拉扯到，最適合的 (suitable) 房子應為方正對稱、各棟獨立，遇到地震時才會比較穩定 (steady)。而地震過後，較麻煩的 (sticky) 是如何判斷耐震能力是否受損，首先要看外觀是否有剝離或裂縫，還要檢查室內樑柱或樓梯是否有裂痕。

🎧 MP3 ◀ 169

steep [stip] 形 險峻的	**3**	On a **steep** downhill trail, walking sticks can take the strain off your legs. 在陡斜的下坡路徑，登山手杖可助減輕雙腳的痠痛。 同義詞 sharp, abrupt 反義詞 gradual, calm
structure [`strʌktʃɚ] 名 構造；結構 動 組織	**3**	Taipei 101 is a **structure** built in 2004 as an icon of modern Taiwan, designed to withstand gale-force winds and earthquakes. 台北 101 在二〇〇四年蓋好，當時是最高的建築，象徵現代化的台灣，設計上可耐強風及地震。 同義詞 architecture, construction

suitable
[`sutəbḷ] **3**
形 適合的

Catherine is the most **suitable** person for this internship.
凱薩琳是這份實習工作最適合的人選。
同義詞 appropriate, acceptable
反義詞 improper, unfitting

steady
[`stɛdɪ] **3**
形 穩固的　動 穩固

The prices of food have stayed **steady** without any fluctuation recently.
最近，食物價格保持穩定，沒有任何波動。
同義詞 secure, stable
反義詞 imbalanced, unfixed

sticky
[`stɪkɪ] **3**
形 黏的；棘手的

Paul's face was **sticky** with cream and chocolate.
保羅的臉黏答答的，沾滿了奶油和巧克力。
同義詞 gummy, thorny
反義詞 easy, untroublesome

相 關 單 字 一 次 背

absence
[`æbsṇs] **1**
名 缺席

Oscar often makes a mess at home in the **absence** of parents.
爸媽不在的時候，奧斯卡常常把家裡弄得一團糟。

absent
[`æbsṇt] **2**
動 缺席

Gilbert was **absent** from school because of the flu.
由於得了流感，吉爾伯沒有來上學。
反義詞 present

slow
[slo] **1**
形 緩慢的
動 使…慢下來

The **slow** pace in Bali, Indonesia, is the main reason why tourists rank it as one of the most popular tourist attractions.
印尼峇里島的生活步調緩慢，這是觀光客將它列入最受歡迎觀光景點之一的主要原因。

| soft
[soft]
形 柔軟的 | **1** | To relieve stress, you should listen to **soft** music more often.
為了舒緩壓力，你應該聆聽一下輕音樂。 |

情境聯想
31　劫機事件調查

　　上週發生一起自殺劫機事件，飛機撞上位在周圍 (surroundings) 的建築物後墜地爆炸，只有兩名生存者 (survivor)，其餘乘客無一倖存 (survival)，有嫌疑的 (suspicious) 犯罪者也因爆炸喪命，不過調查局後來發現，恐怖份子作案的可疑 (suspicion) 程度最高。

MP3 ◀ 170

surroundings [sə`raʊndɪŋs] 名 環境；周圍	**4**	We spent two nights in the lovely **surroundings** of South Africa, where we took a safari adventure. 我們在南非美好的環境中度過兩天，也參加了遊獵。 同義詞 environment, setting
survivor [sə`vaɪvə] 名 生還者	**3**	Neil was the only **survivor** of the car crash. 尼爾是車禍中唯一的倖存者。 同義詞 remainder, leftover
survival [sə`vaɪvḷ] 名 倖存	**3**	Strategies for **survival** in business are to stay competitive, active, and aggressive. 商場上的生存策略是保持競爭力、主動性和侵略性。 同義詞 continuity, remainder
suspicious [sə`spɪʃəs] 形 可疑的	**4**	Helen is **suspicious** about her boyfriend because he hasn't contacted her lately. 海倫因為男友最近都沒有聯絡她而感到很懷疑。 同義詞 doubtful, cautious 反義詞 believing, undoubting

suspicion [sə`spɪʃən] 名 懷疑	**3**	We might regard the ex-convict with **suspicion**. 我們可能會以懷疑的眼光看待有前科的人。 (同義詞) doubt, distrust (反義詞) belief, trust

alive [ə`laɪv] 形 活的	**2**	Fortunately, the two skiers were still **alive** after the avalanche. 雪崩發生後,那兩位滑雪者仍幸運地存活下來了。
kill [kɪl] 動 殺死 名 獵獲物	**1**	The reason he became a vegetarian is that he thinks it is cruel to **kill** any living creature. 他吃素的原因是因為他覺得殺掉活物的行為很殘忍。
stay [ste] 動 名 停留	**1**	Whenever you confront any hazard, you have to **stay** calm. 面臨危險時,必須要先保持鎮靜。
string [strɪŋ] 名 繩子 動 連成一串	**2**	A **string** of tragedies took place in the poverty-stricken area. 這一連串的悲劇發生在貧民區。
survive [sə`vaɪv] 動 倖存	**2**	Nicole was lucky to **survive** the air crash. 妮可很幸運地從空難中存活下來。 (同義詞) get through, withstand
truth [truθ] 名 事實;真理	**2**	That the earth is round is the **truth**. 地球是圓的是一項事實。 (同義詞) fact, certainty
possibility [ˌpɑsə`bɪlətɪ] 名 可能性	**2**	Winning the lottery is only a slight **possibility**. 贏得樂透的可能性非常小。 (同義詞) chance, likelihood

情境聯想 32　**主管須具備的特質**

　　「主管要狡猾 (tricky)」的這種管理方式，你可能會覺得好無聊 (tiresome)，但卻是合理的。例如，主管可以利用偏袒之心，衍生出讓大家向努力的人看齊的趨勢 (trend)；同時也可追蹤 (trail) 每位部屬以觀察強項，在團隊出現價值觀不合的麻煩 (troublesome) 事情時，就能適時分配對的工作給適合的人選。

🎧 MP3 ◀ 171

tricky 3 [`trɪkɪ] 形 狡猾的；奸詐的	The issue is too **tricky** for me to deal with. 這個議題太棘手，我無法處理。 同義詞 difficult, deceptive 反義詞 direct, solvable
tiresome 4 [`taɪrsəm] 形 無聊的	Doing all the house chores is **tiresome**. 做完全部的家事真令人疲倦。 同義詞 irritating, annoying 反義詞 easy, trivial
trend 3 [trɛnd] 名 趨勢；傾向	The current **trend** is towards energy conservation. 目前的趨勢是節能。 同義詞 fashion, tendency
trail 3 [trel] 動 跟蹤 名 痕跡	The hunter is **trailing** bears. 那位獵人正在追蹤熊。 There are walking **trails** in the national park. 在國家公園，有許多步道。 同義詞 path, follow
troublesome 4 [`trʌbḷsəm] 形 麻煩的；困難的	The old man's arthritis has been **troublesome** for him. 這位老人的關節炎真麻煩。 同義詞 tricky, bothersome 反義詞 helpful, beneficial

habit
[`hæbɪt]
名 習慣

2

My husband formed a **habit** of jogging every morning.
我丈夫養成每天早上慢跑的習慣。

hunger
[`hʌŋgɚ]
名 飢餓
動 渴望；挨餓

2

Around 9 million people in the world die of **hunger** every year.
每年，全世界有九百萬人口因饑餓而死亡。
The war-torn countries **hunger** for peace.
飽經戰亂的國家渴望和平。

情境聯想
33
癲癇症狀與應對

　　突然全身抽搐、口吐白沫是典型的 (typical) 癲癇症狀。當有人發作時，伸出援手是他們迫切需要的 (urge)；而緊急的 (urgent) 應變方式是先將病人移到安全的地方、將衣領弄鬆、頭側一邊以防堵住氣管，並且要誠實的 (truthful) 記錄發作當時的狀況。還要記住，強行壓制患者肢體的抽搐是白費力氣的 (vain)。

🎧 MP3 ◀ 172

typical
[`tɪpɪk!̩]
形 典型的

3

This is a **typical** action movie with awesome stunts.
這是一部典型的動作片，有很多令人驚嘆的特技。
同義詞 conventional, classic
反義詞 irregular, eccentric

urge
[ɝdʒ]
動 力勸
名 迫切的要求

4

Doctors strongly **urge** patients to quit smoking.
醫生強烈要求病人戒菸。
Mary felt an overwhelming **urge** to tell everyone that piece of good news.
瑪莉有股無法忍受的衝動、想告訴每個人這件好消息。
同義詞 desire, craving
反義詞 hate, discouragement

urgent
[`ɝdʒənt]
形 緊急的

4 These victims of the flood are in **urgent** need of relief.
這些水災的受災戶急需救濟。
同義詞 compelling, crucial
反義詞 insignificant, minor

truthful
[`truθfəl]
形 誠實的

3 Being **truthful** is a good virtue.
做人誠實是個美德。
同義詞 honest, correct
反義詞 dishonest, deceitful

vain
[ven]
形 徒勞無功的

4 The great efforts we make will pay off and will not be in **vain**.
我們所做的努力將有回報，而不會白費。
同義詞 useless, arrogant
反義詞 humble

相關單字一次背

modern
[`mɑdən]
形 現代的

2 Advances of **modern** technology can facilitate communication in the form of social media.
進步的現代科技可以促進社群網站間的交流。

movable
[`muvəbḷ]
形 可移動的

2 Christmas is a fixed holiday while Thanksgiving is a **movable** day.
聖誕節是固定日期的假日，而感恩節的日期則會變動。

still
[stɪl]
形 靜止的 副 仍然

1 Quiet people have profound thoughts. Sarah may not talk much, but **still** waters run deep.
沉默的人常是深思熟慮的；莎拉雖然不大講話，卻是大智若愚。

strange
[strendʒ]
形 奇怪的

1 The **strange** guy behaved weirdly, and he seemed likely to commit crimes.
這位行為怪異的人看起來將要進行犯罪。

飯店豪華設施

　　我對這場杜拜之旅保有珍貴的 (valuable) 回憶：首先是麗姿卡爾頓豪華飯店，裡面擁有各式各樣 (variety) 休閒設施；而在旅館房間，可俯瞰著永無止盡、純淨的 (virgin) 海灣，還能享有溫馨 (warmth) 又貼心的客房服務，完全不會遇到猛烈的 (violent) 沙塵暴，簡直就是個度假天堂。

MP3 ◀ 173

valuable [`væljuəbḷ] 形 貴重的	**3**　His friendship with Tom is such a **valuable** thing to him. 他與湯姆的友誼對他來說非常重要。 同義詞 precious, priceless 反義詞 cheap, worthless
variety [və`raɪətɪ] 名 多樣化	**3**　The shop sold a bewildering **variety** of cheeses, such as Parmesan, Cream Cheese, and Cheddar. 這家店販賣著多到令人搞不清楚的起司，像是帕馬森乾酪、奶油乳酪、切達乳酪等。 同義詞 difference, assortment 反義詞 similarity
virgin [`vɜdʒɪn] 形 純淨的　名 處女	**4**　The explorers found an immense **virgin** forest, similar to the Amazon rainforest, but smaller. 探險家們找到一片廣大、未開發的森林，很像亞馬遜雨林，但比亞馬遜雨林還要小了一些。 同義詞 stainless, pure
warmth [wɔrmθ] 名 暖和	**3**　The resort staff offer customers **warmth** and hospitality. 這間渡假村提供顧客溫馨的服務和熱情的款待。 同義詞 affection, passion 反義詞 indifference

| **violent** [`vaɪələnt] 形 猛烈的 | **3** | A **violent** tornado is approaching Texas. 一個猛烈的龍捲風正朝著德州前進。 同義詞 destructive, fierce 反義詞 tame, moderate |

 相關單字一次背

such [sʌtʃ] 形 這樣的 代 這樣的人 / 事 / 物	**1**	Albert Einstein was **such** a genius who devoted himself to pure science. 亞伯特‧愛因斯坦實在是個天才，將他的一生奉獻給純科學。
sure [ʃʊr] 形 當然的 副 當然	**1**	Before getting off the taxi, passengers should make **sure** that they don't leave their belongings behind. 下計程車之前，乘客應確認私人物品沒有遺留在車上。
thing [θɪŋ] 名 東西	**1**	When being asked what the most important **thing** to me is, the first thing that comes to my mind is the necklace from my mom. 當有人問我什麼東西最重要時，我腦海第一個想到的就是媽媽送的項鍊。
thus [ðʌs] 副 因此	**1**	Tracy has a bad habit of telling lies. **Thus**, no one believes what she says. 翠西有說謊的壞習慣，因此沒人相信她說的話。
private [`praɪvɪt] 形 私密的	**2**	My room is my **private** space, so you should knock on the door before entering. 我房間是私人的空間，所以進來之前你應該要先敲門。

各種失眠對策

郭先生是位富有的 (wealthy) 商人，照理說應該衣食無缺，不過他有一個不好的 (wicked) 煩惱，就是失眠。而醫師特別提供以下幾個實用的 (functional) 技巧：(1) 睡前不用電子產品 (2) 讓大腦疲倦，例如，數羊數到想睏 (drowsy) (3) 聽放鬆的輕音樂 (4) 穿襪子睡覺，讓整個 (whole) 雙腳溫暖起來、增加血流速度以助入眠。

MP3 174

wealthy [`wɛlθɪ] 形 富裕的	**3** The **wealthy** invest in assets to get rich. 富有的人常投資資產來致富。 同義詞 rich, affluent 反義詞 poor, unsuccessful
wicked [`wɪkɪd] 形 邪惡的	**3** The film centers around **wicked** wizards and a princess. 這部電影主題圍繞在邪惡的巫師和一位公主身上。 同義詞 corrupt, evil 反義詞 decent, moral
functional [`fʌŋkʃənl̩] 形 作用的	**4** Is the air-conditioning **functional**? 空調系統發揮正常功能了嗎？ 同義詞 practical, working 反義詞 malfunctional
drowsy [`draʊzɪ] 形 睏的	**3** Whenever Josephine feels **drowsy**, she will drink coffee to stay awake. 每當約瑟芬想睡時，她都會喝咖啡提神。 同義詞 sleepy, dozy 反義詞 alert, awake
whole [hol] 形 全部的 名 全體	**4** Becky dedicated her **whole** life to helping people in need. 貝琪奉獻一生去幫助需要的人。 同義詞 entire, all 反義詞 partial

相關單字一次背

quality [`kwɑlətɪ] 名 品質；特性	**2**	Yuppies put an emphasis on **quality** of life. 雅痞很重視生活品質。 同義詞 characteristic, feature
quantity [`kwɑntətɪ] 名 數量	**2**	The police found a large **quantity** of drugs in the drug dealer's bag. 警方在毒販的袋子中發現大量的毒品。
together [tə`gɛðɚ] 副 一起地	**1**	In Dr. Martin Luther King's speech "I have a dream," he hoped that little white kids and little black kids can walk **together** hand in hand in Alabama. 在馬丁・路德博士「我有個夢想」演講中，他希望白人和黑人小朋友可以在阿拉巴馬州手牽手一起走在路上。
too [tu] 副 也	**1**	I like to eat moon cakes on Mid-autumn Festival, and my younger brother does, **too**. 中秋節時，我喜歡吃月餅，而我弟弟也是。

情境聯想 36　小朋友學溜冰

　　小朋友們在結冰的 (icy) 溜冰場上學溜冰，原先摔得一團糟 (mess)，不過經教練指導後，已經可以穩定地在溜冰場地踱步 (pace)、滑動。

🎧 MP3 ◀ 175

icy [`aɪsɪ] 形 冰的	**3**	Without snow chains, driving on **icy** roads is perilous. 若沒有上雪鏈，在結冰的道路上開車很危險。 同義詞 frozen, frosty 反義詞 warm, tropical

mess 3
[mɛs]
名 雜亂 動 弄亂

What a **mess**! Please tidy up your room, or Mom will get angry.
這裡好亂！請把房間整理整齊，否則媽媽會生氣。
Patty's delayed arrival has **messed** up our schedule, but we tried to catch up.
佩蒂遲到、把我們的計劃搞砸了，不過我們後來便試著跟上。
同義詞 chaos, disorder
反義詞 harmony, peace

pace 4
[pes]
名 步調 動 踱步

My experiment moved at a snail's **pace** without any delightful result.
我的實驗進展很慢，連個令人開心的成果都沒有。
The nervous father-to-be **paced** to and fro while his wife was giving birth to a baby.
當老婆正在生小孩時，這位緊張的準爸爸來回踱步著。
同義詞 trot, step
反義詞 sit, stay

相關單字一次背

trouble 1
[`trʌbl̩]
名 麻煩 動 使煩惱

Behave well, or you will get into **trouble**.
要乖一點，否則你會惹上麻煩。
同義詞 annoyance, worry

true 1
[tru]
形 真實的 副 真實地

Josephine didn't confirm whether the news was **true** or not.
約瑟芬沒有去確認新聞是否是事實。

used 2
[juzd]
形 用過的

Winnie can't afford a new car, so he got a **used** one.
維尼買不起新車，所以買了一台二手車。
同義詞 second-hand

warm [wɔrm] 形 溫暖的 動 使暖和	**1**	On Christmas Eve, all the family members gather together and stay **warm** by the fireplace. 聖誕夜時，所有家人都聚在一起，在壁爐旁取暖。
cool [kul] 形 涼的 動 冷卻	**1**	The weather in autumn is **cool**, so there is no need to turn on the air-conditioner. 秋天的天氣很涼爽，所以不需要打開冷氣。

情境聯想 **37** 未來的職涯計劃

　　我哥哥是大四生 (senior)，他就讀的大學位在繁榮的 (prosperous) 台北市，而他的嗜好是聽韓國流行音樂 (pop)，至於未來要做什麼，他早已找到了真正 (sincere) 想做的事，也規劃好了自己的人生，努力朝夢想邁進。

🎧 MP3 ◀ 176

senior [`sinjɚ] 形 年長的 名 長者	**4**	The young are supposed to offer priority seats to **senior** citizens or pregnant women. 年輕人應該將博愛座讓給老人或孕婦。 同義詞 elder, major 反義詞 junior, minor
prosperous [`prɑspərəs] 形 繁榮的	**4**	The city becomes more and more **prosperous** due to hosting the World Universiade. 這城市因主辦世大運，而愈來愈繁榮。 同義詞 promising, affluent 反義詞 unsuccessful, impoverished
pop [pɑp] 形 流行的；大眾的 動 把…突然地一放 名 流行音樂	**3**	I have a wide variety of hobbies, ranging from listening to **pop** music to reading novels. 我有各式各樣的嗜好，從聽流行音樂到閱讀小說都算。 Don't **pop** your head or hands out of the car windows. 不要把你的頭或手伸出車窗外。 同義詞 bang, music

sincere
[sɪn`sɪr]
形 真實的；誠摯的

3 Melody made a **sincere** apology to her friend she said ill behind his back.
美樂蒂真誠地向朋友道歉，因為她在背後說他的壞話。
同義詞 honest, genuine
反義詞 deceitful, false

相關單字一次背

weak
[wik]
形 脆弱的

1 The student gave a **weak** excuse for being late, so the teacher didn't believe him.
這位學生因遲到而編了一個爛理由，所以老師完全不相信他的藉口。

world
[wɜld]
名 世界

1 "What a Wonderful **World**" is a classic song sung by Louis Armstrong.
〈多麼美好的世界〉是一首經典歌曲，主唱是路易斯‧阿姆斯壯。

wrong
[rɔŋ]
形 錯誤的 名 錯誤

1 Students should be instructed to distinguish what's right from what's **wrong**.
應該要教導學生如何分辨善惡。

settlement
[`sɛtḷmənt]
名 安排

2 In 1788, ships from England reached Australia, later establishing a **settlement** at Port Jackson, which grew to be Sydney.
西元一七八八年，英國船隊到達澳洲後，便在傑克森港口定居，也就是現在的雪梨。

提升描述力：如何描述程度

情境聯想 01 保持謙虛之心的冠軍

在激烈的比賽之後，我們校隊終於贏得冠軍頭銜。獲勝主要原因除了充足的 (adequate) 訓練外，課餘時間還有額外的 (additional) 密集 (intensive) 訓練。而且，雖然身為冠軍，校隊並沒有因此高傲，相反地 (contrary)，他們一直保持著謙卑 (modest) 與進取的態度。

 MP3 ◀ 177

adequate [ˋædəkwɪt] 形 適當的	4	Keep in mind you need to prepare adequate food, drinking water, and protection against the violent typhoon. 記得準備充足的食物、飲用水及保護措施以防範颱風。. 同義詞 enough, sufficient 反義詞 deficient, inadequate
additional [əˋdɪʃən̩] 形 額外的	3	The government is expected to impose an additional tax on citizens. 政府預期將對人民額外課稅。 同義詞 extra, added 反義詞 necessary
intensive [ɪnˋtɛnsɪv] 形 密集的	4	Intensive math drills can provide students with better comprehension ability. 密集的數學演算練習可以助學生擁有更好的理解能力。 同義詞 profound, thorough 反義詞 surface, incomplete

contrary
[`kɑntrɛrɪ]
名 矛盾 形 反對的

4

At first, I thought he disliked the gift I gave him; on the **contrary**, he later told me he loved it so much.
我原先以為他不喜歡我送的禮物，但相反地，他後來跟我說他非常喜歡我送的禮物。
Your opinion is **contrary** to mine.
你的意見跟我的意見相反。
同義詞 different, opposite
反義詞 alike, agreeable

modest
[`mɑdɪst]
形 謙虛的

4

Some Hollywood movie stars remain **modest** and keep a low profile despite their remarkable success.
有些好萊塢明星儘管成就非凡，卻仍然保持謙虛、低調的態度。
同義詞 humble, simple
反義詞 proud, arrogant

compare
[kəm`pɛr]
動 比較

2

Compared with instant coffee, freshly roasted coffee is rich in aroma, which makes it more tempting.
跟即溶咖啡相較之下，新鮮烘焙的咖啡富含濃郁香氣，所以更加誘人。

also
[`ɔlso]
副 也

1

My colleague, Liz, is from Britain, and my supervisor, Cathy, is **also** from Britain.
我的同事莉茲來自英國，而我的主管凱西也是英國人。

victory
[`vɪktərɪ]
名 勝利

2

The Rockets earned the **victory** over the Lakers.
火箭隊戰勝了湖人隊。
同義詞 win, success

情境聯想
02
人生選擇題

　　人生就像是一連串 (bunch) 的選擇題，伴隨著相當多的 (considerable) 考驗，感到十足 (absolute) 困惑或無知時，就需要適當的 (appropriate) 探索及嚴格的 (strict) 判斷。

🎧 MP3 ◀ 178

bunch 3
[bʌntʃ]
名 束；綑：串

A **bunch** of grapes were picked by workers in the orchard.
工人們在果園裡採收了一串串的葡萄。
同義詞 stack, pack

considerable 3
[kən`sɪdərəbl̩]
形 相當多的

Drug trafficking is a matter of **considerable** concern among all the global issues.
販賣毒品是全球都相當關注的議題。
同義詞 abundant, ample
反義詞 little, slight

absolute 4
[`æbsə,lut]
形 絕對的

There was no **absolute** evidence of fraud.
沒有確鑿的證據去證明這是詐騙行為。
同義詞 exact, definite
反義詞 ambiguous, vague

appropriate 4
[ə`proprɪ,et]
動 撥款　形 適當的

The corporation has **appropriated** millions of dollars for the project.
這家大公司為此企劃案撥款了數百萬元。
You should be advised to get the **appropriate** vaccinations before going abroad.
出國前，建議你應先注射適當的疫苗。
同義詞 proper, suitable
反義詞 improper, unsuitable

strict [strɪkt] 形 嚴格的	**2**	A **strict** curfew has been imposed from 11 p.m. to 6 a.m. 從晚上十一點到早上六點，會實施嚴格的門禁。 同義詞 harsh, severe 反義詞 mild, gentle

vital [`vaɪtl̩] 形 極其重要的	**4**	Oxygen is **vital** to all creatures in the world. 氧氣對世界上所有生物是重要的。 同義詞 essential, critical, crucial
alike [ə`laɪk] 副 相似地 形 相似的	**2**	Friends and relatives **alike** were overwhelmed with sorrow at the news of her death. 聽到她去世的消息，她的朋友和親戚都悲痛不已。
apparent [ə`pærənt] 形 明顯的	**2**	The **apparent** glass ceiling women hit still exist in many professions. 女性遭遇到明顯的升遷障礙這一情況，依然存在於職場之中。
basic [`besɪk] 形 基本的	**1**	Before the contest, all participants should understand the **basic** rules. 比賽前，每個參賽者都必須知道基本規則。
basics [`besɪks] 名 基本因素	**2**	All medical staff are required to know the **basics** of first aid. 每個醫護人員都需要知道急救的基本知識。

情境聯想 03　**學習素描畫出想像**

　　學習素描或畫動漫人物的時候，基本的 (essential) 步驟是先從頭部下筆，畫好明顯的 (evident) 輪廓之後，再描繪衣服與頭髮，之後，為了讓背景不顯空洞 (empty)，可依照你的想像盡情布置背景。要注意，細節部分可多呈現明暗對比 (contrast)、加深 (deepen) 立體感，這樣畫的成品才會更加細緻。

🎧 MP3 ◀ 179

essential [ɪˋsɛnʃəl] 形 基本的 名 基本要素	4　Various fruit and vegetables play an **essential** role in our daily diets. 各種蔬菜水果在我們每日的飲食中都扮演重要角色。 (同義詞) vital, important (反義詞) minor, trivial
evident [ˋɛvədənt] 形 明顯的	4　From the smell, it was **evident** that someone ate durians. 從氣味就能得知，顯然有人吃了榴槤。 (同義詞) apparent, clear (反義詞) dubious, obscure
empty [ˋɛmptɪ] 形 空的　動 倒空	3　When Kris reached the checkout, he found his wallet completely **empty**. 當克里斯結帳時，發現皮夾完全沒有錢。 (同義詞) barren, vacant (反義詞) occupied, filled
contrast [ˋkɑntræst] 名 對比　動 對照	4　There's an apparent **contrast** between what Ben does and what he says. 班的行為和說的話呈現明顯的對比。 The sourness of the plum **contrasts** with the sweetness of the sugar. 梅子的酸味和砂糖的甜味形成對比。 (同義詞) compare, differ (反義詞) agree, accord

deepen
[`dipən]
動 加深

3 Repetitive exercises helped to **deepen** my understanding of the math formula.
重複練習有助於加深對數學公式的理解。
同義詞 expand, enhance
反義詞 decrease, lessen

相關單字一次背

basis
[`besɪs]
名 基礎

2 People should make rational decisions on the **basis** of correct information.
根據正確的消息，人們才可理性地下判斷。

best
[bɛst]
形 最好的 **副** 最好地

1 This is the **best** film that I have ever seen.
這是我看過最好的電影。
同義詞 finest, perfect

better
[`bɛtə]
形 較好的 **副** 更好地

1 The latest version was so much **better** than the first one.
最新的版本比第一個版本還要好太多了。
Better late than never.
晚來總比不來好。

good
[gʊd]
形 好的 **副** 好

1 Gilbert is **good** at architecture and aims to become an architect someday.
吉爾伯擅長建築，目標是將來成為建築師。

section
[`sɛkʃən]
名 部分 **動** 切段

2 This vertical **section** of the soil displays basic layers.
土壤縱剖面區可顯示基本的土壤與岩層。

easy
[`izɪ]
形 容易的

1 Take it **easy**; there is still much time for you to prepare.
慢慢來；還有許多時間，你可以好好準備。

enough
[ə`nʌf]
ⅡⅠ
形 足夠的 副 足夠地

As the proverb says, "Save for a rainy day.", you should store **enough** food or money just in case.

有句成語說:「未雨綢繆。」也就是說,你應該儲存足夠的食物或金錢,以防萬一。

情境聯想 04　處罰不良商家

　　坊間刊登誇大 (exaggerate) 療效的廣告,有逐漸的 (gradual) 增加趨勢。例如,很多不肖商人宣稱天然水晶可產生巨大的 (gigantic) 能量,幫助招財、增進夫妻感情、加強 (intensify) 血液循環等,但他們賣的卻是假水晶。而經查驗過後,將會對這些提供不良 (inferior) 商品的商家重罰。

🎧 MP3 ◀ 180

---

exaggerate
[ɪg`zædʒə͵ret]
ⅣⅠ
動 誇大

Don't believe whatever the boy says – he is apt to **exaggerate**.

不要相信這個男孩的話,他經常誇大其辭。

同義詞 overstate, boast
反義詞 compress, contract

---

gradual
[`grædʒuəl]
ⅢⅠ
形 逐漸的

The man suffered a **gradual** loss of his hair because of heredity.

這位男士因遺傳的關係,頭髮漸漸地減少。

同義詞 continuous, step-by-step
反義詞 sudden, irregular

---

gigantic
[dʒaɪ`gæntɪk]
ⅣⅠ
形 巨大的

Hercules, who was a Roman hero and the son of Zeus, was famous for his **gigantic** strength and adventures.

海克力士是羅馬的英雄人物,也是宙斯的兒子,而最聞名的是他的巨大力氣及經歷的冒險。

同義詞 enormous, large
反義詞 tiny, little

intensify [ɪn`tɛnsə,faɪ] 動 增強；加強	**4**	His anger **intensifies** rapidly as an emotional reaction or an escape response. 他的憤怒突然升級，可能顯示出他單純的情緒反應或是逃避心理。 同義詞 boost, strengthen 反義詞 subtract, reduce
inferior [ɪn`fɪrɪə] 形 次等的 名 屬下	**5**	The sales of the products this year are **inferior** to those of last year's. 今年產品的銷售量比去年的差。 同義詞 lousy, secondary 反義詞 superior, important

big [`bɪg] 形 大的	**1**	The hot air balloon floating in the sky looks so tiny; on the contrary, it's actually so **big** after it lands on the ground. 飄浮在空中的熱氣球看起來好小，但相反地，降落在地上後你會發現它其實很大。
full [fʊl] 形 滿的	**1**	The bus is **full** of passengers without any available seats. 公車上擠滿乘客，沒有任何空位可坐。
general [`dʒɛnərəl] 形 一般的 名 將軍	**1**	In **general**, cutting down on trash as well as reducing pollution is the top priority. 一般說來，減少垃圾和汙染是最優先重要的。
vast [væst] 形 巨大的	**4**	The **vast** majority of the residents objected to the construction of the incinerator. 大多數的居民都反對興建焚化爐。

情境聯想 05 **地震與餘震影響**

　　本週已連續發生多起地震，規模強度 (intensity) 五的地震多達三次，全為淺層地震，廣泛 (largely) 影響到花東地區，造成山區道路損壞、交通癱瘓，所以出入山區的路線都變得有許多限制 (limitation)，行前最好先確認去目的地的路上有沒有被封鎖，才不會因而浪費很多時間在尋找替代道路上面。而這些地震主要的 (major) 震央都在東部外海，新聞也報導說近期很有可能會有多起餘震，對東部居民是更壞的 (worse) 消息，但面對自然災害，也只能小心防範，並準備好應對政策了。

MP3 ◀ 181

intensity [ɪn`tɛnsətɪ] 名 強度；強烈	**4** A magnitude 6.9 earthquake of extreme **intensity** struck Japan, causing a tsunami and damaging several nuclear reactors. 一場強烈的六點九級地震侵襲日本，造成海嘯並毀壞了好幾個核能反應爐。 同義詞 passion, force 反義詞 weakness, calmness
largely [`lɑrdʒlɪ] 副 大量地；廣泛地	**4** Choosing furniture is **largely** a matter of personal taste and fashion. 家具的選擇大多牽涉到個人的品味與時尚感。 同義詞 widely, broadly
limitation [ˌlɪmə`teʃən] 名 限制	**4** The **limitation** of living in an apartment is that you often can't have pets. 若你住在公寓，通常都會被限制不能養寵物。 同義詞 restraint, block 反義詞 allowance, freedom

major
[`medʒɚ]
動 主修 形 主要的
名 主修科目

3 Jill is determined to **major** in chemistry, inspired by Marie Curie, a chemist who conducted pioneering research on radioactivity.
受到研究放射線的化學家——居禮夫人的啟發，吉兒決定主修化學系。
Not brushing your teeth is a **major** cause of tooth decay.
不刷牙是造成你蛀牙的主要原因。
同義詞 main, important
反義詞 minor, insignificant

worse
[wɜs]
形 更糟的 副 更糟

1 The traffic jams in the city get even **worse** in rush hour.
在交通尖峰時間，都市的塞車問題更嚴重了。
同義詞 poor, ill

 相 關 單 字 一 次 背

common
[`kɑmən]
形 普通的

1 Expansion with heat and contraction with cold is **common** sense.
熱漲冷縮是大家都知道的常識。

deep
[dip]
形 深的 副 深深地

1 The bright green fields contrasting with the **deep**-blue sky present views of beauty.
鮮綠色的田野和深藍色的天空對比，呈現出美麗的風景。

depth
[dɛpθ]
名 深度

2 Penguins dive to the **depth** of 500 meters to feed on fish.
企鵝潛水到深度五百公尺處去覓食魚群。

great
[gret]
形 偉大的；大的

1 **Great** leaders' qualities include honesty and accountability.
優秀的領導者特質包括誠信和責任感。

half [hæf] 形 一半的 名 一半	**I**	**Half** of the population in the region are immigrants. 這個區域的人口有一半是移民。 反義詞 total, whole
huge [hjudʒ] 形 巨大的	**I**	Elephants's **huge** tusks are the main reason of poachers' illegal hunting. 大象有巨大的象牙，因此盜獵者會非法獵殺他們。
sway [swe] 動 搖擺；使動搖	**4**	It is no use; the stubborn man cannot be **swayed**. 沒用的，這個人很固執、不會被動搖。 同義詞 influence, affect

---

情境聯想
06
中國地形與民族

　　在中國西北地區，有許多少數民族 (minority) 分布在此，另外，因為地勢較高，常會阻擋氣流與季風，所以降雨量很少、氣候乾旱，最少的雨量 (minimum) 大約在五百公釐上下；而位於中部的黃土高原，「窯洞」是居民最主要的住宅形式，冬天及夏天的氣溫都很適中 (moderate)、很適合人們居住；至於東南部，因位於沿海地帶，所以氣候較為溫和 (mild)，主要地形則為丘陵地。

🎧 MP3 ◀ 182

minority [maɪˋnɔrətɪ] 名 少數	**3**	The essence of democracy is that the **minority** is subordinate to the majority. 民主的本質就是少數服從多數。 同義詞 opposition, youth 反義詞 majority, adulthood
minimum [ˋmɪnəməm] 名 最小量 形 最小的	**4**	Wage hikes are kept to a **minimum** because of the recession. 由於經濟衰退，工資一直維持在最低水準。 同義詞 minimal, least 反義詞 maximum, most

moderate [`mɑdərɪt] 形 適度的;溫和的	**4**	A **moderate** intake of caffeine does no harm to our health. 適量攝取咖啡因對我們的健康沒有害處。 同義詞 medium, average 反義詞 considerable, excessive
mild [maɪld] 形 溫和的	**4**	Kids prefer **mild** curry rice to spicy food. 小孩喜歡味道溫和的咖哩飯勝於辛辣的食物。 同義詞 gentle, easygoing 反義詞 coarse, violent

ease [iz] 動 減輕 名 容易	**1**	Painkillers can **ease** your migraine. 止痛藥可以減輕你的偏頭痛。 同義詞 help, alleviate
range [rendʒ] 名 範圍 動 排列	**2**	The car company manufactures a wide **range** of vehicles. 這家汽車公司製造出各種新車。
minor [`maɪnə] 形 次要的 名 未成年者	**3**	It's just a **minor** problem; I can fix it on my own. 這只是個小問題,我會想辦法自己解決。 You can't sell alcoholic drinks to **minors**. 你不能把酒賣給未成年人。
large [lɑrdʒ] 形 大的	**1**	**Large** amounts of water will be wasted if we don't turn off the faucet properly. 如果我們沒把水龍頭關好,會浪費許多寶貴的水資源。
little [`lɪtḷ] 形 小的 名 少許	**1**	Sandy is a shopaholic, thus she has only a **little** money in her bank account. 姍蒂是個購物狂,所以她的銀行帳戶裡幾乎沒錢。

lot
[lɑt]
名 很多

1 A **lot** of people around the world are still in extreme poverty.
全世界仍有許多人身陷貧窮。

情境聯想 07 明星奧黛麗赫本

　　已故女星奧黛麗・赫本在世人的印象中是集美麗、優雅與高貴的 (noble) 氣質於一身的女演員，很難想像她小時候曾因戰爭壟斷生活必需品 (necessity) ，而導致營養不良。而奧黛麗・赫本的優雅多半 (mostly) 是源自於母親的禮儀教導，她的演出不造作、個性謙虛 (modesty) 又幽默，並在晚年擔任聯合國兒童基金會的親善大使，替許多地區的孩子募款、發聲。

🎧 MP3 ◀ 183

noble
[`nobl̩]
形 高貴的 名 貴族

3 Because of his **noble** character, he was respected and admired.
他因高尚的性格而受尊重與讚譽。
同義詞 aristocratic, gracious
反義詞 humble, normal

necessity
[nə`sɛsətɪ]
名 必需品

3 Cellphones are considered a **necessity** by a lot of people in the 21st century.
在二十一世紀，許多人認為手機是生活必需品。
同義詞 need, requirement
反義詞 trivia, extra

mostly
[`mostlɪ]
副 多半；主要地

4 The customers of the hotel are **mostly** Asians.
這家飯店的顧客大多是亞洲人。
同義詞 chiefly, mainly
反義詞 seldom, rarely

modesty
[`mɑdɪstɪ]
名 謙虛；有理

4 Sam has such good qualities as **modesty** and integrity.
山姆有許多優秀的特質，例如，謙虛和正直。
同義詞 humility, shyness
反義詞 conceit, arrogance

entire [ɪn`taɪr] 形 全部的	**2**	The **entire** ecosystem is deteriorating dramatically with extreme weather on Earth. 隨著地球氣候漸趨極端，整個生態系統正嚴重惡化中。
formal [`fɔrml] 形 正式的	**2**	To prepare for the prom, high school students shop for **formal** gowns and black ties. 為了準備舞會，高中生買了正式的長禮服和黑領結西裝。
thin [θɪn] 形 薄的	**2**	A law in France bans the hiring of extremely **thin** fashion models. 法國有一法案限制不能聘用過瘦的服裝模特兒。

情境聯想 08　完美主義者

　　對於完美主義者來說，他們會事事追求完美 (perfection)，很明顯的 (obvious) 特徵就是，他們通常認為失敗或小瑕疵是完全不能接受的，結果導致惡性循環、促使他們走向抑鬱、自殺等特殊的 (peculiar) 傾向。而世界衛生組織統計，現在許多 (numerous) 年輕人有抑鬱和想自殺的傾向，且數量已經破紀錄，部分的 (partial) 個案就是由完美主義所引起的。

perfection [pɚ`fɛkʃən] 名 完美	**4**	You can ignore **perfection** and make art with passion when you allow your creativity to run free. 你可以不必做到完美，反而可用感情去創作藝術，讓創造力自由發揮。 同義詞 excellence, achievement 反義詞 imperfection, inferiority

obvious
[`ɑbvɪəs]
形 明顯的

3 If someone drives in a zigzag pattern, it's **obvious** that the driver may be drunk.
如果有人開車蛇行,很明顯地,這位駕駛可能是酒駕。
同義詞 apparent, noticeable
反義詞 dubious, doubtful

peculiar
[pɪ`kjuljə]
形 特殊的

4 The species with pouches are **peculiar** to Australia.
有袋的動物是澳洲特有的。
同義詞 bizarre, distinctive
反義詞 commonplace, ordinary

numerous
[`njumərəs]
形 為數眾多的

4 The collector of artworks has collected **numerous** antiques.
藝術收藏家收集了許多骨董。
同義詞 abundant, many
反義詞 small, little

partial
[`pɑrʃəl]
形 部分的

4 My boss is **partial** towards one of my colleagues, for he is a brown-noser.
老闆對一名同事特別偏心,因為他是馬屁精。
同義詞 incomplete, limited
反義詞 complete, entire

importance
[ɪm`pɔrtn̩s]
名 重要性

2 The **importance** of hygiene, sanitation, and clean drinking water cannot be overemphasized.
要有良好的健康,就一定要重視個人衛生、環境衛生和乾淨的飲用水。

only
[`onlɪ]
副 只;僅僅 連 不過

1 **Only** by working diligently will you get promoted.
唯獨勤奮工作,你才能升遷。
同義詞 merely

perfect
[`pɜfɪkt]
形 完美的 動 使完美

2

Pratice makes **perfect**. So, what you should do now is practice more.
熟能生巧，所以你現在應該做的就是要多加練習。

情境聯想
09

救災講求效率

災區緊急救助主要 (prime) 的講求為高效率，但有時候，太過豐富的 (plentiful) 捐贈物資很可能 (probable) 造成囤積和浪費，而且部分 (portion) 消息只是網路轉發，因此在捐贈物品之前，最好先向首要的 (primary) 負責救援機關確認一下。

🎧 MP3 ◀ 185

prime
[praɪm]
形 首要的 名 全盛期

4

A **prime** minister is the counterpart of a president.
國家的總理相當於總統的地位。
同義詞 prepare, brief

plentiful
[`plɛntɪfəl]
形 豐富的

4

In season, tomatoes are **plentiful** and cheap.
當季的番茄又多又便宜。
同義詞 productive, sufficient
反義詞 fruitless, barren

probable
[`prɑbəbḷ]
形 可能的

3

It is **probable** that high achievers will win scholarships.
成績優秀的學生是很有可能申請到獎學金的。
同義詞 likely, possible
反義詞 unlikely, impossible

portion
[`porʃən]
名 部分 動 分配

3

It takes a large **portion** of my income to pay my mortgage each month.
每個月，房屋貸款的支出都花掉我一大部份的薪水。
同義詞 share, allocation
反義詞 entirely, total

primary
[`praɪˌmɛrɪ]
形 主要的

3 The course's **primary** goal is to improve students' proficiency in English.

這堂課的主要目標是加強學生的英語程度。

同義詞 basic, dominant
反義詞 minor, subordinate

important
[ɪm`pɔrtn̩t]
形 重要的

1 It is **important** that family members spend time together to bond properly.

家人付出時間來增進彼此感情是很重要的。

less
[lɛs]
形 較少的 介 減去

1 More haste, **less** speed.

欲速則不達。

同義詞 smaller, inferior

perhaps
[pɚ`hæps]
副 也許;可能

1 **Perhaps** you're just looking in the wrong direction.

你很有可能只是找錯了方向而已。

同義詞 possibly, maybe

possible
[`pɑsəbl̩]
形 可能的

1 Every swimming contestant participating in the Olympics tried to swim as fast as **possible** for the highest honor.

從世界各地前來參加奧運的游泳選手們,為了得到最高榮譽,都盡力游得快一點。

live
[lɪv] / [laɪv]
動 生存 形 有生命的
副 以實況轉播地

1 There is no one **living** on that island.

沒有人居住在那個島嶼上面。

The ball game was broadcast **live** with millions of spectators watching on TV.

這場球賽現場轉播,有數百位觀眾透過電視觀看。

飲食均衡顧皮膚

　　換季時，肌膚油脂分泌減少 (reduction)，導致皮膚乾燥又顯得粗糙 (rough)，專業醫師大多建議攝取抗氧化蔬果、規律運動以及適當的 (proper) 保濕，才能減少 (reduce) 肌膚乾裂。而提到修護肌膚的蔬果，大略來說 (roughly) 一定會有花青素多的草莓、藍莓、富含維生素 B 及 E 的鮭魚，以及富含膳食纖維的南瓜、花椰菜等食物。

🎧 MP3 ◀ 186

reduction [rɪˋdʌkʃən] 名 減少	4	The **reduction** in the crime rate is the centerpiece of national policies. 減少犯罪率是國家政策的重點。 同義詞 cutback, decline 反義詞 increase
rough [rʌf] 形 粗糙的　名 草圖	3	Passengers on cruise ships get seasick if the sea gets **rough**. 如果風浪太大，郵輪上的乘客便很容易暈船。 同義詞 uneven, stormy 反義詞 smooth, polite
proper [ˋprɑpɚ] 形 適當的	3	If you go trekking, you need **proper** walking boots. 如果你要徒步健行，你便需要一雙合腳的健走鞋。 同義詞 suitable, appropriate 反義詞 unfitting, improper
reduce [rɪˋdjus] 動 減少	3	Wearing the right type of clothing will **reduce** your exposure to radiation. 穿對的衣料才有辦法減少暴露在輻射下的影響。 同義詞 dwindle, decrease 反義詞 extend, grow
roughly [ˋrʌflɪ] 副 粗略地	4	The Domed Station can accommodate **roughly** 50,000 people. 巨蛋體育館可容納大約五萬人。 同義詞 about, approximately

~~~ 相關單字一次背 ~~~

likely [`laɪklɪ] 形 可能的 副 可能地	1	Those from an underprivileged family are more **likely** to get involved in crime. 弱勢家庭的人較有可能牽涉到犯罪。
same [sem] 形 同樣的 代 同樣的事	1	The twin brothers look the **same**. I can't tell them apart. 那對雙胞胎兄弟長相一樣，我無法分辨他們。 同義詞 alike, identical
simple [`sɪmpl] 形 簡單的	1	The cake recipe is **simple**, so Susie intends to bake one by herself. 這蛋糕的食譜非常簡單，所以蘇西想自己做做看。
ugly [`ʌglɪ] 形 醜的	2	The **Ugly** Duckling is still one of the most popular children's books nowadays. 《醜小鴨》是現在依然很受歡迎的童書之一。

情境聯想 11　壓力大尋求諮詢

　　處理壓力時，要有足夠的 (sufficient) 時間來休息，例如，可以向朋友傾訴或寫下來你的想法，以便做個徹底的 (thorough) 檢視。而壓力太大時，很多人很少 (seldom) 會尋求專業診斷，以為這只是輕微的 (slight) 小問題，但事實上會造成焦慮或憂鬱，需透過諮詢來及早治療。畢竟，健康最重要，其他事物只是其次 (secondary)。

 MP3 187

sufficient [sə`fɪʃənt] 形 足夠的	3	The money we have saved over two years is **sufficient** enough for us to travel to Denmark. 我們存了兩年的錢，已足夠讓我們到丹麥旅遊。 同義詞 enough, adequate 反義詞 deficient, lacking

thorough [`θɝo] 形 徹底的	4	The summer camp gave me **thorough** training on leadership. 夏令營給予我徹底的領導能力訓練。 同義詞 complete, full 反義詞 incomplete, partial
seldom [`sɛldəm] 副 不常；很少	3	**Seldom** have we seen a movie at the theater since our baby was born. 自從孩子出生以來，我們就很少到電影院看電影了。 同義詞 scarcely, rarely 反義詞 frequently, often
slight [slaɪt] 形 輕微的 動 輕視	4	Hugo had a headache and a **slight** fever. 雨果頭很痛，還稍微發燒了。 同義詞 minor, small 反義詞 major, important
secondary [`sɛkən͵dɛrɪ] 形 次要的	3	Her health is what matters most - the cost of the treatment is of **secondary** importance. 她的健康是最重要的，治療費用只是其次。 同義詞 inferior, unimportant 反義詞 significant, primary

相關單字一次背

bit [bɪt] 名 一點	1	Despite sipping a little **bit** of wine, David didn't drive lest he violate the traffic regulation. 儘管只喝一點酒，大衛也絕不開車，以免違反交通法規。
long [lɔŋ] 動 渴望 形 長的	1	Every student **longs** for the holiday season when there will be Christmas gifts and parties and no school. 每位學生都渴望聖誕假期的來臨，因為有聖誕禮物及派對，又不必上學。

main [men] 形 主要的	**2**	The **main** subject of the lecture is financial management. 本課程最主要的課題是財務管理。
mass [mæs] 名 大量；質量	**2**	**Mass** transit systems, such as trains and buses, etc., can commute a larger number of passengers. 大眾運輸系統，像是火車和公車等，都可以載運許多乘客往返各地。
small [smɔl] 形 小的 副 細小地	**1**	The **small** jewelry box is an antique passed down from my ancestor. 這個小珠寶盒是我祖先傳承下來的骨董。
super [`supɚ] 形 極好的 副 非常地	**1**	My mom is a **super** cook who is good at not only Taiwanese dishes but also a variety of exotic food. 我媽是個超級厲害的大廚，不僅擅長台灣食物，也會做很多異國料理。

情境聯想 12　與孩子溝通

　　每個孩子都是獨一無二的 (unique)，不過，對有些孩子來說，普遍的 (universal) 交友能力對他們而言可能很困難 (tough)，又或缺乏安全感、睡覺時必須緊緊 (tight) 抱著毯子或玩偶才睡得著；要怎樣克服這些問題，不管對父母或對孩子來說，都是巨大的 (tremendous) 挑戰。

🎧 MP3 ◀ 188

unique [ju`nik] 形 獨特的	**4**	Each person's fingerprints are **unique**. 每個人的指紋都很獨特。 同義詞 exclusive, particular 反義詞 common, ordinary
universal [ˌjunə`vɝsl̩] 形 普遍的 名 普遍性	**4**	A smile is often thought of as a **universal** language. 微笑常被認為是國際共通語言。 同義詞 global, worldwide 反義詞 limited, narrow

tough [tʌf] 形 困難的	4	There have been **tougher** restrictions put on what online retailers can sell. 最近對網路賣家所販賣的商品有嚴加限制。 同義詞 sturdy, difficult 反義詞 loose, flexible
tight [taɪt] 形 緊的 副 緊緊地	3	The cyclists were dressed in **tight** Lycra shorts. 單車騎士們穿著緊身萊卡短褲。 同義詞 snug, tense 反義詞 loose, laid-back
tremendous [trɪˋmɛndəs] 形 巨大的；極好的	4	The tycoon spent a **tremendous** amount of money on buying the mansion. 這位巨亨花了一大筆錢買豪宅。 同義詞 overwhelming, huge 反義詞 little, miniature

相關單字一次背

ordinary [ˋɔrdṇˏɛrɪ] 形 普通的	2	I am an **ordinary** person who sometimes loses his temper. 我是個普通人，有時候也是會發脾氣的。
nearly [ˋnɪrlɪ] 副 幾乎	2	**Nearly** half of the land is submerged by the sea. 大約一半的土地都淹沒在海水中。 同義詞 almost
necessary [ˋnɛsəˏsɛrɪ] 形 必要的	2	Is it **necessary** for every man to serve in the army in your country? 在你的家鄉，每個男人都一定要當兵嗎？
tiny [ˋtaɪnɪ] 形 極小的	1	It was reported that **tiny** needles had been found in strawberries imported from Australia. 新聞報導，澳洲進口的草莓被發現有針藏在裡面。

情境聯想 **13** 車禍手術後

　　半年前，強森因為一場車禍而嚴重 (badly) 受傷，幸好現代醫學發達，在接受手術、再配合復健之後，現在他的傷勢僅 (mere) 剩下膝蓋上的手術疤痕，身體其他部分的運作都很正常 (normal)，所以他又可以再度跑跳、自由出遊了。

🎧 MP3 ◀ 189

---

badly
[`bædlɪ]
副 非常地；惡劣地

3 The man was **badly** injured and got paralyzed, so he needed a wheelchair.
這個人因受重傷而癱瘓，需要坐輪椅。
同義詞 awkwardly, clumsily
反義詞 adequately, well

---

mere
[mɪr]
形 僅僅的

4 It is a **mere** distance of 50 meters from my home to my school.
從我家到學校只有五十公尺而已。
同義詞 sheer, simple
反義詞 enormous, huge

---

normal
[`nɔrml]
形 正常的

3 The patient's blood pressure was back to the **normal** range.
病人的血壓已經恢復正常。
同義詞 common, usual
反義詞 abnormal, irregular

相關單字一次背

---

simply
[`sɪmplɪ]
副 簡單地；僅僅地

2 To put it **simply**, you are the only one I can rely on.
簡單來說，你是我唯一可以依賴的人。
同義詞 only, solely

total [`totl] 形 全部的 名 全部	II	It is 2,000 dollars in **total**. Would you like to pay in cash or a credit card? 總共二千元，你要付現還是刷卡呢？ 同義詞 complete, entire 反義詞 incomplete, specific
very [`vɛrɪ] 副 非常 形 恰好的	II	Saudi Arabia has a **very** abundant oil resource, ranking the second in the world. 沙烏地阿拉伯有非常豐富的石油資源，其擁有的資源量排名世界第二。 同義詞 greatly, highly, truly
well [wɛl] 副 良好地 名 井	II	If you manage your money **well** by investing and saving, you will get rich gradually. 如果你藉由投資和儲蓄來好好理財的話，漸漸就能致富。

溝通媒介：電話與電報

情境聯想 **01** 藍芽與通訊科技

　　在使用免持藍牙手機 (mobile) 接收器 (receiver) 連線 (connect) 時，一開始使用是沒問題的，但是最令我困擾的是藍芽會自動斷線 (disconnect)，必須重開藍牙設置，再重新配對後，才能接聽電話。

🎧 MP3 ◀ 190

mobile [`mobɪl] 形 移動式的 名 行動電話	**3** A cellphone, also known as a **mobile** phone, is a portable phone that can make and answer calls over a radio frequency link within the telecom service area. 手機，也就是所謂的「移動式電話」，是一種可隨身攜帶的電話，可在電信公司服務地區內透過無線電磁波撥接電話。 同義詞 movable, changeable 反義詞 fixed , settled
receiver [rɪ`sivɚ] 名 收受者；電話聽筒	**3** The **receiver** of my home telephone isn't working properly. 我家裡電話的聽筒壞掉了。 同義詞 recipient, acceptor 反義詞 transmitter, sender
connect [kə`nɛkt] 動 連接	**3** Could you please help me **connect** the printer to my computer? 你可不可以幫我把列表機連線到我的電腦呢？ 同義詞 link, attach 反義詞 disconnect, separate

disconnect 4
[ˌdɪskə`nɛkt]
動 打斷；切斷（電話等）

My parents suggested I use social media less and **disconnect** from my smartphone to reduce stress.
我的父母建議我應該少用社群網站，並且讓手機離線，壓力才能得到緩解。
同義詞 separate, detach
反義詞 connect, link

相關單字一次背

wire 2
[`waɪr]
名 電線 動 裝電線

Don't touch an electric **wire**, or you will get a shock.
不要摸電線，否則你會觸電。

dial 2
[`daɪəl]
動 撥號 名 儀表盤

Dial 911 immediately in case of emergencies.
萬一有緊急事件，可立刻撥打緊急專線。

情境聯想 02 通訊方式的演變

隨著科技愈來愈發達、網路與手機普及化後，電報 (telegram) 這種通訊方式就消失了，打電報 (telegraph) 已變成前人的聯絡方法；而如果要在一九四〇年代打電話，就得拿起聽筒撥號，向接線生 (operator) 報出自己的電話號碼與對方的地區和電話號碼，人工接線後的幾分鐘內才可通話。

🎧 MP3 191

telegram 4
[`tɛlə͵græm]
名 電報

During the war, the news was sent by **telegram**.
戰爭時，消息是透過電報傳達的。
同義詞 telegraph, cable

telegraph
[`tɛlə͵græf]
動 發電報 **名** 電報機

4

Telegraph your parents right now.
立刻打電報給妳爸媽。
You can send the message on the telegraph.
你可以用電報來傳遞訊息。

同義詞 communicate, predict
反義詞 conceal, receive

operator
[`ɑpə͵retɚ]
名 操作者；接線生

3

All details concerning your itinerary, accommodation, and transport will be dealt with by the tour operator.
所有行程、住宿和交通都將由旅行社人員幫你處理好。

同義詞 engineer, operative

相關單字一次背

answer
[`ænsɚ]
動 名 回答

1

The phone is ringing. Please answer it for me.
電話響了，請幫我接一下電話。
Our boss required an immediate answer.
我們老闆要求一個立即的回應。

call
[kɔl]
名 呼叫；通話
動 呼叫；打電話

1

Make a phone call to your dad now, please.
現在打個電話給你爸爸，好嗎？
Wendy calls her parents once a week.
溫蒂每週都會打電話給她的父母。

send
[sɛnd]
動 寄；發送

1

Mark sent me the file via an email so that I could download it directly.
馬克寄給我一封有附件的電子郵件，這樣我可以直接下載檔案。

telephone
[`tɛlə͵fon]
名 電話 **動** 打電話

2

What is your telephone number?
你的電話號碼幾號？
He telephoned me to fill me in on today's meeting.
他打電話給我，跟我說了今天會議的事情。

金融知識：貨幣、銀行與財務

情境聯想
01
現今的租片市場

　　百視達曾經稱霸租片市場，但創業六年後，門市收入便開始下滑、出現財務的 (financial) 危機，並在二〇一〇年申請破產 (broke)。而最主要的原因是科技變革，觀眾從 DVD 轉移 (transfer) 到線上影音串流；再者，對手公司 Netflix 全面投資 (invest) 數位服務的轉型，搶佔了影片市場的大餅。

🎧 MP3 ◀ 192

financial [faɪˋnænʃəl] 形 金融的；財務的	According to a survey, half of all parents still offer **financial** support to their children even after they become adults. 根據調查，就算孩子已經成年了，多達半數的家長仍然會為孩子提供財務方面的支持。 同義詞 economic, commercial
broke [brok] 形 破產的	Because of the financial crisis, thousands of firms went **broke**. 有數千間的公司因為這次的財務危機而宣告破產。 同義詞 bankrupt 反義詞 ich, wealthy
transfer [ˋtrænsfɝ] 名 動 轉帳；轉移	Anthony is a **transfer** student, not accustomed to his new surroundings yet. 安東尼是位轉學生，對周遭的新環境還尚未適應。 Polly has **transferred** to another school, for she didn't seem to fit in with the previous school's students. 波麗似乎無法適應之前的學校，所以已經轉學到了另一間學校。 同義詞 deliver, convert

invest
[ɪn`vɛst]
動 投資

4
Now is the best time to **invest** in the property market.
現在是投資房地產最好的時機。
同義詞 stake, venture
反義詞 divest

failure
[`feljɚ]
名 失敗

2
Don't be disheartened and frustrated by just one **failure**.
不要因一次失敗就感到灰心、挫折。

coin
[kɔɪn]
名 硬幣
動 鑄造（貨幣）

2
I inserted two **coins** into the slot and pressed the button, and then the drink I wanted to buy came out of the vending machine right away.
我投入兩個硬幣進去投幣口並按下按鈕，然後要買的飲料便立即從販賣機掉出來。

change
[tʃendʒ]
動 改變 名 變化

2
If you **change** your mind, please inform me of your resolution.
如果你改變心意的話，請告知我正式的決定。
同義詞 alter, shift

lend
[lɛnd]
動 借出

2
My friend **lent** me money to pay my debt.
我朋友借我錢去償債。
同義詞 loan
反義詞 borrow

payment
[`pemənt]
名 支付

1
My friend makes monthly **payments** of 20 thousand dollars on his mortgage.
我的朋友每個月必須繳兩萬元的房貸。
同義詞 fee

跳票被銀行罰錢

在美國，開出的支票 (check) 若因為帳戶 (account) 餘額 (balance) 不足而跳票 (bounce) 的話，會被銀行 (bank) 罰錢，罰款相當於台幣一千多元，又或簽帳卡消費超支，也會被銀行收取罰款。而這些規定對於帳戶存款 (savings) 不多又不善理財的人而言，簡直是難以翻身。

🎧 MP3 ◀ 193

check [tʃɛk] 動 檢查 名 支票	**1** As a smartphone addict, the first thing I do in the morning is **check** my phone. 我有手機成癮症，早上做的第一件事就是滑手機。
account [ə`kaʊnt] 名 帳戶 動 視為	**3** Kyle deposited the money into his **account** this morning. 今天上午，凱爾把錢存入了他的帳戶。 Students **account** for eighty percent of our customers. 我們顧客有百分之八十是學生。
balance [`bæləns] 名 平衡 動 使平衡	**3** You must strike a **balance** between work and family. 你們必須在工作和家庭之間取得平衡。 Arthur struggles to **balance** between work and his social life. 亞瑟努力在工作和休閒玩樂之間尋求平衡。 同義詞 equity, evenness 反義詞 disproportion, imbalance
bounce [baʊns] 動 彈跳；跳票 名 彈跳	**4** **Bounce** the tennis ball and hit it over the net. 拍打網球，然後再將球打過球網。 The tennis player has to hit the ball before its second **bounce**. 網球選手必須在第二次彈球落地之前把球打出去。 同義詞 hop, leap

bank [bæŋk] 名 銀行；堤岸	**1**	To take out a 5 million mortgage, Olivia applied to the **bank**. 為了繳五百萬的房屋貸款，奧莉維亞便向銀行申請借款。
savings [`sevɪŋs] 名 拯救；存款	**3**	Casper has huge **savings** from investing in the stock market. 賈斯伯投資股票，存了很多錢。 同義詞 funds, means 反義詞 debt, loss

相關單字一次背

banker [`bæŋkɚ] 名 銀行家	**2**	Corporate **bankers** offer advice to clients about a variety of financial products and investments. 企業銀行家提供給顧客各種金融投資建議。
cent [sɛnt] 名 分	**1**	Regarding U.S. money, a penny equals a **cent**; a nickel equals five cents. 關於美金，一便士等於一分錢；而一尼可等於五分錢。
ATM 縮 自動櫃員機	**4**	Cindy gets used to withdraw money from the **ATM**. 辛蒂習慣到自動提款機領取錢。 同義詞 cash machine

情境聯想
03 **建立正確理財觀念**

　　露西是個很有金錢觀念、善於理財的女生，她把每一分 (penny) 每一角 (dime)，理智地投資股票及債券 (bond)，而更令人感到意外的是，她從不申請信用 (credit) 卡，完全不必擔憂信用卡繳費何時到期 (due)。

MP3 ◀ 194

penny	3	A **penny** saved is a **penny** earned, so why not put aside some of your earnings?
[`pɛnɪ]		存一分錢等於賺一分錢，何不撥出一些錢來儲蓄呢？
名 一分硬幣		同義詞 change, coin

dime	3	A **dime** equals 10 cents.
[daɪm]		一角等於十分錢。
名 一角硬幣		同義詞 change, coin

bond	4	Strong family **bonds** enable people to live happier and longer.
[bɑnd]		緊密的家庭關係使人們更快樂、壽命更長。
名 契約；債券 動 抵押；擔保		同義詞 chain, connection

credit	3	Benjamin has a good **credit** record and has decided to apply for a loan from a bank.
[`krɛdɪt]		班傑明有良好的信用紀錄，於是決定向銀行申請貸款。
名 信用；學分 動 相信		同義詞 trust, reputation
		反義詞 distrust, doubt

due	3	Our first baby is **due** in August
[dju]		我們第一個孩子的預產期在八月份。
形 預定的 名 應付款		同義詞 unpaid, scheduled
		反義詞 settled, paid

相關單字一次背

dollar	1	You can pay in euros if you don't have any U.S. **dollars** on you.
[`dɑlɚ]		如果你身上沒有美金，可以用歐元支付。
名 美元		

money	1	Phil earns lots of **money** by making investments in the stock market.
[`mʌnɪ]		菲爾投資股票、賺了許多錢。
名 錢；貨幣		

gain
[gen]
名 收穫 動 獲得

2 No pain, no **gain**.
一分耕耘，一分收穫。

情境聯想 04 **財富投資有技巧**

　　財金 (finance) 投資 (investment) 有理，報稅課稅 (tax) 有道，例如，報綜所稅只要掌握技巧，便可完全免稅，順利累積自身財產 (property)。買基金、外幣要考量匯差、手續費、稅負等。而在銀行開立外幣帳戶，要注意有兩個收益：儲蓄利息，匯率 (rate) 差收入。

🎧 MP3 ◀ 195

---

finance
[faɪˋnæns]
動 提供資金
名 財務；財政

4 The city government has agreed to **finance** the construction.
市政府已經同意為這項建案提供資金。
This report gave a detailed account of the company's **finances**.
這份報告詳細說明了公司的財務。
同義詞 banking, commerce

investment
[ɪnˋvɛstmənt]
名 投資

4 People worry their **investments** could be impacted by the economic crisis.
人們擔心經濟危機衝擊到他們的投資。
同義詞 finance, asset

tax
[tæks]
名 稅金 動 課稅

3 Higher **taxes** were imposed on imported goods recently.
最近，將對進口商品開徵較高的稅。
同義詞 duty, cost

property
[ˋprɑpətɪ]
名 財產

3 The sign said, "Private **property** - keep off!"
標示牌上寫著「私人地產，請勿擅入」。
同義詞 possession, estate
反義詞 debt

rate
[ret]
名 比率
動 評價；估價

3 My friend pays for her mortgage through a variable **rate**.
我朋友繳抵押貸款，是以不定額償付的。
同義詞 ratio, percentage

相關單字一次背

cash
[kæʃ]
名 現金 動 兌現

2 Would you pay by credit card or in **cash**?
你是刷信用卡還是付現金？
Hi, I would like to **cash** my traveler's check.
你好，我想要將我的旅行支票兌現。

save
[sev]
動 儲蓄

1 We should **save** money for a rainy day.
我們應該未雨綢繆有所準備。
反義詞 spend, waste

treasure
[`trɛʒɚ]
名 寶藏 動 收藏

2 The hidden **treasure** hasn't been found yet.
寶藏還未尋找到。
同義詞 valuable, wealth

quarter
[`kwɔrtɚ]
名 四分之一

2 The billionaire promised he would donate three-**quarters** of his heritage to charity.
這位億萬富翁將捐獻四分之三的財產給慈善機構。

 試試身手 — 模擬試題

一、詞彙題（共 15 題）

( )1. The new regulation needs to be _____ enough to cater to the needs of everyone.
(A) urgent (B) suspicious (C) brutal (D) flexible

( )2. Given the uniqueness of Taiwan's cultural, social and economic _____, we should conduct relevant research on the matter.
(A) circumstances (B) taxes (C) bounces (D) hastes

( )3. Is this artwork a duplicate or the _____? I can't distinguish whether it is genuine.
(A) privacy (B) original (C) liberty (D) phenomenon

( )4. The patient's respiratory disease has now been _____ by a chest infection.
(A) complicated (B) rated (C) coined (D) exaggerated

( )5. Recently, lots of _____ thefts have occurred; someone uses others' personal information, like their ID number, or credit card number, or passwords without permission to commit crimes.
(A) reduction (B) minority (C) identity (D) necessity

( )6. Pieter Cornelis was a Dutch painter who is regarded as one of the greatest artists of the 20th century and a pioneer of _____ art, changing his artistic style to create simple geometric elements later in life.
(A) identical (B) rusty (C) steady (D) abstract

( )7. Nowadays, young employees are stuck in poorly paid jobs with little chance of earning higher salaries, so they have to be frugal and _____ with their modest incomes.
(A) distinct (B) luxurious (C) economical (D) contrast

( )8. If you rely on caffeine to alleviate fatigue and to improve concentration, make sure to drink only _____ amounts.
(A) faithful (B) urgent (C) moderate (D) delicate

(　)9. Building genuine friendships requires _____ trust and respect.

    (A) prosperous (B) aggressive (C) brutal (D) mutual

(　)10. The biggest _____ to great success in careers is not daring to step out of your comfort zone.

    (A) procedure (B) status (C) obstacle (D) existence

(　)11. In sharp _____ with all the other countries, the life expectancy of Japanese females is, while the global average remains 71 years old.

    (A) absence (B) suspicion (C) preparation (D) contrast

(　)12. Based on fingerprint analysis, each person's fingerprints are so _____ that they can prove his or her identity.

    (A) negative (B) distinct (C) initial (D) smooth

(　)13. It has become more obvious that customers are increasingly demanding higher_____; they don't simply assess a product according to its low price.

    (A) hardship (B) quality (C) quantity (D) presence

(　)14. There are still a few countries that don't have water _____ continuously.

    (A) available (B) memorable (C) hollow (D) accurate

(　)15. People who play violent video games for three consecutive days tend to have hostile behavior, for violence has a bad _____ on them.

    (A) impact (B) bond (C) freedom (D) account

二、綜合測驗（共 15 題）

    In the modern world of digitalization, computers have progressed to the point that they are capable of replacing the tasks that could only done by human previously. Moreover, it's becoming more and more __ 16 __ for people to work remotely or at home. This __ 17 __ independent contracting work, creating "a gig economy," in which flexible, temporary

jobs abound and companies are __⑱__ to hire part-time workers or freelancers. Nevertheless, a gig economy __⑲__ the traditional working circumstances where full-time workers are dedicated to the lifetime career. Take Uber for an example, it allows part-time drivers and passengers to use ridesharing services via the app on smartphones.

The UK is widely recognized as having one of the most flexible labor markets in the world with over one million gig workers. As a result, "Good work: the Taylor review of modern working practices" was __⑳__ in 2017 by Matthew Taylor, whom the Prime Minister of the UK, Theresa May, asked to have a panel discussion with in order to better the lives of this country's citizens through stabilizing work opportunities, improving training, and communication between labor and employers.

(　　) 16. (A) shallow　(B) common　(C) particular　(D) peculiar

(　　) 17. (A) facilitates　(B) exists　(C) idles　(D) objects

(　　) 18. (A) absolute　(B) precise　(C) plain　(D) prone

(　　) 19. (A) reflects　(B) resembles　(C) regulates　(D) undermines

(　　) 20. (A) risked　(B) separated　(C) proposed　(D) snapped

In 2018, Mars reached "opposition" on July 27th, a distance of 57.8 million kilometers from the earth, making its closest approach on July 31st. Opposition is __㉑__ as the point where an outer planet is situated at an ecliptic longitude of 180 degrees opposite from the sun. Meanwhile, Mars appeared peach-colored and was suitable for observation, __㉒__ almost all night because Mars, the earth, and the sun formed a straight line. And, in the telescope, the most outstanding __㉓__ was its polar ice caps. However, there was one __㉔__ -- we won't have such a favorable opposition again until September 15th, 2035.

Speaking of Mars, Elon Musk announced a goal of manufacturing BFR (Big Falcon Rocket), a reusable spacecraft, to launch human exploration of Mars as well as colonization on that planet. The first BFR prototype came out in March 2018, and the company is projected to conduct testing in early 2019 to strengthen the ___25___ of long-duration spaceflight in Mars mission environments.

(　)21. (A) regarded (B) considered (C) thought (D) referred

(　)22. (A) visible (B) invisible (C) versatile (D) vain

(　)23. (A) feather (B) fiction (C) fracture (D) feature

(　)24. (A) priority (B) advantage (C) dim (D) downside

(　)25. (A) captivity (B) criminal (C) capability (D) cripple

　　Irresistible, a book written by Adam Alter, a professor at New York University, discusses technology addiction in an entertaining perspective. The book talks about the author's investigation into the reason we can't stop ___26___ through information on our phones and end up getting addicted to the virtual world as if we were infected with some tech-zombie epidemic. In addition, the book informs us of the compulsive behavior we ___27___ related to cyber connection. Though the era of mobile tech benefits people, Alter believes that the more we disconnect from real-life interaction, the more we may suffer from technology addiction.

　　As the world is now surrounded with Internet-based technologies, it seems that the author is right-- though these technological products and apps have nothing to do with drugs or alcohol, they can be addictive enough to hook us. For one thing, they are ubiquitous and impossible to avoid, for people are constantly posting and checking the latest news on social media. ___28___, these products are mobile, which means we can carry them around anytime, anywhere with us.

　　Aside from the negative impacts mentioned above, technology has its ___29___, too. For instance, creative teaching can be more efficient

via technological teaching-aids. And, it would be easier to get donations for charitable causes on ___30___ websites than through physical events. With the above pros and cons, we can see that it is inevitable we will continue participating in the online world and not disconnect ourselves from the Internet.

(   )26. (A) skipping (B) scrolling (C) sketching (D) simplifying

(   )27. (A) tear apart (B) engage in (C) come into existence
         (D) account for

(   )28. (A) All in all (B) In vain (C) For another (D) On average

(   )29. (A) defects (B) failures (C) strengths (D) telegrams

(   )30. (A) fund-raising (B) raise-fund (C) fund-raised (D) raising-fund

三、文意選填（共 10 題）

請依文意在文章後所提供的 (A) 到 (J) 選項中分別選出最適當者。

    Fintech, an abbreviation for financial technology, is an economic term referring to a financial services sector that appeared in the 21st century and has been a major ___31___ since 2015. Fintech is known as the technological innovation in finance, inclusive of blockchain, investment, e-payment, and crypto-currencies. Nowadays, fintech is growing ___32___ around the globe, with one-third of consumers worldwide using services related to fintech.

    Since its rise in 2015, Fintech has ___33___ traditional financial markets. More and more companies ___34___ such software apps as artificial intelligence (AI) and big data. As a major element in fintech, crypto-currency, a ___35___ currency like Bitcoin for example, can now be used for transactions as virtual cash without any permission of central banks or the ___36___. Moreover, fintech also stimulates different fields -- Regtech that aims to reduce illegally earned income and prevent ___37___

___ by implementing anti-money Laundering regulations, and Insurtech, which mainly focuses on the ___ 38 ___ of the insurance industry.

However, ___ 39 ___ fintech complicates or eases problems in the global economy is still uncertain. Many experts believe this innovative sector will keep ___ 40 ___ , while some doubters view it as a bubble that will burst in the near future.

(A) whether (B) utilize (C) authorities (D) disrupted (E) digital
(F) booming (G) buzzword (H) efficiency (I) explosively (J) fraud

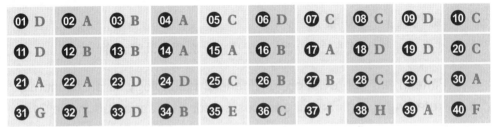

模擬試題 ～ 解答篇

01 D	02 A	03 B	04 A	05 C	06 D	07 C	08 C	09 D	10 C
11 D	12 B	13 B	14 A	15 A	16 B	17 A	18 D	19 D	20 C
21 A	22 A	23 D	24 D	25 C	26 B	27 B	28 C	29 C	30 A
31 G	32 I	33 D	34 B	35 E	36 C	37 J	38 H	39 A	40 F

一、詞彙題剖析

01 **(D) flexible** 有彈性的

新的規定必須要夠有彈性才能符合每個人的需求。

(A) urgent 緊急的 **(B) suspicious** 可疑的 **(C) brutal** 殘忍的

02 **(A) circumstances** 環境；情況

鑑於台灣文化、社會及經濟情況均有獨特性的情況，我們應該要根據這方面進行相關研究。

(B) taxes 稅 **(C) bounces** 彈跳 **(D) hastes** 匆忙

03 **(B) original** 原創的；原作

這個藝術作品是複製品還是原作？我無法分辨它是不是真品。

(A) privacy 隱私　(C) liberty 自由　(D) phenomenon 現象

04 (A) **complicated** 使變複雜

因為胸腔感染，病人的呼吸道疾病變得更加複雜了。

(B) rated 排名；列等級　(C) coined 造（幣）　(D) exaggerated 誇大

05 (C) **identity** 身分

最近發生很多身分竊取案件；有人未經允許就使用他人個資，像是身分證字號、信用卡號或密碼等資訊來犯罪。

(A) reduction 減少　(B) minority 少數　(D) necessity 必需品

06 (D) **abstract** 抽象的

皮特‧蒙德里安是一位荷蘭畫家，被視為二十世紀最棒的藝術家之一，也是抽象藝術的創始者，而他的晚期的畫風則轉變成簡約的幾何風格。

(A) identical 相同的　(B) rusty 生鏽的　(C) steady 穩定的

07 (C) **economical** 節約的

現代年輕人陷入低薪工作、毫無高薪機會的境況，所以對於微薄收入要節省、節約來使用。

(A) distinct 不同的　(B) luxurious 奢侈的　(D) contrast 相對的

08 (C) **moderate** 適量的

如果你必須藉由咖啡因來消除疲勞或是改善專注力的話，建議只要飲用適量的咖啡就好了。

(A) faithful 忠心的　(B) urgent 緊急的　(D) delicate 精巧的

09 (D) **mutual** 彼此的

真正的友誼建立在彼此的信任和尊重。

(A) prosperous 繁榮的　(B) aggressive 攻擊性的　(C) brutal 殘忍的

10 (C) **obstacle** 障礙

事業成功最大的障礙就在於你不敢跨出舒適圈。

(A) procedure 程序　(B) status 地位　(D) existence 存在

11 **(D) contrast** 對比

與其他國家的鮮明對比之下，日本女性的預期壽命高達八十七歲，而世界平均則為七十一歲。

(A) **absence** 缺席　(B) **suspicion** 懷疑　(C) **preparation** 準備

12 **(B) distinct** 不同的

根據指紋分析，每個人的指紋都明顯不同，足以用來證實個人身分。

(A) **negative** 負面的　(C) **initial** 最初的　(D) **smooth** 平順的

13 **(B) quality** 品質

消費者對高品質的訴求愈來愈明顯，不會只依價格高低來評鑑產品。

(A) **hardship** 苦難　(C) **quantity** 數量　(D) **presence** 出席

14 **(A) available** 可取得的

有些國家並非無時無刻都有水資源可用。

(B) **memorable** 難忘的　(C) **hollow** 空心的　(D) **accurate** 準確的

15 **(A) impact** 影響

連續玩暴力電玩三天會對心智有不良影響，會導致敵對的行為。

(B) **bond** 結合　(C) **freedom** 自由　(D) **account** 帳戶

二、綜合測驗剖析

在數位化的現代世界裡，電腦已進化到能夠取代在以前只有人能夠從事的工作。此外，愈來愈 **16** (B) 普遍的 是人們可以在遙遠的外地或甚至在家工作，因而 **17** (A) 促進 獨立契約的工作形態，創造了「零工經濟」，讓環境充斥著彈性而暫時性的工作，公司則 **18** (D) 偏向 雇用兼職員工或是自由工作者。不過，零工經濟卻會 **19** (D) 損害 到傳統的工作環境，因為在傳統工作中，全職員工會更全心地投入職場。而以優步（Uber）為例，接案的司機以及乘客，雙方都能透過手機的應用程式，來享受共乘的服務。

而英國則被公認為全世界最有彈性的勞工市場，有超過一百萬多位兼職工作

者，因此，總理梅伊請馬修‧泰勒組成小組，並於二〇一七年 **⑳** (C) 提出 〈泰勒報告〉，來改進、替人民打造穩定的職場及完好的職訓，並改善勞資雙方的溝通。

16 (B) **common** 普遍的
    (A) **shallow** 淺的　(C) **particular** 特殊的　(D) **peculiar** 奇特的

17 (A) **facilitates** 促進
    (B) **exists** 存在　(C) **idles** 虛度　(D) **objects** 反對

18 (D) **prone** 傾向於…的
    (A) **absolute** 絕對的　(B) **precise** 準確的　(C) **plain** 樸素的

19 (D) **undermines** 損害
    (A) **reflects** 反射　(B) **resembles** 長得像　(C) **regulates** 管理

20 (C) **proposed** 提議
    (A) **risked** 冒險　(B) **separated** 分開　(D) **snapped** 折斷

　　西元二〇一八年七月二十七日，火星距離地球五千七百八十萬公里，達到了「衝」的位置，而七月三十一日的距離又最為接近。火星衝 **㉑** (A) 被視為 是星球處於黃道經度一百八十度、與太陽相對的位置；同時，火星、地球與太陽呈現一條直線，且此時的火星呈現桃紅色，相當適合觀賞，幾乎整個晚上都是 **㉒** (A) 可見的，而在望遠鏡下，火星衝最突出的 **㉓** (D) 特色 即其極地的冰冠。但是，**㉔** (D) 缺點 就是，直到西元二〇三五年九月十五日，我們才有機會再度看到火星衝。

　　而提到火星，伊隆‧馬斯克宣布了一個目標——製造可重複使用的 BFR 太空飛行器（直譯：大獵鷹火箭），以便人類開始探索並殖民火星。而在二〇一八年三月，已釋出 BFR 原型，預計將於二〇一九年初測試，以強化長久飛行並成功到達火星、執行火星任務的 **㉕** (C) 能力。

21 (A) **regard…as… = consider…to be… = think of…as… = refer**

to…as… 視為

22 **(A)** visible 可看見的

　　(B) invisible 隱形的　**(C)** versatile 多才多藝的　**(D)** vain 徒勞的

23 **(D)** feature 特色

　　(A) feather 羽毛　**(B)** fiction 虛構小說　**(C)** fracture 骨折

24 **(D)** downside 缺點

　　(A) priority 優先的事項　**(B)** advantage 優點　**(C)** dim 微暗的

25 **(C)** capability 能力

　　(A) captivity 囚禁　**(B)** criminal 罪犯　**(D)** cripple 跛子

　　欲罷不能（Irresistible）的作者是一位紐約大學教授——亞當·阿爾塔（Adam Alter），書中，他以有趣的觀點談論科技成癮，還進行相關調查，研究為何我們無法克制 **26** **(B)** 滑手機、沉溺於虛擬的世界，彷彿感染了某種科技殭屍病，此外，還警告人們因網路而 **27** **(B)** 從事 的強迫行為。雖然行動科技帶給人們極大的便利，作者相信人們愈沉浸於虛擬世界、與現實脫軌，就愈容易科技成癮、感到難受。

　　現在，世界充滿著許多與網路相關的科技，看來，作者的確是對的，網路世界既非毒品，也不是酒精，但科技產物和應用程式足以讓人們上癮。探究其原因，一是因為這種情況不可能避免的，周遭的人們總是在社群軟體上面追蹤即時新聞、更新自己的動態消息。 **28** **(C)** 再者，數位小物是如此方便攜帶，我們隨時隨地都能將這些科技產品攜帶在身上。

　　不過，另一方面來說，除了以上的缺點以外，科技也有其 **29** **(C)** 優勢。例如，透過科技教具，老師們可運用創意教學來傳授知識，而且透過 **30** **(A)** 募款 網路平台，會比實際辦場募款活動更容易得到慈善捐款。看完了上述的優缺點，看來人們都無法避免不去參與網路世界，也不一定能不需要網路。

26 **(B)** scrolling 滑（此指手機）

(A) **skipping** 跳過　(C) **sketching** 素描　(D) **simplifying** 簡化

27 (B) **engage in** 從事

(A) **tear apart** 拆開　(C) **come into existence** 存在
(D) **account for** 佔…百分比

28 (C) **For another** 再者

(A) **All in all** 總而言之　(B) **In vain** 白費　(D) **On average** 平均來說

29 (C) **strengths** 優勢

(A) **defects** 缺陷　(B) **failures** 失敗　(D) **telegrams** 電報

30 (A) **fund-raising** 募款的（複合形容詞 **N-Ving** 表主動）

(B) 無此字　(C) 無此字　(D) 無此字

三、文意選填剖析

　　Fintech 是「金融經濟」的英文縮寫，為一經濟術語，指的是二十一世紀崛起的金融服務產業，並於二〇一五年成為主要 **31** (G) 流行用語。金融科技的創新眾所皆知，包括區塊鍊、投資、電子支付和加密貨幣等，而且正 **32** (I) 爆發性地 成長當中，目前全球有三分之一的消費者都有使用與金融科技相關的產品。

　　自從二〇一五年崛起後，金融科技明顯已 **33** (D) 擾亂 了傳統的財金市場，愈來愈多公司行號 **34** (B) 應用 了許多軟體以及程式，像是人工智慧和大數據，而加密貨幣更是在金融科技業中扮演重要的角色，比特幣就是一個例子，它是 **35** (E) 數位 貨幣，不需經由銀行或 **36** (C) 相關單位，就能當作虛擬貨幣來進行交易。此外，金融科技也刺激了許多相關產業，例如，「監管科技」以實行反洗錢法案來降低不法所得、預防 **37** (J) 詐欺 為目標，而「保險科技」則著重於保險產業的 **38** (H) 效率。

　　不過，金融科技 **39** (A) 是否 使全球經濟複雜化亦或減輕經濟問題，我們仍都不確定；有些專家認為這個創新的產業將繼續 **40** (F) 蓬勃發展，但也有人質疑著金融科技在不久的未來將會泡沫化。

31 (G) **buzzword** 流行用語

32 (I) **explosively** 爆發性地；劇增地

33 (D) **disrupted** 擾亂

34 (B) **utilize** 應用

35 (E) **digital** 數位的

36 (C) **authorities** 相關單位；當局

37 (J) **fraud** 詐欺

38 (H) **efficiency** 效率

39 (A) **whether** 是否

40 (F) **booming** 蓬勃發展

Unit 1 **要職業百百種**：認識各行各業

Unit 2 **各司其職**：努力精進個人能力

Unit 3 **人事部門職責**：管理與聘僱

Unit 4 **商業結構**：企業工作相關

Unit 5 **商務人生**：掌握貿易精髓

Unit 6 **加深印象**：廣告行銷與視覺

Unit 7 **收看多彩節目**：電視與電台

Unit 8 **國家基石**：農業與工業

Unit 9 **享有言論自由**：出版與報業

試試身手：模擬試題

模擬試題解答與解析

4500 Must-Know
Vocabulary for
High School Students

Part 3

各種職業職人

考題有分哪幾種？

　　學測、指考都有選擇題與非選題兩種題型，其中，兩者選擇題都包含詞彙題、綜合測驗、文意選填、閱讀測驗，而非選題方面則有中譯英與寫作；要注意，在寫作部分兩者出題是有差異的，學測常出看圖說故事、信函寫作或主題寫作（闡述或分析對某一主題的觀點），而指考則可能為主題寫作、主題句寫作（須將題目提供的主題句寫進文章並以此主題句為主軸）與圖片／圖表分析。

名 名詞　動 動詞　形 形容詞　副 副詞　介 介係詞　縮 縮寫

職業百百種：認識各行各業

情境聯想 01 請教各領域專家

　　我們常常會為了省錢，而不求助於專家或顧問 (consultant)，反而試圖自己處理很多看似簡單的問題。不過，像是複雜的排水系統問題，建議最好尋求有執照 (license) 的專業 (professional) 水電工 (plumber)，不要貪小便宜找業餘的 (amateur) 技術人員，因為省了小錢總難免賠了大錢。

🎧 MP3 ◀ 196

consultant
[kən`sʌltənt]
名 顧問

Many **consultants** equipped with considerable expertise were employed to cope with the oil spill.
許多具備豐富專業知識的顧問們都被聘請來解決此次的漏油事件。

同義詞 advisor, expert
反義詞 amateur, apprentice

license
[`laɪsn̩s]
名 執照 動 許可

Paul's driver's **license** was revoked by the police for his drunk-driving.
保羅因酒駕而被警察吊銷駕照。

The drugstore is **licensed** by the Ministry of Health to carry out pharmaceutical practice.
這間藥局有衛生署發的執照，可合法開業。

同義詞 permit, approval
反義詞 denial, ban

professional 4
[prə`fɛʃənḷ]
名 專家 形 專業的

Rickie Fowler, a golf **professional** in the U.S., plays on the PGA Tour; he reached a career high of fourth position in the Official World Golf Ranking in 2016.

理奇‧福樂是美國的高爾夫球職業選手，參加了 PGA 巡迴賽事，於二○一六年世界排名第四，創下生涯高峰。

Cristiano Ronaldo, a Portuguese **professional** footballer, plays as a forward for Italian club Juventus and is the captain of the Portugal national team.

克里斯蒂亞諾‧羅納度是一位葡萄牙籍的職業足球員，擔任前鋒，並效力於義大利足球隊──尤文圖斯隊，也是葡萄牙國家足球隊的隊長。

同義詞 competent, skilled
反義詞 inexperienced, amateur

plumber 3
[`plʌmɚ]
名 水管工人

Licensed **plumbers** who know how to a do a plumbing job rapidly are qualified.

有證照、擁有專業知識又能迅速處理水電工作的水電工才是合格的。

amateur 4
[`æmə͵tʃur]
形 業餘的
名 業餘從事者

To everyone's dismay, the **amateur** player was eliminated from the competition.

令每個人感到氣餒的是，這位業餘的選手在比賽中慘遭淘汰了。

The coach dismissed Edward because he was an **amateur**, refusing any offer of training.

教練認為愛德華還是新手而不理睬他，還拒絕給予任何培訓。

同義詞 rookie, beginner
反義詞 expert, professional

相關單字一次背

effective [ɪˋfɛktɪv] 形 有效果的	**2**	Dermatologists remind us that when sunscreen expires, it becomes less **effective**. 皮膚科醫生提醒，防曬油如果過期的話，便會比較沒有效果。
expert [ˋɛkspɝt] 名 專家 形 熟練的	**2**	Medical **experts** advise that mothers should breastfeed their babies after giving birth. 醫藥專家建議產後的準媽媽應該餵母乳。

情境聯想 02 湯姆的家世背景

　　湯姆的職業 (career) 為專業的技術顧問 (advisor)，他的老婆為會計師 (accountant)；而湯姆的爸爸退休前則是一位著名的工匠 (carpenter)，也曾當過郵差 (carrier) 等等職位，經歷很豐富。

🎧 MP3 ◀ 197

career [kəˋrɪr] 名 職業	**4**	Anthony was eager to pursue a distinguished **career** as a diplomat. 安東尼很渴望追求外交官這一份卓越的工作。 同義詞 profession, occupation
advisor [ədˋvaɪsɚ] 名 顧問	**3**	Mr. Anderson is employed as an **adviser** on foreign affairs. 安德森先生受聘為外交事務顧問。
accountant [əˋkauntənt] 名 會計師	**3**	It is very rewarding that Jeff runs a firm of **accountants**. 傑夫經營一間會計師事務所，而且收益頗豐。 同義詞 teller, auditor

carpenter
[`kɑrpəntɚ]
名 木匠

3 Vincent was apprenticed to his uncle as a **carpenter**.
文森拜叔叔為師，當木匠學徒。
同義詞 woodworker, contractor

carrier
[`kærɪɚ]
名 運送者

4 Mail **carriers** ring your doorbell to deliver some items in person.
郵差為將物品送到本人手中，會按你家門鈴。
同義詞 transporter, postman

相關單字一次背

assistant
[ə`sɪstənt]
名 助理

2 An **assistant** was asked to take over the business while the manager was away on business.
當經理出差時，便會要求一位助理負責接管所有事務。

clerk
[klɜk]
名 店員

2 Our e-commerce business needs a shipping **clerk** with MS Office proficiency.
我們的電子商務經營需要一位店員來負責物流，而且店員也要精熟微軟文書軟體。

guard
[gɑrd]
名 警衛 動 防衛

2 Office of the President is always protected with many armed security **guards** on duty.
總統府周遭總是有許多武裝的保安人員在巡邏著。

情境聯想 03　職業要求大不同

　　有些職業風險很大，像是礦工 (miner)、機械工 (mechanic) 等；另外，有些職業需要靈感直覺，如設計師 (designer) 和偵探 (detective)；而家庭主婦 (housewife) 則是一種沒辦法辭職的職業；各種職業都有各自的優缺點呢！

MP3 ◀ 198

miner
[`maɪnɚ]
名 礦工
3

On October 13, 2010, the 33 **miners** who became trapped in a Chilean mine were rescued successfully.
在二〇一〇年十月十三日，受困在智利礦坑中的三十三名礦工成功被拯救出來。

mechanic
[məˋkænɪk]
名 機械工
4

Felix applied to be a **mechanic** at a local garage, but he was rejected.
菲力克斯應徵當地修車廠的技術人員這一份工作，但是被回絕了。
同義詞 repairman, technician

designer
[dɪˋzaɪnɚ]
名 設計師
3

Jason Wu, a Taiwanese fashion **designer**, is known for designing dresses for Michelle Obama during the inauguration of American President Barack Obama.
吳季剛是一位來自台灣的服裝設計師，在美國總統歐巴馬的就職典禮中，總統夫人蜜雪兒所穿的禮服就是由他設計的。
同義詞 fashioner, deviser

detective
[dɪˋtɛktɪv]
名 偵探 形 偵探的
4

Sherlock Holmes is the **detective** character I like the best.
福爾摩斯是我最喜歡的偵探角色。
同義詞 investigator, sleuth

housewife
[ˋhaʊswaɪf]
名 家庭主婦
4

Jill is a thrifty **housewife** whose tasks include doing the chores and taking care of kids.
吉兒是個節儉的家庭主婦，她的工作包括做家事和照顧孩子。

~~~ 相關單字一次背 ~~~

fireman [ˋfaɪrmən] 名 消防員	2	An army of firefighters helped protect California's forests; however, 19 **firemen** died from battling the wildfire. 消防隊員們都幫忙保護加州森林；然而，有十九位消防員在對抗森林大火時喪生了。
hunter [ˋhʌntɚ] 名 獵人	2	The **hunters** followed the tracks of the bears for several hours. 獵人們跟尋熊的蹤跡好幾個小時。
keeper [ˋkipɚ] 名 看守人	1	Floyd works as a **keeper** of the records in a courthouse, handling paperwork every day. 佛洛伊德負責管理法院裡的紀錄，每天都必須與文書作業為伍。

情境聯想
04　**認識服務業**

　　有些職業 (occupation) 是屬於服務業的範疇，例如，門房 (porter)、業務員 (salesperson) 等；不過，保母 (nanny)、家教、司機、清潔人員等等都屬於「家事服務業」，並不適用勞動基準法。

🎧 MP3 ◀ 199

occupation [ˌɑkjəˋpeʃən] 名 職業	4	My uncle is a taxi driver by **occupation**. 我伯父的職業是計程車司機。 同義詞 job, career
porter [ˋportɚ] 名 門房；搬運工	4	There aren't any **porters** in this B&B hotel, so tourists have to find a trolley for the luggage. 這家民宿沒有行李員，所以遊客得自行找小推車來搬行李。 同義詞 carrier, baggage man

salesperson [`selz,pɜsn̩] 名 業務員；店員	4	The **salesperson** was eloquent enough to convince me to buy a bigger car. 這位業務口才很好，成功說服我買一輛更大的車子。
nanny [`nænɪ] 名 奶媽	3	A **nanny** provides child care and could be a servant in other households. 保母會幫別的家庭照顧小孩，也可同時擔任傭人的工作。 同義詞 governess, baby-sitter

相關單字一次背

model [`madl̩] 名 模特兒 動 當模特兒	2	May used to work as an artist's **model**. 梅曾擔任過人體藝術模特兒。 The actress used to **model** for a famous fashion magazine. 那位女演員曾任一本著名時尚雜誌的模特兒。
reporter [rɪ`portɚ] 名 記者	2	The politician was surrounded and questioned about the scandal by a throng of **reporters**. 這位政客被一群記者圍住、追問醜聞。
secretary [`sɛkrə,tɛrɪ] 名 秘書	2	Hazel demanded her **secretary** cancel the appointment with the manager. 海柔要求秘書取消她跟經理的會議。

情境聯想 05　職業的昔與今

　　時代在變，職業 (profession) 種類也是日新月異。古代活動多為放牧，並以產羊毛、羊奶為主，相當依賴牧羊人 (shepherd)，算是最源遠的職業之一；另外，在電腦未普及的年代，打字員 (typist) 曾經是很有前景的工作，如今被機器取代的機率竟有 98% 以上。

profession
[prə`fɛʃən]
名 專業；職業

4

Max is determined to enter the medical **profession**.
麥克斯決定要從事醫護業。
同義詞 vocation, occupation

shepherd
[`ʃɛpəd]
名 牧羊人

3

The nomads were **shepherds**, dwelling in Mongolian yurts which are portable and round.
遊牧民族是牧羊人，居住在可移動的圓形蒙古包。
Dogs **shepherded** the sheep and cow into the pens.
狗把羊群和牛群趕進了圍欄。
同義詞 herder, guard

typist
[`taɪpɪst]
名 打字員

4

The low-skilled jobs of **typists** are being replaced by automation.
低技能的打字人員將被自動化電腦所取代。

相關單字一次背

cowboy
[`kaʊˌbɔɪ]
名 牛仔

1

James wears a **cowboy** hat which was a present from his dad.
詹姆士戴了一頂牛仔帽，那是他爸爸送他的。

servant
[`sɝvənt]
名 僕人

2

The millionaire had three **servants** to wait on him.
這位富翁有三位僕人伺候他。
反義詞 master

**waiter/
waitress**
[`wetə] /
[`wetrɪs]
名 （男 / 女）服務生

2

Diners in restaurants can leave 20% of their bills as tips for **waiters** for their good service.
在餐廳用餐的顧客可以留下消費金額的百分之二十當作小費，給服務良好的侍者。
同義詞 server

各司其職：努力精進個人能力

情境聯想 01 建立競爭優勢

　　在全球不景氣時，唯有強者才能在職場上占有優勢 (dominate)，所以各行各業都必須重塑、加強自己的競爭 (competitive) 能力。現今，最好要具備能打破語言屏障 (barrier)、直接與外國交流的能力，前途似錦的 (promising) 成功機會才會大增，而在這個力求效率 (efficiency) 與利益的新世紀，多職能也是不可忽視的趨勢。

🎧 MP3 ◀ 201

dominate [`dɑmə‚net] **動** 支配	Apple's iPhone and Samsung smartphones both **dominate** the market. 市佔率高的兩家手機製造商為蘋果和三星。 同義詞 control, influence 反義詞 lose, follow
competitive [kəm`pɛtətɪv] **形** 競爭的	The company gained a **competitive** advantage over its rivals because of its remarkable research and development. 由於其傑出的研發能力，這家公司比對手更具競爭優勢。 同義詞 competing, ambitious
barrier [`bærɪr] **名** 努力	Susan gradually got used to the exotic surroundings in spite of the language **barrier**. 儘管有語言障礙，蘇珊還是漸漸地適應了異國環境。 同義詞 obstacle, hurdle 反義詞 aid, help

promising
[`prɑmɪsɪŋ]
形 有前途的

4 We can embrace a very **promising** future as long as we strive hard and make great contributions to society.
只要我們努力並對社會有所貢獻，就能有光明的前途。
同義詞 bright, encouraging
反義詞 dull, dim

efficiency
[ɪ`fɪʃənsɪ]
名 效率

4 Increasing work **efficiency** is one of the factors which results in success.
增進工作效率是成功的因素之一。
同義詞 productivity, capability
反義詞 ignorance, incompetence

 相關單字一次背

ignore
[ɪg`nor]
動 忽略

2 Kids with parents or caregivers who often **ignore** them are more likely to misbehave in order to seek bonding as well as attention.
常被父母或照顧者忽視的小孩比較可能有行為偏差，因為他們想要尋求關愛和注意。

influence
[`ɪnfluəns]
動 名 影響

2 The way children are raised by their parents **influences** what temperaments they will develop.
爸媽養育孩子的方式會影響到他們的性情。

silly
[`sɪlɪ]
形 傻的

1 The student is not **silly** but lazy to prepare for the test.
這位學生不笨，只是懶於準備考試而已。

情境聯想 02　**實現自我目標**
　　若把人生比做職場，那麼人生就像是在執行自己的專案、試著完成 (accomplish) 更大的成就 (accomplishment)，而且在收穫成就感 (achievement) 的同時，將促使我們實現 (achieve) 自我、得到 (acquire) 榮耀。

accomplish 4
[əˋkɑmplɪʃ]
動 完成

The Mars rover Curiosity is equipped with sophisticated technology to **accomplish** its primary mission.

火星探測好奇號裝備有精密複雜的科技，於二〇一四年完成主要任務。

同義詞 achieve, complete
反義詞 abandon, quit

accomplishment 4
[əˋkɑmplɪʃmənt]
名 成就

During the Apollo 11 mission to the Moon, Neil Armstrong became the first person to step onto the lunar surface, which is still regarded as a great **accomplishment**.

阿波羅任務中，尼爾・阿姆斯壯是第一個登入月球表面的人，這是項偉大的成就。

同義詞 fulfillment, achievement
反義詞 failure

achievement 3
[əˋtʃivmənt]
名 完成

The scientist thirsts for **achievement**.

這名科學家渴望取得成就。

同義詞 fulfillment, accomplishment
反義詞 failure

achieve 3
[əˋtʃiv]
動 實現

Meg **achieved** the goal that she had resolved to finish.

梅格達到了她原先決心要完成的目標。

同義詞 accomplish, fulfill
反義詞 fail, abandon

acquire 4
[əˋkwaɪr]
動 取得

Nick has a great attitude toward studying, which helps him **acquire** a great deal of knowledge.

尼克在課業方面很主動，因此學到了許多知識。

同義詞 gain, learn
反義詞 miss, lose

相關單字一次背

ability [ə`bɪlətɪ] 名 能力	**2**	The elderly can do puzzles or play board games to enhance their mental **abilities**. 老人家可以玩拼圖或棋盤遊戲以加強心智能力。
able [`ebḷ] 形 有能力的	**1**	Judy, who suffers from dyslexia, has difficulty reading and is not **able** to read or write. 有閱讀障礙的茱蒂在閱讀及寫字方面皆有困難。
skill [`skɪl] 名 技能	**1**	You can sharpen your piano **skill** by practicing every day. 你可以每天練鋼琴，以精進琴藝。

情境聯想 03　小島的島主職缺

　　某個小島徵求島主，應徵者 (applicant) 要具備的條件有：(1) 喜歡大自然冒險 (adventure)，需要照顧環境生態 (2) 有自我調整 (adjustment) 的能力，需待在島上一年 (3) 能有效運用豐富的優勢 (advantage)，會開船、捕魚大大加分 (4) 負擔得起 (afford) 孤單的生活。

🎧 MP3 ◀ 203

applicant [`æplɪkənt] 名 申請人；應徵者	**4**	**Applicants** who don't meet the hiring requirements won't be selected for an interview. 不符合僱用條件的應徵者不得參加面試。 同義詞 candidate, seeker 反義詞 boss, manager

adventure
[əd`vɛntʃɚ]
名 冒險

3 In Greek mythology, Odysseus created a huge wooden horse that led to the end of the Trojan War. Later, he went on a ten-year **adventure** before reaching his home.
希臘神話中，奧德修斯造了一個巨大的木馬，結束特洛伊戰爭；後來在他回到家之前，又經歷十年的冒險。
同義詞 feat, experience
反義詞 plan, reality

adjustment
[ə`dʒʌstmənt]
名 調整

4 Numerous apps allow cellphone users to make detailed **adjustments** to the original photos.
許多手機的應用程式讓使用者可以細細修飾原始照片。
同義詞 adaptation, alteration

advantage
[əd`væntɪdʒ]
名 利益；優勢

3 The athlete's height give him a big **advantage** over others.
這位運動員的身高使他比其他人更佔優勢。
同義詞 benefit, profit
反義詞 disadvantage, weakness

afford
[ə`ford]
動 能夠負擔

3 With the housing prices soaring, young people can't **afford** a house.
隨著房價高漲，年輕人根本買不起房子。
同義詞 allow, give
反義詞 deny, refuse

~~~ 相關單字一次背 ~~~

aid
[ed]
動 名 援助

1 A thesaurus website is a useful **aid** to writing.
同義詞網站是寫作的好幫手。
同義詞 help, support, assistance

apply
[ə`plaɪ]
動 申請

2 They **applied** to the government for a grant for the project.
他們向政府提出申請，請求政政府提供計劃的補助金。

盡己所能助災民

　　賑災活動中，任何人只要有能力 (capable)，都可以協助 (assist) 災民、出錢出力，即便有點笨拙 (awkward)，也能行善助人，並適時提供協助 (assistance)，幫助災民減輕生活負擔 (burden)。

🎧 MP3 ◀ 204

capable [`kepəbḷ] 形 有能力的	3 Monica grumbles about the situation and believes she is not **capable** of mending her relationship with her husband. 莫妮卡抱怨著，認為她無法跟老公重修舊好。 同義詞 able, competent 反義詞 unable, ignorant
assist [ə`sɪst] 動 援助	3 The rescue teams, **assisted** by the army, found the survivors. 在軍隊的協助下，搜救隊成功地找出倖存者。 同義詞 help, aid 反義詞 damage, harm
awkward [`ɔkwəd] 形 笨拙的	4 There followed an **awkward** silence after Jim told a bad joke. 吉姆說了冷笑話後，接著出現一段尷尬的沉默。 同義詞 clumsy, embarrassed 反義詞 easy, delightful
assistance [ə`sɪstəns] 名 協助	4 You have met the financial eligibility requirements, and you are entitled to receive **assistance** from the university. 你的財務資格已符合條件，可得到大學的獎助學金。 同義詞 help, aid 反義詞 block, damage

burden
[`bɜdən]
名 動 負擔；負荷

3 Every member of a family can help shoulder the domestic **burden** of household chores.
家中每個成員都可以幫忙承擔家中的家事負擔。
同義詞 load, stress
反義詞 advantage, benefit

 相關單字一次背

attention
[ə`tɛnʃən]
名 注意

2 There is a campaign to draw people's **attention** to the ecologically harmful effects of plastic bottles.
舉辦這場大型活動的目的是為使人們意識到塑膠寶特瓶對生態環境造成的危害。

情境聯想 05 跳水比賽超越自我

　　充滿魅力 (charm) 的跳水比賽是與自己競賽 (compete) 的一個運動項目，且大多為個人競賽 (competition)；參賽者翻轉跳下後，依據濺起的水花、入水前雙腳是否併直等，來決定最後成績，若在完全的專注之下，便將完全看不到其他競爭者 (competitor)，同時，也不需要在乎以前笨拙的 (clumsy) 自己，反而要超越自我才對。

 MP3 205

charm
[tʃarm]
名 魅力 動 吸引

3 The fans were fascinated and dazzled by the idol's **charm** and gorgeous appearance.
粉絲被這位偶像的魅力與俊美的外貌所吸引，為之傾倒。
同義詞 enchantment, appeal
反義詞 ugliness

compete
[kəm`pit]
動 競爭

3 The two athletes are **competing** in the championship finals.
這兩位選手將在總決賽爭奪冠軍之位。
同義詞 battle, challenge
反義詞 agree, surrender

competition
[ˌkɑmpəˋtɪʃən]
名 競爭

In the face of keen **competition**, we must be proactive and have far-reaching strategies.
面對強烈競爭之下，我們必須態度積極，並訂出長遠的策略。

同義詞 contest, match
反義詞 peace

competitor
[kəmˋpɛtətə]
名 競爭者

The latest model of our product bears a resemblance to that of our rival **competitor**.
我們產品的最新款式與競爭對手的很像。

同義詞 opponent, adversary
反義詞 ally, associate

clumsy
[ˋklʌmzɪ]
形 笨拙的

Original cellphones were heavy and **clumsy**, but now they're light and portable.
手機原先很笨重，但現在變得輕便、可隨身攜帶。

同義詞 awkward, bulky
反義詞 expert, athletic

相關單字一次背

create
[krɪˋet]
動 創造

The candlelight dinner **created** a romantic atmosphere for the couple.
燭光晚餐為這對情侶營造出浪漫的氣氛。

decide
[dɪˋsaɪd]
動 決定

Jessie **decided** to go abroad during her gap year to travel, take advanced courses in language studies, volunteer, and do internships.
潔西決定趁空檔年到國外旅行、進修語言、當志工、實習和文化交流。

decision
[dɪˋsɪʒən]
名 決定

Matt's family accepted his **decision** to die from mercy killing.
麥特希望安樂死，而他的家人也同意他的選擇。

為師培養人才

　　無可否認，許多老師都對教育有重大的貢獻 (contribution)，當課業令學生疑惑時 (confuse)，老師就是那一位幫忙解除疑惑 (confusion) 的智者；很多老師也奉獻 (contribute) 一生以耐心和愛心培養人才，並說服 (convince) 學生為學習而負責、積極吸收知識。

🎧 MP3 ◀ 206

---

contribution 4
[ˌkɑntrəˋbjuʃən]
名 貢獻

Ludwig van Beethoven is famous for his **contributions** to symphonic music.
世界聞名的貝多芬對古典音樂的交響曲有很大的貢獻。
同義詞 donation, improvement
反義詞 decrease, loss

---

confuse 3
[kənˋfjuz]
動 使疑惑

Sign language which varies from country to country **confuses** me a lot.
手語會因國家而不同，讓我非常困擾。
同義詞 perplex, bewilder
反義詞 enlighten, clarify

---

confusion 4
[kənˋfjuʒən]
名 迷惑

The boy didn't understand what the man said and looked at him in **confusion**.
小男孩不知道那個男人在說什麼，所以一臉疑惑地看著他。
同義詞 bewilderment, disorientation
反義詞 calm, peace

---

contribute 4
[kənˋtribjut]
動 貢獻

The tourism industry **contributes** a lot to economy of Indonesia.
觀光業對印尼的經濟貢獻良多。
同義詞 donate, devote
反義詞 hold, keep

convince
[kən`vɪns]
動 說服

4 The apparent proof **convinced** the judge to convict the suspect of murder.
明顯的證據說服了法官，於是判定這位嫌疑犯的謀殺罪成立。

同義詞 assure, persuade
反義詞 discourage, dissuade

depend
[dɪ`pɛnd]
動 依賴

2 Whether you can succeed **depends** on your devotion of time and effort.
你是否能成功是依你投入的時間及努力而定的。

情境聯想 07 勒索病毒的威脅

　　席捲全世界的 WannaCry 勒索病毒，讓各公司機關人人自危，經常不知如何處理 (cope)、擊敗 (defeat) 惡意駭客。為了遠離威脅，大家都必須想辦法保護電腦裡的機密文件，並安裝合法、可防禦 (defensible) 各種病毒的防毒軟體，還要替電腦定期掃毒才對。

 MP3 ◀ 207

cope
[kop]
動 處理

4 The appropriate way to **cope** with pressure is to keep things in balance and stay motivated.
應付壓力最適當的方法就是保持生活平衡與積極態度。

同義詞 manage, handle
反義詞 refuse, yield

defeat
[dɪˋfit]
動 名 擊敗

4

In the American Civil War, the North **defeated** the South in 1865.
在西元一八六五年的美國內戰，北方軍打敗了南方軍。
The team had good sportsmanship in spite of their **defeat**.
這個球隊具有運動家精神，輸掉比賽後便承認落敗。
同義詞 frustration, overthrow
反義詞 accomplishment, success

defensible
[dɪˋfɛnsəbḷ]
形 可防禦的

4

A castle built on a hill is easily **defensible**, for enemy armies can't easily scale the sides of the hill.
蓋在山丘的城堡易於防守，因為敵軍無法輕易攀上斜坡。
同義詞 justifiable, tenable
反義詞 irrational, unlikely

相 關 單 字 一 次 背

different
[ˋdɪfərənt]
形 不同的

1

Living in the dormitory is totally **different** from living at home.
住在宿舍跟住在家裡完全不同。

difficult
[ˋdɪfəˌkəlt]
形 困難的

1

It is extremely **difficult** for a single parent to raise children.
對單親爸媽而言，獨自養育孩子非常艱辛。

difficulty
[ˋdɪfəˌkʌltɪ]
名 困難

2

Those who are diagnosed with asthma have **difficulty** breathing.
罹患氣喘的患者呼吸會有困難。

means
[minz]
名 方法

2

The merchant increased his sales by all **means** possible.
這位商人為了衝高業績而不擇手段。

| **method**
[`mɛθəd]
名 方法 | 2 | The professor devised an innovative **method** to enrich his teaching.
這名教授設計了創新的教學方法，讓上課更加有趣。 |

情境聯想 08 🔍 **多開發感官與知覺**

　　若我們對視覺過度依賴 (dependent)，相形之下，其他可靠的 (dependable) 感官就會被削弱，讓我們無法明確分辨 (distinguish) 相似事物有哪方面相異 (differ)，所以生活中美好的事物都值得 (deserve) 聚心會神去品味，哪怕只是以觸覺去摸索樹幹或葉脈的結構也好。

🎧 MP3 ◀ 208

| **dependent**
[dɪ`pɛndənt]
形 依賴的　名 從屬者 | 4 | Jason was financially **dependent** on his parents before getting a decent job.
傑森找到不錯的工作之前，經濟上仍需要依賴父母。
(同義詞) defenseless, reliant
(反義詞) strong, independent |

| **dependable**
[dɪ`pɛndəbḷ]
形 可靠的 | 4 | With a good sense of responsibility, Kelly is such a **dependable** person that I have confidence in her.
凱莉非常有責任感，是個可信賴的人，所以我對她很有信心。
(同義詞) reliable, responsible
(反義詞) untrustworthy, disloyal |

| **distinguish**
[dɪ`stɪŋgwɪʃ]
動 分辨 | 4 | He is color-blind, unable to **distinguish** red from green.
他是色盲，無法分清紅色和綠色。
(同義詞) identify, differentiate
(反義詞) confuse, misunderstand |

differ [`dɪfɚ] **動** 不同	**4**	It is because of the generation gap that my views **differ** tremendously from my parents'. 我的觀點與爸媽的大相徑庭，這就是代溝。 (同義詞) vary, alter (反義詞) remain, agree
deserve [dɪ`zɝv] **動** 應得	**4**	Students who disobey the school regulations get the punishment they **deserve**. 違反校規的學生會受到應有的懲罰。 (同義詞) earn, gain (反義詞) fail, lose

相關單字一次背

excellent [`ɛksḷənt] **形** 出色的	**2**	Cycling is an **excellent** way to keep fit. 騎單車是個保持健康的好方法。 (同義詞) wonderful, distinguished
false [fɔls] **形** 錯誤的	**1**	Many women think they look prettier when wearing **false** eyelashes. 很多女性認為戴假睫毛能讓她們看起來更加漂亮。
fault [fɔlt] **名** 錯誤 **動** 弄錯	**2**	This car model has a serious design **fault**, so the manufacturer recalled 110,000 cars. 這款汽車有重大的設計缺陷，所以製造廠商召回了十一萬輛車子。

情境聯想 09　地主籃球賽

　　在高中籃球聯賽中，地主威爾頓高中隊以卓越的 (distinguished) 球技以及有效率的 (efficient) 策略，使球隊能夠 (enable) 在比賽中佔優勢，並在最後獲得壓倒性的勝利 (triumph)。

 MP3 ◀ 209

distinguished
[dɪˋstɪŋgwɪʃt]
形 卓越的

Phil won the **distinguished** scholar award for his 10-year research on education.
菲爾從事十年資優教育的研究，拿到了傑出學者大獎。
(同義詞) famous, outstanding
(反義詞) normal, ordinary

efficient
[ɪˋfɪʃənt]
形 有效率的

The nation boasts the most **efficient** transport system.
這個國家以最有效率的交通系統引以為傲。
(同義詞) productive, adept
(反義詞) lazy, sluggish

enable
[ɪnˋebḷ]
動 使能夠

Only good teamwork will **enable** us to get the job done on time.
只有好的團隊精神才能助我們準時把工作做好。
(同義詞) allow, empower
(反義詞) hinder, delay

triumph
[ˋtraɪəmf]
名 勝利 **動** 獲勝

The champion's eyes gleamed in **triumph**.
冠軍者的眼睛散發出勝利的光芒。
(同義詞) victory, achievement
(反義詞) loss, failure

相關單字一次背

winner
[ˋwɪnɚ]
名 勝利者

The **winner** in the tournament will be awarded a gold medal.
錦標賽的勝利者將被頒予一面金牌。

loser
[ˋluzɚ]
名 失敗者

A hand gesture is made by extending the thumb and index fingers in the shape of the letter L, referring to "**loser**."
伸出拇指和食指比成 L 型的手勢，是指失敗者的意思。

擁有千萬歌迷的天團

這個樂團團員都很有才華、非常優秀 (excellence)，所以享譽 (fame) 國際，巡迴演唱所到之處一定有眾多跟隨者 (follower) 追隨。而今天將在英國倫敦舉辦演唱會，不例外 (exception) 的是，已有數千名歌迷湧入機場等候，多虧有保鑣及工作人員維護，禁止 (forbid) 瘋狂粉絲闖入，才讓成員們順利前往會場準備。

🎧 MP3 ◀ 210

excellence 3
[`ɛksələns]
名 傑出

The college is noted for its athletic achievement and academic **excellence**.
這間學院因學生體育成就以及成績優異而聞名。
同義詞 superiority, perfection
反義詞 inferiority, failure

fame 4
[fem]
名 聲望

Emma Watson first rose to **fame** as a child star at the age of 11 in the Harry Potter film series.
艾瑪‧華生十一歲時在《哈利波特》電影的演出，使她一舉成名、成為一位童星。
同義詞 acclaim, celebrity
反義詞 dishonor

follower 3
[`faləwɚ]
名 跟隨者

The celebrity has over 20,000 **followers** on Twitter.
這位名人在推特上有超過兩萬名的粉絲。
同義詞 admirer, supporter
反義詞 enemy, opponent

exception 4
[ɪk`sɛpʃən]
名 例外

The animated films of Hayao Miyazaki are always entertaining, and this one is no **exception**.
宮崎駿的動畫總是妙趣橫生，這部也不例外。
同義詞 omission, exclusion
反義詞 inclusion

forbid
[fɚ`bɪd]
動 禁止

4

The law **forbids** drunk driving lest those who drink and drive pose a risk to themselves or others.
法律禁止酒駕，以免酒駕者危害到自己或其他人。
同義詞 prohibit, ban
反義詞 admit, approve

 相關單字一次背

invent
[ɪn`vɛnt]
動 發明

2

Since the Internet was **invented**, greater amounts of online information, commerce, entertainment, and social networking abound in the virtual world.
自從發明網路以來，大量的網路資訊、商務、娛樂、和社群充斥在這虛擬的世界中。

judgment
[`dʒʌdʒmənt]
名 判斷

2

Alcohol and fatigue can both impair one's decision-making **judgment** and reaction time.
酒精以及疲勞都會降低做決策的能力以及反應時間。

情境聯想 **11** 鋼琴天才姊妹

　　國際樂壇的傳奇人物——來自法國的天才 (genius) 鋼琴家拉貝克姊妹 (Katia & Marielle Labeque) 將來台演出；而實現 (fulfill) 他們音樂成就 (fulfillment) 的因素除了她們很有天分 (gifted) 之外，過人的努力及對音樂的熱愛更讓這對姊妹在鋼琴二重奏的世界發光 (glow)、發亮。

🎧 MP3 ◀ 211

genius
[`dʒinjəs]
名 天才

4

People with IQ scores more than 160 are viewed as **geniuses**.
智商大於一百六十的人通常都被視為天才。
同義詞 ingenuity, intelligence
反義詞 stupidity, ignorance

fulfill [fʊlˋfɪl] 動 實現；滿足	**4**	**Fulfilling** your dream requires faith in yourself, vision, hard work, and determination. 要實現自己的夢想需要自信心、遠見、努力和決心。 同義詞 accomplish, achieve
fulfillment [fʊlˋfɪlmənt] 名 實現	**4**	People find **fulfillment** in the process of working for their goals. 人們在為目標而努力的過程中可以得到滿足。 同義詞 attainment, achievement 反義詞 failure, forfeit
gifted [ˋgɪftɪd] 形 有天賦的	**4**	Morris, who is a intelligently **gifted** student, will jump up a grade at college. 莫瑞斯是位天賦異稟的學生，將在大學跳級一年。 同義詞 talented, intelligent 反義詞 unable, stupid
glow [glo] 名 光輝 動 發光	**3**	Emily felt a **glow** of pride at her son's achievements. 艾蜜莉為兒子的成就感到非常自豪。 The diamond ring **glowed** in the light. 鑽石戒指在光線的照耀下燦爛奪目。 同義詞 glitter, radiate 反義詞 dullness, dark

相關單字一次背

born [bɔrn] 動 出生 形 天生的	**1**	A boy **born** on Oct. 31 is a Scorpio. 出生在十月三十一日的嬰兒，其星座為天蠍座。 He is such a **born** writer. 他是個天生的寫作好手。
gift [gɪft] 名 禮物；天賦	**1**	Rita has an extraordinary **gift** for music. 芮塔在音樂方面很有天分。 同義詞 present

情境聯想 **12** 知識分子的貢獻

　　知識分子 (intellectual) 是有思維、創造力及開拓力的領導者，對社會有很大的影響力 (influential)，他們也是可敬的 (honorable) 思想家，儘管對某些領域是陌生、無知的 (ignorant)，仍會不斷努力學習，想要消除世界上人們的無知 (ignorance)。

🎧 MP3 ◀ 212

intellectual 4 [ˌɪntl̩`ɛktʃʊəl] 形 智力的 名 知識分子	Do you think chimpanzees are intellectual primates? 你覺得黑猩猩是智商高的靈長類嗎？ They are very educated intellectuals who do careful thinking to constructively benefit the whole city reconstruction. 他們是思考謹慎的知識分子，為都市的重建計畫增加了一些建設性想法。 同義詞 rational, scholarly 反義詞 physical
influential 4 [ˌɪnflʊ`ɛnʃəl] 形 有影響力的	Mr. Shank blends folk music with the rhythms of rock and jazz, and has become an influential musician. 宣克先生結合民俗音樂與搖滾爵士旋律，而成為一位很有影響力的音樂家。 同義詞 powerful, effective 反義詞 insignificant, trivial
honorable 4 [`ɑnərəbl̩] 形 可敬的	General Douglas MacArthur was an honorable leader in World War II. 在第二次世界大戰時，麥克阿瑟將軍是個值得敬重的領導者。 同義詞 reputable, distinguished 反義詞 dishonest, irresponsible

ignorant [`ɪɡnərənt] 形 無知的	**4** Despite being **ignorant** and illiterate, Nick was hard-working and liked to learn. 儘管尼克很無知、不識字，但他非常認真，也很喜歡學習。 同義詞 unaware, innocent 反義詞 learned, intelligent
ignorance [`ɪɡnərəns] 名 無知	**3** **Ignorance** is a lack of knowledge, which can lead to serious relationship crises, crimes, or disputes. 無知就是缺乏知識，可能會導致嚴重的人際關係危機、犯罪或爭執。 同義詞 illiteracy, disregard 反義詞 intelligence, competence

相關單字一次背

calm [kɑm] 動 使平靜 形 平靜的	**2** **Calm** down! It's just a minor injury. 冷靜一點，這只是個小傷口而已。 Don't panic but stay **calm**. 不要慌張，反而要保持鎮靜。
clever [`klɛvɚ] 形 聰明伶俐的	**2** The genius is **clever** enough to devise an incredible computer program. 這位天才相當聰明，能設計出極好的電腦程式。
lead [lid] / [lɛd] 名 領導；鉛 動 帶領	**1** The UK took the **lead** in withdrawing from the European Union after a referendum in 2016. 英國在二〇一六年公投後，帶頭退出歐盟。
leader [`lidɚ] 名 領導者	**1** Our company is eager for a strategic **leader** to plan ahead to ensure the achievement of long-term objectives. 我們公司渴求一位有謀略的領導者，能事先規劃，並確保是否達成長期的目標。

leadership [`lidəʃɪp] 名 領導力	2	The camp helps college students develop their **leadership** skills to manage and inspire teams to accomplish their goals. 這個營隊主要是培養大學生的領導技能，以管理激勵團隊去完成任務。

情境聯想 13　智慧手機的發明歷程

　　一九七三年某天，一名男子站在街頭，拿著他發明的大型無線電話撥打電話，這個人就是聰明的 (intelligent) 發明家 (inventor) 馬丁‧庫帕，也是後來成為執行長的摩托羅拉公司技術人員，而他當時的意圖 (intention) 是想讓媒體知道有移動式通訊手機。後來，經過十幾年研發後，集結智力 (intelligence) 心力的發明物 (invention) ——智慧型手機才應運而生。

🎧 MP3 ◀ 213

intelligent [ɪn`tɛlədʒənt] 形 聰明的	4	Jackie is an **intelligent** student, but she lacks the motivation to study. 傑奇是個聰明的學生，但缺乏動機，學習很被動。 同義詞 wise, brilliant 反義詞 ignorant, stupid
inventor [ɪn`vɛntɚ] 名 發明家	3	When **inventors** create new products, they can apply for a patent by filling out a patent application and submitting it to the Patent and Trademark Office. 如果發明家研發了新商品，可以以填寫申請表格並繳交至專利商標局以利申請專利。 同義詞 innovator, creator
intention [ɪn`tɛnʃən] 名 意圖	4	Adam has well-planned **intentions** of going abroad for further studies; however, he dares not confront the challenges ahead. 亞當有完善的出國進修計畫與意願，但他卻不敢面對挑戰，反而裹足不前。 同義詞 purpose, objective 反義詞 discouragement

intelligence 4
[ɪn`tɛlədʒəns]
名 智力

The smart advisor handled the situation with impressive **intelligence**.
聰明的顧問運用絕佳的智慧去處理這件事情。
同義詞 wit, brilliance
反義詞 inability, ignorance

invention 4
[ɪn`vɛnʃən]
名 發明

Protecting intellectual property such as your **inventions**, designs, or original works is crucial.
保護你的發明、設計或原創作品等等的智慧財產權是非常重要的。
同義詞 creation, brainchild

相關單字一次背

power 1
[`pauɚ]
名 力量；權力
動 提供動力

The Democratic Party seized **power** after appealing to the majority of voters in the election.
民主黨在選舉中得到多數選票，於是奪取了政權。
Electricity is **powered** by nuclear power plants in the country.
在這個國家，電力是由核能反應爐所產生的。

realize 2
[`rɪəlaɪz]
動 實現

Before we can **realize** our dreams, we need to conquer the pitfalls that trap us in fear or confusion and hinder our paths of moving forward.
實現夢想之前，我們應該克服那些令人恐懼、困惑而阻止我們前進的障礙。

情境聯想 14 **成功當位富翁**

許多百萬富翁 (millionaire) 都會善加利用自己在各方面的強大能力 (might) 來奮鬥，進而成為老闆、將生意催化成熟 (mature)。而想要成為成功的商人，就要有果斷決策的能力、巨大的 (mighty) 責任感，以及豐富的經驗以及老練 (maturity) 特質。

MP3 ◀ 214

millionaire 名3
[`mɪljən`ɛr]
名 百萬富翁

The **millionaire** had such great generosity and sympathy that he donated a great amount of money to the orphanage.
這位百萬富翁非常慷慨大方、具有同情心，所以捐了許多錢給孤兒院。

---

might 名3
[maɪt]
名 能力；力氣

The hostage struggled with all her **might** to get free while the kidnapper fell asleep.
趁綁匪睡著時，這位人質用盡力氣掙扎而逃脫。
同義詞 ability, power
反義詞 weakness, lack

---

mature 3
[mə`tjʊr]
形 成熟的 動 變成熟

Henry has become a **mature** person and successfully battled his alcoholism after encountering a dramatic turning point.
在遭遇戲劇性的轉捩點後，亨利成熟很多，而且也戒除酗酒習慣。

It is said that girls **mature** faster than boys because the former's brains can develop ten years earlier than the latter's.
據說女孩比男孩早熟，因為女孩的腦袋可發展得比男孩快十年。
同義詞 mellow, adult
反義詞 wither, shrivel

---

mighty 3
[`maɪtɪ]
形 強大的

The **mighty** iceberg is melting as a result of the global warming.
巨大的冰山因溫室效應而逐漸融化。
同義詞 forceful, powerful
反義詞 weak, delicate

---

maturity 4
[mə`tjʊrətɪ]
名 成熟

Diplomatic relations require a great deal of **maturity** and patience.
外交關係需由一位成熟且穩重的人負責維持。
同義詞 adulthood, experience
反義詞 childhood, ignorance

responsible 2 [rɪ`spɑnsəbḷ] 形 負責任的	Leo is so **responsible** that his coworkers really count on him. 李歐非常有責任感，所以同事都很倚重他。
satisfy 2 [`sætɪs,faɪ] 動 使滿足	There are 20 flavors of ice cream in the shop to **satisfy** every customer. 店裡有二十種口味的霜淇淋，足以滿足所有顧客。

情境聯想
15

傑出的演說家

　　想要成為一位傑出的 (outstanding) 演說家，你的演講內容就必須是有說服力的 (persuasive)，而且還要口齒清晰，肢體表達也要充滿自信。舉例來說，蘋果創辦人賈伯斯就是個演說高手，他善用簡單的詮釋、把握簡報機會 (opportunity) 來快速說服 (persuade) 聽眾，而且他幽默、極具說服力 (persuasion)，可以讓內容充滿亮點，成功加深聽眾的印象。

🎧 MP3 ◀ 215

outstanding 4 [aut`stændɪŋ] 形 傑出的	Bill's **outstanding** performance in the drama club earned him respect and praise. 比爾在戲劇社傑出的表演使他贏得敬重和讚賞。 同義詞 superior, striking 反義詞 humble, common
persuasive 4 [pə`swesɪv] 形 有說服力的	The guest speaker gave detailed accounts of his abundant personal experience regarding the matter, which were **persuasive** to the audience. 這位客座演講者詳細描述他個人精彩豐富的經驗，成為具有說服力的論點，並受到觀眾的歡迎。 同義詞 convincing, influential 反義詞 ineffective, unbelievable

opportunity **3**
[ˌɑpɚˋtjunətɪ]
名 機會

The promotion is a priceless **opportunity** that you should grab.
這是個升遷的寶貴機會，你要好好把握住才對。
同義詞 chance, moment

persuade **3**
[pɚˋswed]
動 說服

Chelsea eventually **persuaded** her parents to buy her a used car.
雀兒喜終於說服爸媽買給她一輛二手車。
同義詞 entice, convince
反義詞 discourage, dissuade

persuasion **4**
[pɚˋsweʒən]
名 說服

It took a lot of **persuasion** to convince consumers of the need to cut down on garbage.
說服消費者減少垃圾量是需要費盡唇舌的。
同義詞 seduction, brainwashing
反義詞 impotence, disability

相關單字一次背

skillful **2**
[ˋskɪlfəl]
形 熟練的

Gordon is a **skillful** mechanic who is able to fix all kinds of car problems.
高登是一位技術熟練的修理工，所有車子相關的問題都難不倒他。

smart **1**
[smɑrt]
形 聰明的

Intelligence isn't what you're born with; you can become **smarter** by exercising your brain and studying hard.
聰明並不是天生就具備的；你可以多動腦、用功點，就能變得更聰明。

想要獲得升遷 (promotion)，就必須有企圖心和創新能力，才能讓企業晉升 (promote) 這樣的卓越 (remarkable) 人才；換句話說，員工只要不抗拒 (resist) 挑戰，就有機會享有名聲 (reputation) 和高薪。

 MP3 ◀ 216

promotion 4
[prə`moʃən]
名 升遷

The **promotion** for the movie includes a stunning 90-second ad for the launch of the blockbuster, Marvel's *Spider-Man*.
將有令人驚豔的九十秒宣傳廣告，介紹賣座電影《蜘蛛人》的正式上映。
同義詞 publicity, advance
反義詞 block, decline

promote 3
[prə`mot]
動 晉升

The president's visit will **promote** a ceasefire between the two countries.
總統的訪問將促進兩國之間停火。
同義詞 advance, support
反義詞 hinder, impede

remarkable 4
[rɪ`mɑrkəbḷ]
形 卓越的

The patient's recovery, through the aid of effective medicine, has been **remarkable**.
在醫療用品的協助下，病人的康復有顯著的效果。
同義詞 extraordinary, exceptional
反義詞 average, normal

resist 3
[rɪ`zɪst]
動 抵抗

I can't **resist** the temptation of dessert; I have a sweet tooth.
我無法拒絕甜點的誘惑，因為我嗜「甜」如命。
同義詞 withstand, oppose
反義詞 accept, allow

| reputation
[ˌrɛpjəˋteʃən]
名 名聲 | **4** | The shop acquired an excellent **reputation** for selling Fair Trade products.
這家商店因販賣公平交易商品，得到了極佳的聲譽。
同義詞 prestige, fame
反義詞 disfavor, disregard |

相關單字一次背

stupid [ˋstjupɪd] 形 笨的	**1**	The student pretended to understand what the teacher said, not wanting to look **stupid**. 這個學生假裝聽得懂老師的授課內容，不想看起來很笨。
succeed [səkˋsid] 動 成功	**2**	We **succeeded** and felt overwhelmed with joy, realizing all the efforts we made finally paid off. 我們成功了，都感到非常開心，也意識到我們所做的努力最後總會有收穫。
success [səkˋsɛs] 名 成功	**2**	Many NBA basketball players have achieved huge **success**, such as Michael Jordan, who made money endorsing brands like Nike and Coca-Cola. 許多美國職業籃球員後來都成為成功的大人物，例如，麥可‧喬登，他幫名牌球鞋耐克和可口可樂代言，而賺了大錢。

情境聯想 **17** **投資自己的健康**

　　好好投資健康也是一項責任 (responsibility)，忙碌族群不妨藉由核心運動來加強抵抗力 (resistance)，以保持令人滿意的 (satisfactory) 體態；而所謂的「核心訓練」主要是強化脊椎與腹部附近的肌肉、髖關節等小肌肉群，這些都是支持身體關鍵的力量 (strength)，只要持之以恆，我們對身材的滿意度 (satisfaction) 也會提升。

🎧 MP3 ◀ 217

responsibility ③
[rɪˌspɑnsəˈbɪlətɪ]
名 責任

Parenthood is a lifelong **responsibility** that parents can't shirk.
父母這一身分是一輩子的責任，不可推卸。
(同義詞) accountability, duty
(反義詞) irresponsibility, distrust

---

resistance ④
[rɪˈzɪstəns]
名 抵抗

The house owner put up strong **resistance** to the burglar, who was armed with a knife.
屋主跟持有刀子的強盜頑強抵抗。
(同義詞) fighting, opposition

---

satisfactory ③
[ˌsætɪsˈfæktərɪ]
形 令人滿意的

The result of the rehearsal has been **satisfactory** to the director so far.
目前為止，排演的結果令導演很滿意。
(同義詞) acceptable, sufficient
(反義詞) inadequate, intolerable

---

strength ③
[strɛŋθ]
名 力量

My **strengths** are that I am punctual, optimistic, and easy-going.
我的優點是準時、樂觀與隨和。
(同義詞) stamina, energy
(反義詞) inactivity, idleness

---

satisfaction ④
[ˌsætɪsˈfækʃən]
名 滿足

To my parents' **satisfaction**, I was admitted to a prestigious university.
令我爸媽滿意的是，我申請上了一所名校。
(同義詞) contentment, fulfillment
(反義詞) depression, disappointment

 相關單字一次背

---

successful ②
[səkˈsɛsfəl]
形 成功的

Thor became a **successful** politician at the cost of his health.
索爾為了成為成功的政客，而犧牲自己的健康。

talent
[`tælənt]
名 天賦；才能

2

Mia has an extraordinary **talent** for memory and calculation.
米亞擁有超強的記憶力和計算能力。

情境聯想
18

培養挫折容忍度

讓孩子多嘗試挑戰，可強化 (strengthen) 挫折容忍度 (tolerance)。例如，孩子學騎腳踏車時，要讓孩子對失敗有容忍的 (tolerant) 態度、不要怕跌倒；而遊戲時，父母不應讓步，可讓孩子學會容忍 (tolerate) 被打敗的事實，久而久之，這些可容忍的 (tolerable) 痛苦自然而然就會成為成功的墊腳石。

 MP3 ◀ 218

strengthen
[`strɛŋθən]
動 加強；增強

4

People are advised to use toothpaste with fluoride in it to **strengthen** their teeth.
氟化物能強化牙齒，因此一般都會建議使用含氟牙膏。
同義詞 enhance, intensify
反義詞 undermine, diminish

tolerance
[`talərəns]
名 寬容

4

It is controversial whether zero **tolerance** is effective to curb bullying.
零容忍政策在遏止霸凌方面是否有效仍是有爭議的。
同義詞 resilience, patience

tolerant
[`talərənt]
形 忍耐的；寬容的

4

In a democracy, people are **tolerant** of different opinions and religions.
在民主國家，人們會對不同意見及宗教保持寬容態度。
同義詞 open-minded, forgiving
反義詞 mean, unfriendly

tolerate
[`talə‚ret]
動 忍受；寬容

4

Cheating on exams can't be **tolerated**.
考試作弊是不可容忍的。
同義詞 endure, allow
反義詞 deny, dispute

tolerable [`tɑlərəbḷ] 形 可容忍的	形	After I took the painkiller, my toothache became **tolerable**. 吃完止痛藥後，我便能忍受牙痛了。 同義詞 acceptable, bearable 反義詞 insufficient, inadequate

相關單字一次背

win [wɪn] 動 獲勝 名 勝利	1	**Winning** a girl's heart isn't so difficult; you don't need flowers and compliments, just the right behavior at the right time and a considerate attitude. 贏得芳心不難；你不需要準備花或給予讚美，只要適當的言行及貼心的態度。 The result was actually a huge **win** for our team. 此結果對我們隊伍來說其實是個大勝利。
fool [ful] 名 傻子 動 愚弄	2	On April **Fool**'s Day, people sometimes apply Vaseline on doorknobs to play a prank on their friends or family. 愚人節時，人們常常會塗凡士林在門把上，以捉弄朋友或家人。
foolish [`fulɪʃ] 形 愚笨的	2	It is **foolish** of her to be impulsive when shopping and max out her credit card. 她居然衝動購物，還刷爆信用卡，真傻。

情境聯想 19　藏在光輝後的辛苦

　　這位著名的藝術創作者 (creator) 本身閱歷無數，賦予了他的作品深度的智慧 (wisdom) 與創造力 (creativity)，因而名利 (wealth) 雙收。然而，在他早期默默無名時，他卻窮苦潦倒、必須忍受 (endure) 世人異樣的目光。

MP3 ◀ 219

creator [krɪˋetɚ] 名 創造者	3	In Christianity, God is the eternal **creator** who created all living creatures. 在基督教，上帝是永恆的造物主，創造了所有生物。 同義詞 inventor, designer
wisdom [ˋwɪzdəm] 名 智慧	3	My grandpa is an old man of **wisdom**; he always teaches us many life hacks. 我的祖父是位很有智慧的老人，他總是教導我們許多生活上的小智慧。 同義詞 insight, intelligence 反義詞 imprudence, inability
creativity [ˏkrie`tɪvətɪ] 名 創造力	4	Joanna seeks inspiration as well as **creativity** by travelling and broadening her horizons. 喬安娜藉由旅遊增廣見聞，並尋求靈感和創意。 同義詞 imagination, genius
wealth [wɛlθ] 名 財富	3	Health is more important than **wealth**. 健康勝於財富。 同義詞 worth, richness 反義詞 debt, poverty
endure [ɪnˋdjʊr] 動 忍受	4	The woman has to **endure** the domestic violence imposed by her brutal husband. 這位女性必須忍受殘酷老公對她所加諸的家庭暴力。 同義詞 tolerate, withstand

相關單字一次背

wise [waɪz] 形 聰明的	2	It is **wise** of Fiona to use coupons to buy groceries to save money. 費歐娜很聰明，會使用折價券買雜貨來省錢。
value [ˋvælju] 名 價值 動 重視	2	It is recommended to place a high **value** on good packaging. 一般都會建議要重視包裝的精美。

人事部門職責：管理與聘僱

情境聯想 01 **人才外流惡性循環**

　　人才外流會造成勞動 (labor) 市場的結構變化，很多上司 (supervisor) 發現只要某些重要人才退休 (retire) 或被解僱 (dismiss)，一旦職位空缺 (vacant) 了，便將導致企業停擺、營利減少、變相減薪等，最後出現更多人才短缺的危機，而陷入惡性循環。

🎧 MP3 ◀ 220

labor 4 [`lebə] 名 勞動；勞工 動 勞動	Working in mines is one of the most hazardous forms of child **labor**. 在礦坑工作是童工會接觸到的最危險工作之一。 In 2013, the number of migrant workers who left their home countries and **labored** abroad reached 150 million. 西元二〇一三年那些離開祖國到國外勞動的移工佔了一億五千萬人。 (同義詞) work, slave (反義詞) idle, rest
superior 3 [sə`pɪrɪə] 形 上級的；好過其他的；（人）傲慢的 名 上司	The new machine is **superior** to the old one. 新的機器比舊的好。 The latest "#MeToo campaign", a global movement, has created a wave of activism to fight against sexual harassment by **superiors**. 最近，全球性活動「#MeToo」已掀起一波波的積極行動，促使人們反擊上司的性騷擾行為。 (同義詞) boss, manager (反義詞) employee, worker

retire
[rɪ`taɪr]
動 退休

4 Since Ann **retired** from the company, she has served as a volunteer for charity.
從公司退休後，安就一直在慈善機構擔任志工。
同義詞 quit, resign
反義詞 stay, continue

dismiss
[dɪs`mɪs]
動 解僱；解散

4 Employees with a poor work record will be **dismissed** from their jobs.
表現差的員工即將被開除。
同義詞 fire, terminate
反義詞 hire, employ

vacant
[`vekənt]
形 空的

3 I would like to make a reservation. Are there any **vacant** rooms in your hotel?
我想預訂你們飯店的房間，請問有空房嗎？
同義詞 empty, available
反義詞 full, occupied

~ 相關單字一次背 ~

duty
[`djutɪ]
名 責任；稅

2 As citizens of the country, we should file tax returns to do our **duty**.
身為國家的人民，我們應該報稅以盡義務。

earn
[ɜn]
動 賺取

2 The rescue team saved a group of boys trapped in a flooded cave, which **earned** them respect and admiration worldwide.
搜救隊成功救出一群受困在淹水洞穴中的男孩們，贏得全世界的尊敬與讚譽。

job
[dʒɑb]
名 工作

1 My elder sister has a part-time **job** as a server.
我姊姊在打工，擔任服務生一職。
同義詞 employment, career

人事經理職責

某科技公司誠徵人事部經理 (manager)，其職責為：(1) 負責組織人力資源發展並制定人事管理的 (manageable) 制度 (2) 負責辦理考核、考勤、獎懲、差假、調動與人才培訓 (3) 加強員工管理 (management)，做到人盡其才 (4) 管理 (manage) 員工伙食住宿等狀況及訂定制度。而且，人事部經理每個月的平均收入 (earnings) 為六萬以上，難怪公司的招募人員都忙不開來，職位一開放就有一大堆的履歷投進來呢。

🎧 MP3 ◀ 221

manager [`mænɪdʒɚ] 名 經理	3	Mr. Carpenter is the **manager** of the corporation. 卡本特先生是這家有限公司的經理。 同義詞 leader, administrator 反義詞 employee, worker
manageable [`mænɪdʒəbl̩] 形 可管理的	3	The task has been scheduled into several **manageable** parts 這項工作被規劃成幾個好處理的部分。 同義詞 controllable, feasible
management [`mænɪdʒmənt] 名 管理	3	The organization has low levels of productivity resulting from poor **management**. 由於管理不善，這間機構的生產力非常差。 同義詞 administration, executive
manage [`mænɪdʒ] 動 管理；經營	3	The movie star declared bankruptcy, for he didn't **manage** his finances well. 這位電影明星因不善理財而宣布破產。 同義詞 supervise, regulate
earnings [`ɝnɪŋz] 名 收入	3	Export **earnings** accounted for 30 percent of the total revenue. 出口收入佔總收入的百分之三十。 同義詞 salary, revenue 反義詞 debt, loss

相關單字一次背

boss
[bɔs]
名 老闆 動 指揮

名

My **boss** used to be an employee, but now he is a successful businessman.
我老闆以前是個工人，而現在已經成為成功的商人。

experience
[ɪkˋspɪrɪəns]
名 經驗 動 體驗

名

The teacher has obtained a great deal of high school teaching **experience**.
這位老師在中學任教，已經累積許多教學經驗。
They have **experienced** a hard time after they lost their son.
他們在失去兒子後，經歷了一段很痛苦的時間。

情境聯想 03　育嬰相關法條

　　依法規定，受僱者 (employee) 若請求留職停薪以育嬰，僱主便 (employer) 不得拒絕。且政府也訂定相關法條，例如，公司僱用 (employ) 一百人以上時，僱主應提供哺 / 集乳室及托兒設施；而對於僱用 (employment) 與其他相關規定、設置標準及補助等辦法，則由中央主管機構定之。

🎧 MP3 ◀ 222

employee
[ˌɛmplɔɪˋi]
名 受僱者

名

If **employees** want to take one day off, they should contact the Personnel Department.
如果員工要請一天假，應跟人事部門聯絡。
同義詞 laborer, worker
反義詞 master, boss

employer
[ɪmˋplɔɪɚ]
名 僱主

名

You'll have to provide three recommendations from your former **employers** if you're applying to our master's degree.
若要申請我們的研究所，你就必須提供三封前僱主寫的推薦信。
同義詞 boss, manager
反義詞 worker, employee

employ [ɪmˋplɔɪ] 動 僱用	**3**	The factory **employs** 500 workers to manufacture textiles. 工廠僱用了五百名員工生產紡織品。 同義詞 hire, apply 反義詞 discharge, fire
employment [ɪmˋplɔɪmənt] 名 僱用；工作	**3**	Due to the economic recession, Tom was laid off and has been trying to find **employment** since then. 因經濟不景氣，湯姆被解僱了，且現在仍在失業、找工作當中。 同義詞 hiring, recruitment 反義詞 unemployment, fun

相關單字一次背

worker [ˋwɝkɚ] 名 工人	**1**	Gilbert is a construction **worker** at a construction site. 吉爾伯在工地擔任建築工人。
raise [rez] 名 加薪 動 舉起	**1**	The campaign is dedicated to helping underprivileged families by **raising** money. 這個大型活動主要是以募款的方式去幫忙弱勢家庭。

情境聯想 04　擔憂弟弟的王先生

　　王先生是一名上班族，每個月薪水 (salary) 穩定，他的生涯規劃是在六十歲左右退休 (retirement)。而王先生的弟弟則是打工一族，每小時工資 (wage) 約一百五十元，不過因為薪資太少，只好辭職 (resign)，而到目前為止他已經換了好幾份工作，也有好幾次突然辭職 (resignation) 的情況，讓王先生對弟弟的前程感到非常擔憂。

MP3 ◀ 223

salary
[`sælərɪ]
名 薪水 動 付薪水

4

Accounting jobs have eye-popping high **salaries**.
會計工作可拿到令人瞠目結舌的高薪。
同義詞 earnings, income
反義詞 bills, debt

retirement
[rɪ`taɪrmənt]
名 退休

4

Ms. Johnson is enjoying her **retirement**.
強森女士現在過著退休生活。
同義詞 retreat, withdrawal

wage
[wedʒ]
名 薪資 動 發動

3

The worker gets an hourly **wage** of 200 dollars.
這位工人的工作時薪為兩百元。
Does the president have the right to **wage** war on enemy countries?
總統有權利針對敵國發動戰爭嗎？

resign
[rɪ`zaɪn]
動 辭職

4

The mayor, who was involved in a scandal, **resigned** and stepped down.
這位市長牽涉到醜聞而辭職下台了。

resignation
[,rɛzɪg`neʃən]
名 辭職；讓位

4

The manager has accepted my **resignation** due to poor health.
由於健康狀況不佳，經理已經接受我的辭職。

相關單字一次背

quit
[kwɪt]
動 離去

2

Once heavy-smokers **quit** smoking, their families will no longer suffer from secondhand smoke.
老菸槍一旦戒菸，可讓家人免於吸到二手煙。

pay
[pe]
動 付錢 名 工資

3

Have you **paid** the utility bills yet?
你付好水電費了嗎？

Unit 4

商業結構：企業工作相關

情境聯想 01 併購後的難題

　　我原本在溫哥華經營一家新創公司，後來被一家有名大公司的分公司 (division) 併購，並且擴大 (expand) 經營，但公司總部 (headquarters) 卻位在遙遠的國外；幾乎所有開會需透過視訊會議，而員工之間的交流聯繫 (associate) 大多靠電子郵件或通訊軟體，所以要凝聚全體員工 (staff) 的向心力也是個我們公司必須面對的難題。

🎧 MP3 ◀ 224

division [dəˋvɪʒən] 名 部門	**2**	Terry has been promoted, newly appointed as manager of the publishing **division**. 泰瑞升官了，被晉升為出版部門的部長。 同義詞 section, separation 反義詞 combination, union
expand [ɪkˋspænd] 動 擴大；延伸	**4**	There have been several suggestions for the firm to **expand** the business into the U.S. market. 給這家公司的幾項建議之一就是到美國擴展事業。 同義詞 enlarge, broaden 反義詞 shrink, reduce
headquarters [ˋhɛdˋkwɔrtəz] 名 總部	**3**	The company's corporate **headquarters** will relocate to New York. 企業公司的總部將遷移到紐約。 同義詞 base 反義詞 branch, division

associate

[ə`soʃɪɪt] /
[ə`soʃˌet]

名 同事;夥伴
動 聯合;聯想

4

My older brother is not only my mentor but a business **associate**.

我哥哥不僅是我的良師益友,也是我的生意合夥人。

People often **associate** addictions with drugs and alcohol.

人們常常把毒品和酒精與藥物上癮聯想在一起。

同義詞 connect, relate

反義詞 divide, disconnect

staff

[stæf]

名 全體人員
動 配備職員

3

The hospital's medical **staff** is comprised of over 1000 physicians, nurses, and health care professionals.

這間醫院的全體員工由超過一千位醫生、護理師、和保健專業人員。

同義詞 crew, faculty

相關單字一次背

crew

[kru]

名 全體夥伴

3

Cabin **crew** are workers employed by airlines primarily to ensure the safety and comfort of passengers aboard their aircraft.

機組人員主要由航空公司僱用,以確保飛機上乘客的安全與舒適。

department

[dɪ`pɑrtmənt]

名 部門

2

Miss Louis works in the sales **department** to assist with marketing.

路易斯小姐在業務部門工作,協助行銷的部分。

fellow

[`fɛlo]

名 同事;夥伴

2

"My **fellow** Americans, ask not what your country can do for you; ask what you can do for your country" is a famous quote from John F. Kennedy's inaugural address.

約翰·甘迺迪總統就職演講名言為:「我的美國同胞,不要問國家能為你做什麼;要問你能為國家做什麼。」

office
[`ɔfɪs]
名 辦公室

1 The post **office** is opposite from my home. It is convenient for me to mail letters.
郵局在我家對面，所以寄信對我來説很方便。

情境聯想
02 **大企業面試**

這家公司事業大幅擴展 (expansion)，已經增設工廠到越南等國家，因此安娜今天特地到總公司面試，且個人履歷早在前幾天就傳真 (fax) 過來了。而到達後，安娜會先在接待處 (reception) 等待，櫃台 (counter) 的秘書之後會再過來帶她進辦公室進行面試。

🎧 MP3 ◀ 225

expansion
[ɪk`spænʃən]
名 擴張

4 The rapid **expansion** of industry benefits the proficiency of production.
工業的迅速發展增進了生產能力。
同義詞 growth, development
反義詞 reduction, shrinkage

interview
[`ɪntə͜ˌvju]
名 面談 動 會面

2 Wanting to make a good impression, Brian wore a suit to his job **interview**.
布萊恩想要創造好的第一印象，所以穿西裝參加面試。
The candidate will be **interviewed** by a reporter for the upcoming election.
這位候選人為了即將到來的選舉接受記者採訪。
同義詞 consult, meeting
反義詞 answer, reply

fax
[fæks]
名 動 傳真

3 I will send you my application form by **fax**.
我會用傳真傳給你申請表格。
Would you **fax** me a copy of your receipt?
你可以傳真一份收據影印本給我嗎？
同義詞 copy, transmit

reception
[rɪ`sɛpʃən]
名 接待

4

The fancy restaurant will be catering our wedding **reception**.
這家高級餐廳將為我們的婚禮派對承辦宴席。
同義詞 acceptance, welcome
反義詞 goodbye, expulsion

---

counter
[`kaʊntə]
名 櫃台 動 反駁
形 反對的

4

The customer asked the clerk behind the **counter** for the prices of some items.
顧客向櫃檯的店員詢問商品的價格。
When criticisms of the leading actor and his latest movie were made, his fans **countered** them in Facebook posts.
當有人批評男主角以及他的最新電影，影迷們便會在臉書專頁上貼文進行反駁。
同義詞 opposite, oppose
反義詞 aid, assist

 相關單字一次背

---

company
[`kʌmpənɪ]
名 公司

2

Dress codes are standards **companies** set up to provide employees guidance about what is appropriate to wear to work.
制服規定是公司制定的標準，引導員工了解應該要穿什麼適當的衣服來上班。

---

meeting
[`mitɪŋ]
名 會議

2

The hotel is an ideal venue for seminars and business **meetings**.
這家公司是個用來舉辦研討會或是商務會議的理想場地。

商務人生：掌握貿易精髓

情境聯想 01　理智花錢才是王道

　　商人 (merchant) 為了增加收入利潤 (margin)，常利用行銷廣告洗腦觀眾，讓人們認為只要擁有這些名牌奢侈品 (luxury)，就能彰顯品味與地位。於是，許多人一味地以刷卡方式、先享受後付費，甚至因此背負卡債或者陷入借貸 (loan) 循環。有鑑於此，我們應該理智地投資在可獲利 (profit) 的資產上，而不是只滿足虛榮心而已。

🎧 MP3 ◀ 226

merchant　❸ [`mɝtʃənt] 名 商人	The wine **merchant**, who is noted for his excellent ice wines, has an office located just north of Toronto. 這家酒商以冰酒聞名，有間位於多倫多北部的辦公室。 同義詞 retailer, trader 反義詞 buyer, customer
margin　❹ [`mɑrdʒɪn] 名 利潤；邊緣	The shop had a net profit **margin** of 20% last quarter. 這間商店上一季的淨利達到百分之二十。 同義詞 surplus, edge 反義詞 debt, center
luxury　❹ [`lʌkʃərɪ] 名 奢侈品	The store had a big sale on **luxury** goods, including such brands as Chanel, Prada, and Louis Vuitton. 最近高檔消費商品銷售量漸漸增加，像是時尚服飾名牌香奈兒、普拉達、路易威登等。 同義詞 extravagance, affluence 反義詞 necessity, frugality

loan
[lon]
名 借貸

4 The Johnsons have to negotiate with the bank about a **loan** for purpose of purchasing a house.
強生一家人必須跟銀行協商房屋貸款一事。
同義詞 mortgage, allowance
反義詞 grant

profit
[`prɑfɪt]
名 利潤 動 獲利

3 Further investment is contingent upon the company's sales **profit**.
進一步的投資要視公司銷售利潤而定。
同義詞 benefit, earnings
反義詞 debt, loss

相關單字一次背

item
[`aɪtəm]
名 項目

2 A windproof jacket and an alpenstock are essential **items** for hiking.
防風外套和登山杖是登山的必備用品。

trade
[tred]
動 交易 名 貿易

2 Fair **Trade** is a movement to help producers in developing countries achieve better trading conditions and equity, focusing on commodities like coffee, cocoa, and flowers.
「公平貿易」是一種行動，能幫助發展中國家的生產者獲得更公平的貿易條件，而主要的商品為咖啡、可可豆和鮮花。

offer
[`ɔfɚ]
動 名 提供

2 Parents often **offer** financial assistance to their children studying in college.
爸媽總是會提供金錢援助給就讀大學的子女們。
After thorough consideration, he decided to take the **offer**.
仔細考慮過後，他決定接受提議。

market [`markɪt] 名 市場 動 行銷	**1**	Tony frequents traditional **markets** for fresh fruits. 湯尼常去傳統市場買新鮮水果。 同義詞 advertise, display
price [praɪs] 名 價格 動 定價	**1**	Connie would like to go online shopping at reasonable **prices**. 康妮想以合理的價格，在網路上購物。 The second-hand van is **priced** at NT$ 64,000. 這台二手廂型車價格為台幣六萬四千元。

情境聯想
02 **討論拆夥事宜**

　　前年我跟兩位朋友是合夥關係 (partnership)，大家合開了一間餐廳，但現在其中一個人想要拆夥。經協商 (negotiate) 過後，這位退出的朋友會出讓所有權 (ownership)，但將收回 (recall) 部分資金，不過，他也必須先蒐集好收據 (receipt)，我們才能依照收據還他資金。

🎧 MP3 ◀ 227

partnership [`partnɚˏʃɪp] 名 夥伴關係	**4**	They had a good **partnership** based on mutual respect and trust. 好的合夥關係建立在彼此的尊重和信任。 同義詞 cooperation, participation 反義詞 division, separation
negotiate [nɪ`goʃɪˏet] 動 談判	**4**	The government has always refused to **negotiate** with terrorists, never giving in to their demands. 政府總是拒絕跟恐怖份子談判，永不向他們投降。 同義詞 bargain, discuss 反義詞 contend, disagree
ownership [`onɚˏʃɪp] 名 所有權	**3**	Nate has the proof of **ownership** for the apartment. 內特有證據能證明他是這間公寓的屋主。 同義詞 partnership, property 反義詞 renting, lease

recall
[rɪ`kɔl]
動 回憶起 **名** 收回

4

The witness **recalled** seeing the suspect outside the shop on the night of the robbery.
目擊證人回想起，在發生搶劫案的那天晚上，他在商店外面見過這位嫌疑犯。

The company issued a **recall** of all its latest contaminated infant milk powder.
公司將最近生產受到汙染的嬰兒奶粉全部召回。

同義詞 cancellation, remember
反義詞 restoration, forgetfulness

receipt
[rɪ`sit]
名 收據

3

Keep your **receipt** as proof of purchase in case you need to return the goods.
要保留收據，萬一要退貨時，可當作購買證明。

同義詞 certificate, voucher
反義詞 refusal, disagreement

list
[lɪst]
名 列表

1

Make a shopping **list** before going to the shopping mall.
去購物中心之前，可先擬好購物清單。

tip
[tɪp]
名 小費 **動** 付小費

2

It is commonplace that customers **tip** servers 15 to 20 percent of the bill in restaurants in the U.S.
在美國餐廳給小費是很常見的，一般會給帳單的百分之十五到二十當作小費。

owner
[`onɚ]
名 持有者

2

The florist is the **owner** of the flower shop on the corner of the street.
這位花商是轉角那家花店的老闆。

sale
[sel]
名 銷售

1

There have been anniversary **sales** in the department stores lately.
最近很多百貨公司都有周年慶大拍賣。

sell
[sɛl]
動 賣

I The novel **sells** like hot cakes, sold out in two hours.
這本小說很熱賣，兩小時之內就被買光了。

情境聯想 **03** 捷運商圈租金高

　　捷運商圈有很大的優勢，人潮多、報酬 (reward) 率也高，是很多商人 (trader) 的第一首選；至於百貨公司和購物中心 (mall) 裡面或附近店鋪，雖然報酬率也高，不過租金 (rent) 普遍都高於平均行情。

🎧 MP3 ◀ 228

reward
[rɪ`wɔrd]
名 報酬 動 獎賞

4 The **rewards** of giving outweigh those of receiving.
施比受更有福。
My dad **rewarded** me with a brand-new cellphone for my excellent academic performance.
因為學業表現優秀，我爸爸送我一支全新手機當作獎賞。
(同義詞) prize, award
(反義詞) penalty, punish

trader
[`tredɚ]
名 商人

3 Lesley is an outstanding **trader** at the stock exchange.
萊斯理是證券交易所裡出色的交易員。
(同義詞) dealer, merchant
(反義詞) customer, buyer

mall
[mɔl]
名 購物中心

3 My aunt loves to make grocery purchases in the shopping **mall**.
我阿姨喜歡到購物中心購買生活用品。
(同義詞) market, plaza

rent
[rɛnt]
名 租金 動 租借

3 Why not download the **rent** payment app to pay the rent? It's not only quick but simple!
何不下載租金繳費的應用程式？繳交租金會變得既快速又簡單喔。

My uncle **rented** a van from the car rental company, which had a wide variety of car choices.
我叔叔到一家有各種車款的出租店租車。

同義詞 lease, payment
反義詞 purchase

相關單字一次背

partner
[`pɑrtnɚ]
名 夥伴

2 Harry and Paul are **partners** in a law firm.
哈利和保羅是同一家律師事務所的工作夥伴。

同義詞 associate, colleague

sample
[`sæmpḷ]
名 樣本 動 取樣

2 Every time donors make a blood donation, nurses will take blood **samples** for screening tests.
每當捐血時，護士會採取血液樣本以便做篩檢。

supermarket
[`supɚˏmɑrkɪt]
名 超級市場

2 According to research, more than 12 million shoppers in Australia visit a **supermarket** at least once a week.
根據研究，澳洲有超過一千二百萬的消費者每週至少會到超市逛一次。

shop
[ʃɑp]
動 購物 名 商店

1 E-commerce refers to the activity of **shopping** or selling on the Internet.
電子商務指的是網路上買賣的活動。

store
[stor]
名 商店 動 貯存

1 The density of convenience **stores** in Taiwan is very high.
台灣的便利商店密度相當高。

加深印象：廣告行銷與視覺

情境聯想 01 成功的廣告行銷

　　成功的行銷廣告 (commercial) 主要有幾個重點，例如，洗腦的口號 (slogan)、多曝光 (exposure)、留下視覺 (visual) 記憶、激起購買慾望等。再來，因應網路脈動，也要多加研究網路行銷，收集資料並多與社群分享，如此才能提高宣傳 (publicity) 及品牌知名度。

🎧 MP3 ◀ 229

commercial 🔢 [kə`mɝʃəl] 名 商業廣告 形 商業的	The **commercial** bank takes charge of administering pension funds. 此家銀行負責管理退休基金。 Positive themes of the **commercials** struck a chord with consumers. 電視廣告中的正向主題引起觀眾的共鳴。 同義詞 advertisement, marketing
slogan 🔢 [`slogən] 名 標語；口號	Nike is well-known for motivational and catchy **slogans** in their ads. 耐吉品牌的廣告標語很有名，激勵人心又好記。 同義詞 jingle, catchphrase
exposure 🔢 [ɪk`spoʒɚ] 名 顯露；暴露；揭發	Advertising is an effective marketing method to generate media **exposure**. 廣告是一種有效的行銷方式，可以增加媒體曝光率。 同義詞 disclosure, uncovering 反義詞 covering

visual [`vɪʒuəl] 形 視覺的	**4**	The movie "Star Wars: The Last Jedi" was nominated for an Academy Award for Best **Visual** Effects. 賣座片《星際大戰：最後的絕地武士》被列入奧斯卡金像獎公布的視覺特效獎名單之中。 同義詞 optical, visible
publicity [pʌb`lɪsətɪ] 名 名聲；宣傳品	**4**	The entire cast of the movie is on a **publicity** tour to promote the latest release. 所有演員都已開始為新上映的電影宣傳。 同義詞 attention, promotion 反義詞 obscurity

symbol [`sɪmbḷ] 名 象徵；標誌	**2**	Red roses are a **symbol** of love. 紅玫瑰花象徵愛情。 同義詞 character, logo
sight [saɪt] 名 視力；景象	**1**	As a saying goes, "Out of **sight**, out of mind;" when someone isn't seen, it is easy to forget about him or her. 如同諺語所說：「眼不見，心不念。」，當看不見某人時，很容易就能忘了他／她。
vision [`vɪʒən] 名 視力；視野	**3**	When the teacher mentioned Antarctica, a **vision** of glaciers and penguins immediately came to my mind. 當老師提到南極洲，我腦海便出現冰河及企鵝的景象。 同義詞 view, eyesight 反義詞 blindness

限制跳出式廣告

在資訊爆炸的年代，廣告處處都是可見的 (visible)，而網頁上的跳出式廣告更是氾濫。Google 為了提升使用者網路選擇權，於二〇一八年初宣布 (announce) 系統內新增設定顯示功能，來改善關閉廣告 (advertisement) 一功能，避免商家任意地刊登廣告 (advertise)；之前 Google 其實有類似的宣布 (announcement)，不過，從二〇一八年後才較有效地阻擋彈出式廣告、限制自動轉址或自動播放音樂，讓廣告更人性化。

 MP3 ◀ 230

visible [`vɪzəbḷ] 形 可看見的	3 It is a myth that the Great Wall of China is **visible** from space. 從太空可以看到萬里長城是沒有根據的說法。 同義詞 apparent, detectable 反義詞 invisible, obscure
announce [ə`naʊns] 動 公告；宣布	3 The prime minister has **announced** that a nationwide referendum will be held to decide the issue next year. 首相已經宣佈明年將舉辦公投、為此議題做決定。 同義詞 declare, issue 反義詞 hide, conceal
advertisement [ədvɚ`taɪzmənt] 名 廣告	3 Franklin scanned the classified **advertisements** in the newspaper. 法蘭克林瀏覽了一下報紙的分類廣告。 同義詞 broadcast, commercial 反義詞 hiding
advertise [`ədvɚˌtaɪz] 動 廣告	3 The restaurant doesn't **advertise** but relies on word-of-mouth marketing. 這家餐廳不登廣告，只靠口碑行銷。 同義詞 promote, publicize 反義詞 cover, suppress

announcement `3`
[ə`naʊnsmənt]
名 宣告

The movie star's wedding **announcement** sent a ripple of shock out among his followers.
那位電影明星宣布結婚喜訊，引起影迷一陣震驚。
同義詞 proclamation, declaration
反義詞 secret, suppression

相關單字一次背

media `3`
[`midɪəm]
名 媒體

The congressman's statement was completely distorted by the **media**.
國會議員的說法完全被媒體扭曲了。
同義詞 news, publishing

poster `3`
[`postə]
名 海報

The staff put up **posters** about the circus on the billboard.
工作人員在布告欄上張貼有關馬戲團表演的海報。
同義詞 banner, billboard

Unit 7

收看多彩節目：電視與電台

情境聯想 01 家居環境智能化

　　在 e 世代中，人手一支手機，用 Wi-Fi 造就智能化的家已變成必然的趨勢；手機可遠程 (remote) 控制無線攝像頭，只要連結網路 (network) 的路由器和智慧型手機，就能讓監視器 (monitor) 360 度旋轉，並傳輸 (channel) 錄到的聲音 (audio) 與畫面，讓上班或外出時也能監督孩子及房子，還可與家人視頻，並具有防盜功能。

🎧 MP3 ◀ 231

remote [rɪˋmot] 形 遠程的	3 The **remote** village in Chile was isolated by a mudslide caused by torrential rains that lasted for several days. 連續幾天暴雨引起的土石流將位於智利的偏僻村莊與外界隔離。 同義詞 distant, far 反義詞 near, close
network [ˋnɛtˏwɜk] 名 網絡	3 Sharpening interpersonal skills will help create professional **networks** and relationships, resulting in career success. 鍛鍊人際技巧有助於營造專業的人際脈絡，進而造就事業上的成功。 同義詞 avid, aspiring 反義詞 content, unenthusiastic

monitor
[`manətɚ]
名 螢幕；監視器
動 監視

4

Heart rate **monitors** are instruments specifically for people suffering from cardiac problems.
心律監控器是專門給罹患心血管疾病的人所使用的。
The intelligent systems are able to constantly **monitor** the temperature and humidity of the houses.
這種智慧系統能不斷地監控家中的室溫及濕度。
同義詞 check, control
反義詞 ignore, neglect

channel
[`tʃænl̩]
名 頻道 動 傳輸

3

An anxious person switches TV **channels** frequently.
精神焦慮的人常常會不停切換電視頻道。
The radio can **channel** news to the audience.
廣播可以傳播新聞給聽眾。
同義詞 waterway, station
反義詞 denial

audio
[`ɔdɪˌo]
形 聲音

4

Audio signals can be transmitted to the Bluetooth headset.
聲音訊號可以傳輸到藍芽耳機。
同義詞 hearing, auditory
反義詞 visual, video

 相關單字一次背

broadcast
[`brɔdˌkæst]
動 廣播 名 廣播節目

2

Prince Harry and Meghan Markle's wedding was **broadcast** on CBS's live-streaming site.
哈利王子與梅根的婚禮將透過 CBS 網站線上直播。

video
[`vɪdɪˌo]
動 名 錄影

2

Some people mostly work from home in the 21st century, linked by **video** conferences and the Internet.
在二十一世紀，因為視訊與網路的結合，讓大部分人們選擇在家工作。

| **tube**
[tjub]
名 管子 | 2 | Add solutions to the test tube and stir the substances inside the **tube**.
把溶液倒入試管，再搖勻裡面的物質。 |

情境聯想 02 好好保護聽力

　　戴耳機 (earphone) 真的會傷害聽力嗎？耳鼻喉科醫師認為，不論是戴耳塞式或是耳罩式耳機 (headphone)，過大的音量都會傷害耳朵，會建議減少聽耳機的時間或在吵雜環境使用耳機，而在不影響他人的情況下，可以選擇用擴音喇叭 (loudspeaker) 放音樂，畢竟一旦傷害了聽力就無法治療，所以要好好保護耳朵才對。

🎧 MP3 ◀ 232

earphone [`ɪr͵fon] 名 耳機	4	Listening to loud music on **earphones** impairs your hearing. 用耳機大聲聽音樂會損害聽力。
headphone [`hɛdfon] 名 頭戴式耳機	4	Students put on their **headphones**, ready to practice speaking English while recording their voices at the same time. 學生戴起頭罩式耳機，準備練習說英文並錄音。
loudspeaker [`laʊd`spikɚ] 名 擴音器	3	The music can be heard more clearly from the **loudspeaker**. 透過擴音機，音樂可以聽得更清楚。 同義詞 speaker, amplifier

| **cartoon**
[kɑr`tun]
名 卡通 | 2 | My favorite **cartoon** character is SpongeBob.
我最喜歡的卡通人物是海綿寶寶。 |

host [host] 名 主持人；主人 動 主辦	**2**	Oprah Winfrey is an American media producer, actress, and talk show **host**. 歐普拉·溫芙蕾是美國媒體製作人與女演員，同時也是談話性節目的主持人。
news [njuz] 名 新聞	**1**	The exclusive **news** today is that a student was arrested for allegedly threatening to "shoot up" a school. 今天的獨家新聞是，有一位學生威脅要射殺全校而被逮捕。

情境聯想 03 ** 迅速竄起的廣播媒體**

　　根據調查，廣播媒體持續成長、吸引著一群忠實聽眾 (audience)，而且電台放的音樂愈多收聽率就愈好；音樂電視頻道 (music television) 也是如此，不但比談話性受歡迎，經營成本也較低。例如，雲嘉區的某個廣播迅速竄起，主持人不用一直對著麥克風 (microphone) 談話，像這種整天播放各類音樂的電台仍非常受歡迎。

🎧 MP3 233

audience [`ɔdɪəns] 名 聽眾	**3**	The **audience** clapped and cheered after Mrs. Clinton finished her speech. 克林頓女士演講結束後，觀眾鼓掌歡呼。 同義詞 listener, spectator
MTV 縮 音樂電視頻道	**4**	**MTV** (Music Television) is an American television channel that started in 1981; the channel airs music videos. 音樂頻道是一個美國電視頻道，從一九八一年創立，主要播放音樂視頻。

microphone 3
[`maɪkrə,fon]
名 麥克風

Amber switched on the **microphone** and started to sing.
安柏打開麥克風，開始唱起了歌。
同義詞 mic, mike

相關單字一次背

radio 1
[`redɪ,o]
名 收音機

My grandma likes to listen to the **radio** for entertainment.
我祖母喜歡收聽收音機當作娛樂。

tape 2
[tep]
名 錄音帶；膠帶
動 用錄音帶錄下

The thief didn't have a chance to get away with it because he was caught on **tape**.
那個小偷被錄到了，所以完全無法為自己所犯的罪刑開脫。
The psychiatrist **tapes** every session with his patients.
那位心理醫師會把與病人的療程都錄音起來。

television 2
[`tələvɪʒən]
名 電視

Nowadays, most young people are used to watching video on cellphones rather than watching **television**.
現代的年輕人習慣滑手機，而不是看電視。

國家基石：農業與工業

情境聯想
01 科技與農業

　　世界各國不斷運用科技增加農業 (agriculture) 的生產量 (production)，包括工業化 (industrialize) 經營與製造 (manufacture)、專業規模化和高效益化，但很多公司卻為讓土壤肥沃 (fertile)，而任意噴灑農藥，造成土壤污染；人們應該要意識到，轉型為更加環保、對土壤友善的耕種方法才能永續經營這片土地。

 MP3 234

agriculture 3 [`ægrɪ,kʌltʃɚ] 名 農業	Sustainable **agriculture** is an approach of growing crops with high yields without damaging the environment. 永續農業是一種不危害環境又可使農作物產量變高的種植方法。 (同義詞) farming, cultivation
production 4 [prə`dʌkʃən] 名 製造；產量	Extreme weather events like droughts and heat waves are unfavorable for intensive agricultural **production**. 乾旱和高溫的極端氣候對密集的農業生產是不利的。 (同義詞) manufacturing, construction (反義詞) ruin, destruction
industrialize 4 [ɪn`dʌstrɪə,laɪz] 動 工業化	Africa has **industrialized**, accelerated technological innovation and enhanced its economic prosperity. 非洲已工業化，加速了科技的創新及經濟的繁榮。 (同義詞) motorize, mechanize

manufacture 4
[ˌmænjəˈfæktʃɚ]
- 動 大量製造
- 名 製造業

Volkswagen is a German company that **manufactures** automobiles, and it was originally established in 1932 in Berlin.
福斯汽車是個製造汽車的德國車廠，西元一九三二年創立於柏林。
同義詞 mass-produce, assemble
反義詞 break, demolish

fertile 4
[ˈfɝtḷ]
- 形 肥沃的

Fertile plains in Argentina are beneficial for agriculture and ranching.
阿根廷肥沃的平原有利於農業和畜牧業。
同義詞 abundant, productive
反義詞 barren, sterile

 相關單字一次背

crop 2
[krɑp]
- 名 農作物 動 收割

Crop circles with geometric patterns are mysterious, often appearing in wheat fields.
神秘的麥田圈呈現幾何圖形，常出現在小麥田中。

develop 2
[dɪˈvɛləp]
- 動 發展

Researchers suggest people with a low intake of vitamin D are more likely to **develop** dementia.
研究員認為維他命 D 攝取量低的人較可能產生失智症。

produce 2
[prəˈdjus] /
[ˈprɑdjus]
- 動 生產 名 農產品

iPhone components are **produced** and assembled mostly in China despite the fact that Apple's headquarters are located in the U.S.
儘管總公司在美國，但蘋果的手機零件大部分都是在中國製造與組裝的。

work 1
[wɝk]
- 動 名 工作

The employees in that famous technology company **work** overtime every day.
這家有名的科技公司的員工每天都要加班。

情境聯想 02　秋收的忙碌時節

　　秋天豐收 (harvest) 時，農夫都忙著收割 (mow)，收割完便將所有穀類 (grain)、稻米或小麥存放在穀倉 (barn)，而剷下來的稻草則留給酪農業 (dairy) 畜牧用。

MP3 ◀ 235

harvest [`hɑrvɪst] 名 動 收穫	**3**	The serious drought has led to a poor **harvest**. 嚴重的旱災導致收成很差。 In the autumn, rice is **harvested**. 秋天時要收割稻米。 (同義詞) reap, yield (反義詞) plant, start
mow [mo] 動 收割	**4**	My neighbor **mows** the lawn on a regular basis. 我隔壁鄰居會定期割草皮。 (同義詞) cut, trim
grain [gren] 名 穀類	**3**	A violent tornado destroyed **grain** crops in North Carolina. 強烈龍捲風毀壞了北卡羅萊納州的穀類作物。 (同義詞) cereal, corn
barn [bɑrn] 名 穀倉	**3**	A **barn** refers to an agricultural building on farms for various purposes, such as raising livestock as well as the storage of equipment and fodder. 穀倉指的是供農業使用的多功能建築物，例如，可用作飼養家畜和存放器具或飼料處。 (同義詞) outbuilding, stable
dairy [`dɛrɪ] 名 酪農業	**3**	You can purchase milk, cheese, and yogurts in the **dairy** section. 你可以在乳製品區買到鮮奶、起司和優格。 (同義詞) factory, farm

farm
[fɑrm]
名 農場 動 務農

名詞 There are a large number of sheep and cattle on the **farm**.
在農場有許多羊和牛。

farmer
[`fɑrmɚ]
名 農夫

名詞 Some produce is grown by my dad, who is a peasant **farmer**.
這些農產品是由我爸種植的，他是位自耕農。

soil
[sɔɪl]
名 土壤 動 弄髒

名詞 Farmers spray fertilizer on the **soil** to boost fruit production.
農夫噴灑肥料在土壤中，以增加水果生產量。

情境聯想 03 農業轉工業

　　在以前的農業社會，稻田景象歷歷在目，可看到一片片如黃金海浪般的小麥 (wheat) 田，田中央豎立著稻草人 (scarecrow)，很有生命感。如今，一切都已經轉為工業化的 (industrial) 生產，到處設置大容量 (capacity) 的工廠廠房，除了機器的引擎 (engine) 聲之外，看得見的只有汙水及黑煙，以前的自然景象已不復存在，真令人不勝唏噓。

🎧 MP3 ◀ 236

wheat
[hwit]
名 麥子；小麥

名詞 Some people like whole **wheat** bread, while others prefer classic white loaf bread.
有些人喜歡全麥麵包，而有些則偏愛經典的白麵包。
同義詞 grain, cereal

scarecrow
[`skɛr͵kro]
名 稻草人

名詞 Don't walk around the farm at night; otherwise, you'll be scared to death by **scarecrows**.
晚上不要在田裡走動，否則會被稻草人嚇死。

industrial [ɪn`dʌstrɪəl] 形 工業的	**3**	**Industrial** countries put an emphasis on carbon footprint reduction. 工業化國家需要重視的是減少碳足跡。 同義詞 mechanical, industrialized
capacity [kə`pæsətɪ] 名 生產力；容量	**4**	The automobile plant has an annual production **capacity** of 10,000 cars. 這間汽車製造廠每年生產一萬輛車。 同義詞 volume, ability 反義詞 limitation, incompetence
engine [`ɛndʒən] 名 引擎	**3**	My car **engine** overheated with smoke coming out, almost catching fire. 我的汽車引擎過熱，一直在冒煙，還差一點著火。 同義詞 generator, motor

相關單字一次背

development [dɪ`vɛləpmənt] 名 發展	**2**	With the rapid **development** of technology, almost everyone has a cellphone and even suffers from disconnect anxiety. 隨著科技快速發展，幾乎每個人都有手機，甚至患有「離線焦慮症」。
factory [`fæktərɪ] 名 工廠	**1**	The chimneys of the **factories** spew out gases and chemical particulates, which causes air pollution. 工廠煙囪排放廢氣及化學懸浮微粒，造成空氣汙染。
industry [`ɪndəstrɪ] 名 工業	**2**	The film **industry** in India, the so-called "Bollywood", produces about 2,000 movies annually and has the world's highest theatrical gross revenue. 印度電影產業，也就是所謂的「寶萊塢」，每年製作兩千部電影，是全世界電影業中收入最高的。

　　提到荷蘭，人們第一個想到的通常都是風車，而風車除了抽水、磨麥 (mill) 等功用外，以前還有傳遞消息的作用呢。第二個則是乳酪，是荷蘭人的必需品，而且很多觀光客也常來參觀多產的 (productive) 著名乳酪製造商 (manufacturer)，而常見的起司產品 (product) 主要有高達、艾登、煙燻等三種起司。

🎧 MP3 ◀ 237

mill [mɪl] 名 磨坊 動 研磨 **3**	Many local residents work in the paper **mill**. 很多當地人都在造紙廠工作。 Wheat is **milled** into flour and then made into fresh bread. 小麥被磨成麵粉，然後製作成新鮮的麵包。 同義詞 factory, grind
productive [prəˋdʌktɪv] 形 多產的 **4**	The freelance writer is so **productive** that she composed five detective novels last year. 這位自由作家相當多產，一年內就創作了五部偵探小說。 同義詞 profitable, fruitful 反義詞 barren, disadvantageous
manufacturer [ˌmænjəˋfæktʃərə] 名 製造商 **4**	The Netherlands is a leading bicycle **manufacturer** in Europe. 荷蘭在歐洲是腳踏車生產大國。 同義詞 producer, maker
product [ˋprɑdəkt] 名 產品 **3**	This **product** contains no artificial flavors or chemical colorings. 這個產品不含人工香料或色素。 同義詞 commodity, goods 反義詞 loss

相關單字一次背

pump [pʌmp] 動 抽水 名 抽水機	2	The heart **pumps** blood all around the body. 心臟能將血液送到身體各部分。 Inflating your bike tires is a simple task as long as you know how to use a **pump**. 腳踏車輪胎充氣是很簡單的工作，只要你知道如何使用幫浦。
rubber [`rʌbɚ] 名 橡膠	1	I need to buy **rubber** bands in the stationery shop. 我需要到文具店買橡皮筋。
steel [stil] 名 鋼鐵 動 鋼化	2	Stainless **steel** has surged in popularity and can be found in many items that range from low to high quality. 不鏽鋼產品變得愈來愈受歡迎了，從高級到平價的各式不鏽鋼產品都有。

Unit 9 享有言論自由：出版與報業

漫畫公司

　　史丹‧李（Stan Lee）是位來自美國的漫畫家，也是漫威公司的編輯 (editor) 兼出版者 (publisher)，他與傑克‧科比（Jack Kirby）等著名畫家共同創作了蜘蛛人、驚奇四超人、鋼鐵人、綠巨人浩克等漫畫 (comic) 角色。而高超的插畫 (illustration)、受歡迎的人物與精彩的情節，讓漫畫迅速走紅，還令漫畫發行量 (circulation) 遙遙領先。

🎧 MP3 ◀ 238

editor [`ɛdɪtə] 名 編輯者	**3** As an **editor** of a newsletter, Amy is responsible for soliciting materials and developing ideas. 艾咪身為報社編輯，會負責徵求題材並發展構想。 (同義詞) reviser, compiler
publisher [`pʌblɪʃə] 名 出版者；出版社	**4** Nowadays, more and more readers read books in electronic form, which means traditional **publishers** gradually fade away. 現代愈來愈多讀者閱讀電子書，也意味著傳統出版業逐漸凋零。 (同義詞) newspaper, journalism
comic [`kɑmɪk] 名 漫畫	**4** Marvel **comics** feature well-known superheroes, including Captain America, Iron Man, Thor, Spider-Man, and the Hulk. 漫威漫畫以著名的超級英雄為主，包括美國隊長、鋼鐵人、雷神索爾、蜘蛛人和綠巨人浩克。 My classmate is fond of reading **comic** books for entertainment. 我的同學喜歡看漫畫書當作休閒娛樂。 (同義詞) funny, amusing (反義詞) tragic, saddening

illustration 4
[ˌɪlʌs`treʃən]
名 說明；插圖

The speaker made good use of **illustrations** to assist with his presentation.
那位演講者善加利用圖表來協助說明。
同義詞 example, explanation

circulation 4
[ˌsɝkjə`leʃən]
名 循環；發行量

If we want to improve blood **circulation**, here are some tips: stop smoking, consume less saturated fats, and do not sit still for too long.
如果我們想要改善血液循環，這裡有些訣竅：戒菸、減少攝取飽和脂肪、不要長時間坐著不動。
同義詞 flow, spreading
反義詞 blockage

press 2
[prɛs]
名 新聞界 動 壓下

The Olympic Committee president called a **press** conference to discuss the sex abuse scandal involving the U.S. Gymnastics organization.
奧運委員會主席召開記者會，討論美國體操隊的性侵醜聞。

source 2
[sors]
名 來源

Think critically about information that isn't from a reliable **source**.
假如消息不是來自可靠根據的話，要具批判式思考。

author 3
[`ɔθɚ]
名 作者 動 編寫

Stephen King, whose books have been adapted into films and several TV series, is an American best-selling **author** of horror, suspense, and supernatural fiction.
史蒂芬‧金是位美國暢銷作家，作品有恐怖懸疑和超自然科幻小說，且曾被改編成電影及電視影集。

cover [`kʌvɚ] 名 封面 動 覆蓋	**I** Don't judge a book by its **cover**. 我們不應該以貌取人。 Does your insurance **cover** you against the losses due to earthquakes? 你的保險能給付地震的損失嗎？

情境聯想 02　提前準備申請大學

　　高中生在高二時就可以開始著手準備推甄資料，首先，一定要編目錄 (catalogue)，章節 (chapter) 內容可細分為自傳 (autobiography)、讀書計畫、動機、短程遠程目標等。再者，須將檢定證明成績單等掃描成電子檔，並加入參與過的活動照片；最後是則美編，要將重點加上粗體 (bold)；完成以上資料後，再依照公告 (bulletin) 時間內上傳到想申請的大學。

🎧 MP3 ◀ 239

catalogue [`kætəlɔg] 名 目錄 動 編輯目錄	**4** The **catalogue** of the shopping mall can be available online. 這家購物中心的目錄，上網可以看得到。 同義詞 document, inventory
chapter [`tʃæptɚ] 名 章節	**3** The most interesting **chapter** of the history book to me is about the French Revolution of 1789 – 1799. 對我來說，歷史課本中最有趣的章節是一七八九至一七九九年發生的法國大革命。 同義詞 unit, phase 反義詞 whole
autobiography [ˌɔtəbaɪˋɑgrəfɪ] 名 自傳	**4** Those who write their own **autobiographies** tend to be subjective and conceal information from readers. 寫自傳的人往往比較主觀，並對讀者有所隱瞞。 同義詞 diary, journal

bold [bold] 形 粗體的；大膽的	3	To emphasize the sentence, the writer put it in **bold**. 作者為強調這句話，便使用粗體標示這句話。 同義詞 brave, striking 反義詞 timid, indistinct
bulletin [`bʊlətɪn] 名 公告	4	The institute posts weekly announcements on the **bulletin** board for its employees. 這家學院每週會張貼宣布事項在布告欄上。 同義詞 message, notification

相關單字一次背

copy [`kɑpɪ] 名 副本 動 複製	2	Would you please make a **copy** for me? 你可以幫我影印嗎？ 同義詞 Xerox
diary [`daɪərɪ] 名 日記	2	I make it a habit to keep a **diary** every day in order to reflect on myself. 我為了反省自己，養成每天寫日記的習慣。
page [pedʒ] 名 書頁	1	Turn to **page** ten, please. We will learn about genetic modification today. 請翻到第十頁，我們今天要學習基因改造。

情境聯想 **03** **完成作家夢**

　　李小姐是個作家，從小時候就喜歡寫文章 (composition)，也時常投稿，後來在朋友介紹下，幫報社寫起專欄 (column) 及社論，發表評論 (comment)、批判社會中所見。現在，她正準備出版自己創作的短篇散文作品集 (collection)，希望能暢銷、將目標設在發行 (circulate) 數量達到一萬本。

MP3 240

composition [4]
[ˌkɑmpə`zɪʃən]
名 組合；作文；作曲

The musician excels in playing the cello and **composition**.
這名音樂家擅長演奏大提琴和作曲。
同義詞 structure, writing
反義詞 imbalance, disagreement

column [3]
[`kɑləm]
名 專欄；圓柱

Joyce writes a fashion **column** for the newspaper every week.
喬依斯每週會為報紙寫一篇時尚專欄。
同義詞 line, pillar

comment [4]
[`kɑmɛnt]
名 評論 動 做評論

We should not make negative **comments** on Facebook or other social networks lest we be sued for libel.
我們不應該在臉書或其他社群網站做負面的評論，以免被控告毀謗。
Readers **comment** on the novel harshly.
讀者對這本小説給予嚴厲的批評。
同義詞 criticism, judgment
反義詞 neglect, silence

collection [3]
[kə`lɛkʃən]
名 收集

There's an antique art **collection** on display at the museum this month.
這個月在博物館有骨董藝術收藏品的展覽。
同義詞 assortment, selection
反義詞 division, individual

circulate [4]
[`sɝkjəˌlet]
動 循環；流通；傳閱

Ceiling fans are set up to cool off by **circulating** air around the room.
安裝吊扇可以讓室內空氣流通、涼爽一些。
同義詞 flow, broadcast
反義詞 collect, gather

相關單字一次背

dictionary
[`dɪkʃən‚ɛrɪ]
名 字典

2 If there is vocabulary you don't know, you can consult the **dictionary**.
如果有不懂的單字，你可以查字典。

newspaper
[`njuz‚pepɚ]
名 報紙

1 **Newspapers** have gone out of fashion. Many prefer to get their news online.
現在，報紙早已退流行，很多人都改讀電子報了。

notice
[`notɪs]
動 注意 名 布告

1 Ralph didn't even **notice** that Mary was angry at him.
拉夫根本就沒注意到瑪莉正在生他的氣。

情境聯想 **04** 校內刊物編輯

　　小萱參加學校編輯社，學習如何編輯 (edit) 校刊。指導老師先教她如何下標題 (headline)，接著採訪人物並撰稿，也教她排版需配合美感及對稱感，該在哪個位置插入 (insert) 照片圖片和學生作品會較美觀，並適度說明 (illustrate)、補充；而在校刊初版 (edition) 完成前，還得由總編輯以及老師作詳盡的校正與修訂。

🎧 MP3 ◀ 241

edit
[`ɛdɪt]
動 編輯

3 Sandra is in charge of **editing** the magazine.
珊卓拉負責編輯雜誌。
同義詞 refine, revise
反義詞 disorganize, scatter

headline
[`hed‚laɪn]
名 標題 動 下標題

3 The love affair between the two actors was covered by the tabloid under huge **headlines**.
一名男星的緋聞被八卦小報以頭條方式特別報導。
同義詞 title, caption

insert
[ɪnˋsɝt]
動 插入;刊登
名 插入物

4

Please **insert** two tokens into the slot, and then press the button to begin the game.
請投入兩個代幣到投幣槽,然後按按鈕,再開始玩遊戲。
In the newspaper, too many annoying **inserts** advertising various products were found.
網站上,太多擾人的置入性廣告會跳出來,很令人反感。
(同義詞) embed, stick
(反義詞) erase, forget

illustrate
[ˋɪləstret]
動 舉例說明

4

The instructor **illustrated** his point with a pie chart on the blackboard.
老師在黑板上用派圖來說明自己的觀點。
(同義詞) depict, demonstrate
(反義詞) complicate, confuse

edition
[ɪˋdɪʃən]
名 版本

3

There is the hardback **edition** of the dictionary in my dad's study.
我爸爸的書房有一本精裝本辭典。
(同義詞) version, publication

 相關單字一次背

type
[taɪp]
名 類型;字型
動 打字

2

When you edit your report, use bold **type** for your headings.
當你編輯報告時,要把標題用黑體字標出來。
You can **type** more quickly by practicing more.
你可以藉由練習來提升打字速度。

print
[prɪnt]
名 **動** 印刷

1

The new laser printer features excellent **print** quality.
這台新的雷射印表機以絕佳的列印品質為特點。
They decided to **print** the label on the book cover.
他們決定要在書籍封面印上那個標誌。

情境聯想 05 誠徵出版相關人員

本公司專門以出版 (publish) 商業期刊 (journal) 為主，誠徵數名人員，分別負責修訂 (revision) 以及出版 (publication) 方面的業務，而應徵資格則為，校訂 (revise) 時要細心，同時也要具備耐心。

🎧 MP3 ◀ 242

publish
[`pʌblɪʃ]
動 出版

4 Kim has just had his novel **published**, hoping it will become a best-seller.
金已經出版了他寫的小說，希望可以成為暢銷書。
同義詞 print, produce
反義詞 conceal, suppress

journal
[`dʒɜnl̩]
名 期刊

3 My parents have subscribed to some magazines and science **journals**.
我父母訂閱了一些雜誌和科學期刊。
同義詞 periodical, publication

revision
[rɪ`vɪʒən]
名 修訂

4 The writer was forced to make several **revisions** to his creation before publication.
在出版之前，作家被迫對其作品進行幾處修改。
同義詞 alteration, modification
反義詞 worsening

publication
[ˌpʌblɪ`keʃən]
名 出版

4 The latest **publication** of the publisher is a magazine dedicated to recreation.
這家出版社最近的出刊物是一本著重休閒娛樂的雜誌。
同義詞 publishing, writing

revise
[rɪ`vaɪz]
動 修正；校訂

4 Charlie was asked to **revise** his proposal before making a presentation.
查理被要求在說明會前修改他的提案。
同義詞 correct, edit
反義詞 decrease, harm

magazine [ˌmægəˋzin] 名 雜誌	**2**	Students can read English **magazines** to expand their vocabulary. 學生可閱讀英文雜誌來增加字彙量。
monthly [ˋmʌnθlɪ] 形 每月一次的 副 每月一次地 名 月刊	**4**	Many people choose to pay a **monthly** payment for their mortgages. 許多人選擇每月償付的房屋貸款。 Employees are paid **monthly**, and every one receives a bonus according to their performance that month. 員工薪水為每月給付，且根據每個人的表現還會收到一筆獎金。

試試身手 — 模擬試題

一、詞彙題（共 15 題）

( )1. In the 2018 Singapore Summit, U.S. President Donald Trump _____ with North Korean dictator Kim Jong-un, agreeing to peace and denuclearization.

(A) fulfilled　(B) negotiated　(C) tolerated　(D) acquired

( )2. Aaron can't _____ the temptation of sweets; he ate a box of chocolate last night.

(A) persuade　(B) glow　(C) depend　(D) resist

( )3. The mayor _____ after admitting to accepting bribes.

(A) pumped　(B) resigned　(C) recalled　(D) mowed

( )4. *Little Girl Lost*, the _____ of Drew Barrymore, discusses her addiction to drugs and alcohol in her teens owing to being a child star.

(A) autobiography　(B) satisfaction　(C) reception　(D) expansion

( )5. Returned goods purchased from our shopping mall will be refunded on condition that customers bring the valid _____ along with the items intact.

(A) receipts　(B) wages　(C) resignations　(D) accomplishments

( )6. Culture shock and the process of _____ to life in foreign countries can be very tricky.

(A) applicant　(B) cartoon　(C) announcement　(D) adjustment

( )7. After _____ to radiation for a long period, you may have a higher risk of cancer.

(A) capacity　(B) rubber　(C) exposure　(D) dairy

( )8. Farmers apply fertilizer to soil in order to convert it into _____ land.

(A) counter　(B) clumsy　(C) productive　(D) industrial

( )9. At a job interview, it is necessary to emphasize that you are _____ of multitasking efficiently.

(A) ignorant　(B) dependent　(C) capable　(D) defensible

( )10. As wine _____ with age, it tastes more mellow and smoother.

(A) matures (B) invents (C) forbids (D) influences

( )11. The more bits of information the CPU can process, the _____ capacity it is equipped with.

(A) opportunity (B) capacity (C) intelligence (D) judgment

( )12. People _____ food and clothing to the victims to help with the relief effort.

(A) endured (B) contributed (C) convinced (D) afforded

( )13. Novak Djokovic's Wimbledon _____ over his rival Kevin Anderson was hailed as a great victory in 2018.

(A) composition (B) triumph (C) catalog (D) bulletin

( )14. An optimist sees a(n) _____ in every calamity, looking always on the bright side.

(A) publication (B) commercial (C) journal (D) opportunity

( )15. New influenza A viruses are _____ currently, so the government is urging the public to adhere to the basic Dos and Don'ts to prevent infection.

(A) commenting (B) realizing (C) circulating (D) inserting

二、綜合測驗（共 15 題）

Studies showed that consuming 400 mg of caffeine per day at most is acceptable. Therefore, for healthy adults, a coffee break can actually boost productivity. Even better, moderate coffee intake is __16__ with lower risks of heart disease.

Nevertheless, excessive caffeine consumption can put a heavy burden on our body, pregnant women and patients with __17__ heart rates in particular. Because caffeine is an addictive stimulant, people can actually become addicted to caffeine.

Heavy caffeine __18__ may result in withdrawal symptoms in those who attempt to quit drinking caffeine. Common symptoms of

caffeine withdrawal are headaches, depressed mood, anxiety, difficulty concentrating, or irritability. What's worse, the ___⑲___ of symptoms increases in direct proportion to the amount of caffeine intake.

Fortunately, caffeine withdrawal symptoms last only seven to 12 days, which is a lot shorter compared to the length of symptoms that occur with total abstinence from drugs or alcohol. For the sake of symptom relief, doctors recommend we limit caffeine intake to 100 mg., which is ___⑳___ to 150 c.c. of coffee, a day. As well, decaffeinated coffee and tea can be appropriate substitutes for coffee.

(　　) 16. (A) associated　(B) harvested　(C) broadcast　(D) traded

(　　) 17. (A) vacant　(B) tolerable　(C) ignorant　(D) irregular

(　　) 18. (A) fulfillment　(B) means　(C) dependency　(D) reputation

(　　) 19. (A) fame　(B) severity　(C) exception　(D) poster

(　　) 20. (A) equivalent　(B) visual　(C) competitive　(D) foolish

The utilization of light to transmit data in the same way remote controls work is nothing new. Remote controls send infrared light pulses within a limited distance according to their transmission ___㉑___. Similarly, Li-Fi, short for Light Fidelity, is a light communication system that is able to convey wireless data at high speed. It is a ___㉒___ technology based on the visible light spectrum, ultraviolet, and infrared radiation. At a 2011 TED talk, the technical term Li-Fi was coined and introduced by Harald Haas, Chair Professor of Mobile Communications at the University of Edinburgh.

Li-Fi is claimed to be 100 times the speed of Wi-Fi. It is because the former uses light to transmit robust data whereas the ___㉓___ uses radio waves. Also, one of the advantages of Li-Fi is that it can be used in aircraft cabins and even in nuclear power plants without electromagnetic ___㉔___. In addition, in our future homes or on military bases, any confidential information cannot be hacked from a remote location as the light cannot ___ 25 ___ through walls.

The implications of Li-Fi applications are far-reaching, and more and more Li-Fi technology will be seen globally in decades. Chances are there will be a future when we'll stream the Internet from LED light bulbs.

(   ) 21. (A) shepherd   (B) capacity   (C) accountant   (D) porter

(   ) 22. (A) tolerant   (B) burgeoning   (C) false   (D) obsolete

(   ) 23. (A) later   (B) latter   (C) letter   (D) latest

(   ) 24. (A) interference   (B) steel   (C) publicity   (D) partnership

(   ) 25. (A) publish   (B) value   (C) penetrate   (D) resist

There are approximately 500 kinds of phobia. For example, Acrophobia refers to the fear of heights, while aquaphobia is the fear of water. As for people with claustrophobia, they tend to feel ___ 26 ___ in a confined space like elevators. Among all phobias, social phobia might be the most common. Social phobia is an anxiety disorder ___ 27 ___ by a great deal of fear and distress in social situations, with symptoms such as excessive sweating, blushing, and stammering.

You might think that celebrities would not have to struggle with social phobia, but there are actually a lot of examples of this occurring. We just have to remember that no one, not even celebrities, are divine but rather ___ 28 ___ and they have emotions and feelings. Take Adele, a British singer, for example: she admitted that she used to have stage fright that made her vomit owing to the ___ 29 ___ pressure of being on tour giving concerts. Jennifer Lawrence, a famous actress who ___ 30 ___ a very successful acting career, said she had to deal with anxiety when she was a child, though her anxiety disappeared as she became more confident.

Looking back at the celebrity examples, we should also know that

all the phobias can be cured. Even if you suffer from any kind of phobia, you can still overcome your inner fears by getting professional treatment or a mental health consultation.

( )26. (A) perceived (B) satisfied (C) substituted (D) suffocated
( )27. (A) choked (B) boasted (C) characterized (D) glowed
( )28. (A) moral (B) morale (C) immortal (D) mortal
( )29. (A) degrading (B) overwhelming (C) devastating (D) tumbling
( )30. (A) embarked on (B) interfered in (C) turned up (D) retired from

三、文意選填（共 10 題）

請依文意在文章後所提供的（A）到（J）選項中分別選出最適當者。

Throughout the years, people have discussed and debated whether the government should shut down nuclear power plants because of radioactive waste and the problem of where to store it. Although some believe shutting down power plants will have __31__ impact on economic development, others strongly oppose them and engage in anti-nuclear __32__, fearing another Chernobyl disaster.

The Chernobyl disaster in 1986 was a catastrophic nuclear accident that took place in the northern Ukrainian part of the United Soviet Socialist Republics (USSR). As a result of the combination of __33__ reactor design flaws and uncontrolled reactions, the power plant exploded and claimed 31 direct __34__. A rapid __35__ was enforced after the explosion. However, people exposed to excess __36__ of radioactive particles either suffered from cancer, or their children were born with genetic disorders.

After the Chernobyl accident, the __37__ of anti-nuclear movements started to spread. However, over time, the controversy over

nuclear power seemed to lessen somewhat afterwards. It was __38__ __ the Fukushima Daiichi nuclear disaster in 2011 that serious concern was again aroused in many developed countries. __39__ nuclear power supports half of the electricity usage in many countries, how __40__ will carry out decommissioning is a big challenge.

(A) negative　(B) quantities　(C) not until　(D) evacuation　(E) since

(F) protests　(G) appeal　(H) inherent　(I) authorities　(J) casualties

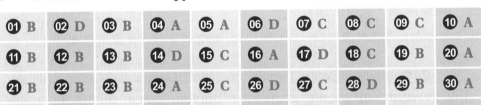

模擬試題 ～ 解答篇

01 B	02 D	03 B	04 A	05 A	06 D	07 C	08 C	09 C	10 A
11 B	12 B	13 B	14 D	15 C	16 A	17 D	18 C	19 B	20 A
21 B	22 B	23 B	24 A	25 C	26 D	27 C	28 D	29 B	30 A
31 A	32 F	33 H	34 J	35 D	36 B	37 G	38 C	39 E	40 I

一、詞彙題剖析

01 (B) **negotiated** 協商；談判

在二〇一八年的新加坡高峰會議中，美國總統川普與北韓獨裁者金正恩協商，達成和平及去核武的協議。

(A) **fulfilled** 實現　(C) **tolerated** 容忍　(D) **acquired** 學習

02 (D) **resist** 抗拒

艾倫無法抗拒甜點的誘惑；他昨晚把一整盒巧克力都吃掉了。

(A) **persuade** 說服　(B) **glow** 發光　(C) **depend** 依賴

03 (B) **resigned** 辭職

市長坦承有收受賄賂的行為，便即刻辭職下台。

(A) pumped 用幫浦打氣 (C) recalled 回想起 (D) mowed 除草

04 (A) autobiography 自傳

《迷失的小女孩》是茱兒．芭莉摩的自傳，其內容以從她成為童星，卻導致青少年時期吸毒與酗酒的故事為主。

(B) satisfaction 滿足 (C) reception 接待；服務台
(D) expansion 擴大；膨脹

05 (A) receipts 收據

顧客要在購物商場中退貨時，必須把有效的收據和完好未拆的商品帶來，才能退款。

(B) wages 工資 (C) resignations 辭職
(D) accomplishments 成就；實現

06 (D) adjustment 調適

文化衝擊以及調適國外生活的過程都是相當困難的。

(A) applicant 申請人 (B) cartoon 卡通 (C) announcement 宣布

07 (C) exposure 暴露；接觸

暴露在輻射線一段時間後，可能會提高你罹癌的風險。

(A) capacity 容量；能力 (B) rubber 橡膠 (C) dairy 乳製品

08 (C) productive 生產力的；多產的

農夫噴灑人工肥料在土壤上，將其改造成有生產力的土地。

(A) counter 櫃台 (B) clumsy 笨拙的 (D) industrial 工業的

09 (C) capable 有能力的

面試時，一定要突顯自己能夠有效率地同時應付多樣工作。

(A) ignorant 忽略的；無知的 (B) dependent 依賴的
(D) defensible 可防禦的

10 (A) matures 成熟；釀熟

美酒隨著時間熟成，放愈久喝起來就愈醇厚、順口。

(B) invents 發明 (C) forbids 禁止 (D) influences 影響

11 **(B)** capacity 容量

電腦處理器處理的資料愈多，其配備的容量也愈大。

(A) opportunity 機會 **(C)** intelligence 智慧 **(D)** judgment 判斷

12 **(B)** contribute 捐獻

為了賑災，人們捐獻食物及衣物給受災戶。

(A) endure 忍受 **(C)** convince 說服 **(D)** afford 負擔得起

13 **(B)** triumph 勝利

諾瓦克・喬科維奇在溫布頓網球錦標賽中擊敗對手凱文・安德森，此戰還被讚為二〇一八年的一大勝利。

(A) composition 作文；作曲 **(C)** catalog 目錄 **(D)** bulletin 布告欄

14 **(D)** opportunity 機會

樂觀主義者在不幸中看到的是機會，總是能看到光明的那一面。

(A) publication 出版物 **(B)** commercial 廣告 **(C)** journal 期刊

15 **(C)** circulating 傳播；流傳

新出現的 A 型流感正在流行傳染中，所以政府鼓勵群眾要遵守預防的準則。

(A) commenting 評論 **(B)** realizing 了解；實現 **(D)** inserting 插入

二、綜合測驗剖析

　　研究發現，每天攝取的咖啡因最多可達到四百毫克，所以對健康的成人來說，休息時間喝杯咖啡確實可以提振生產力，而且最棒的是，喝適量的咖啡還與降低心血管疾病 **16** **(A)** 有所關連呢。

　　然而，過度攝取咖啡因卻會對人體造成負荷，尤其是對懷孕的婦女以及心律 **17** **(D)** 不整 的病人來說。而且，因為咖啡因是會令人成癮的刺激物，人們是有可能會對咖啡因上癮的。

　　當成癮者想要戒掉喝咖啡，對咖啡因的過度 **18** **(C)** 依賴性 可能會導致咖啡因戒斷症，常見症狀有頭痛、沮喪、焦慮、無法專注與易怒；更糟的是，此症狀的

19 (B) **嚴重性** 跟攝取量成正比。

不過，幸運的是，跟戒掉毒品或酒精相較之下，咖啡因的戒斷症狀短了很多，只會持續七到十二天；為了紓解症狀，醫生建議人們應限制每日咖啡因攝取量，將之設為一百毫克，**20** (A) **相當於** 一百五十毫升的咖啡攝取量；此外，無咖啡因的咖啡和茶也是合適的替代飲品。

16 (A) **associated** 有關聯的

(B) **harvested** 收穫 (C) **broadcast** 轉播 (D) **traded** 交易

17 (D) **irregular** 不規律的

(A) **vacant** 空缺的 (B) **tolerable** 容忍的 (C) **ignorant** 無知的

18 (C) **dependency** 依賴

(A) **fulfillment** 完成 (B) **means** 方法 (D) **reputation** 名聲

19 (B) **severity** 嚴重性

(A) **fame** 名譽 (C) **exception** 例外 (D) **poster** 海報

20 (A) **equivalent** 相等

(B) **visual** 視覺的 (C) **competitive** 競爭的 (D) **foolish** 愚笨的

以光線傳輸資料的原理同遙控器，現在已不是新鮮的事了。遙控器使用的是紅外線，並受限於距離和 **21** (B) **傳輸量**。同樣地，Li-Fi，也就是「光線上網技術」的縮寫，是透過光線作為傳輸媒介的通訊系統，可高速傳輸無線資料，也是一項 **22** (B) **迅速發展的** 科技，主要依賴可見光源、紫外線和紅外線。在二〇一一年的 TED 演講中，Li-Fi 這個科技術語便由英國愛丁堡大學移動通訊系的教授哈羅德‧哈斯（Harald Haas）所創造、提出。

光線上網技術據說其速度是無線上網的一百倍，因為前者（光線上網）是使用光線來傳輸龐大的資料，而 **23** (B) **後者** （無線上網）則是使用無線電波；此外，光線上網其中一優點是，它可以在飛機機艙內、甚至是核能發電廠中使用，不會

被電磁波 ㉔ (A) 干擾；而且，在未來的房子或軍事基地中，任何機密資訊將無法被他人從遠端入侵，這是因為光線無法 ㉕ (C) 穿透 牆面的關係。

　　光線上網技術的影響很深遠，且數十年後，全球應都能見到此技術。在不久的未來，我們甚至有可能透過 LED 燈泡上網呢。

㉑ (B) **capacity** 容量
　　(A) **shepherd** 牧羊人　(C) **accountant** 會計師　(D) **porter** 行李員

㉒ (B) **burgeoning** 新興的
　　(A) **tolerant** 忍耐的　(C) **false** 假的　(D) **obsolete** 過時的

㉓ (B) **latter** 後者
　　(A) **later** 後來　(C) **letter** 信件　(D) **latest** 最新的

㉔ (A) **interference** 干擾
　　(B) **steel** 鋼　(C) **publicity** 宣傳　(D) **partnership** 合夥關係

㉕ (C) **penetrate** 穿透
　　(A) **publish** 出版　(B) **value** 重視　(D) **resist** 拒絕

　　恐懼症大約有五百種，舉例來說，「懼高症」指的是害怕高處，而「恐水症」就是怕水；至於「幽閉恐懼症」，是指患有此症狀的人們若身處在狹小空間裡面，像是在電梯中，就會感覺似乎快要 ㉖ (D) 窒息 一樣。而在這麼多種的恐懼症當中，最常見的不外乎是「社交焦慮症」，其 ㉗ (C) 特徵 為在社交場合時會遭受恐懼和痛苦的折磨，並伴隨出汗、臉紅與口吃。

　　你可能認為明星不可能患有社交恐懼症，但例子卻為數不少，畢竟名人並不是神，而是像我們一樣 ㉘ (D) 平凡的 人，會有自己的情緒以及感覺；舉例來說，英國歌星愛戴兒就承認，她曾經懼怕舞台，且曾經因為巡迴演唱會帶給她 ㉙ (B) 過大的 壓力，因緊張 ㉚ (B) 過頭 而嘔吐；而珍妮佛‧羅倫斯則是另一個例子，現在成功 ㉛ (A) 從事 演員一職的她，坦承她小時候常感到焦慮，不過這些焦慮的心

理都在對自己感到更加自信之後消失不見。

　　看完以上明星的例子後，我們能看出，所有恐懼症都是可以治癒的，就算你正為某種恐懼症而煩惱著，你也能運用藥物或心理諮商來成功消除內心的恐懼。

26 **(D)** **suffocated** 窒息
　　(A) **perceived** 察覺　**(B)** **satisfied** 滿意　**(C)** **substituted** 取代

27 **(C)** **characterized** 以⋯為特徵的
　　(A) **choked** 窒息的　**(B)** **boasted** 自豪的　**(D)** **glowed** 發光的

28 **(D)** **mortal** 平凡的
　　(A) **moral** 道德的　**(B)** **morale** 士氣　**(C)** **immortal** 不老的

29 **(B)** **overwhelming** 壓倒的
　　(A) **degrading** 降低的　**(C)** **devastating** 破壞的　**(D)** **tumbling** 跌倒

30 **(A)** **embarked on** 從事
　　(B) **interfered in** 干涉　**(C)** **turned up** 出現　**(D)** **retired from** 退休

（三、文意選填剖析）

　　近年來，人們一直在討論能源議題，並因核能發電廠無處可存放的核廢料，爭辯著政府是否應該關閉這些核電廠。雖然有些人認為關閉核能發電廠將對經濟發展有 **31** **(A)** 負面的 影響，也有人走上街頭，發動反核的 **32** **(F)** 抗議活動，深怕車諾堡事件會再次上演。

　　車諾堡事件發生於一九八六年的烏克蘭共和國北部，是一件慘重的核能發電廠事故，由於 **33** **(H)** 本身的 反應爐設計瑕疵和失控的核能反應，造成核電廠爆炸、導致三十一人 **34** **(J)** 死亡；意外期間，雖然已快速 **35** **(D)** 疏散 人群，但還是有很多人因為暴露在 **36** **(B)** 過量 的放射性微粒環境中，而患上癌症，甚至因輻射而天生畸形。

　　車諾堡事件之後，**37** **(G)** 呼籲 反核能的聲浪便漸漸興起，然而長時間過後，

反對聲浪便逐漸減少，**38** (C) 直到 二〇一一年的福島核災 **38** (C) 才 喚起許多國家的反核意識；**39** (E) 因為 在許多國家中，使用的電量有一半來自核能，所以 **40** (I) 相關單位 如何實施核電除役便是一大挑戰。

31 (A) negative 負面的

32 (F) protests 抗議活動

33 (H) inherent 本身的；固有的

34 (J) casualties 死傷人數

35 (D) evacuation 疏離；撤離

36 (B) quantities 量（large quantities of 許多）

37 (G) appeal 呼籲

38 (C) not until 直到…才

39 (E) Since 因為

40 (I) authorities 相關單位

Unit 1　社會結構：公民與社會組織

Unit 2　繩之以法：犯罪與法律制裁

Unit 3　公家機關：警察與政府官員

Unit 4　政府相關：人民的權利與福利

Unit 5　國家軍事配備：武器與戰爭

Unit 6　必懂的新知：科學與創新科技

試試身手：模擬試題
模擬試題解答與解析

4500 Must-Know
Vocabulary for
High School Students

Part 4

常見社會現象

大考Tips

複習並調整好心境！

　　若你總是對自己沒有自信，這時候可以試試國外流行的「暗示法」，要常常在心中鼓勵自己、跟自己說一定做得到、不要害怕等等；而考試時想要平復緊張感的話，入座之後不妨先深呼吸，等心情平復下來之後再開始作答；再來，考前也要多注意身體狀況，因為疲勞程度會影響到判斷能力，所以日常作息也要調整好；最後，在這裡祝各位考生順利錄取理想的學校！

名 名詞　　動 動詞　　形 形容詞　　副 副詞　　介 介係詞　　縮 縮寫

社會結構：公民與社會組織

民主國家國民

　　民主國家的國民 (civilian) 都擁有政府核發的身分證 (identification)，享有國民的 (civil) 基本權利，並住在言論自由的社會 (community)；另外，民主國家也接受合法移民者 (immigrant)，像是藉由技術移民或婚姻移民的遷移申請，文化多元、思想以及宗教等也很自由。

 MP3 ◀ 243

civilian 4 [sə`vɪljən] 名 平民　形 平民的	The **civilians** were evacuated before the tsunami struck. 海嘯來襲時，村民全都被撤離了。 同義詞 citizen, private
identification 4 [aɪ͵dɛntəfə`keʃən] 名 身分證	Customers are asked to show their **identification** before buying cigarettes or wine. 買菸酒前，顧客會被要求出示身份證明。 同義詞 passport, labeling
civil 3 [`sɪvl̩] 形 國民的；市民的	**Civil** rights are meant to protect individuals' freedom from infringement by governments, social organizations, and other people. 公民權利在於保護個人自由，免於人們受到政府、社會機構和其他人的侵害。 同義詞 civic, domestic 反義詞 foreign
community 4 [kə`mjunətɪ] 名 社區	In the **community**, drug trafficking is a major concern. 對整個社會來說，販毒是大家關注的大事。 同義詞 society, association

immigrant
[`ɪməgrənt]
名 移民者

4

Illegal **immigrants** should not be granted the right to work or vote.

不該賦予非法移民工作或投票的權利。

同義詞 settler, newcomer

反義詞 native, citizen

相關單字一次背

citizen
[`sɪtəzn̩]
名 公民；市民

2

Chicago provides free public transportation to all senior **citizens**.

芝加哥提供老人免費搭乘大眾運輸。

city
[`sɪtɪ]
名 城市

1

London, the **city** of fog, hosted the 2012 Summer Games and boasts many amenities.

倫敦也被稱為「霧都」，曾為二〇一二年奧運比賽場地，具有與眾不同的魅力。

情境聯想
02
種族衝突譴責

　　據新聞報導，在德國某城市有一名德國男子因口角衝突而喪命，而有兩名從敘利亞移入 (immigrate) 的青年涉及此凶殺案，接連引發群眾對於移民問題的示威抗議 (protest)；政府譴責了入境移民 (immigration) 及難民 (refugee) 的暴力行為，並表示不會接受暴民 (mob) 追打不同人種的行徑。

MP3 244

immigrate
[`ɪmə‚gret]
動 遷移；移入

4

As a Jewish person fearing Nazi threats, Albert Einstein, the greatest physicist, **immigrated** to the United States in 1933.

最偉大的物理學家——愛因斯坦是個猶太人，他因為害怕納粹的迫害，於一九三三年移民到美國。

同義詞 arrive, migrate

反義詞 emigrate

protest
[`protɛst]
動 名 抗議

4

A large number of residents who dwelled in the district **protested** the construction of the landfill, but in vain.
很多住在這地區的居民抗議興建垃圾掩埋場，但是卻徒勞無功。

Environmentalists organized a **protest** against the planned nuclear power plant.
環保人士進行抗議，反對興建核能發電廠的計畫。

同義詞 demonstration, complaint
反義詞 agreement, harmony

immigration
[ˌɪmə`ɡreʃən]
名 移居入境

4

Denmark's stance on **immigration** was controversial; the country offered immigrants cash as incentives to leave if they could not adapt to Danish culture.
丹麥對移民的立場頗有爭議；如果無法融入丹麥，政府便會給移民者金錢誘惑、要求他們離境。

反義詞 entrance

refugee
[ˌrɛfjʊ`dʒi]
名 難民

4

About 300 **refugees** survived the sinking, and were taken to Sicily.
大約三百名難民從下沉的船中被拯救而存活，後來到達了西西里島。

同義詞 alien, foreigner
反義詞 citizen, national

mob
[mɑb]
名 暴民 動 圍住

3

The police suppressed a **mob** throwing petrol bombs.
警察鎮壓一群投擲汽油彈的暴民。

Several teenager bullies **mobbed** Andy for money.
為了錢，幾個少年惡霸成群圍攻安迪。

同義詞 crowd, gang
反義詞 individual, single

相關單字一次背

public
[`pʌblɪk]
名 公眾 形 公開的

1 The museum is open to the **public** and the admission is free of charge.
那間博物館開放給大眾參觀，而且入場完全免費。
The professor made an inspiring **public** speech.
教授在大眾面前發表一場激勵人心的演講。

difference
[`dɪfərəns]
名 差異

2 Exercise can make a big **difference** to health.
運動對健康有很大的改善。
同義詞 distinction, diversity

情境聯想 03 創立基金會

瑪利亞基金會 (foundation) 創辦人 (founder) 莊宏達小兒科醫師，因在台灣早期觀察到障礙兒童無法得到完善的醫療與教育，且感受到身心障礙兒童的爸媽獨自陪伴的辛苦，於民國七十七年，在各界和政府提供的資金 (fund) 協助下，促成瑪利亞基金會的建立 (establishment)，現在則期待更多志工與會員 (membership) 一同參與行善。

🎧 MP3 ◀ 245

foundation
[faun`deʃən]
名 基金會；基礎

4 The Heart **Foundation** improves health by funding cardiovascular research.
心臟基金會藉由提供經費給心血管研究，以幫助人們促進健康。
同義詞 base, authority

founder
[`faundɚ]
名 創立者

4 In 1968, a group of young doctors decided to help victims of wars and disasters, later becoming the **founders** of Médecins Sans Frontières (MSF).
在一九六八年，一群年輕醫生決定幫助那些遭受戰爭和疾病的受害者，而成為「醫療無國界」的創辦者。
同義詞 builder, organizer

fund
[fʌnd]
名 資金 **動** 投資

3

The government agreed to allocate **funds** to restore the historic sites.
政府同意撥出資金，以整修歷史古蹟。
The foundation is willing to **fund** the research on AIDS.
這個基金會很樂意提供資金研究愛滋病。
同義詞 capital, endowment
反義詞 debt

establishment
[ɪsˋtæblɪʃmənt]
名 組織；建立

4

The bank is a financial **establishment** where clients can do some banking.
銀行是個金融機構，顧客可在此處理銀行事宜。
同義詞 organization, creation

membership
[ˋmɛmbɚʃɪp]
名 會員身分

3

People applying for annual **membership** are obliged to pay 1000 dollars.
申請會員的人每年都必須繳交一千元會費。
同義詞 enrollment, participation

member
[ˋmɛmbɚ]
名 會員

2

There are five **members** in my family; all of them enjoy our intimate bonding with one another.
我家有五個成員，而且我們之間的關係都很親密。

organization
[ˏɔrgənəˋzeʃən]
名 機構

2

The World Health **Organization** announced the outbreak of Middle East Respiratory Syndrome (MERS) infection in the Republic of Korea in September 2018.
在二○一八年九月，世界衛生組織宣布在南韓爆發了中東呼吸症候群的感染。

organize
[ˋɔrgəˏnaɪz]
動 組織

2

The books were **organized** on the shelves in alphabetical order
書是按字母順序擺放在書架上的。

情境聯想
04
歐洲自行車產業

　　歐盟產業協會 (association) 代表自行車製造商和零組件製造商，為了整個歐盟及會員的利益，決定將這兩者聯合 (unite) 起來；於是，這兩個協會便成了合併 (unity) 後的新組織 (union)，目標是要共同促進歐盟自行車、零配件等領域的成長。

🎧 MP3 ◀ 246

association [ə͵sosɪ`eʃən] 名 協會；聯盟	The goal of the association lies in promoting world peace. 這個協會的目的在於促進世界和平。 (同義詞) corporation, federation (反義詞) disunion, separation
unite [ju`naɪt] 動 聯合；合併	The chef united the French culinary delights with Japanese sushi to create an exotic combination. 主廚將法式美食和日本壽司結合一起，塑造出異國的組合。 (同義詞) combine, join (反義詞) disconnect, separate
unity [`junətɪ] 名 聯合；統一	The campaign aims to call for national unity. 這個活動目標是呼籲國家的統一。 (同義詞) wholeness, identity (反義詞) disagreement, fighting
union [`junjən] 名 聯合；組織	The European Union is a political and economic union of 28 member states. 歐盟是一個聯合二十八個會員國的政治經濟組織。 (同義詞) merger, joining (反義詞) disconnection, discord

繩之以法：犯罪與法律制裁

情境聯想
01 **立即逮捕竊賊**

　　昨晚有一群 (gang) 竊賊 (burglar) 闖空門、進行竊盜犯罪的 (criminal) 行為，幸好當時有目擊者 (witness) 看到這些竊賊犯罪 (commit)，便立即報警，成功將他們繩之以法。

🎧 MP3 ◀ 247

gang [gæŋ] 名 一群 動 結夥	The **gang** confessed to committing the bank robbery. 這幫人坦承犯下銀行搶案。 They **ganged** up to force him to change his decision. 他們聯合起來、逼迫他改變決定。 同義詞 group, mob 反義詞 individual
burglar [`bɜglɚ] 名 竊賊	The **burglar** took the jewels, leaving his fingerprints on the windows. 竊賊拿走珠寶，在窗戶上留下了指紋。 同義詞 robber, intruder
criminal [`krɪmən̩] 形 犯罪的 名 罪犯	The police are conducting a **criminal** investigation. 警方正在進行刑事調查。 The vicious **criminal** committed a series of crimes, including murder and fraud. 這個邪惡的壞人犯過一連串的罪刑，包括謀殺和詐欺。 同義詞 corrupt, convict 反義詞 police

witness 4
[`wɪtnɪs]
名 目擊者 動 目擊

Only one **witness** was able to describe the car accident that led to two deaths.
只有一位目擊證人能敘述這場造成兩人死亡的車禍。
The local resident **witnessed** several shootings during the riot.
在暴亂中,當地人目擊了幾場槍擊事件。
同義詞 bystander, testify
反義詞 participant

commit 4
[kə`mɪt]
動 犯(罪);承諾

The government is **committed** to cracking down on crime.
政府致力於打擊犯罪。
同義詞 execute, violate
反義詞 abstain, fail

chain 3
[tʃen]
動 拴住 名 鍊子

You may take your dog to the park as long as you **chain** it or keep it on a leash.
只要有拴住你的狗或綁項圈,你就可以帶牠到公園。

arrest 2
[ə`rɛst]
動 名 逮捕

The man who takes drugs will be **arrested** by the police.
吸毒的人將被警察逮捕。

crime 2
[kraɪm]
名 罪行

According to the recently released report, Singapore is considered the most peaceful country in the world with the lowest **crime** rate.
根據最近公布的報告,新加坡被視為犯罪率最低且最和平的國家。

case 1
[kes]
名 案件;情況

In this **case**, the master of the pet dog should be fined because her dog wasn't leashed.
以這個例子來說,狗主人因未將狗繫上鍊子,而應被罰款。

今天頭條新聞是一群歹徒 (gangster) 企圖謀財害命、謀殺 (murder) 一名富商，後來事跡敗露，因違反 (offend) 刑法，這些殺人兇手 (murderer) 便被警方逮捕、進了監獄 (jail)，同時等待司法審判。

🎧 MP3 ◀ 248

gangster
[`gæŋstɚ]
名 歹徒

4 The **gangsters** make money by investing in casinos.
犯罪集團藉由投資賭場而獲利。
同義詞 bandit, criminal
反義詞 law, police

murder
[`mɝdɚ]
動 名 謀殺

3 In the nightmare, I **murdered** someone. How terrifying!
在夢魘中，我夢到我殺了人，真是嚇人！
Mr. Wu was accused of **murder**.
吳先生被指控謀殺。
同義詞 kill, crime
反義詞 bear, create

offend
[ə`fɛnd]
動 冒犯；違反

4 I didn't mean to **offend** Mandy; I got to apologize to her.
我不是故意要得罪曼蒂的，我一定要跟她道歉。
同義詞 insult, provoke
反義詞 aid, assist

murderer
[`mɝdərɚ]
名 兇手

4 The serial **murderer** was sentenced to life imprisonment.
這位連環殺人魔被判處無期徒刑。
同義詞 assassin, killer

jail
[dʒel]
名 監獄 動 監禁

3 The cunning convict escaped from the **jail** successfully with the guard's assistance.
在獄卒的協助，奸詐的犯人成功逃獄了。
同義詞 cell, prison

相關單字一次背

prison [`prɪzn̩] 名 監獄	**2**	Drug smugglers should be put in **prison** for their crimes. 毒品走私販應該關起來。
prisoner [`prɪzn̩ɚ] 名 囚犯	**2**	Those **prisoners** were executed yesterday. 這些犯人昨天被處死。 (同義詞) captive
punish [`pʌnɪʃ] 動 處罰	**2**	It is against the law for teachers to punish students using corporal **punishment**. 老師以體罰方式去處罰學生，這是違法的。
judge [dʒʌdʒ] 名 法官 動 裁決	**2**	The **judge** in court sentenced the defendant to the death penalty. 法官在法庭上判這位被告死刑。

情境聯想 03 墨西哥導遊建議

　　墨西哥當地導遊承認 (confess) 墨西哥市治安差，而觀光區白天人多，要防範扒手 (pickpocket) 及強盜 (robber)，雖然地鐵方便又安全，不過晚上常發生搶劫 (robbery) 案件，所以夜晚要多一點警覺。另外，導遊還建議觀光客不要獨自搭當地計程車，因為可能會被搶劫 (rob) 財物。

MP3 ◀ 249

confess [kənˋfɛs] 動 承認	**4**	Kyle **confessed** to eating my ice cream. 凱爾承認他吃掉了我的冰淇淋。 (同義詞) admit, confirm (反義詞) contradict, refuse

pickpocket `4`
[`pɪk͵pakɪt]
名 扒手

The police caught the **pickpocket** red-handed during the parade.
警方在遊行活動中，當場捉到扒手偷東西。
同義詞 thief, snatcher

robber `3`
[`rabɚ]
名 強盜

The mask and his hat made the bank **robber** hard to identify.
銀行搶匪戴了口罩和帽子，讓他很難被認出。
同義詞 burglar, pirate
反義詞 police, law

robbery `3`
[`rabɚɪ]
名 搶劫

Robbery is defined as taking the property of others by means of force or an assault.
搶劫的定義是藉著蠻力或蓄意攻擊，來強奪他人財產的行為。
同義詞 stealing, burglary
反義詞 return

rob `3`
[rab]
動 搶劫

A 65-year-old lady was **robbed** of her handbag inside a supermarket.
一位六十五歲的老婦人在超市被搶劫手提包。
同義詞 steal, deprive
反義詞 help, give

相關單字一次背

punishment `2`
[`pʌnɪʃmənt]
名 處罰

Parenting requires **punishments** as well as rewards.
管教小孩時，需要賞罰分明。

steal `2`
[stil]
動 偷

Don't take others' possessions without permission; otherwise, it will be misunderstood that you wanted to **steal** their stuff.
未經他人同意拿取他人東西的話，會被誤認為你在偷竊。

thief [θif] 名 小偷	**2**	The **thief** was caught by the police officer at the crime scene. 在犯罪現場，小偷被警察抓走了。
law [lɔ] 名 法律	**1**	As a good person, you should obey the **law**. 身為好人，我們都要遵守法律。

情境聯想 04 **贊成死刑或廢除死刑**

　　人權促進會聲稱死刑違反憲法 (constitution)，主張廢除死刑，但對亞當來說，他認為應該維持死刑，因為殺人犯應為所犯的錯伏法；他的親人因欠債，而被可疑的 (suspect) 討債集團殺害，於是控告 (accuse) 他們謀殺，但苦無證據又被吃案，結果成為法律的被害者 (victim)，每天悲傷度日，還有自殺 (suicide) 傾向。所以他決定再次上法院控告討債集團與尸位素餐的司法人員，期望國家司法系統能替他伸張此案。

🎧 MP3 ◀ 250

constitution [ˌkɑnstəˋtjuʃən] 名 憲法；構造	**4**	The United States **Constitution**, which was established in 1787, is the supreme law of the nation with fundamental principles to protect the citizens and the whole nation. 美國憲法在一七八七年通過，為最高法律，具有基本法條，以保護國民與國家。 同義詞 structure, legislation

suspect
[səs`pɛkt] /
[`sʌspɛkt]
動 懷疑 名 嫌疑犯
形 可疑的

3

The teacher **suspected** that Bill cheated on the exam.
老師懷疑比爾考試作弊。
No one knows who carried out the attack, but terrorists are the **suspects**.
沒有人知道誰造成攻擊事件，但恐怖份子是嫌疑犯。
A passenger found a **suspect** parcel at the station, immediately reporting it to the police.
乘客在車站發現了一個可疑的包裹，便立刻報警。
同義詞 doubtful, distrust
反義詞 innocent, trustworthy

accuse
[ə`kjuz]
動 控告

4

Sharon **accused** her employer of sexual harassment.
雪儂控告她的僱主性騷擾。
同義詞 charge, sue
反義詞 approve, defend

victim
[`vɪktɪm]
名 受害者

3

The villagers have fallen **victim** to the harsh mudslides resulting from deforestation.
濫墾濫伐導致嚴重土石流，而當地村民深受其害。
同義詞 casualty, sufferer
反義詞 criminal, culprit

suicide
[`suə,saɪd]
名 自殺

3

The lady, who suffers from depression, tried to commit **suicide** by slashing her wrists.
那位罹患憂鬱症的小姐試圖割腕自殺。
同義詞 self-murder

agreement
[ə`grimənt]
名 同意

1

If our teammates cannot reach **agreement** now, there will be an argument.
如果我們隊員現在不能達成共識，將產生爭執。

appear [ə`pɪr] **動** 出庭；出現	**1**	After it stops raining, a rainbow often **appears** with the sunshine in the sky. 雨停了之後，彩虹常隨著陽光出現在空中。
appearance [ə`pɪrəns] **名** 外觀；出現	**2**	Don't judge a person by his or her **appearance**. 不要以貌取人。

情境聯想 05 **執法過當的交界**

　　今天上午抗議的群眾闖入立法院，警方未依規定便執行 (enforce) 強押，限制多人的人身自由，隨即引起討論是否執法 (enforcement) 過當，幸好有位記者錄下了證據 (evidence)，警方才釋放被逮捕的人，保證 (guarantee) 以後不會再度發生這種事情，並還給大家清白 (innocence)。

🎧 MP3 ◀ 251

enforce [ɪn`fors] **動** 執行；實施；強迫	**4**	It is imperative for the police to **enforce** the traffic regulations. 對員警來說，嚴格執行交通法規是迫切的。 **同義詞** reinforce, implement **反義詞** cease, halt
enforcement [ɪn`forsmənt] **名** 施行	**4**	Law **enforcement** plays an essential role in a steady society. 在穩定的社會中，執行法規扮演著重要的角色。 **同義詞** execution, prosecution **反義詞** abandon, disregard
evidence [`ɛvədəns] **名** 證據	**4**	There is much **evidence** suggesting that people who keep early hours are likely to develop stronger immune systems. 許多證據證明，早睡早起的人免疫力較強。 **同義詞** proof, clue **反義詞** concealment, denial

guarantee
[ˌgærənˋti]　**4**
動 擔保　名 保證

The luxury hotel **guarantees** the customers quality service and various facilities.
這間飯店向顧客保證可享有高品質的客房服務以及各種娛樂設備。

The tablet computer comes with a one-year **guarantee**.
這台平板電腦的保固期為一年。

同義詞 pledge, promise
反義詞 disagreement, uncertainty

innocence
[ˋɪnəsn̩s]　**4**
名 清白

Jeff went on a hunger strike, protesting his **innocence**.
傑夫進行絕食抗議，想證明自己的清白。

同義詞 purity, guiltlessness
反義詞 guilt, sin

相 關 單 字 一 次 背

claim
[klem]　**2**
動 主張

The Conservative Party has **claimed** great success in the election.
保守黨聲稱選舉已取得大勝利。

court
[kort]　**2**
名 法院

What the witness described in **court** was viewed as strong proof.
目擊證人在法庭所做的陳述被列為一項證據。

prove
[pruv]　**1**
動 證實

The evidence **proved** that the suspect was a scammer.
證據證明這位嫌疑犯是詐欺者。

情境聯想 06

法官的公正判決

這位代表正義 (justice) 的清廉法官，會依據證據 (proof) 做明確的判決，給予犯法者符合法律的 (lawful) 懲罰 (penalty)，而且重視證據的呈現，不讓無辜的 (innocent) 人落入冤獄。

🎧 MP3 ◀ 252

---

justice
[`dʒʌstɪs]
名 公平；正義

3 The police strove as hard as possible to bring the gang to **justice**.
警方竭盡全力將這群黑幫繩之以法。
同義詞 integrity, fairness
反義詞 corruption, dishonesty

---

proof
[pruf]
名 證據

3 I don't have any concrete **proof** to prove that Harold stole my wallet.
我沒有具體實證來證明哈洛德偷了我的皮夾。
同義詞 evidence, clue

---

lawful
[`lɔfəl]
形 合法的

4 The minimum **lawful** age for obtaining a driver's license is commonly set at 18 years old.
考駕照的合法年紀普遍在十八歲。
同義詞 legitimate, legal
反義詞 illegal, incorrect

---

penalty
[`pɛnḷtɪ]
名 懲罰；刑罰

4 Drivers have to pay a **penalty** if they run through a red light.
駕駛若闖紅燈，就必須繳交罰金。
同義詞 punishment, fine
反義詞 award, reward

---

innocent
[`ɪnəsṇt]
形 純潔的

3 The explosion injured many **innocent** civilians.
這場爆炸使許多無辜的百姓受傷。
同義詞 naive, uninvolved
反義詞 guilty, sinful

相關單字一次背

lawyer [`lɔjɚ] 名 律師	2	The corporation hired a **lawyer** who specializes in intellectual property rights and patents. 這家公司僱用一名專精於智慧財產權和專利的律師。
legal [`lig!] 形 合法的	2	Men have a **legal** obligation to serve in the army in my country. 在我們國家，男子需盡法律規定的義務服兵役。
trial [`traɪəl] 名 試驗；審判	2	There's no shortcut to successful experiments; it requires a process of **trial** and error. 實驗的成功不可能一蹴而就，需要經過反覆的試驗以及犯錯的過程。

公家機關：警察與政府官員

情境聯想
01 　神秘的 FBI

　　據說美國聯邦調查局 (investigation) FBI 曾經利用秘密監控來調查 (inspect) 名人、抓出把柄，而因此備受爭議。調查 (investigate) 各種犯罪雖說是他們的工作，但調查員 (inspector) 據說能呼風喚雨、握有很大的權力，而多件遭竊聽調查 (inspection) 的事情頻傳，讓民眾覺得毫無隱私，即使是政府高官，FBI 也不怕。

🎧 MP3 ◀ 253

investigation 4 [ɪnˌvɛstə`geʃən] 名 調查	The organization is currently under **investigation** for bribery. 這個機構因牽涉賄賂，目前接受調查中。 同義詞 inspection, analysis 反義詞 ignorance, neglect
inspect 3 [ɪn`spɛkt] 動 調查	The cop **inspected** the crime scene thoroughly in search of evidence. 警察徹底調查整個犯罪現場，以尋找證據。 同義詞 investigate, check 反義詞 ignore, overlook
investigate 3 [ɪn`vɛstəˌget] 動 研究；調查	The police are **investigating** the crime. 警方正在調查這場悲劇的成因。 同義詞 inspect, interrogate 反義詞 answer, forget
inspector 3 [ɪn`spɛktɚ] 名 調查員	The **inspector** said that sanitation of the restaurant had to be improved. 稽查人員說這家餐廳的衛生設備必須改善。 同義詞 investigator, detective

inspection 　**4**
[ɪn`spɛkʃən]
名 調查

After the earthquake, the specialists arrived to carry out a safety **inspection** of the building.
地震過後，專家到達這棟大樓，進行安全檢查。
同義詞 investigation, inquiry
反義詞 ignorance

相關單字一次背

policeman 　**1**
[pə`lismən]
名 警察

He was arrested for driving without a license by a **policeman**.
他因無照駕駛而被警方拘捕。
同義詞 cop

shoot 　**2**
[ʃut]
動 射擊 名 射擊

Unfortunately, two senior high school students were **shot** by a teenager who had dropped out of school.
不幸的是，有兩位高中生被一位輟學生槍殺。

police 　**1**
[pə`lis]
名 警察 動 維持治安

Call the **police** if you witness the wanted criminals.
如果看到被通緝的罪犯，請務必報警。

> **情境聯想 02**　**維持法律秩序**
>
> 美國外交安全局隸屬美國國務院，任務為反恐怖主義，在境外會巡邏並保護美國駐外大使 (ambassador)、大使館 (embassy) 的人員及美國人的生命財產，在境內則會調查假護照或簽證並保護國務卿。而美國政府方面，則為三權分立，行政權力歸總統 (president)、司法權力歸聯邦法院，立法權力則為國會 (congress)；另外，市長 (mayor) 或州長也常被作為成為總統的政治跳板。

MP3 ◀ 254

ambassador 3
[æm`bæsədɚ]
名 大使

As an **ambassador** to Japan, Mabel enjoys a very privileged right and status.
美寶身為駐日大使，可以得到特權或地位。
同義詞 diplomat, minister

---

embassy 4
[`ɛmbəsɪ]
名 大使館

An anti-war demonstration was staged in front of the U.S. **embassy**.
在美國大使館前，有人發動了反戰示威抗議。
同義詞 ministry, residence

---

president 2
[`prɛzədənt]
名 總統

Donald Trump is the 45th **President** of the United States. Before entering politics, he was a businessman and a host of a television show called The Apprentice.
唐納・川普是美國第四十五任的總統；從政前，他是位商人，也曾主持《誰是接班人》的電視節目。

---

congress 4
[`kɑŋgrəs]
名 國會

Congress has approved the presidential proposal on health insurance.
國會贊成了總統關於健保的提案。
同義詞 council, parliament
反義詞 division, lawlessness

---

mayor 3
[`meɚ]
名 市長

The **mayor** has promised to reinforce the drainage system in case of flooding.
市長承諾要加強排水系統，以防範淹水。
同義詞 administrator, official
反義詞 employee

相關單字一次背

officer 1
[`ɔfɪsɚ]
名 官員

Chad used to be a customs **officer**, but he was fired because of corruption.
查德以前是海關人員，但現在卻因貪汙而辭職下台。

official [ə`fɪʃəl] 形 官方的 名 官員	**2**	Though English is an **official** language, dialects are often spoken in different districts. 雖然英文是官方語言，不過在不同區域卻常有自己的方言。
vice president [vaɪs`prɛzədənt] 名 副總統	**3**	Former U.S. **vice president** Al Gore still carries on his work as an environmental activist by sounding the alarm over global warming. 美國前副總統高爾仍然繼續擔任環保人士，告知全球暖化的警訊。

情境聯想 03　君主立憲體制

　　君主立憲制是君主專制的國家體制。制度中會保留君主制，並通過立憲，讓人民得以控制主權、限制君主 (lord) 統治，而其國家元首是帝主，但只屬於貴族 (royal) 階級，皇室雖通常住在豪華的宮殿 (palace) 或是宅院，但國家政治是由議會及首相決策的，並不是皇室。

🎧 MP3 ◀ 255

lord [lɔrd] 名 統治者；君主	**3**	The **Lord** of the Rings is an epic fantasy novel written by English author J. R. R. Tolkien. 《魔戒》是一本史詩奇幻小說，是英國作家托爾金的作品。
royal [`rɔɪəl] 形 皇家的	**2**	Approximately 600 people were invited to the **royal** wedding in St. George's Chapel, Windsor, where Prince Harry and Ms. Meghan Markle announced their engagement. 大約六百人受邀參加哈利王子和梅根·馬克的皇室婚禮，他們會在溫莎城堡的聖喬治教堂宣誓。
palace [`pælɪs] 名 宮殿	**3**	The National **Palace** Museum displays jades from the Warring States Period to the Han Dynasty. 故宮展示從戰國時代到漢朝的玉器。

prince [prɪns] 名 王子	2	Emma longs for a **Prince** Charming who is considerate and looks handsome. 艾瑪渴望一位既帥氣又體貼的白馬王子。
princess [`prɪnsɪs] 名 公主	2	**Princess** Diana, who married Prince Charles and later got divorced, ended up being killed in a car crash. 戴安娜王妃曾嫁給查理王子，後來離婚並死於車禍。
queen [`kwin] 名 女王；皇后	1	In Disney's animation film, Snow White was envied by a wicked **queen** who attempted to poison her. 在迪士尼動畫中，白雪公主的美貌一直被邪惡的皇后所忌妒，因此企圖毒死她。

政府相關：人民的權利與福利

情境聯想 01　美國總統大選

　　在美國的總統選舉 (election) 中，候選人需選定 (adopt) 合適的競選夥伴，決勝在於最後計算每州得票 (poll)，勝利州為多數 (majority) 者當選，並不是看整體普選票。在選舉之前，大家都殷切希望選出的總統能有利於 (benefit) 國家發展、促進經濟成長。

🎧 MP3 ◀ 256

election [ɪˋlɛkʃən] 名 選舉	🔊	Who did you vote for in the presidential **election**? 總統選舉你投了給誰呢？ (同義詞) voting, choosing
adopt [əˋdɑpt] 動 選用；收養	🔊	Mike Pence, the former Indiana governor, was **adopted** by Donald Trump as his running mate. 麥克・彭斯，前任印第安納州州長，被川普選定為副總統，同時也是選舉搭檔。 (同義詞) select, accept (反義詞) deny, oppose
poll [pol] 名 選票 動 得票	🔊	Now, a **poll** is being conducted to investigate what people think about nuclear power plants. 現在正在進行一項民意調查，以瞭解人們對核能發電廠的看法。 72 % of the people **polled** said that they would support Mr. Ko in the election. 參與民意調查中有百分之七十二的人說，他們會在本次選舉支持柯先生。 (同義詞) vote, census

majority [məˋdʒɔrətɪ] 名 多數	3	In that Catholic high school, male students are the **majority**. 在那所天主教中學，男學生佔多數。 同義詞 plurality, adulthood 反義詞 minority, adolescence
benefit [ˋbɛnəfɪt] 名 利益 動 有利於	3	Smartphones have numerous **benefits**; for one, apps can be connected to the cloud, so you can have access to all your information wherever you are. 智慧型手機有無數多的優點；其一，你的應用程式可連線到雲端時，每當需要個人資料時，就能隨手取得。 Aerobics can boost your metabolism, **benefiting** your physical health. 有氧運動能促進你的新陳代謝、有益健康。 同義詞 advantage, help 反義詞 disadvantage, hinder

相關單字一次背

elect [ɪˋlɛkt] 動 選舉 形 當選的	2	Ms. Wang was **elected** as the chairperson of the board. 王女士被選為董事會主席。
vote [vot] 動 名 投票	2	The student is already 18 years old and eligible to **vote**. 這位學生已經十八歲，所以有資格投票。
village [ˋvɪlɪdʒ] 名 村莊	2	With the rapid development of technology, the earth has become the global **village**. 由於科技快速發展，地球已經變成地球村。

慈善路跑活動

　　世界無障礙慈善 (charity) 路跑，主要是想要為視障朋友爭取福利 (welfare)、提供視障朋友就業機會。主辦相關單位 (authority) 是社團法人台灣阿甘精神發展協會，而活動就在首都 (capital) ——台北，參加者可先在捷運圓山站集合 (assembly)，再一起坐車去活動場地。

MP3 ◀ 257

charity [`tʃærətɪ] 名 慈善	4　Frugal as the old lady is, she never donates money to **charity**. 老太太雖然很節儉，但從未捐錢給慈善機構。 (同義詞) philanthropy, generosity (反義詞) unkindness, selfishness
welfare [`wɛl.fɛr] 名 福利	4　The wild animal sanctuary strives to improve the **welfare** of animals by offering rescues, treatments and shelter. 這個野生動物之家為動物的福利竭盡心力，提供搜救醫護和庇護。（animal welfare = 動物福利） (同義詞) benefit, well-being (反義詞) disadvantage, loss
authority [ə`θɔrətɪ] 名 權威	4　People report dengue fever cases to the health **authorities**. 人們會把登革熱病例通報給衛生當局。 (同義詞) power, government
capital [`kæpətl̩] 名 首都　形 首要的	3　Australia's **capital** city is Canberra, not Sydney. 澳大利亞的首都是坎培拉，不是雪梨。 Whether to abolish **capital** punishment is a controversial topic. 是否要廢除死刑一直都很有爭議。 (同義詞) metropolis, essential (反義詞) insignificant, trivial

assembly
[ə`sɛmblɪ]
名 集會

4 Every applicant would first go into the hall for **assembly**, and then go to the conference room for the interview.

每個應徵者都先在大廳集合，然後再到會議室面試。

同義詞 accumulation, association

反義詞 individual, separation

相關單字一次背

voter
[votɚ]
名 選民

2 Exactly 60% of the **voters** were in favor of the proposal, while 40% were against it.

選民中正好有百分之六十贊成這個提案，而百分之四十投票反對。

central
[`sɛntrəl]
形 中央的

2 **Central** America consists of seven countries: Belize, Costa Rica, El Salvador, Guatemala, Honduras, Nicaragua, and Panama.

中美洲由七個國家組成：貝里斯、哥斯大黎加、薩爾瓦多、瓜地馬拉、宏都拉斯、尼加拉瓜和巴拿馬。

情境聯想 03 **外交官大小事**

外交官 (diplomat) 隸屬國家外交部 (ministry)，會被派駐到他國辦理外交事務，部長 (minister) 也常需主持外交會議 (convention)，也有機會進行交涉與談判，或為公民提供服務；但是，若外交官在他國行政區 (district) 犯了罪，便將被驅逐出境。

🎧 MP3 ◀ 258

diplomat
[`dɪplə͵mæt]
名 外交官

The terrorists seized several **diplomats** as hostages, threatening to kill them if the ransom wasn't paid.

恐怖分子抓住幾位外交人員當作人質，威脅如果未付贖金，便將殺害他們。

同義詞 representative, minister

---

ministry
[`mɪnɪstrɪ]
名 部長；部

The **ministry** of education is working on education reform.

教育部正著手進行教育改革。

同義詞 bureau, department

---

minister
[`mɪnɪstɚ]
名 部長

The **minister** of national defense declared a ceasefire, for the nation had reached an agreement with the rebel troops.

國防部長宣布停火，因為已經跟叛軍達成協議了。

同義詞 official, bishop

---

convention
[kən`vɛnʃən]
名 會議

There will be a Democratic National **Convention** next week.

下禮拜將召開民主黨全國大會。

同義詞 conference, tradition
反義詞 discord, disagreement

---

district
[`dɪstrɪkt]
名 區域；行政區

Wall Street is the financial **district**'s main street, where the New York Stock Exchange and the Federal Reserve Bank are also located.

華爾街位於金融區的主要大道上，街上還有紐約股市交易所和聯邦儲備銀行。

同義詞 community, region
反義詞 whole

相關單字一次背

chief [tʃif] 名 首領 形 主要的	**1**	It is the **chief** who decides whether we should proceed or not. 只有隊長才能決定我們是否要繼續前進。 Each of us has flaws called "**chief** features" which control us when we are under stress and anxiety. We can identify what those flaws are and overcome them to help ourselves grow. 我們每一個人都有稱為「主要特徵」，在壓力大或是焦慮時會掌管我們；不過，我們能透過便是這些特徵並征服缺點，來幫助自我的成長。
county [ˋkaʊntɪ] 名 縣	**2**	Nantou is a pretty **county** surrounded by mountains. 南投縣是個美麗地方，周遭環繞著高山。

情境聯想
04 　**殖民王國的發展**

　　西班牙是歐洲發展很早的殖民王國，從十五世紀末就開拓海外貿易，當時是由哈布斯堡王朝 (dynasty) 統治，擁有最出色的統治者 (governor)。不過，殖民地 (colony) 涵蓋七大洲、四大洋的，也就是曾經霸氣的「日不落帝國 (empire)」——英國，隨著工業革命，國力漸趨強大，加上西班牙帝國衰落，許多西班牙殖民地後來便被推翻 (overthrow)，轉由英國佔領。

MP3 259

dynasty [ˋdaɪnəstɪ] 名 王朝	**4**	In 1974, the mausoleum of the first Qin emperor was found, surrounded by terracotta warriors. It showcases what the Qin **Dynasty** was like. 在一九七四年發現秦王陵寢，周圍放置著兵馬俑，顯示出秦朝往日的樣子。 同義詞 empire, regime

governor
[`gʌvənə]
名 統治者；州長 **3**

Abbott, the **governor** of Texas, joined the volunteers to rebuild parts of Texas after Hurricane Harvey and made efforts to prevent floods.

德州州長艾伯特，在颶風哈維侵襲後，加入志工行列一起重建德州，並且盡全力去預防水災。

同義詞 administrator, chief
反義詞 worker, employee

colony
[`kɑlənɪ]
名 殖民地 **3**

Macau is a special administrative region. It was formerly a **colony** of the Portuguese Empire.

現在的澳門是個特殊行政區，以前則是葡萄牙帝國的殖民地。

同義詞 community, territory

empire
[`ɛmpaɪr]
名 帝國 **4**

"The sun never sets on the British **Empire**" is an expression used to describe the power of Britain in the 16th century.

「日不落國」可以明確描述十六世紀正值強盛的英國。

同義詞 authority, commonwealth

overthrow
[ˌovə`θro]
動 名 推翻；瓦解 **4**

The people couldn't accept the corrupt government, so they planned to **overthrow** it.
百姓無法忍受迂腐的政府，企圖推翻它。
The French Revolution led to the **overthrow** of the monarchy in the 18th century.
於十八世紀，法國大革命推翻了君主制。

同義詞 defeat, destroy
反義詞 establish, fail

govern
[`gʌvən]
動 統治 **2**

In ancient Egypt, it was the pharaoh that reigned over the nation and **governed** the empire.
在古埃及，是由法老王統治國家，並管理整個帝國。

government 2
[`gʌvənmənt]
名 政府

A communist government is a single party system. The party has ultimate power, with private property eliminated and all goods supposedly equally shared by all people.

在共產政府制度中,政治只有一個黨派,且權力獨大,而人們擁有私人財產的權力被剝奪,物資會被均分給所有人。

independence 2
[ˌɪndɪ`pɛndəns]
名 獨立

The United States of America declared its independence in 1776.

美國於一七七六年宣布獨立。

情境聯想 05　蘋果公司與其產品

　　蘋果公司最具代表性的 (representative) 就是被咬掉一口的蘋果標誌,而創辦人賈伯斯曾表示此設計只是為了讓它看起來不像櫻桃,且目前只有一家美國知名新聞節目獲允准 (permission) 進入蘋果採訪。而公司營運由執行長提姆·庫克以及董事長阿瑟·萊文森代表 (represent) 發表新產品,iPhone 系列和 Apple watch 便是蘋果公司的最佳代表 (representation) 商品。

 MP3 ◀ 260

representative 3
[ˌrɛprɪ`zɛntətɪv]
形 典型的
名 代表人物

The swoosh, designed by Carolyn Davidson, is the representative logo of American athletic shoe and clothing manufacturer Nike.

由凱洛林·戴維森設計的彎鉤,是美國運動品製造商耐吉的代表性標誌。

The Customer Service Representative is responsible for dealing with complaints from customers.

客服部代表負責應付客戶投訴。

同義詞 typical, delegate
反義詞 uncharacteristic, different

permission 3 [pə·`mɪʃən] 名 允許	You will need **permission** from your parents to go to the movies with friends. 要得到父母的許可，你才能跟朋友去看電影。 同義詞 consent, approval 反義詞 denial, prohibition
represent 3 [ˌrɛprɪ`zɛnt] 動 代表；象徵	Michael Phelps **represented** the U.S. at the 2008 Beijing Olympic Games. 麥可‧菲爾普斯獲選代表美國參加二〇〇八北京奧運賽。 同義詞 symbolize, depict 反義詞 refuse, hide
representation 4 [ˌrɛprɪzɛn`teʃən] 名 代表	Each state in America has **representation** through its elected representative. 在美國，每個州都有其選出的代表。 同義詞 portrayal, description 反義詞 difference, original

independent 2 [ˌɪndɪ`pɛndənt] 形 獨立的	Children should learn to be **independent**, not depend on their parents all the time. 小朋友應該學會獨立，不要總是依賴父母。
king 1 [kɪŋ] 名 國王	Louis XVI was the last **King** of France, and he was executed during the French Revolution. 路易十六世是法國的最後一任國王，而他最後則在法國大革命期間被處死。
kingdom 2 [`kɪŋdəm] 名 王國	The United **Kingdom** is composed of four areas: England, Northern Ireland, Scotland and Wales. 英國由四個區域組成：英格蘭、北愛爾蘭、蘇格蘭以及威爾斯。

情境聯想 06 北韓觀光新選擇

　　朝鮮民主主義人民共和國 (republic)，也就是北韓，其領土 (territory) 南方與大韓民國以北緯三十八度線分隔，北接中華人民共和國和俄羅斯，西臨黃海、東臨朝鮮東海。現在，觀光客可以到北韓旅遊，但必須要辦入境許可 (permit)，需費時約兩周的工作天才能取得。

🎧 MP3 ◀ 261

republic [rɪˋpʌblɪk] 名 共和國	**3** Have you ever been to the Czech **Republic**? 你去過捷克共和國嗎？ 同義詞 democracy, nation
territory [ˋtɛrəˌtorɪ] 名 領土	**3** The air force has launched missiles to attack the enemy **territory**. 空軍已經發射飛彈攻打敵人領土。 同義詞 domain, country
permit [pɚˋmɪt] / [ˋpɝmɪt] 動 允許 名 許可證	**3** We will go on a picnic tomorrow, weather **permitting**. 如果天氣好的話，我們將去野餐。 Those who get a parking **permit** can park in the parking lot on campus. 有停車證的人可以把車停在校園內的停車場。 同義詞 consent, permission 反義詞 ban, disagreement

國家軍事配備：武器與戰爭

情境聯想 01 **持槍警察執法爭議**

　　為了執行任務 (mission) 以及正當防禦 (defense)，警方開槍打死了通緝犯，引發警察是否違法的討論。刑事局指出，警員逮捕 (capture) 通緝犯是依據「刑事訴訟法」、「警察人員查捕逃犯作業規定」、「逮捕通緝犯作業程序」等法令，是奉司法警察官 (commander) 下命令 (command) 去執行法令，所以具有合理性。

🎧 MP3 ◀ 262

mission [`mɪʃən] 名 任務	**3** The **mission** of the ambulance staff is to offer first-aid service and rush patients to the emergency room. 救護人員的任務是提供急救，並將病患火速地送到急診室。 (同義詞) duty, errand (反義詞) pastime, entertainment
defense [dɪ`fɛns] 名 保衛；防禦	**4** The woman shot the burglar in self-**defense**. 這位女子出於自我防衛而射殺了盜匪。 (同義詞) resistance, explanation (反義詞) surrender, charge
capture [`kæptʃɚ] 動 捕捉 名 俘虜	**3** The alluring figure of the sexy lady **captured** all the men's attention. 這位性感女子的誘人身材吸引了全場男生的注意。 (同義詞) arrest, catch (反義詞) surrender, release

commander 4
[kə`mændɚ]
名 指揮官

The navy will navigate the submarine to launch an unprecedented attack as soon as their **commander** gives the command.

指揮官一下達命令，海軍便將出動潛水艇，進行史無前例的攻擊。

同義詞 captain, ruler
反義詞 employee, worker

command 3
[kə`mænd]
名 命令 **動** 指揮

Obeying **commands** is the basic duty for soldiers in the army.

對軍隊的士兵而言，服從命令是基本義務。

The general **commands** the troops to conduct an air raid.

將軍命令軍隊進行空襲。

同義詞 order, demand
反義詞 reject, revolt

相關單字一次背

army 1
[`ɑrmɪ]
名 軍隊

Serving in the **army** is an Israeli citizen's duty regardless of gender.

不管性別為何，服兵役是以色列所有國民應盡的義務。

attack 2
[ə`tæk]
動 名 攻擊

Wild animals will **attack** people if irritated or provoked.

在被激怒或挑釁之下，野生動物才會攻擊遊客。

battle 2
[`bætḷ]
名 戰役 **動** 作戰

The **battle** against child abuse and domestic violence still goes on.

對抗虐童和家暴的鬥爭仍繼續進行著。

explosion
[ɪk`sploʒən]
名 爆炸

4 The destructive **explosion** caused by a gas leak killed dozens of people.
這起瓦斯漏氣引起的破壞性爆炸，奪走了數十條人命。
同義詞 eruption, blast

情境聯想 **02** **成功阻擋入侵主因**

匈奴之所以可以成功入侵 (invade) 並征服 (conquer) 北方領土，是因為他們的韃靼騎兵擁有嚴格的軍隊紀律 (discipline)，會確實執行戰鬥及所有任務 (errand)，難怪沒有敵人可以阻擋他們的入侵 (invasion)。

MP3 263

invade
[ɪn`ved]
動 入侵

4 The celebrity's privacy was **invaded** by paparazzi.
名人的隱私受到狗仔隊的侵犯。
同義詞 raid, attack
反義詞 protect, surrender

conquer
[`kɑŋkɚ]
動 征服

4 While ascending to mountain tops, climbers should **conquer** acute mountain sickness and harsh weather.
攀登到山頂時，登山客需克服急性高山症與惡劣的氣候。
同義詞 defeat, overcome
反義詞 release, lose

discipline
[`dɪsəplɪn]
名 紀律 動 懲戒

4 Coaching a basketball team involves establishing lots of team **discipline** and teamwork.
籃球隊的訓練包括要建立起團隊的紀律以及合作關係。
Parents' responsibility is to **discipline** children and educate them.
父母的責任是約束和教育孩子。
同義詞 education, training
反義詞 ignorance, disorder

| **errand**
[`ɛrənd]
名 任務 | 4 | My mom asked me to run **errands** to buy groceries.
我媽要我幫她跑腿買雜貨。
同義詞 task, mission |
| **invasion**
[ɪn`veʒən]
名 侵犯 | 4 | The **invasion** conquered because the Greek army built a giant wooden horse and presented it as a gift.
由於希臘軍隊建造巨大木馬當作獻禮，便成功侵略、征服了特洛伊城。
同義詞 attack, assault
反義詞 obedience, retreat |

相關單字一次背

captain [`kæptən] 名 隊長；首領	2	Peggy is the **captain** of the cheerleaders. 佩琪是啦啦隊的隊長。 同義詞 director, leader
enemy [`ɛnəmɪ] 名 敵人	2	It's better to make more friends rather than getting more **enemies**. 最好是少一個敵人，多一個朋友。
military [`mɪlə,tɛrɪ] 名 軍方 形 軍事的	2	There will be a **military** drill to intensify the national defense and security. 將舉辦軍事演習，強化國防及安全。
soldier [`soldʒɚ] 名 軍人；士兵	2	Even decades after it ended, the Vietnam War still affects many American **soldiers** who fought in the war. 數十年已過去，越戰的印象依然深刻烙印在參戰的美國士兵心中。
gun [gʌn] 名 槍 動 開槍；射擊	1	In Taiwan, possessing **guns** is prohibited by law. 台灣法律是禁止人民擁有槍枝的。

造反軍的勝利

　　造反者 (rebel) 率領著叛軍，朝堡壘 (fort) 行軍 (march)，成功入侵，昏庸的國王只能撤退 (retreat) 逃命最後，國家由叛軍佔領 (occupy)，而成立了一個新的政府，百姓們都感到很高興、終於逃脫了昏庸君王的統治，期盼新政府能為國家的未來盡力、推進國家的政治、經濟發展。

🎧 MP3 ◀ 264

rebel [ˋrɪ`bɛl] 動 反叛 名 造反者	**4**	I doubt anyone could **rebel** against his or her destiny because I don't think our destiny is in our hands. 我不相信「沒有人可以反抗命運」這句話，反而認為命運掌握在我們手中。 Piercing and tattooing are viewed as the **rebel** of the teenagers. 青少年穿洞與刺青被認為是叛逆的行為表現。 同義詞 revolt, riot 反義詞 obey, loyalist
fort [fort] 名 堡壘	**4**	Visitors often tour the remains of the Roman **fort**, which are well preserved. 常有觀光客遊覽保存完善的羅馬碉堡遺跡。 同義詞 fortress, castle
march [martʃ] 動 名 行軍	**3**	Carnival bands **march** to music in parades. 嘉年華會樂隊在遊行中隨著音樂行進。 In New Zealand, underpasses are built for the **march** of the penguins as they cross busy roads. 紐西蘭建造地下通道，讓企鵝前進安全通過繁忙馬路。 同義詞 proceed, parade 反義詞 decline, retreat

retreat
[rɪ`trit]
動 名 撤退

Defeated by rivals, the army was forced to **retreat**.
軍隊被敵人打敗，所以被迫撤退。
The nuns went on a **retreat** at a temple in the mountainous area.
尼姑們到山區的寺廟隱居修行。
同義詞 evacuation, withdraw
反義詞 advance, arrive

occupy
[`ɑkjə͵paɪ]
動 佔有

Protesters **occupied** the Legislative Yuan for one week.
抗議者佔領立法院長達一星期。
同義詞 invade, conquer
反義詞 retreat, yield

target
[`tɑrgɪt]
動 把…當作目標
名 目標

The project **targets** the disabled, raising funds to help them make a living by themselves.
這個計畫針對殘障人士，目標是為他們募款，並幫助他們自力更生。

task
[tæsk]
名 任務 動 分派任務

The servant performs boring **tasks**, such as doing the dishes, every day.
這位僕人每天都做著像是洗碗等等的無聊工作。

war
[wɔr]
名 戰爭 動 打仗

The tension between the two countries resulted in a brutal border **war**.
兩國間緊繃的關係導致邊界發生殘暴的戰爭。

偵查兵立功

偵查兵正忙著偵查 (scout) 國土上空，馬上就發現有敵軍的軍隊 (troop) 企圖入侵，為防範敵國的恐怖 (terror) 攻擊，我方立即運用圍剿戰略 (strategy)，把敵軍打得落花流水，讓他們只能舉白旗投降 (surrender)、被迫退出我們的領土。

🎧 MP3 ◀ 265

scout [skaʊt] **動** 偵查 **名** 偵查者；偵查	**3** The detective was **scouting** around for any suspicious clues. 偵探到處尋找，查看有無任何可疑的線索。 Thomas had a quick **scout** around to find out whether there was anything wrong. 湯瑪士迅速查看了一下周圍，找尋是否有不對勁的地方。 **同義詞** detective, investigate **反義詞** shun, overlook
troop [trup] **名** 軍隊 **動** 集合	**3** Turkish **troops** have been deployed to Afghanistan to fight Taliban forces. 土耳其佈署軍隊到阿富汗，對抗塔利班游擊隊。 **同義詞** military, army **反義詞** individual
terror [`tɛrɚ] **名** 恐怖	**4** The little girl shook with **terror** as the cockroach flew toward her. 當看到蟑螂朝她飛過來時，小女孩害怕到發抖。 **同義詞** fear, horror **反義詞** calmness, contentment
strategy [`strætədʒɪ] **名** 戰略；策略	**3** Marketing **strategy** has an influential effect on promoting products. 市場策略對促銷商品有很大的影響力。 **同義詞** approach, scheme **反義詞** honesty, openness

surrender 4
[səˋrɛndə]
動 名 投降

Vicky finally **surrendered** to temptation and ate the whole cake.
維琪最後還是抵擋不住誘惑，把整個蛋糕都吃掉了。
The loser lowered his head in **surrender**.
這名輸家低著頭，承認失敗。
同義詞 abandon, succumb
反義詞 defend, fight

相關單字一次背

arrow 2
[ˋæro]
名 箭

The hunter shot an **arrow** at the bear.
獵人將弓箭射向一隻熊。

bomb 2
[bɑm]
名 炸彈 動 爆炸

The enemy aircraft dropped **bombs** on the region.
敵方飛機對這個地區進行轟炸。

sword 3
[sɔrd]
名 刀；劍

Your assistance is a double-edged **sword**, for it has caused a nuisance and an extra burden.
你的協助是一把雙刃劍，有可能造成我的困擾及負擔。

情境聯想
05　**古今武器一覽**
　　古代的武器 (arms) 多為刀劍、長矛 (spear)、盾等，而現代武器被製作的更加精密、更具殺傷力，像是槍彈 (bullet)、飛彈 (missile)、及毀滅性強的爆炸物 (explosive) 等等，甚至還有瞬間就能殺死多人的生化武器。

🎧 MP3 266

arms
[ɑrmz]
名 武器
4

The body guards are well equipped with **arms** and communication sets to safeguard the president.
保鑣們配戴武器和通訊設備，以保護國家元首。
(同義詞) weapons, guns

spear
[spɪr]
名 矛 **動** （以尖銳物）刺
4

Aboriginal people hunt wild animals by setting traps because throwing arrows and **spears** doesn't work.
原住民以製作陷阱的方式來獵捕動物，因為投擲箭和茅沒有功效。
Kids **spear** food with forks or chopsticks and then eat it.
小孩子用叉子或筷子刺起食物來吃。
(同義詞) blade, weapon

bullet
[`bulɪt]
名 子彈
3

Some policemen wear bulletproof vests so the **bullets** won't injure them.
有些警察會穿防彈背心，所以子彈不會傷到他們。
(同義詞) ammunition, shot

missile
[`mɪsḷ]
名 飛彈
3

North Korea focuses on the development of nuclear weapons and **missiles**, which makes all nations feel nervous and concerned.
北韓著重發展核子武器與飛彈，使各國感到緊張又擔憂。
(同義詞) bomb, ammunition

explosive
[ɪk`splosɪv]
名 爆炸物 **形** 爆炸的
4

An **explosive** was found at a restroom in one of the High Speed Rail stations today.
今天在高鐵站其中一間廁所發現一枚炸彈。
Angus has such an **explosive** temper that we shouldn't disturb him.
安格斯脾氣很火爆，我們不該吵他。
(同義詞) bomb, dynamite

相關單字一次背

tank [tæŋk] 名 坦克	2	I had my **tank** filled with gasoline at the cost of $31.5 per liter. 我把汽油加滿了，油價為每公升三十一塊五。
weapon [`wɛpən] 名 武器	2	It is correct that tears are women's **weapons**; studies show that women are good at manipulating others with tears to gain sympathy. 「眼淚是女性的武器。」這句話是對的；研究顯示，女性善於操弄眼淚博取同情。

必懂的新知：科學與創新科技

情境聯想
01 做實驗注意

　　做實驗 (experiment) 時，要講求正確性 (accuracy)，常將試驗對象分成實驗性的 (experimental) 實驗組和對照組，並分別以不同方法 (approach) 進行實驗，再針對結果討論影響的因素 (factor)。

🎧 MP3 ◀ 267

experiment 🔢 [ɪk`spɛrəmənt] 名 實驗 動 實驗	It is interesting for students in science class to **experiment** with different chemicals to observe what happens. 學生們認為，用不同化學物質做實驗並觀察會發生什麼事是很有趣的。 Advocates of animal rights argue that **experiments** on animals should be prohibited. 動物權利倡導者認為人們應該禁止拿動物做實驗。 同義詞 test, analyze 反義詞 abstain, discredit
accuracy 🔢 [`ækjərəsɪ] 名 正確	Google Maps can pinpoint your position and the destination you want to head to with **accuracy**. 谷歌地圖能正確定位你的所在位置及目的地。 同義詞 precision, certainty 反義詞 inability, falsehood
experimental 🔢 [ɪk͵spɛrə`mɛntḷ] 形 實驗性的	The skin-care product is still in the **experimental** phase. 這項保養品仍處於試驗階段。 同義詞 exploratory, preliminary 反義詞 proven, tested

approach [ə`protʃ] 動 接近 名 方法	**3**	With exams **approaching**, studying hard is the top priority for students. 隨著考試的到來，用功讀書是學生最優先的事。 We need to make the most of efficient **approaches** to cope with our tasks. 我們需要充分利用有效率的方法來處理工作。 同義詞 way, access 反義詞 departure, leaving
factor [`fæktə] 名 因素	**3**	A lot of **factors** should be taken into consideration when we make decisions. 當我們做決定時，需考量許多因素。 同義詞 cause, element

machine [mə`ʃin] 名 機械	**I**	There is a vending **machine** on the corner that dispenses drinks. 轉角處有一個出售飲料的自動販賣機。
robot [`robət] 名 機器人	**I**	Some jobs are being replaced by **robots** or will become automated in the near future. 在不久的未來，有些工作將被機器取代或者改成自動化。
mechanical [mə`kænɪkl̩] 形 機械的	**4**	In automobile industry, more and more **mechanical** arms are used to replace human labor. 在汽車產業，愈來愈多的機械手臂被用來取代人力。 同義詞 automatic, automated 反義詞 manual

實驗測試理論

在科技 (technology) 發達的年代，若你在自然科學或是化學實驗室 (laboratory) 裡，除了要會操作顯微鏡 (microscope)，也要會運用其他實驗裝置 (device)，才能觀察、進一步推測你的理論 (theory) 是否成立。

MP3 268

technology 3 [tɛk`nɑlədʒɪ] 名 科技	3D printing in high **technology** industry is a giant leap for mankind. 在高科技產業中，3D 列印的發明是人類的大進步。 同義詞 electronics, machinery
laboratory 4 [`læbrəˌtorɪ] 名 實驗室	You should be cautious in conducting experiments in the research **laboratory**. 在研究室做實驗時，你必須要小心。 同義詞 lab, workshop
microscope 4 [`maɪkrəˌskop] 名 顯微鏡	The students observed cells and tissues under the **microscope**. 學生在顯微鏡下觀察細胞和組織。
device 4 [dɪ`vaɪs] 名 裝置	There is a high-tech **device** to detect whether people are trapped in rubble and debris. 有一種高科技儀器可偵測是否有人受困在碎石瓦礫中。 同義詞 instrument, tool 反義詞 destruction, ruin
theory 3 [`θiərɪ] 名 理論	Darwin's **Theory** of Evolution is the notion that life evolved from common ancestors: "descent with modification" and "natural selection." 達爾文進化論是一種概念，暗示所有生命來自共同祖先──物種演化與物競天擇。 同義詞 hypothesis, assumption 反義詞 disbelief, truth

相關單字一次背

radar
[ˋredɑr]
名 雷達

3 A plane is considered missing when it disappears from the **radar** or fails to communicate with air traffic control.

當飛機從雷達中消失,或無法跟飛航管制連絡時,會顯示這架飛機消失了。

technical
[ˋtɛknɪkḷ]
形 技術上的

3 Anyone who applies for the job should at least be qualified for a **technical** assistant.

任何想應徵這項工作的人都須具備至少能當技術助理的條件。

同義詞 mechanical, high-tech

情境聯想
03
高科技製圖

在高科技的數位化 (digital) 世代中,很多工程師 (engineer) 都善用電腦相關工程 (engineering) 軟體來製圖,並結合機械 (machinery) 立體製圖等設備 (facility),最後再轉成程式在機台上操作,讓生產過程精準又高效。

MP3 ◀ 269

digital
[ˋdɪdʒɪtḷ]
形 數位的

4 With the arrival of the **digital** information age, products such as TVs, cellphones, and recording devices have become advanced and brought us convenience.

隨著數位資訊年代的來臨,電視、手機、錄音設備等等一直在進化,帶給人們許多便利。

同義詞 computerized, automated

engineer
[ɛndʒəˋnɪr]
名 工程師

3 Gibson wants to be an electronic **engineer**, so he applied to engineering school.

吉布森想成為電子工程師,所以申請了工程系。

同義詞 architect, builder

engineering 4
[ˌɛndʒəˋnɪrɪŋ]
名 工程學

Hsuehshan Tunnel is a remarkable feat of **engineering**.
雪山隧道是一項卓越的工程事蹟。
同義詞 construction, manufacturing

machinery 4
[məˋʃinərɪ]
名 機械

Nowadays, farmers utilize farm **machinery** to harvest crops.
現代的農夫應用農用機械收割農作物。
同義詞 equipment, instrument

facility 4
[fəˋsɪlətɪ]
名 設備

The hotel offers a wide range of entertainment **facilities**, including a spa, water sports, and kids club.
飯店提供各種娛樂及設備，像是美容保養、水上活動以及兒童遊樂區。
同義詞 amenity, equipment
反義詞 hindrance, difficulty

情境聯想 04　科技發展與職能

　　各行各業都逐漸朝向科技化的 (technological) 方向發展，然而，有些傳統產業正面臨斷層，以裝潢技術人員 (technician) 來說，因為很多年輕人怕吃苦、不願在沒有空調的環境工作、裝潢，因此技術 (technique) 漸漸失傳，技術上的 (technical) 和機械上的 (mechanical) 相關人才也極度缺乏。

MP3 270

technological 4
[ˌtəknəˋlɑdʒɪkəl]
形 工業技術的

Technological advances have enabled people to pay bills or bus fares with mobile payments and iCash without having to use cash.
科技進步讓人們能用行動支付或愛金卡搭公車，不用隨身帶著現金。
同義詞 technical, high-tech

technician
[tɛk`nɪʃən]
名 技師

4

As a trained **technician** in a car factory, my duties are diagnosis and repair of vehicles.
身為汽車工廠技術員，我的職責是分析問題及修理汽車。
同義詞 professional, authority
反義詞 amateur, rookie

technique
[tɛk`nik]
名 技術

3

Larry practices playing golf a lot to perfect his **technique**.
賴瑞勤練高爾夫球，讓球技更完美。
同義詞 approach, method
反義詞 lack, incompetence

情境聯想 **05** 日蝕現象

　　不知為何 (somehow)，整個天空突然轉變 (transform) 成一片昏暗，有點 (somewhat) 詭異，原來是發生 (arise) 天文現象——日蝕；因為熾熱的太陽被月亮的陰影遮蔽 (shade)，而形成日蝕，所以才會突然間一片黑暗；這些天文現象的存在真是豐富了我們的生活！

🎧 MP3 ◀ 271

somehow
[`sʌm,haʊ]
副 不知何故

3

Peter knows where the company is located, but **somehow** he often gets lost.
彼得知道這家公司所在地，但不知為何就是迷路了。
同義詞 anyway, anyhow
反義詞 no way

transform
[træns`fɔrm]
動 改變

4

Over the years, little Johnny has **transformed** into a mature and handsome man.
幾年過後，小強尼轉變成了成熟又帥氣的男人。
同義詞 convert, change
反義詞 keep, remain

somewhat [`sʌmˌhwɑt] 副 有點	3	Mary became **somewhat** sophisticated after experiencing lots of challenges. 經歷這麼多考驗後，瑪莉處世的方式變得圓融許多。 同義詞 partially, slightly
arise [ɚ`raɪz] 動 出現；發生	4	If any problems **arise**, contact me immediately. 若有發生任何問題，請立刻跟我聯絡。 同義詞 appear, happen 反義詞 disappear, end
shade [ʃed] 名 陰暗 動 遮蔽	3	The sun was blazing, so you'd better not stay in the sun but under the **shade** of the trees. 太陽非常熾烈，所以你最好躲在樹蔭下、不要待在太陽下。 In the room are blinds which can **shade** against the sunshine. 房間有百葉窗，可遮蔽陽光。 同義詞 shadow, conceal 反義詞 light, brighten

相關單字一次背

anyhow [`ɛnɪˌhau] 副 無論如何	2	I may be late, but **anyhow** I will try my best to arrive at the office early. 我可能會遲到，但我無論如何會盡量早一點到達。
anyway [`ɛnɪˌwe] 副 無論如何	2	James won't apologize to you; **anyway**, it wasn't his fault. 詹姆士不會向你道歉；無論如何，這都不是他的錯。
extra [`ɛkstrə] 形 額外的 名 臨時演員	2	My monthly expenses include rent and meals, but recreation fees are **extra**. 我每個月花費包括租金和飲食費，但娛樂費用另外算。 同義詞 additional, excess

am [æm] 動 是	🎐	I **am** a senior high school student, suffering from heavy peer pressure. 我是高中生，承受沉重的同儕壓力。
are [ɑr] 動 是	🎐	If people **are** rebellious, they object to the ideas of their supervisors or parents and just do whatever they want to do. 如果人們是叛逆的，他們便常會反對上司或父母的想法，只做自己想做的事。
be [bi] 動 是	🎐	"To **be**, or not to **be**; that is the question, "said Hamlet when he was in a dilemma, thinking about killing himself or taking revenge. 哈姆雷特曾說：「存在與不存在；真是個問題。」而他當時左右兩難，正在考慮是要自殺或是復仇。
else [ɛls] 副 其他；另外	🎐	Who **else** will join us to be volunteers? 還有誰要加入我們志工行列？
every [`ɛvrɪ] 形 每個	🎐	**Every** man and woman should be respected regardless of gender. 不管性別為何，每個男女都應該受到尊重。
is [ɪz] 動 是	🎐	You resemble that lady. **Is** she your sister? 你長得好像那位女士，她是你的姊姊嗎？
no [no] 副 一點也不	🎐	There are **no** survivors in the volcano eruption. 在這場火山爆發中，沒有任何倖存者。
not [nɑt] 副 不	🎐	Darren is a poet, **not** a teacher. 戴倫是位詩人，不是老師。

試試身手 — 模擬試題

一、詞彙單選（共 15 題）

( )1. Millions of people around the world were displaced from their homelands because of war or persecution; Syrian _____ accounted for 11 million of the displaced.

(A) governors (B) refugees (C) territories (D) elections

( )2. The guy _____ to murder and was sentenced to life imprisonment.

(A) targeted (B) confessed (C) experimented (D) polled

( )3. The latest trend is eliminating plastic straws from restaurants. However, punishment must be employed to _____ the law.

(A) enforce (B) approach (C) invade (D) investigate

( )4. The president is pursuing policies to reduce migration into the U.S., with proposals to prioritize admissions of highly skilled _____.

(A) establishments (B) communities (C) funds (D) immigrants

( )5. After the Nipah virus claimed 10 lives in southern India, officials began _____ pig farms in the district to tackle the spread.

(A) protesting (B) uniting (C) accusing (D) inspecting

( )6. In Japan and the United Kingdom, _____ must give approval to decisions made by the elected government; that said, the emperor has no political power.

(A) innocence (B) penalties (C) trials (D) monarchs

( )7. After thorough consideration, the committee was determined to _____ our recommendations.

(A) witness (B) appear (C) prove (D) adopt

( )8. Amputees or those born without a limb are eligible to _____ for financial aid from the government.

(A) benefit (B) elect (C) apply (D) appoint

( )9. Being _____ is a vital skill for people to take more control of their lives and feel a sense of relief.

(A) civil (B) royal (C) independent (D) technical

( )10. Those who refuse to consume food required to maintain a healthy body, may suffer from anorexia. Fortunately, they can _____ the eating disorder with the right combination of physical and psychological therapy.

(A) rob (B) offend (C) conquer (D) accuse

( )11. A non-profit organization, "Never _____" is dedicated to educating and supporting patients with breast cancer, telling them that they should not lose hope or to be defeated by the disease.

(A) Surrender (B) Vote (C) Robbery (D) Scout

( )12. Mobile gadgets, such as smartphones or tablet computers, are electronic _____ users can easily carry; they are compact and lightweight.

(A) devices (B) empires (C) captains (D) guarantees

( )13. _____ management involves efficient services of equipment and appliances installed for organizations to improve productivity.

(A) Facility (B) Attack (C) Rebel (D) Battle

( )14. In the city of Hangzhou, China, a cultural heritage site – formerly Chiang Ching-kuo's residence – was _____ into a fast food restaurant in 2018.

(A) retreated (B) captured (C) migrated (D) transformed

( )15. The patient has recovered well and has been discharged from hospital with the doctor's _____.

(A) penalty (B) permission (C) criminal (D) immigration

二、綜合測驗（共 15 題）

Have you ever checked the label on a milk container to ensure if it is ___⑯___? Unfortunately, a lot of food goes to waste because it is not used prior to its expiration date. In Japan, the amount of food waste per year reaches 17 million tons, about 500-800 tons of which is thrown away as leftovers, including 200-400 tons from ___⑰___.

___⑱___ lowering food waste, many counties have taken actions to try to deal with the problem. For example, Denmark has done a good job selling food at lower prices in supermarkets, reducing the waste by 25%. In 2002, NPO, a nonprofit organization in Tokyo, started a campaign of collecting food that was going to be dumped because of a ___⑲___ problem on the best-before dates, ___⑳___ helping the needy at the same time. The campaign successfully cut down on food waste by 4,525 tons in 2013.

(　)16. (A) experimented (B) committed (C) expired (D) innocent

(　)17. (A) households (B) evidences (C) constitutions (D) justices

(　)18. (A) Thanks to (B) With the view to (C) In order to (D) So as to

(　)19. (A) senator (B) packaging (C) representative (D) diplomat

(　)20. (A) targeting at (B) majoring in (C) voting for (D) adapting to

Euthanasia has been a hot topic of debate for many years. It is a painless way of ending a life intentionally for patients with ___㉑___ diseases, and it's also referred to as "mercy killing". Now, voluntary euthanasia is legal in some countries including the Netherlands, Belgium, and Switzerland, but limited to specific circumstances with the ___㉒___ of medical specialists.

Originally, the Greek word 'euthanasia' was interpreted as 'good death', but the term now indicates comfort for patients with ___㉓___ cancer or incurable medical cases because for the patients, the desire to ___㉔___ the intolerable pain might be too intense and make them seek out mercy killing and choose to die with dignity.

There is much controversy over the topic of euthanasia related to ___㉕___, religion, general opinion, and so on and so forth. Indeed, people now have the right and power to choose to end their lives in a dignified way. However, what really matters is how meaningful they make their lives and how many opportunities they seize to enjoy another nice and lovely day.

(　)21. (A) digital (B) mechanical (C) republic (D) incurable

(　)22. (A) approval (B) availability (C) acceleration (D) allergy

(　)23. (A) terrific (B) temporary (C) terminal (D) tentative

(　)24. (A) allege (B) adhere (C) alleviate (D) accumulate

(　)25. (A) ethnic (B) ethics (C) empathy (D) engineering

In 2017, Sadiq Khan, the mayor of London, revealed his ___26___ to make London zero-carbon and 50% green by 2050. His strategies include increasing more ___27___ in every community in order to improve the air quality, phasing out pure diesel double deck buses, and so on. But, the citizens of London all wonder, is this promise feasible?

According to the WHO, if floating particles per cubic meter ___28___ 40 micrograms in the air, it will become a hazard to our health. In London, this happens almost every day, especially aggravated by the humid and foggy weather. It was estimated that over 9,000 residents in London die ___29___ every year from air pollution, for air pollution easily induces ___30___ and may lead to heart disease and even dementia, just to name a few problems.

Therefore, Khan highlighted air pollution as the most significant environmental challenge faced by London, and he determined that he would take actions to improve the environment.

(　)26. (A) sheriff (B) strategy (C) mob (D) innocence

(　)27. (A) premiers (B) majority (C) greenery (D) ambassadors

(　)28. (A) excel (B) exert (C) explain (D) exceed

(　)29. (A) predictably (B) productively (C) prematurely (D) independently

(　)30. (A) asthma (B) arrest (C) aviation (D) alternative

三、文意選填（共 10 題）

請依文意在文章後所提供的（A）到（J）選項中分別選出最適當者。

What is 3D printing? 3D printing is a process of making three- __31__ objects out of a digital file, which means an object can be produced through printing successive layers of material such as nylon, ceramic, plastic, etc. There are diverse __32__ of 3D printing, such as the following two.

In the field of aerospace, 3D printing has not only made rapid prototyping and manufacturing easier and more cost-efficient, but has also reduced the __33__ time. In the medical field, 3D printers assist doctors to simulate operations and medical equipment manufacturers to produce medical devices such as dental and prosthesis parts and __34__ which are designed to be washable and __35__.

However, a controversy over 3D-printed guns later arose when a man sold designs of 3D-printed guns online in the U.S. Even if 3D-printed guns are made of __36__ and need critical metal parts to fire, they still have the capability of hurting people.

To prevent 3D-printed guns from becoming more prevalent, the U.S. filed legislation to prohibit designs and any form of related __37__ of 3D-printable firearms from being displayed online, __38__ all guns, 3D-printed or not, to have at least one non-removable metal __39__ inside the weapons so that they cannot be carried through metal detectors. In Canada, citizens who make 3D-printed guns without a __40__ will even face a jail sentence.

(A) assembly　(B) applications　(C) hearing aids　(D) license

(E) resistant　(F) component　(G) dimensional　(H) publication

(I) demanding　(J) plastic

 模擬試題 ～ 解答篇

01 B	**02** B	**03** A	**04** D	**05** D	**06** D	**07** D	**08** C	**09** C	**10** C
11 A	**12** A	**13** A	**14** D	**15** B	**16** C	**17** A	**18** B	**19** B	**20** A
21 D	**22** C	**23** C	**24** C	**25** B	**26** B	**27** C	**28** D	**29** C	**30** A
31 G	**32** B	**33** A	**34** C	**35** E	**36** J	**37** H	**38** I	**39** F	**40** D

一、詞彙題剖析

01 (B) **refugees** 難民

全世界有數百萬人因為戰爭或迫害而流離失所；而敘利亞難民就占了一千一百萬人。

(A) **governors** 官員　(C) **territories** 領土　(D) **elections** 選舉

02 (B) **confessed** 坦承

這傢伙坦承殺人，因此被判無期徒刑。

(A) **targeted** 鎖定目標　(C) **experimented** 實驗　(D) **polled** 進行民調

03 (A) **enforce** 執法

最近的趨勢是禁止餐廳使用塑膠吸管，不過執行這項法律時必須伴隨處罰。

(B) **approach** 接近　(C) **invade** 入侵　(D) **investigate** 調查

04 (D) **immigrants** 移民者

總統實行政策以減少移入美國的人數，並提議將高度專業人才移民者的申請列為優先。

(A) **establishments** 建立　(B) **communities** 社區　(C) **funds** 基金

05 (D) **inspecting** 調查

立百病毒在南印度奪走十人性命後，官方才開始調查當地豬圈，以防治病毒擴散。

(A) **protestng** 抗議　(B) **uniteing** 統一　(C) **accuseing** 控告

06 **(D) monarchs** 君主

在日本和英國，君主一定要同意政府的決定；也就是說，君主沒有實權。

(A) innocence 無辜　**(B) penalties** 處罰　**(C) trials** 試驗

07 **(D) adopt** 採取

再三考慮之後，委員會決定採納我們的建議。

(A) witness 目擊　**(B) appear** 出現　**(C) prove** 證明

08 **(C) apply for** 申請

截肢者或先天沒有手腳的人可申請政府給付的社會福利。

(A) benefit 受益於　**(B) elect** 選舉　**(D) appoint** 委任

09 **(C) independent** 獨立的

對想放心地主導自己生活的人而言，獨立是項很重要的技能。

(A) civil 公民的　**(B) royal** 皇家的　**(D) technical** 技術的

10 **(C) conquer** 克服

拒絕進食的人不但無法保持健康的身體，還可能罹患厭食症。幸運的是，他們可以藉由生理和心理方面的治療來克服。

(A) rob 搶劫　**(B) offend** 侵犯　**(D) accuse** 控告

11 **(A) Surrender** 投降

非營利機構——永不投降，致力於教育及幫助罹患乳癌的病患，鼓勵他們不要放棄治療的希望。

(B) Vote 投票　**(C) Robbery** 搶案　**(D) Scout** 偵查

12 **(A) devices** 裝置

機動小型裝置就是電子裝置，像是智慧型手機與平板，方便隨身攜帶、小巧又輕盈。

(B) empires 帝國　**(C) captains** 隊長　**(D) guarantees** 保證

13 **(A) Facility** 設備

設備管理主要是有效率地提供公司設備及儀器，以增進生產力。

(B) Attack 攻擊　**(C) Rebel** 背叛　**(D) Battle** 戰鬥

14 (D) **transformed** 轉變

在中國杭州，二〇一八一月時，曾為蔣經國住所的文化資產被改建成速食店。

(A) **retreated** 撤退　(B) **captured** 捕捉　(C) **migrated** 遷徙

15 (B) **permission** 允許

這位病人已經痊癒，醫生也已允許他出院了。

(A) **penalty** 處罰　(C) **criminal** 罪犯　(D) **immigration** 移民

二、綜合測驗剖析

　　你曾特別去查看牛奶瓶上的製造標籤，確定牛奶是否 **16** (C) 過期 了嗎？很不幸的，有很多食物只因為放置超過製造日期而被浪費掉。在日本，每年被浪費的食物達到一千七百萬噸，其中五百到八百噸被當廚餘倒掉，而二百到四百噸則是 **17** (A) 一般家庭 所丟棄的。

　　18 (B) 為了 減少食物浪費，很多國家已然採取對應手段，像是丹麥就做得很好，他們會以較便宜的價格，將食品擺在超市販賣，食物浪費因而減少了百分之二十五。而在二〇〇二年，日本東京的非營利組織 NPO 開始展開「食物銀行」的活動，將接近賞味期或 **19** (B) 包裝 不良、即將丟掉的食物集合起來，並 **20** (A) 特別鎖定 需要的人。令人驚訝的是，因為這個活動，在二〇一三年就減少了四千五百二十五噸的剩食。

16 (C) **expired** 過期的

　　(A) **experimented** 實驗　(B) **committed** 致力　(D) **innocent** 清白的

17 (A) **households** 家庭

　　(B) **evidences** 證據　(C) **constitutions** 憲法　(D) **justices** 正義

18 (B) **With the view to + N / Ving** 為了

　　(A) **Thanks to** 幸虧　(C) **In order to + V** 為了　(D) **So as to + V** 為了

19 (B) **packaging** 包裝

(A) **senator** 議員　(C) **representative** 代表　(D) **diplomat** 外交官

20 (A) **targeting at** 鎖定

(B) **majoring in** 主修　(C) **voting for** 投票贊成　(D) **adapting to** 適應

◇◇

安樂死在近幾年已成為眾多人討論的議題，對罹患 **21** (D) 絕症 的人來説，安樂死是一種可以毫無痛苦就結束生命的作法，所以才被稱為「安樂死」。現今，自願安樂死在某些國家已合法，像是荷蘭、比利時、和瑞士等國，但僅局限於得到專科醫師 **22** (C) 同意 的前提之下，才能執行安樂死。

原本，希臘文字 euthanasia 的意思為「美好的死亡」，不過現在已成為代表罹患癌症 **23** (C) 末期 或不治之症的病人，渴望 **24** (C) 減輕 難以忍耐的強烈痛苦，而訴諸於有尊嚴辭世的一種死亡方式。

另外，安樂死還牽涉到許多具有爭議性的相關話題，像是 **25** (B) 倫理道德、宗教和輿論等等。雖然人們現在有權利選擇活下去或有尊嚴的自我了斷，但真正重要的還是活在當下、把握機會將每一天都過得有意義才對。

21 (D) **incurable** 無藥可治的

(A) **digital** 數位的　(B) **mechanical** 機械的　(C) **republic** 共和的

22 (C) **approval** 贊成；同意

(B) **availability** 可用性　(C) **acceleration** 加速　(D) **allergy** 過敏

23 (C) **terminal** 末期的

(A) **terrific** 極好的　(B) **temporary** 暫時的　(D) **tentative** 試探的

24 (C) **alleviate** 減輕

(A) **allege** 聲稱　(B) **adhere** 依附　(D) **accumulate** 累積

25 (B) **ethics** 道德倫理

(A) **ethnic** 民族　(C) **empathy** 同理心　(D) **engineering** 工程學

在二〇一七年，倫敦市長薩迪·克漢公開了他的一項 ㉖ (B) 策略，期望讓英國的首都倫敦在二〇五〇年以前達到零碳排放量以及百分之五十綠化的標準，將會實施相關政策，像是鼓勵社區增加 ㉗ (C) 綠地、淘汰掉老舊的柴油雙層巴士，才能讓空氣品質越好；但是，許多倫敦市民都想問，這真的是可行的嗎？

世界衛生組織（WHO）指出，如果懸浮微粒小於二·五微米指數、每立方米 ㉘ (D) 超過 十微克，且直徑小於十微米的可吸入顆粒物超過四十微克的話，對健康是有危害的。不過，這情況在倫敦卻是幾乎每天都會發生，而因其潮濕多霧的氣候，更加劇了空氣汙染的情況。據估計，每年超過九千位倫敦居民 ㉙ (C) 早逝，且死因主要是空氣污染造成的，因為空氣汙染很容易引起 ㉚ (A) 氣喘、心血管疾病，甚至是老人癡呆症等等疾病。

因此，倫敦市長克漢強調，空氣汙染對倫敦來說，是最嚴重的環境挑戰，而他下定決心將採取相關動作來改善環境。

㉖ (B) **strategy** 策略
   (A) **sheriff** 警長　(C) **mob** 暴徒　(D) **innocence** 清白

㉗ (C) **greenery** 綠地
   (A) **premiers** 首長　(B) **majority** 多數　(D) **ambassadors** 外使

㉘ (D) **exceed** 超過
   (A) **excel** 擅長　(B) **exert** 發揮　(C) **explain** 解釋

㉙ (C) **prematurely** 過早地
   (A) **predictably** 可預期地　(B) **productively** 多產地
   (D) **independently** 獨立地

㉚ (A) **asthma** 氣喘
   (B) **arrest** 逮捕　(C) **aviation** 航空　(D) **alternative** 替代選擇

三、文意選填剖析

「3D 列印」是什麼呢？3D 列印可根據數位檔案來製作三度 **31** (G) 空間的立體物品，也就是説，任何一個物品都能以尼龍、陶瓷、塑膠等材料，用層層堆疊的方式生產出來。而 3D 列印有多樣的 **32** (B) 用途，在此舉以下兩個例子供參考。

在航太工程領域，3D 列印能讓製作原型機更簡單，還能降低成本、減少 **33** (A) 組裝 時間。在醫療方面，3D 列印機可以幫助醫生和醫療器材製造商，可協助模擬手術，也能生產醫藥相關設備，像是部分牙齒、義肢、**34** (C) 助聽器 等，且製作出來的物品可用水洗，也很 **35** (E) 耐用。

然而，在美國一位男子於網路上販售 3D 槍枝的設計圖後，3D 列印槍枝的議題便被提出。3D 列印出來的槍枝雖然是 **36** (J) 塑膠 製的，也需要特定的金屬零件才能開火，但還是具有殺傷力。

隨後，美國便提出法案，希望制止 3D 列印的 **37** (H) 頁面資料 在網路上流傳，並 **38** (I) 要求 所有槍枝，不管是不是 3D 印製的，都至少要配備一件無法移除的金屬 **39** (F) 零件，以杜絕武器躲過金屬探測器。而在加拿大，任何人如果未拿到 **40** (D) 執照 便利用 3D 列印來製造槍枝，都將面臨坐牢的後果。

31 (G) dimentional 空間的（-dimentional 表示「…維度」）

32 (B) applications 用途

33 (A) assembly 組裝

34 (C) hearing aids 助聽器

35 (E) resistant 耐用的

36 (J) plastic 塑膠

37 (H) publication 頁面資料；出版

38 (I) demanding 要求

39 **(F)** component 零件

40 **(D)** license 執照

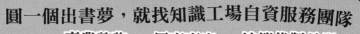

國家圖書館出版品預行編目資料

反射式英單串記學習法 / 張翔 編著. -- 初版. -- 新北
市：知識工場出版 采舍國際有限公司發行, 2023.01
面；公分. --（試在必得；03）
ISBN 978-986-271-953-4（平裝）

1.CST: 英語　　2.CST: 詞彙

805.12　　　　　　　　　　　　111016477

串記式載入，單字瞬秒反射而出！

Memorize 4500
Vocabularies
Once and for All !

[反射式]
英單 串記 學習法

張翔 / 編著

攤瞬死背
深淵

知識工場・試在必得 03

反射式英單串記學習法

出 版 者／全球華文聯合出版平台・知識工場
作　　者／張翔　　　　　　　　　印 行 者／知識工場
出版總監／王寶玲　　　　　　　　英文編輯／何牧蓉
總 編 輯／歐綾纖　　　　　　　　美術設計／May

台灣出版中心／新北市中和區中山路2段366巷10號10樓
電話／（02）2248-7896
傳真／（02）2248-7758
ISBN-13／978-986-271-953-4
出版日期／2023年1月初版

全球華文市場總代理／采舍國際
地址／新北市中和區中山路2段366巷10號3樓
電話／（02）8245-8786
傳真／（02）8245-8718

港澳地區總經銷／和平圖書
地址／香港柴灣嘉業街12號百樂門大廈17樓
電話／（852）2804-6687
傳真／（852）2804-6409

全系列書系特約展示
新絲路網路書店
地址／新北市中和區中山路2段366巷10號10樓
電話／（02）8245-9896
傳真／（02）8245-8819
網址／www.silkbook.com

本書採減碳印製流程並使用優質中性紙（Acid & Alkali Free）通過綠色碳中和印刷認證，最符環保要求。

本書為名師張翔等及出版社編輯小組精心編著覆核，如仍有疏漏，請各位先進不吝指正。來函請寄
mujung@mail.book4u.com.tw，若經查證無誤，我們將有精美小禮物贈送！